마도조사

묵향동후 장편소설

목차

제1장 부활 · 11쪽

제2장 사납고 거칠다 · 17쪽

제3장 오만하고 무례하다 · 63쪽

제4장 고상하고 떠들썩하다 · 121쪽

제5장 양양(陽陽) · 211쪽

제6장 음험하고 흉악하다 · 249쪽

제7장 아침 이슬 · 295쪽

제8장 초목 · 359쪽

제1장
부활

제1장 부활

"위무선이 죽었다니 속이 다 후련합니다."

난장강 대토벌이 끝난 지 이틀도 안 돼 이 소식이 날개 돋친 듯 수진계(修眞界) 전체로 퍼졌다. 전쟁의 불꽃이 퍼지는 속도보다 훨씬 빨랐다.

명문 세가, 초야의 수사(修士) 할 것 없이 4대 현문(玄門) 세가(世家)가 앞장서고 크고 작은 가문이 참여한 이번 토벌에 대해 의견이 분분했다.

"좋아요, 좋습니다. 어쨌든 통쾌한 일이잖소! 이릉노조(夷陵老祖)를 벤 영웅이 대체 누굽니까?"

"누구긴 누구겠습니까? 위무선의 사제[#1], 작은 강 종주 강징이지요. 운몽 강씨, 난릉 금씨, 고소 남씨, 청하 섭씨 4대 가문이 선봉에 서 대의멸친(大義滅親)해 위무선의 근거지 '난장강'을 쓸어버리

#1 사제(師弟) 같은 스승에게서 배운 사람이나 스승의 아들 중 자기보다 나이가 어린 사람을 일컫는다. 스승과 제자라는 뜻도 있다.

지 않았습니까."

"내 입바른 소리 한마디 하자면, 잘 죽었습니다."

그러자 누군가 박수 치며 맞장구쳤다.

"그럼요, 잘 죽였죠! 애초에 운몽 강씨가 데려다 키우지 않았으면 위무선은 시정잡배 나부랭이나 되지 않았겠습니까? 강씨의 전 종주가 친자식처럼 길렀는데 배신하고 백가(百家)를 적으로 삼아 운몽 강씨의 체면을 땅에 처박더니 결국 강씨 일가를 참살시켰단 말입니다. 이게 배은망덕이지 않고 뭐겠습니까!"

"강징은 어떻게 그렇게 오랫동안 그런 놈이 날뛰도록 놔뒀을까요. 나였다면 위무선이 배신했을 때 그놈은 물론이고 그놈을 따르는 무리까지 싹 쓸어 후환을 제거했을 겁니다. 그런 놈하고 무슨 동문이고 죽마고우를 운운하겠습니까?"

"내가 들은 것과는 조금 다르네요. 위무선은 사술(邪術)을 수련하다 도리어 자기가 부리던 귀장군에게 물어뜯겨 죽은 게 아닙니까? 산 채로 가루가 됐다던데요."

"하하하! 그걸 두고 현세의 업보를 현세에 받았다고 하는 겁니다. 내 진작 말하고 싶었다니까요. 그가 만든 귀장(鬼將)들이 미친 개처럼 여기저기 사람을 물고 다니더니 결국 자기가 물리고 말았잖습니까. 그래도 쌉니다!"

"말은 그렇지만 이번 난장강 토벌에서 작은 강 종주가 이릉노조의 약점을 노려 미리 계획을 짜지 않았으면 성공 여부는 장담할 수 없었을 겁니다. 여러분들 위무선이 뭘 가지고 있었는지 절대 잊어선 안 됩니다. 하룻밤에 이름난 수사 3천여 명이 어떻게 전멸했는지 말입니다."

"5천이 아니고요?"

"3천이나 5천이나 매한가지지만, 5천이 더 믿을 만하지요."

"정말 미쳤군요……."

"그가 죽기 전에 음호부를 없앤 것은 그나마 음덕을 쌓은 것이라고 할 수 있습니다. 그런 요사스러운 물건을 세상에 남겨 후환을 심어두면 죄업이 더 무거워질 테니까요."

'음호부'라는 말에 순간 정적이 흘렀다. 모두 뭔가 꺼리는 듯이 보였다. 잠시 뒤 누군가 개탄스럽다는 듯 입을 열었다.

"아…… 위무선이 말입니다. 그래도 예전엔 선문(仙門)에서 명성을 떨치던 세가의 공자가 아니었습니까? 훌륭한 성과도 냈고 말이에요. 일찌감치 이름을 날리고 하고 싶은 대로 다 하는 딱 좋은 시절 아니었습니까……. 그런데 어쩌다 그런 길로 빠졌는지……."

화제가 바뀌자 다시 의견이 분분해졌다.

"그러니까 수련을 하려면 정통의 길을 가야 합니다. 사도(邪道)로 빠져 좋은 시절이 계속될 것처럼 잘난 척하지 않았습니까? 결국 어떻게 됐습니까?"

"죽어서도 제대로 땅에 묻히지 못했지요!"

누군가 툭 던지듯 말했다.

"잘못된 수련을 해서만은 아닙니다. 위무선 그자의 인품이 형편없어 하늘이 노하고 모두에게 분노를 사지 않았습니까. 착한 일을 하면 복을 받고 악한 일을 하면 벌을 받기 마련이지요. 하늘은 공평합니다……."

죽은 뒤에나 그 사람의 공과를 평가할 수 있다고, 사람들의 말은 비슷비슷했다. 간혹 다른 소리가 들리긴 했지만, 곧바로 묻혀버렸다.

그러나 사람들의 마음속에는 지워지지 않는 그림자가 남아 있었다.

이릉노조 위무선의 몸은 난장강에서 죽었지만, 토벌이 끝나고도 그의 혼백이 소환되지 않은 것이다.

그의 혼백은 수많은 귀신에게 삼켜질 때 나뉘어 먹혀버렸거나 어쩌면 도망쳤을 것이다.

전자라면 모두가 기뻐해야 할 일이었다. 그러나 이릉노조는 하늘을 뒤집고 땅을 흔들며, 산을 옮기고 바다를 뒤엎는 능력이 있었다. 적어도 소문에는 그랬다. 만약 그가 혼을 부르는 초혼(招魂)을 거부하고자 한다면 그리 어려운 일도 아닐 것이었다. 훗날 그의 원신(元神)이 복위해 다른 사람의 몸을 빌리는 탈사(奪舍)로 부활한다면 현문 백가는 물론 세상 전체가 잔인한 보복과 저주를 당하고 온 세상에 피비린내가 진동할 것이다.

때문에 각 가문은 석수(石獸) 120개로 난장강 꼭대기를 짓누르고 초혼 의식을 자주 진행했다. 동시에 탈사를 샅샅이 조사하고 각지에서 일어난 이상한 현상을 수집하는 등 경계를 늦추지 않았다.

첫해, 아무 일도 일어나지 않았다.

다음 해, 아무 일도 일어나지 않았다.

그다음 해, 아무 일도 일어나지 않았다.

……13년째 되는 해, 여전히 아무 일도 일어나지 않았다.

그제야 사람들은 위무선은 그렇게 대단하지 않으며 혼백까지 소멸했다고 믿기 시작했다.

과거 손바닥을 뒤집어 비와 구름을 만들 정도로 대단했다고 해도 결국 쇠퇴하는 날이 있기 마련이다.

영원히 신단에 모셔지는 자는 없으며, 전설은 그저 전설에 불과했으니…….

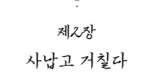

제2장
사납고 거칠다

제2장 사납고 거칠다

위무선은 눈을 뜨자마자 누군가에게 걷어차였다.

그리고 귓가에 천둥 같은 소리가 울렸다.

"이젠 죽은 척이냐?!"

가슴을 걷어차인 위무선은 피를 토할 것 같은 통증을 느끼며, 뒤통수를 땅에 대고 얼굴은 하늘로 향한 채 몽롱한 상태에서 생각했다.

'감히 본 노조[2]를 걷어차다니 겁을 상실했군.'

도대체 몇 년 만에 산 사람의 목소리를 듣는 것인지 알 수 없었다. 게다가 이렇게 대찬 욕설이라니, 머리가 띵하고 눈앞이 캄캄했다. 웬 젊은이의 날카롭고 쉰 목소리가 웅웅대는 이명 속에서 울렸다.

"지금 네가 누구 땅에서 사는지, 누구의 쌀을 먹는지, 누구 돈을 쓰는지 알기나 해! 물건 몇 개 가져간 게 뭐 어때서? 원래 다 내 것이었다고!"

#2 노조(老祖) 어떤 학파나 종파를 창립한 창시자.

이어서 사방에서 뒤지고 쓰러지고 부서지는 소리가 들렸다. 한참 뒤에야 두 눈의 초점이 또렷해지면서 어두운 천장과 그 아래 처진 눈꼬리로 도끼눈을 뜬 소년이 침을 튀겨 가며 말하는 모습이 시야에 들어왔다.

"감히 일러바쳐! 네가 그러면 내가 겁먹을 줄 알아? 이 집안에서 네 말을 들어줄 사람이 정말 있다고 생각하는 거야?"

"공자님, 다 부쉈습니다!"

하인으로 보이는 건장한 사내 둘이 소년의 옆을 에워싸면서 말했다.

"벌써? 이렇게 빨리?"

하인들의 말에 쉰 목소리의 소년은 살짝 놀란 듯 말했다.

"워낙 낡은 집이고 원래 물건도 몇 개 없었습니다."

쉰 목소리의 소년이 만족스러워하며 위무선 쪽으로 돌아서더니 이마를 뚫을 것처럼 집게손가락으로 코를 후벼댔다.

"배짱 있으면 또 가서 일러봐. 왜 죽은 척이야? 이런 고물이랑 폐지 조각 따위가 뭐 그리 대단하다고. 이제 다 부서졌는데 뭘로 일러바칠까? 선문 세가에 몇 년 있었던 게 뭐 그렇게 대단해서. 결국엔 상갓집 개처럼 쫓겨났으면서!"

위무선은 축 늘어진 상태로 생각에 빠졌다.

'이 몸은 죽은 지 여러 해가 지났어. 정말 죽은 척을 한 게 아니라고.'

이건 누구지?

여긴 어디지?

내가 언제 탈사를 했지?

쉰 목소리의 소년은 그를 발로 차고 집 안도 다 부순 뒤에나 화가 다 풀렸는지 고개를 빳빳이 세우고 하인을 데리고 나갔다. 그리고 문을 쾅 닫으며 큰 소리로 명령했다.

"단단히 지켜. 또 기어 나와 추태 부리게 하지 말고!"

문밖의 하인들이 알겠다고 굽실거리며 거듭 대답했다. 소년이 멀어지자 집 안팎이 조용해졌다. 일어나서 앉고 싶었지만, 몸이 말을 듣지 않아 다시 누웠다. 그리고 몸을 뒤집어 낯선 환경과 난장판이 된 실내를 둘러보았다. 머리가 계속 어지럽고 눈앞이 캄캄했다.

위무선은 한쪽 바닥에 떨어진 구리거울에 손을 뻗었다. 그러자 이상하리만큼 하얀 얼굴이 거울에 나타났다. 두 뺨에 진홍색 물감이 비대칭으로 칠해져 있어 선홍색 혀를 쭉 내밀면 목매달아 죽은 귀신처럼 보였다.

그는 받아들일 수 없다는 듯 거울을 던져버렸다. 얼굴을 만지니 손에 하얀 가루가 묻어났다.

다행히 이 몸은 타고난 생김새가 기묘한 게 아니라 취향이 기묘한 것이었다. 사내 녀석이 얼굴에 연지나 바르고 눈썹이나 그리다니, 게다가 이렇게 엉망으로 말이다.

그 모습에 놀라서인지 몸에 힘이 조금 돌아오는 듯했다. 위무선은 간신히 몸을 일으켜 앉은 다음에야 바닥에 그려진 원형 주진(咒陣)을 발견했다. 선홍빛 환진(環陣)이 삐뚤빼뚤하게 그려져 있다. 축축하고 비린내가 진동하는 것으로 보아 피 묻은 손으로 그린 것 같았다. 그의 몸 때문에 조금 지워졌지만 주문도 어지럽게 그려져 있었다. 진에 남은 도형과 문자에서는 음산한 기운이 느껴졌다. 좋든 싫든 오랫동안 사람들에게 무상사존(無上邪尊)이니 마도조사(魔道祖師)니 하고 불린 위무선은 이것이 좋은 진법이 아니라는 것쯤은 한눈에 알 수 있었다.

그는 다른 인간의 몸을 빼앗은 탈사가 아니라 누군가에게 헌사(獻舍)를 당한 것이었다.

'헌사'의 본질은 저주다. 헌사를 하는 사람은 소원을 이루기 위해 흉기로 자신의 몸에 상처를 내고 그 피로 진법과 주문을 그린 다음, 환진 중앙에 앉아 육신을 악령에게 바치고 혼백이 사라지는 것을 대가로 십악불사(十惡不赦)의 여귀사신[#3]을 소환해 자신의 몸에 들인다. 이것이 '탈사'와 정반대인 '헌사'다. 이 둘은 모두 명성이 나쁜 금술(禁術)이지만 전자보다 후자가 더 드물게 시행되고 환영받지도 못했다. 어쨌든 자신의 모든 것을 바쳐서라도 이루고 싶을 만큼 간절한 소원은 드물어 행하는 자가 백여 년 동안 거의 없었다. 고서에 기록된 믿을 만한 사례도 수백 년 동안 서너 명에 불과했고 그들의 소원도 하나같이 다 복수였다. 소환된 여귀는 잔인하고 피비린내 나는 방식으로 소원을 완벽하게 이뤄주었다.

위무선은 억울했다.

내가 왜 '십악불사의 여귀사신'에 속해?

물론 명성이 조금 나쁘고 참혹한 죽음을 맞긴 했지만 첫째로 말썽을 일으킨 적이 없고, 둘째로 복수한 적도 없었다. 맹세컨대 온 천지를 다 뒤져도 자신보다 더 본분을 지키며 외롭게 떠도는 넋은 없을 것이라고 맹세할 수 있었다.

하지만 헌사는 술법을 행한 자의 소원이 우선이기 때문에 위무선은 불복할 수 없었다. 어쨌든 이 몸에 들어왔다는 것은 쌍방이 암묵적인 계약을 한 셈이라 몸 주인의 소원을 반드시 들어주어야만 했다. 그렇지 않으면 육신에 들어간 악령에게 저주가 돌아와 원신

#3 여귀사신(厲鬼邪神) 악귀와 악신.

이 사멸하고 영원히 환생하지 못하게 된다.

옷을 풀어헤치고 손을 들어 살펴보니, 피는 멈춰 있었으나 양 팔목에는 예리한 것으로 그어진 상처가 교차 되어 있었다. 이것이 평범한 상처가 아니고, 몸 주인의 소원을 이루어주지 않으면 아물지 않는다는 것을 위무선은 잘 알고 있었다. 미루면 미룰수록 상처가 심해지고 기한을 넘기면 이 몸에 들어온 그도 육신과 혼백이 모두 산산 조각나 소멸될 것이다.

그것을 몇 번이나 확인한 위무선은 '어떻게 이럴 수가.'라는 말을 수십 번도 더 되뇌며 벽을 짚고 가까스로 일어났다.

그가 있는 집은 크긴 했지만, 텅 비었고 초라했다. 침상의 이불은 얼마나 오래 안 빨았는지 퀴퀴한 냄새가 진동했다. 벽 모퉁이에 있는 대바구니는 폐품 통으로 쓰였으나 조금 전 하인들의 발길질에 엎어져 쓰레기와 폐지가 온 바닥에 나뒹굴었다. 위무선은 종이 뭉치에 먹물 흔적이 있는 것 같아 손에 잡히는 대로 하나 주워 펼쳐보았다. 종이에는 글자가 빽빽하게 쓰여 있었다. 땅에 흩어진 종이뭉치를 다 모아 펼쳐보자 몸의 주인이 괴로움을 토로한 내용이 가득했다. 어떤 단락에서는 조리가 없고 순서가 뒤엉켜 있었지만, 그가 얼마나 초조하고 긴장했는지 삐뚤삐뚤한 글씨를 통해 알 수 있었다. 위무선은 성질을 참으며 한 장 한 장 끈기 있게 살펴보았다. 보면 볼수록 뭔가 심상치 않았다.

종이에는 대략적인 상황을 추측할 수 있는 내용이 적혀 있었다. 우선 이 몸의 주인은 모현우라는 인물이었고 이곳은 모가장[4]이었다.

모현우의 외조부는 이 지역의 대부호였다. 대대로 이 가문은 자

#4 모가장(莫家莊) 모씨 집성촌.

식이 귀하고 팔자에 아들이 없어 여러 해 동안 열심히 노력해 겨우 딸 두 명을 얻었다. 두 딸의 이름은 거론되지 않았지만 어쨌든 장녀는 정실부인 소생으로 남편을 데릴사위로 들였다. 차녀는 외모가 출중했지만 노비 소생이라 모가는 아무에게나 출가시키려고 했다. 그러나 누가 알았으랴, 그녀가 열여섯 살 되던 해 이곳을 지나던 명문가 가주(家主)가 그녀에게 한눈에 반해 뜻밖의 만남이 성사되었다. 두 사람은 모가장을 밀회 장소로 삼고 1년 뒤 아들을 낳았는데 그게 바로 모현우였다.

모가장 사람들은 원래 이런 일은 입에 담기도 싫어했다. 그러나 당시 사람들은 선인(仙人)을 숭상해 도를 수련하는 현문 세가는 하늘이 선택한 사람들이어서 신비하고 고귀하다고 생각했다. 그런 명문가 가주가 모씨 가문을 도와주니 상황이 전혀 달라졌다. 모씨 가문은 이를 영광으로 여겼고 사람들도 매우 부러워했다.

하지만 좋은 시절은 오래 가지 않았다. 그 가주는 신선한 것에 끌려 잠깐 외도한 것이라 2년도 채 되지 않아 방문하는 횟수가 점점 줄어들었다. 모현우가 네 살 된 이후로는 아예 찾아오지도 않았다.

몇 년 사이 모가장의 분위기가 또 바뀌어 다시 예전처럼 모현우 모자를 멸시하고 조롱하며 동정도 하지 않았다. 모현우 어머니는 그래도 명문가 가주가 친자식을 모른 척하지는 않을 것이라고 굳게 믿었다. 그리고 모현우가 열네 살 되던 해 가주가 사람들을 보내 모현우를 정중하게 모시고 돌아갔다.

그러자 모현우 어머니의 어깨에 다시 힘이 들어갔고 그녀는 고개를 빳빳이 세우고 다녔다. 비록 함께 가지 못했지만, 그간의 억울함을 털어낸 그녀는 여봐란듯 사람을 만날 때마다 앞으로 자기 아들이 현문의 선수#5가 되어 조상과 가문을 빛낼 것이라고 자랑했다. 그래서 모가장 사람들은 또 한 번 의견이 분분했고 태도가 변했다.

그러나 모현우는 수련의 성과를 내고 아버지의 가업을 잇기도 전에 쫓겨났다.

게다가 지극히 꼴사납게 쫓겨났는데, 단수#6였던 모현우가 동문 수학하던 동문에게 치근덕대다가 발각된 것이다. 또한 타고난 자질도 평범해 수련을 해도 별 성과가 없자 가문 사람들은 그를 계속 남겨둘 이유가 없다고 판단했다.

설상가상으로 돌아온 모현우는 무슨 충격을 받았는지 미쳐서 상태가 좋았다가 나빴다가 자꾸 바뀌었다.

여기까지 읽은 위무선은 미간을 찌푸렸다.

단수는 그렇다 치고, 미친놈이라니. 목매달아 죽은 귀신처럼 얼굴에 분칠을 잔뜩 하고, 바닥에 선혈이 낭자한 진법을 그려놨어도 이상하게 여기는 사람이 아무도 없는 것도 당연했다. 모현우가 바닥에서 벽, 천장까지 집 전체에 피 칠갑을 해놨어도 사람들은 이상하다고 생각하지 않을지도 몰랐다. 모현우의 머리에 문제가 있다는 것을 모두가 알았기 때문이다.

모현우가 집으로 돌아오자 사람들은 그를 다시 조롱했다. 이번에는 만회의 여지가 없어 보였다. 모현우 어머니는 충격을 견디지 못하고 그만 화병으로 숨이 막혀 죽었다.

그때 모현우의 외조부는 이미 세상을 떠나 모씨의 장녀가 집안을 다스리고 있었다. 모씨 부인은 어려서부터 여동생을 싫어했기 때문에 여동생의 사생아는 더 말할 나위가 없었다. 그리고 그녀에게

#5 선수(仙首) 선인의 우두머리.
#6 단수(斷袖) 동성애자.

는 아들이 하나 있었는데 바로 방금 들어와 집 안을 엉망으로 만들고 간 놈으로 이름은 모자연이었다. 모현우가 친가로 갈 때 모 부인은 모현우를 데리러 온 선문 사람에게 모자연도 친척이니 같이 데리고 가달라고 부탁했다. 물론 거절당했다. 아니 무시당했다고 할 수 있었다.

가당찮은 소리. 이게 무슨 채소 사는 것처럼 가격을 흥정하고, 하나 사면 하나 더 얹어주는 것도 아니고. 그러나 이 집안사람들은 어디서 그런 자신감이 생긴 것인지 모자연이 선골이고 천부적인 자질이 있어 애초에 그가 갔으면 선가의 눈에 띄었을 것이며, 사촌 형처럼 제구실 못 하진 않았을 것이라는 이상한 생각을 하고 있었다. 모현우가 떠날 때 모자연은 나이가 어렸지만 어릴 때부터 이런 근거 없는 생각을 주입받아 이것을 믿어 의심치 않았다. 그래서 하루가 멀다고 모현우를 찾아와 모욕을 주면서 모현우가 자기 앞길을 막았다고 욕했다. 그리고 모현우가 선문에서 가지고 온 부적, 단약, 소법기를 전부 자기 것인 양 가져가거나 부숴버렸다. 모현우는 병이 자주 도졌지만 자기가 모욕을 당하고 있다는 것은 알았다. 참고 참았지만 모자연은 한 술 더 떠서 모현우의 물건을 거의 다 가져갔다. 참다못한 모현우는 이모와 이모부를 찾아가 더듬거리며 사실을 고했다. 그래서 오늘 모자연이 달려와 이 사달이 난 것이다.

작고 빽빽하게 써진 글씨를 읽느라 위무선은 눈이 다 아팠다. 모현우가 그동안 어떤 세월을 보냈는지 짐작이 갔다. 모현우는 헌사를 해서라도, 여귀사신에게 몸을 바쳐서라도, 복수하고 싶은 것이었다.

눈의 통증이 사라지자 두통이 시작됐다. 헌사할 때 헌사자는 마음속으로 소원을 빌어 소환된 악령에게 자신의 자세한 요구를 알려야 했다. 그러나 모현우가 어디서 이 금술을 베껴 왔는지 완전하지 않고 제대로 익히지 않아서 이 단계가 빠졌다. 위무선은 모현우가 모가 사람들에게 복수하고 싶어 한다는 것은 대충 짐작했지만, 도대체 어떤 복수를 원하고, 어느 정도를 원하는지 알 수 없었다.

빼앗긴 물건을 되찾아오면 되나?

모가 사람들을 두들겨 패주면 되나?

아니면…… 멸문?

아마 멸문일 것이다. 수진계에 몸담은 자라면 위무선이 어떤 평가를 받는지 잘 알았을 것이다. 배은망덕, 미치광이, 위무선보다 더 '흉신악살[7]'에 부합하는 인물이 어디 있을까? 위무선을 지명해 소환했으니 쉽게 이룰 수 있는 소원은 아닐 것이었다.

"사람을 잘못 골랐어……."

위무선이 유감스럽다는 듯이 말했다.

그는 세수를 하고 이 몸 주인의 얼굴을 보고 싶었지만, 집 안에는 씻을 물은커녕 마실 물도 없었다.

유일하게 있는 대야처럼 생긴 것은 용변용이지 세안용은 아닌 듯했다.

문을 밀어보니 밖에서 빗장을 걸어 잠겨 있었다. 아마 모현우가 함부로 나다니지 못하게 하려는 듯했다.

조금이나마 다시 살아난 기쁨을 느끼게 해주는 것이 하나도 없었다.

위무선은 일단 좌선을 해 새로운 몸에 적응하기로 했다. 한번 앉으니 하루가 훌쩍 지났다. 눈을 뜨자 문과 창문 틈으로 햇빛이 들

#7 흉신악살(凶神惡煞) 매우 흉악한 신 또는 인간.

어왔다. 몸을 일으켜 걸어봤지만 이상하게도 여전히 어지럽고 눈앞이 캄캄한 것이 좋아진 기미가 보이지 않았다.

'모현우는 수련 수준이 낮아 영력이 거의 없다고 할 수 있는데 몸을 부리기가 왜 이렇게 어렵지?'

그 순간 배에서 이상한 소리가 울렸다. 그제야 위무선은 영력 문제가 아니라 밥을 안 먹어 배고파 그런 것임을 알았다. 뭔가 먹지 않으면 유사 이래 최초로 인간의 몸에 들어오자마자 산 채로 굶어 죽은 여귀사신이 될지도 몰랐다.

위무선이 기운을 차리고 문을 박차려는 순간, 누군가 다가오는 발소리가 들리더니 문을 걷어차고는 귀찮다는 듯 말했다.

"밥 먹어!"

걷어차인 문은 열리지 않았다. 위무선이 고개를 숙여보니 문 아래 더 작은 문이 열리고 그릇들이 그 앞에 놓여 있었다.

"뭘 꾸물거려. 빨리 먹어! 다 먹으면 그릇 내놓고!"

작은 문은 개구멍보다 더 작아서 사람은 들고날 수 없고 그릇만 들어올 수 있었다. 반찬 두 개에 밥 한 공기, 정말 초라한 상차림이었다. 밥에 꽂힌 젓가락을 휘저으며 위무선은 조금 서글픈 생각이 들었다.

이릉노조가 인간 세상에 돌아오자마자 발로 차이고 욕이나 흠씬 먹다니. 자신을 반기는 첫 끼니가 이런 찬밥에 찌꺼기 같은 음식이라니. 피바람은? 대살육은? 멸문은? 말해봐야 누가 믿을까. 호랑이가 산을 내려오면 개에게 물리고, 용이 얕은 물에서 헤엄치니 새우가 비웃고, 털 뽑힌 봉황은 닭만도 못하다더니…….

이때 문밖에서 하인의 말소리가 들렸다. 이번에는 웃음이 새는 것이 누군가를 부르는 것 같았다.

"아정! 이리 와봐."

"아동, 또 밥 주러 온 거야?"

낭랑한 여자 목소리가 멀리서 대답했다.

"아니면 내가 이런 재수 없는 곳에 왜 오겠어!"

아동이 툭 내뱉듯 말했다.

"하루에 한 번 밥만 갖다 주면 적당히 게으름 피워도 아무도 뭐라고 안 하잖아. 얼마나 좋아. 그런데 재수 없다고 뭐라고 해? 나 좀 봐. 할 일이 산더미라서 나가서 바람 쐴 짬도 없잖아."

아정의 소리가 점점 가까워지더니 문 앞에서 멈췄다.

"내가 밥만 가져다주는 건 아니라고! 그리고, 이런 때에 나가서 놀 생각을 해? 주시가 얼마나 많은데. 다들 문을 꼭꼭 걸어 잠그고 있건만."

아동이 볼멘소리를 했다.

위무선은 문에 기대 쪼그리고 앉아 그릇을 들고 길이가 다른 젓가락으로 음식을 먹으며 들었다.

보아하니 요즘 모가장은 그다지 편안하지 않은 듯했다. 주시는 말 그대로 걸어 다니는 시체로 등급이 낮고 매우 흔한 시변[8]한 시체이다. 눈에 초점이 없고 걸음이 느리며 살상력이 약하지만, 일반인이면 놀라고 무서워할 수 있었다. 특히 주시의 썩은 냄새만으로도 한 바가지는 토할 정도였다.

하지만 위무선에게 주시는 가장 부리기 쉽고 순종적인 허수아비라 이렇게 갑자기 들으니 반갑기까지 했다.

#8 시변(屍變) 시체가 갑자기 살아 움직이는 현상.

"네가 나가고 싶다면 내가 보호해줄 수 있는데……."

아동이 추파를 던지며 운을 뗐다.

"네가? 나를 보호해준다고? 허풍은! 네가 주시를 물리칠 수 있어?"

아정이 대답했다.

"내가 못 하면 다른 사람도 못 해."

아동이 씩씩거리며 말했다.

"다른 사람이 못 할지 네가 어떻게 알아? 오늘 모가장에 선문 사람들이 왔어. 아주 대단한 세가라던데! 부인이 벌써 청당^{#9}에서 맞이하고 있어. 마을 사람들도 구경하려고 모여들었다고. 떠들썩한 소리 들리지? 너랑 얘기할 시간도 없어, 이따가 나한테 심부름시킬지도 모르거든."

아정이 웃으며 말했다.

정신을 집중해서 들으니 정말 동쪽에서 웅성웅성하는 사람 소리가 들렸다. 위무선은 잠시 생각한 다음 일어나 문을 걸어찼다. 그러자 문에 걸린 빗장이 쩍 하고 갈라졌다.

눈빛을 주고받으며 대화를 나누던 두 하인은 갑자기 쾅 하고 문이 열리자 깜짝 놀라 비명을 질렀다. 위무선은 밥그릇과 젓가락을 내던지고 걸어 나왔다. 햇빛이 눈을 찔러 한참 동안 눈을 뜨지 못했고, 피부도 찌르듯 따끔거려 손을 들어서 해를 가리며 잠깐 눈을 감았다.

아정보다 더 크게 소리를 지른 아동은 정신을 차리고 모두가 무시하는 미친놈에게 방금 구긴 체면을 만회라도 하려는 듯 달려들었다. 그리고 개를 혼내는 것처럼 팔을 휘휘 저으며 소리쳤다.

#9 청당(廳堂) 응접실.

"가, 들어가! 돌아가라고! 뭐 때문에 나온 거야!"

거지나 파리도 이렇게 대하지는 않을 것이다. 하지만 이 집안 하인 대부분이 모현우를 이렇게 대했을 것이고 모현우가 반항을 하지 않으니 점점 더 함부로 대했을 것이다. 위무선은 아동을 가볍게 차 넘어뜨리고 웃으며 말했다.

"네가 지금 누구한테 까불었는지 아느냐?"

이곳에서 볼일은 끝났다. 위무선은 하인들을 뒤로한 채 왁자한 소리를 따라 동쪽으로 향했다.

동쪽 안뜰에 도착하자 청당 안팎을 사람들이 둘러싸고 있었다. 위무선이 마당으로 한 걸음 내딛자 한 부인이 옆에 있는 사람들보다 큰 목소리로 말하는 것이 들렸다.

"……우리 집안에도 수진계와 인연이 있었던 사람이 있습니다……."

모 부인이 선문 세가와 인연을 맺으려 온갖 방법을 다 짜내고 있는 게 분명했다. 위무선은 모 부인의 말이 채 끝나기 전에 황급히 사람들을 뚫고 청당으로 들어가 힘차게 손을 흔들며 말했다.

"왔습니다, 왔어요. 여깁니다, 여기!"

청당에 잘 차려입고 앉아 있는 중년 부인이 바로 모 부인이었고 그 아래에 데릴사위인 남편이 앉아 있었다. 그리고 맞은편에는 등에 검을 찬 백의(白衣)의 소년들이 앉아 있었다. 사람들 틈에서 갑자기 봉두난발에 땟물이 줄줄 흐르는 이상한 인물이 튀어나오자 순간 모든 소리가 멈췄다. 위무선은 이런 정적에는 아랑곳하지 않고 얼굴을 쑥 내밀며 말했다.

"방금 누가 나 불렀죠? 수진계와 인연이 있는 사람이라면 바로 나죠!"

웃고 있는 위무선의 얼굴에서 덕지덕지 바른 분이 갈라져 후두둑 떨어졌다. 그 모습에 백의의 소년 하나가 품 하고 웃자 옆에 앉은 수장으로 보이는 소년이 그를 쳐다보았고, 웃고 있던 소년은 곧바로 정색했다. 소리 나는 쪽을 훑어보던 위무선은 조금 놀랐다. 무식한 하인이 과장한 것인 줄 알았는데 정말 '대단한 세가'의 자제가 와 있던 것이다.

하얀 옷을 입은 소년들에게서는 신선의 기운이 흘렀고 아름답기까지 했다. 그들이 입은 옷만 봐도 고소 남씨라는 것을 알 수 있었다. 그리고 손가락 넓이의 권운(卷雲) 문양이 있는 말액#10을 이마에 두른 것으로 보아 남가의 자제라는 것도 알 수 있었다.

고소 남씨는 우아하고 올바르다는 뜻의 '아정(雅正)'을 가훈으로 삼았다. 이마의 띠는 '자신을 구속'하라는 뜻이고 권운 문양은 남씨 가문의 문양이었다. 객경#11이나 문하생처럼 이 가문에 위탁한 외성#12 수사는 말액에 권운 문양이 없다. 위무선은 남가 사람들을 보자 이가 욱신거렸다. 그는 전생에 그들의 옷을 '피마대효#13'라고 욕했으니 잘못 볼 리가 없었다.

오랫동안 조카를 보지 않았던 모 부인은 한참 뒤에야 이 진한 화장을 한 인물을 알아보고 부아가 치밀었다. 하지만 그렇다고 바로 화를 낼 수도 없는 노릇이라 작은 목소리로 남편에게 말했다.

"누가 쟤를 나오게 했어요? 어서 돌려보내요!"

그녀의 남편이 서둘러 대답하고는 재수 없다는 표정으로 끌어내

#10 말액(抹額) 이마에 두르는 띠.
#11 객경(客卿) 다른 나라 출신의 수사.
#12 외성(外姓) 성이 다른 사람.
#13 피마대효(披麻戴孝) 상복을 입고 허리에 삼끈을 묶는다.

려고 했지만 위무선은 바닥에 벌렁 드러누워 사지를 땅에 딱 붙였다. 아무리 밀고 끌어당겨도 꿈쩍도 하지 않자 하인들을 불러 끌어 내려 했지만, 소용없었다. 손님이 없었다면 벌써 발로 걷어차였을 것이다.

모 부인의 안색이 점점 나빠지자 그는 땀을 뻘뻘 흘리며 호통쳤다.

"이 미친놈아! 얼른 돌아가지 않으면 가만 안 둘 테다!"

모가장 사람들은 모가에 정신병이 있는 공자가 있다는 것은 알았지만 수년째 집 밖으로 나오지 않아 그를 볼 기회가 없었다. 그런데 오늘 모현우가 귀신같이 분칠하고 나와 소란을 피우자 재미난 구경거리가 생기길 기대하며 수군거렸다.

"가라면 갈게요."

위무선이 말했다.

"훔쳐 간 내 물건부터 돌려주면요."

그는 말하며 모자연을 가리켰다.

모자연은 이 미친놈이 어제 잘 알아듣도록 따끔하게 혼을 냈는데 오늘 기어 나올 정도로 간이 클 줄은 생각하지 못했다. 모자연의 얼굴이 붉으락푸르락하더니 하얗게 변했다.

"헛소리하지 마! 내가 언제 네 물건을 훔쳤어? 내가 네 물건을 어디에 쓴다고 훔쳐?"

"맞네, 맞아! 훔친 게 아니라 뺏은 거지!"

위무선의 대답에 모 부인은 모현우가 지금 정신이 또렷하고 자신의 체면을 구기려고 단단히 작심하고 나왔다는 것을 알아채고는 경악스럽고 증오스러운 마음을 누를 수 없었다.

"너 오늘 작정하고 소란 피우는 거지?"

"쟤가 내 물건을 훔쳐 가서 찾으러 왔는데, 이게 소란이라고요?"

위무선은 도통 모르겠다는 듯이 말했다.

모 부인이 대답하기도 전에 마음이 급한 모자연이 위무선을 걷어차려 했다. 하지만 그 순간 등에 검을 찬 백의의 소년이 손가락을 약간 움직이자 모자연의 발이 삐끗하더니 위무선을 슬쩍 치고 허공을 차면서 넘어졌다. 위무선이 모자연에게 정말 차인 것처럼 빙그르르 뒹굴면서 옷자락을 헤치자 어제 모자연에게 걷어차여 가슴에 찍힌 발자국이 선명하게 드러났다.

모 가장 주민들은 상황을 흥미진진하게 지켜봤다. 발자국을 보니 모현우 스스로 낼 수 없는 모양이었다. 사람들은 어쨌든 모현우도 모씨 핏줄인데 이 집안사람들이 해도 너무했다고 생각했다. 모현우가 갓 돌아왔을 때만 해도 이 정도까지는 아니었는데 핍박당해 상태가 더 나빠진 게 분명했다. 하지만 상관없었다. 오래간만에 떠들썩한 구경거리가 생겼으니 이게 선문 세가가 온 것보다 훨씬 더 흥미로웠다.

많은 눈이 보고 있어 때리지도 끌어내지도 못한 모 부인은 목구멍이 턱 막히는 듯했지만 이 상황을 마무리해야 했기에 담담하게 말했다.

"뭘 훔치고, 뭘 빼앗아? 어디서 그런 거북한 소리를 하는 거냐. 같은 집안사람끼리 잠깐 빌려다 본 것 가지고. 아연[#14]은 네 동생인데 동생이 좀 가져간 게 뭐 어떻단 말이냐? 형이 이런 일로 화를 내야 쓰겠니? 작은 일로 아이처럼 화내고 소란을 피우다니, 게다가 안 돌려줄 것도 아닌데."

#14 아연(阿淵) 모자연의 애칭. 이름이나 성 앞에 '아(阿)' 자를 붙여 친밀함을 나타냄.

백의의 소년들이 서로 쳐다봤다. 차를 마시던 한 소년은 하마터면 사레가 걸릴 뻔했다. 고소 남씨 가문에서 자란 자제들은 좋은 것만 보고 자랐기 때문에 이런 소란은 거의 본 적이 없었고, 더구나 이런 고견은 들어본 적이 없으니 어쩌면 오늘 그들의 식견이 조금 늘었을지도 몰랐다. 위무선은 속으로 깔깔대면서 손을 뻗으며 말했다.

"그럼 돌려주시죠."

모자연은 당연히 돌려줄 수 없었다. 버릴 건 버리고 부술 건 이미 예전에 다 부쉈기 때문이다. 돌려줄 수 있다고 해도 달갑지 않았다. 모자연이 새파랗게 질린 얼굴로 소리쳤다.

"어머니!"

모자연은 자신의 어머니를 쳐다보며 눈빛으로 나를 이렇게 모욕당하게 둘 거냐고 말했지만, 모 부인은 눈을 부라리며 모자연에게 상황을 더 악화시키지 말라고 했다. 하지만 이때 위무선이 또 입을 열었다.

"모자연은 제 물건을 훔치지 말았어야 했어요. 게다가 야밤에 훔쳐서는 더더욱 안 됐죠. 내가 남자 좋아하는 거 세상이 다 아는데 부끄럽지도 않나, 의심받기 딱 좋은 시간에 말이야."

모 부인은 숨이 턱 막혀 소리쳤다.

"마을 어르신들 앞에서 무슨 말이냐! 정말 뻔뻔스럽기도 하지. 아연은 네 외사촌 동생이란 말이다!"

원래 무례하기로는 위무선을 따라올 자가 없었다. 예전에는 무례하고 싶어도 체면을 생각해야 했고 가정교육 잘못 받았다는 등의 소리를 듣지 않도록 해야 했지만, 지금은 어차피 미친놈인데 체면이고 뭐고 그냥 마음 편하게 패악을 부려도 괜찮았다. 위무선은 고개를 빳빳이 세우고 당당하게 말했다.

"내가 외사촌 형이라는 걸 쟤도 잘 아는데 도대체 누가 더 뻔뻔하다는 거죠?! 자기야 괜찮으면 그만이지만 내 순결까지 훼손하면 안 되지! 난 다른 좋은 남자를 찾고 싶단 말이야!"

모자연이 소리를 꽥 지르며 의자를 던졌다. 위무선은 마침내 모자연이 폭발하자 후다닥 일어나 숨었다. 의자가 땅에 떨어져 부서지자 청당을 둘러싸고 흥미진진하게 구경하던 사람들은 모가 집안이 체면을 크게 구기자 행여 그 불똥이 자신들에게 튈까 후다닥 흩어졌다. 위무선은 멍하게 있는 남가 소년들 뒤로 숨으면서 소리쳤다.

"모두 봤죠? 봤죠? 물건을 훔쳐 가놓고 사람을 때리기까지 하다니, 양심이라곤 눈을 씻고 찾아도 없다니까!"

모자연이 쫓아와 위무선을 때리려고 하자 수장인 듯한 소년이 재빨리 막아섰다.

"저기…… 공자, 하실 말씀이 있다면 좋게 말씀하시지요."

모 부인은 소년이 미치광이를 편드는 모습이 내심 언짢았지만 억지로 웃으며 말했다.

"저 아이는 내 여동생의 아들입니다. 저 아이는…… 조금 모자랍니다. 모가장 사람들은 저 아이가 미쳤다는 걸 다 알아요. 늘 이상한 말만 하니 진짜라고 생각하면 안 됩니다. 수사님들은 아무쪼록……."

말이 채 끝나기도 전에 위무선이 소년의 뒤에서 머리를 내밀며 말했다.

"내가 거짓말을 했다는 거야? 앞으로 누구라도 내 물건을 훔쳐보시지, 한 번 훔칠 때마다 손을 잘라버릴 테니까!"

부친에게 붙잡혀 있던 모자연은 이 말에 다시 버럭 화를 냈다. 위무선은 "랄랄라"거리며 물고기처럼 빠져나갔다. 그 모습에 소년이 재빨리 문 앞을 막고 진지한 표정으로 화제를 돌려 본론을 꺼냈다.

"그…… 오늘 밤 귀댁의 서쪽 마당을 빌리겠습니다. 먼저 말씀드린 것처럼 해가 떨어지면 문을 굳게 잠그고 밖을 나다녀선 절대 안 됩니다. 서쪽 마당에 가까이 와서는 더더욱 안 되고요."

모 부인은 몸이 부들부들 떨릴 정도로 화가 났지만, 소년이 막고 있어서 어쩔 수가 없었다.

"네, 네. 부탁드립니다. 수고해주세요……."

"어머니! 저 미친놈이 사람들 앞에서 나에게 모욕을 주었는데 그냥 이렇게 끝내려고요?! 어머니가 그러셨잖아요, 쟤는 그저……."

모자연이 믿지 못하겠다는 투로 말했다.

"그만. 할 말 있으면 나중에 하거라!"

모 부인이 소리쳤다.

모자연은 이런 대접을 받아본 적도, 이렇게 창피를 당해본 적도 없었고 어머니에게 혼난 적은 더더욱 없었기 때문에 분통이 터져 포효하듯 외쳤다.

"이 미친놈, 오늘 밤 내가 널 가만두나 봐라!"

소란을 다 피운 위무선이 모가장을 활보하자 사람들은 깜짝 놀랐다. 그는 사람들이 놀라는 것을 보고 미치광이 신분이 주는 즐거움을 느끼기 시작했다. 목매 죽은 것처럼 분칠한 얼굴도 마음에 들어 씻어내기가 아까울 정도였다.

'뭐 물도 없는데 안 씻으면 어때.'

위무선은 머리를 정리하면서 손목을 힐끗 봤다. 상처는 연해지거

나 호전될 기미가 없었다. 이렇게 소란 한 번 피운 가벼운 복수로
는 부족한 모양이었다.

설마 정말 모씨 가문을 멸문시키길 바라는 것인가?

……솔직히, 그렇게 어려운 일도 아니었다.

위무선은 곰곰이 생각하면서 모가를 돌아다녔다. 잰걸음으로 서
쪽 마당에 들어가다가 남가 자제 몇이 지붕과 담장 위에 서서 뭔가
심각하게 의논하는 것을 보고 다시 잰걸음으로 나와 고개를 들어
그들을 쳐다봤다.

자신을 포위하고 토벌했던 세가 중에 고소 남씨도 있었지만, 그
때 저 후배들은 아직 태어나지도 않았거나 아니면 고작 서너 살 정
도밖에 안 되었을 테니 그들과는 전혀 상관이 없었다. 위무선은 걸
음을 멈추고 그들이 뭘 어떻게 하는지 보기로 했다. 그러다 위무선
은 돌연 뭔가 이상하다는 생각이 들었다.

'지붕과 담장에서 바람에 펄럭이는 검은 깃발들이 왜 이렇게 눈
에 익지?'

이런 깃발을 '소음기'라고 했다. 살아 있는 사람의 몸에 꽂으면
일정 범위 안의 음령과 원혼, 흉시와 사령이 몰려들어 그 사람을
공격한다. 깃발을 꽂은 사람이 살아 있는 표적이 되는 것이라 '파
기'라고도 한다. 건물에 꽂을 수도 있지만, 건물에 반드시 사람이
있어야 하고 그러면 공격 범위가 건물 안 모든 사람으로 확대된다.
깃발이 꽂힌 곳 근처에는 음기가 맴돌아 마치 흑풍이 선회하는 것
같다고 해서 '흑풍기'라고도 했다. 소년들이 서쪽 마당에 기진(旗陣
)을 배치하고 사람의 접근을 막은 것도 주시를 이곳으로 유인해 일
망타진하겠다는 계산일 것이었다.

깃발이 왜 눈에 익을까 했더니……, 어떻게 눈에 익지 않을 수가 있으랴. 소음기를 만든 사람이 바로 이릉노조였다.

보아하니 현문 백가들이 위무선을 죽이네, 어쩌네 하면서도 그가 만든 물건은 아직도 사용하고 있었던 모양이었다.

처마에 서 있던 한 소년이 위무선을 보고 말했다.

"돌아가십시오. 이곳은 당신이 올 곳이 아닙니다."

쫓아내는 말이었지만 좋은 뜻에서였다. 말투도 이 집 하인들과는 크게 달랐다. 위무선은 그들이 방심한 틈을 타 뛰어올라 깃발 하나를 뽑아 들었다.

깜짝 놀란 소년이 담장에서 뛰어내려 그를 쫓아왔다.

"함부로 만지지 마세요. 그건 당신이 함부로 만져도 되는 물건이 아닙니다!"

"안 줘, 안 줄 거야! 내가 가질 거야, 내 거라고!"

위무선이 도망가면서 외쳤다. 산발을 하고 좋아서 덩실덩실 춤추는 모양이 정말 완벽한 미치광이 같았다.

"돌려주시죠? 안 그러면 때릴 겁니다!"

소년이 쫓아와 위무선의 팔을 잡으며 말했다.

위무선은 깃발을 꼭 품고 놔주지 않았다. 기진을 배치하고 있던 수장 소년도 소란에 놀라 처마에서 내려왔다.

"경의, 그만하면 됐어. 잘 돌려받으면 되지 실랑이할 필요는 없잖아."

"사추, 나 정말 안 때렸어! 저자를 좀 봐, 기진을 망쳐버렸잖아!"

남경의가 말했다. 밀고 당기는 사이에 위무선은 손에 쥔 소음기를 재빨리 살폈다. 도안과 화법이 정확했고 주문도 하나도 빠짐없이 정확해 사용해도 착오가 없어 보였다. 다만 깃발을 그린 사람이 경험이 부족했는지 이것으로는 최대 5리[#15] 안의 사령과 주시만 불러들일 수 있었다. 하지만 그것으로도 충분했다.

"모 공자, 날이 어두워지면 이곳에서 주시를 잡을 것입니다. 밤에는 위험하니 어서 집으로 돌아가세요."

남사추가 위무선에게 미소 지으며 말했다.

위무선은 이 소년을 가늠해봤다. 점잖고 고상하며 품위 있는 자태, 입가에 잔잔한 미소를 머금은 것이 박수를 쳐주고 싶을 만큼 훌륭한 새싹으로 보였다. 기진 배치도 질서정연하게 잘한 것을 보니 가정교육도 잘 받은 듯했다. 고소 남씨 같은 고루하기 짝이 없는 사람들이 사는 무서운 곳에서 어떻게 이런 후배가 나왔는지 모를 일이었다.

"그 깃발은……."

남사추가 다시 말했다.

그의 말이 채 끝나기도 전에 위무선이 소음기를 바닥에 내던지며 "흥." 하고 소리쳤다.

"이런 낡은 깃발이 뭐가 그리 대단하다고! 내가 너희보다 훨씬 잘 그려!"

깃발을 내던지고 위무선은 냅다 줄행랑쳤다. 지붕 위에서 아래에 일어난 소동을 보고 있던 소년들은 위무선의 허풍에 웃다가 자칫 아래쪽으로 떨어질 뻔했다. 남경의도 화가 나 실소를 터뜨리며 위무선이 버린 소음기를 주워 들고 먼지를 털었다.

"정말 제대로 미친 자야!"

#15 리(里) 길이 단위로 1리는 약 392m
#16 중의(中衣) 겉옷 안에 입는 바지와 저고리.

"그렇게 말하지 말고, 어서 이리 와서 좀 도와."

남사추가 말했다.

위무선은 건들거리며 동네를 두 바퀴 더 돈 다음 저녁이 돼서야 모현우의 작은 집으로 돌아왔다. 문의 빗장은 이미 부서졌고 온통 어질러져 있었지만 치우는 사람은 없었다. 위무선은 못 본 척하고 그나마 조금 깨끗한 곳을 골라 좌선을 시작했다.

하지만 날이 밝기도 전에 밖에서 떠들썩한 소리가 들려 명상에서 깼다.

통곡과 비명이 섞인 속에서 어지러운 발소리가 빠르게 가까워졌다. 위무선은 반복되는 몇 마디 말소리를 들었다.

"……어서 들어가 끌고 나와!"

"관청에 신고해!"

"신고는 무슨, 그냥 처 죽여야지!"

위무선은 눈을 떴다. 하인 몇 명이 이미 집 안으로 들어와 있었다. 집이 대낮처럼 환해졌고 누군가 소리 높여 외쳤다.

"이 미치광이 살인마를 청당으로 끌어내 목숨으로 대가를 치르라고 해!"

위무선은 '설마 소년들이 설치한 기진에 착오가 생겼나?' 하고 생각했다.

그가 만든 물건은 조금만 부주의해도 큰 재앙을 낳았다. 그래서 일부러 직접 가서 제대로 그렸는지 확인한 것이다. 몇몇 장정이 위무선을 밖으로 끌어냈다. 그는 걷는 힘도 절약할 겸 앉은 채로 끌려나갔다. 동쪽 청당은 매우 떠들썩했다. 사람 수는 낮보다 적었지만, 하인과 친척들이 전부 나와 있었다. 개중에는 중의[16]만 입고 머리도 빗지 못한 사람도 있었지만, 한결같이 공포에 질린 얼굴이었다. 모 부인은 의자에서 꼼짝도 하지 않았는데 혼절했다가 막 깨어난 것 같았다. 뺨에는 눈물 자국이 있었고 눈가에 눈물이 고여 있었다. 위무선이 끌려 들어오자 그녀의 눈물이 원한이 서린 듯 차갑게 반짝였다.

바닥에 사람 같은 게 놓여 있고 그 위에 흰 천이 덮여 있었다. 남사추와 소년들은 진지한 표정으로 허리를 굽혀 살피면서 작은 소리로 이야기를 나누고 있었다. 그들의 대화가 위무선의 귀로 흘러들어왔다.

"……발견한 지 한 주향#17도 안 됐다고?"

"우리가 방금 주시를 제압하고 서쪽 마당에서 동쪽 마당으로 향하는데 복도에 시체가 있었어."

바닥에 놓여 있는 사람은 모자연이었다. 시체를 한번 쓱 훑어본 위무선은 몇 번 더 다시 보았다.

시체는 모자연이지만 또 아닌 것 같기도 했다. 얼굴 형태와 이목구비는 분명 외사촌 동생이었지만 깊게 팬 뺨과 툭 튀어나온 눈알, 주름이 가득한 피부는 죽기 전 모자연에 비해 스무 살은 더 늙어 보였다. 마치 피와 살이 쪽 빨리고 뼈대에 얇은 가죽만 씌워놓은 것 같았다. 생전의 모자연이 그냥 못생겼다고 한다면 지금의 그는 늙고 못생긴 꼴이었다.

그 모습을 위무선이 자세히 살펴보고 있는데 한쪽에 있던 모 부인이 반짝거리는 물체를 쥐고 달려 나왔다. 그녀의 손에 들린 것은 바로 단검이었다. 남사추가 그 낌새를 알아채고 재빨리 공격을 막

#17 주향(炷香) 향 한 대가 타는 시간으로 약 30분.

자 모 부인이 더욱 달려들며 소리쳤다.

"내 아들이 비참하게 죽었는데 복수해서 한을 풀어야지! 왜 막아?"

"당신 아들 죽음이 나랑 무슨 상관인데요?"

그는 다시 남사추 뒤에 숨으며 말했다.

남사추는 낮에 청당에서 위무선의 소란을 보고 나중에는 이 사생아에 관한 과장된 소문을 들은 참이었다. 동정심이 차오른 그가 위무선을 감쌌다.

"모 부인, 아드님의 시신을 보니 피와 살, 정기가 모두 빨린 것이 분명 사령에게 살해당한 것이지 이 사람이 한 게 아닙니다."

"당신들이 뭘 알아! 이 미친놈 아비가 수선#18을 했으니 이놈도 분명 사술을 배웠을 거라고!"

모 부인이 씩씩거리며 외쳤다.

남사추는 고개를 돌려 멍한 척하고 있는 위무선을 한 번 보고 말했다.

"그건, 부인께선 증거가 없습니다. 그리고……."

"내 아들이 바로 증거잖아!"

모 부인이 바닥의 시체를 가리켰다.

"보라고! 아연의 시신이 살인범이 누구라고 말해주고 있잖아!"

다른 사람이 손 쓸 필요도 없이 위무선이 흰 천을 머리에서 발끝까지 걷어버렸다. 모자연의 시신은 뭔가 부족한 게 하나 있었다.

모자연의 시신에는 왼팔이 어깨 아래부터 사라지고 없었다.

"봤지? 어제 여기서 당신들도 다 들었잖아? 이 미친놈이 내 아들에게 무슨 말을 했는지. 아연이 또 자기 물건에 손대면 팔을 잘라

#18 수선(修仙) 신선이 되기 위해 도를 닦는 것.

버린다고 했었다고!"

모 부인이 말했다.

격한 감정이 조금 누그러지자 모 부인은 손으로 얼굴을 감싸고 오열했다.

"……불쌍한 내 아들, 애초에 저 미친놈의 물건은 손도 안 댔거늘 그런 모함을 당하고 이젠 저 잔인무도한 놈에게 목숨까지 잃었구나……."

잔인무도! 얼마나 오랜만에 들어보는 말인지 친근하게 느껴질 정도였다. 위무선은 자신을 가리키며 아무 말도 하지 않았다. 도대체 자신이 비정상인지 모 부인이 비정상인지 알 수 없었다. 멸문, 멸족, 학살, 유혈 낭자 같은 모진 말은 위무선이 젊었을 때 자주 담았지만 대부분 말뿐이었다. 정말 그렇게 했다면 진작에 백가를 제패했을 것이다. 모 부인도 정말 아들의 복수를 하려고 했다기보다 그저 누군가에게 분노를 터뜨리고 싶었을 뿐이었다.

위무선은 모 부인과 더는 입씨름을 하지 않았다. 그리고 잠시 생각하더니 모자연의 품에 손을 넣어 뭔가를 꺼내 펼쳤다. 그것은 소음기였다.

순간 위무선은 깨달았다.

'화를 자초했군!'

남사추 일행도 모자연의 품에서 나온 것을 보고 어떻게 된 일인지 깨달았다. 어제 소란과 그 전후의 일을 떠올리면 그리 어려운 것도 아니었다. 낮에 모현우의 발작에 체면을 구긴 모자연은 앙갚음하려고 별렀지만 모현우가 밖을 싸돌아다니느라 한나절 동안 집에 없었기 때문에 밤에 모현우가 돌아오면 음험한 방법으로 따끔하게 혼내줄 심산이었다.

밤이 되자 모자연은 방에서 몰래 빠져나와 서쪽 마당을 지나다가 담벼락에 꽂혀 있는 소음기를 발견했다. 밤에 나가지 말고, 서쪽 마당에는 더더욱 가지 말며, 이 검은 깃발들은 절대 건드리지 말라고 그렇게 당부를 했건만 모자연은 소음기가 얼마나 위험한 것인지 전혀 모른 채 그저 귀한 법보[#19]를 훔쳐 갈까 봐 겁을 준 것이라고만 생각하고 뽑아서 품에 넣어 살아 있는 표적이 된 것이다. 손버릇이 나빴던 모자연은 미치광이 외사촌 형의 부적과 법기를 훔치는 게 버릇이 됐다. 이런 신기한 물건을 보니 갖고 싶다는 생각에 깃발 주인이 서쪽 마당에서 주시를 잡는 틈을 타 몰래 하나 훔친 것이다.

기진에 사용된 총 여섯 개의 소음기 중 다섯 개는 서쪽 마당에 배치됐다. 또한 남가의 소년 몇 명이 미끼가 되어 움직였지만, 그들은 몸에 선문 법기를 많이 지니고 있어 크게 문제가 되지 않았다. 반면 모자연은 자신을 보호할 수 있는 법기가 하나도 없었다. 감도 말랑거리는 것부터 딴다고, 사령은 당연히 모자연에게 달려들었을 것이다. 주시였다면 잡혀 넘어지고 말고 몇 번 물려도 금방 죽지 않아 살 수 있다. 그런데 하필이면 소음기가 주시보다 더 무서운 것을 소환했다. 정체를 알 수 없는 사령이 모자연을 죽이고 그의 한쪽 팔을 가져간 것이다.

위무선은 손목을 들어서 봤다. 그곳에 있던 왼쪽 손목의 상처 한 줄이 사라져 있었다. 보아하니 모현우는 모자연의 죽음을 위무선의 공으로 생각한 것 같았다. 어쨌든 소음기는 위무선이 최초로 만

#19 법보(法寶) 요괴를 제압할 때 쓰는 도구.

든 것이니 우연히 들어맞았다고 할 수 있었다.

모 부인은 아들의 나쁜 버릇을 잘 알고 있었지만, 아들이 죽음을 자초했다는 것을 인정할 수 없었다. 순간 속이 타고 화가 치민 그녀는 찻잔을 들어 위무선의 얼굴을 향해 던졌다.

"네가 어제 사람들 앞에서 포악을 떨면서 내 아들을 모함하지만 않았어도 걔가 야밤에 나왔겠어? 이게 다 너 때문이야!"

위무선은 진작 예상했기 때문에 몸을 슬쩍 돌려 피했다. 모 부인은 이제 남사추를 향해 소리쳤다.

"그리고 너! 이런 쓸모없는 것들, 수선은 무슨 수선이고 퇴마는 무슨 퇴마야, 애 하나도 보호하지 못하면서! 아연은 이제 열몇 살밖에 안 됐다고!"

소년들은 아직 나이가 어리고 경험이 부족해서 이런 이변이 발생할 줄은 예상하지 못했다. 게다가 이렇게 흉악한 사령이 있을 것이라고는 전혀 생각하지 못했다. 자신들이 뭔가 빠뜨려 이런 일이 생긴 줄 알고 송구스러워하고 있었는데 모 부인이 사건의 연유도 따지지 않고 악다구니를 써대니 낯빛이 약간 파래졌다. 명문가 출신인 그들은 지금까지 이런 대접을 받아본 적이 없었다. 고소 남씨 가문은 가정교육이 매우 엄격해 반격할 힘이 없는 일반인은 절대로 손대면 안 됐고 실례를 범해서도 안 돼서 그들은 기분이 나빠도 참아야 했다. 하지만 꾹 참느라 표정이 좋지 않았다.

위무선은 그대로 두고 볼 수가 없었다.

'세월이 흘렀어도 남가는 여전하군. 얼어 죽을 품위를 지키다가 속 터져 죽겠네. 나를 좀 보라고!'

위무선이 "쳇." 하며 말했다.

"지금 누굴 나무라는 겁니까? 세상 사람이 다 자기 집 노비인 줄 아나 보네요. 돈 한 푼 안 받고 먼 길을 달려와 요괴와 귀신을 쫓아 줬더니 적반하장도 유분수지. 아들이 몇 살인데요? 올해 열일곱 정도 됐죠? 열일곱인데 아직 '아이'라고요? 몇 살짜리 아이가 아직도 사람 말을 못 알아듣습니까? 어제 이분들이 서쪽 마당에 접근하지 말고, 기진 안의 물건은 절대 만지지 말라고 몇 번을 당부했습니까? 야밤에 기어 나와 도둑질을 한 게 제 잘못이겠습니까, 걔 잘못이겠습니까?"

남경의를 비롯한 소년들이 한숨을 내쉬었다. 그제야 안색이 조금 나아졌다. 하지만 상심과 원망이 극에 달한 모 부인의 머릿속엔 온통 죽을 '사(死)' 자뿐이었다. 자신이 죽어 아들을 따라가려는 게 아니라 세상 모든 사람이 죽길 바랐다. 특히 앞에 있는 사람들이 말이다. 일이 생길 때마다 남편에게 지시하는 모 부인은 남편을 세게 밀치며 소리쳤다.

"사람 불러와! 다 들어오라고 해!"

모 부인의 남편은 그냥 뻣뻣하게 서 있었다. 외아들의 죽음으로 충격이 너무 컸는지 오히려 그녀를 밀어버렸다. 갑작스러운 반격에 바닥으로 쓰러진 모 부인은 놀라 멍해졌다.

예전 같았으면 모 부인이 남편을 밀 필요도 없이 그녀의 목소리가 조금만 높아져도 알아서 다 했다. 그런데 오늘은 그녀를 되받아쳤다. 하인들은 모 부인의 표정에 깜짝 놀랐다. 아정이 부들부들 떨며 모 부인을 부축해 일으켰다. 모 부인은 가슴을 쥐고 떨리는 목소리로 말했다.

"당신…… 당신이…… 썩 꺼져!"

모 부인의 남편은 그녀의 말을 못 들은 것 같았다. 아정이 아동에게 눈짓을 몇 번 보내고 나서야 아동이 황급히 주인을 부축해 밖으로 나갔다. 동쪽 마당 안팎이 매우 혼란스러웠다. 위무선은 사람들이 마침내 조용해지자 시체를 계속 살펴보았다. 그러나 더 볼 새도 없이 마당에서 날카로운 비명이 울렸다.

비명을 듣고 청당에 있던 사람들이 몰려나갔다. 동쪽 마당 바닥에서 두 사람이 경련을 일으키고 있었다. 주저앉아 있는 사람은 아동으로 아직 살아 있었다. 다른 한 명은 왼팔이 잘린 채 피와 살이 다 빨린 것처럼 쭈글쭈글하게 말라 있었다. 팔이 잘린 상처에서는 피가 흐르지 않았다. 시체 모습이 모자연과 똑같았다.

모 부인은 부축하던 아정을 뿌리치고 바닥에 있는 시체를 보더니, 눈에 초점을 잃고 화낼 기운도 없이 그대로 기절했다. 마침 근처에 서 있던 위무선이 모 부인을 잡아 달려오는 아정에게 넘겨주었다. 오른손 손목을 보니 또 상처가 사라져 있었다.

청당 문턱을 넘어 동쪽 마당을 다 나서기도 전에 모 부인의 남편이 참변을 당한 것을 보고 남사추와 남경의 등 소년들도 얼굴이 하얗게 질렸다. 남사추가 제일 먼저 진정하고 주저앉아 있는 아동에게 물었다.

"뭘 보셨습니까?"

아동은 너무 놀라 한참 동안 아무 말도 못 한 채 연신 고개를 저었다. 남사추는 초조해하며 소년들에게 아동을 방으로 옮기라고 하고 남경의에게 물었다.

"신호 보냈어?"

"보냈어. 하지만 근처에 선배가 아무도 없으면 아무리 빨라도 반 시진[#20]뒤에나 올 수 있어. 이제 어쩌지? 우린 그게 뭔지도 모르잖아."

남경의가 대답했다.

그들은 이곳을 떠나지 못했다. 사령이 나타났는데 내빼면 가문의 체면은 물론이고 본인들도 창피해서 얼굴을 들고 다닐 수 없기 때문이다. 놀라 자빠진 모가 사람들도 도망갈 수 없었다. 사령은 십중팔구 그들 속에 섞여 있을 것이기 때문에 도망가봐야 소용이 없었다.

"사람이 올 때까지 버텨야 돼!"

남사추가 이를 악물며 말했다.

구조 신호를 보냈으니 곧 다른 수사가 도와주러 올 것이었다. 번거로운 일을 피하려면 위무선은 당연히 지금 물러나야 했다. 모르는 사람이 오면 괜찮겠지만 혹시 아는 사람이나 위무선과 한판 붙었던 사람이라면 어떻게 될지 알 수 없었기 때문이다.

하지만 저주 때문에 지금은 모가장을 떠날 수가 없었다. 게다가 이렇게 짧은 시간에 두 목숨을 앗아간 것으로 보아 소환된 것의 정체도 예사롭지 않았다. 이런 때 손을 놓고 가버리면 지원자가 왔을 때 모가장에는 왼팔이 없는 시체로 가득할 것이고 그 속에는 고소 남씨 자제도 몇 있을 것이다.

위무선은 결정을 내렸다.

'속전속결로 끝내버리자.'

소년들은 초보라 긴장한 기색이 역력했지만, 방위에 맞춰 서서 모씨 주택을 지켰다. 그리고 본채 안팎에 부적을 잔뜩 붙여놓았다.

아동은 청당으로 옮겨졌다. 남사추는 아동의 맥을 짚고 상태를

#20 시진(時辰) 시간이나 시각을 나타내는 말로 한 시진은 약 두 시간.

살피고, 모 부인의 등에 기를 불어넣으며 이쪽저쪽 돌보느라 진땀을 흘렸다. 그때 갑자기 아동이 바닥에서 일어났다.

"아, 아동. 정신이 들었구나!"

아정이 말했다.

하지만 아정의 얼굴에 기쁨이 채 돌기도 전에 아동이 왼손을 들어 자신의 목을 졸랐다.

남사추가 깜짝 놀라 아동의 혈을 연속 세 번 내리쳤다. 위무선은 고소 남씨 사람들이 고상해 보이지만 완력은 조금도 고상하지 않다는 것을 잘 알았다. 이만한 박법[#21]이라면 그 누구라도 꼼짝하지 못했다. 그러나 아동은 마치 아무것도 느끼지 못하는 것처럼 왼손으로 목을 더 꽉 졸라 표정이 점점 괴롭고 흉악하게 변했다. 남경의가 그의 왼손을 비틀었지만, 쇠막대처럼 꿈쩍도 하지 않았다. 잠시 뒤 컥 하는 소리와 함께 목뼈가 부러져 아동의 머리가 옆으로 축 늘어졌다. 그런 다음에야 손이 풀렸다.

아동은 사람들이 두 눈을 뻔히 뜨고 지켜보는 가운데 자신의 목을 졸라 죽었다.

상황을 지켜본 아정이 떨리는 소리로 말했다.

"······귀신이다! 보이지 않는 귀신이 아동 스스로 목 졸라 죽게 했어요!"

가늘고 높은 처절한 그녀의 목소리에 사람들은 등골이 오싹해졌고 그녀의 말을 믿었다. 하지만 위무선의 생각은 달랐다. 여귀가 아니었다.

위무선은 소년들이 선택한 부적을 봤다. 모두 귀신을 물리치는 것

#21 박법(拍法) 혈을 치는 기술.

으로 동쪽 청당 전체에 바람 한 점 통하지 않을 정도로 **빽빽하게** 붙였다. 정말 여귀라면 청당에 들어온 즉시 부적이 자동으로 초록색 불빛을 내며 타올랐지 지금처럼 아무 반응도 없진 않았을 것이다.

소년들의 반응이 느려서가 아니라 정말로 흉악하고 잔인한 것이 소환되었다. 현문은 '여귀'의 기준을 엄격하게 규정했다. 매달 사람을 한 명 죽이고, 석 달 연속 작간을 부려야 여귀로 인정했다. 이 기준은 위무선이 만든 것으로 지금도 통용되고 있는 듯했다. 또한 그는 7일에 한 명을 죽이면 골치 아픈 여귀로 쳤다. 그런데 이것은 연속 세 명을 죽이고 시간 간격도 짧았기 때문에 이름난 수사라고 해도 즉시 대응책을 생각해내기는 쉽지 않을 것이다. 그러니 이제 막 첫걸음을 뗀 후배들은 말할 필요도 없었다.

갑자기 불빛이 흔들리더니 스산한 바람이 불어왔다. 그리고 동쪽 마당과 청당의 등롱과 촛불이 하나씩 꺼졌다.

등이 꺼지는 순간 여기저기서 날카로운 비명이 울리더니 사람들이 엎치락뒤치락하며 도망치기 시작했다.

"제자리에 가만히 있어요, 도망가면 안 됩니다! 도망가면 잡혀요!"

남경의가 외쳤다.

이것은 단순한 으름장이 아니었다. 어둠을 틈타 혼란을 일으키는 게 사령의 특징으로 울고불고 뛰어다니며 소란을 피울수록 화를 입기 쉬웠다. 혼자 떨어지거나 서로 싸우기라도 하면 매우 위험했다. 하지만 혼비백산한 사람들의 귀에 이 말이 들릴 리가 없었다. 사위가 조용해지고 미세한 숨소리와 낮게 흐느끼는 소리만 울렸다. 이미 몇 명 안 남은 듯했다.

어둠 속에서 갑자기 불빛이 일어났다. 남사추가 명화부(明火符)

에 불을 붙인 것이다.

명화부의 화염은 사기를 품은 스산한 바람에도 꺼지지 않았다. 남사추는 명화부로 초에 불을 붙였고 소년들은 사람들을 위로했다. 불빛 속에서 위무선은 무심코 손목을 봤다. 상처 하나가 또 사라졌다.

위무선은 상처 수가 맞지 않는다는 것을 알아차렸다.

두 손목에는 상처가 각각 두 줄씩 있었다. 모자연이 죽자 하나가 사라졌고 모자연 부친이 죽자 또 하나가 사라졌다. 그리고 하인인 아동이 죽자 또 하나가 사라졌다. 이렇게 계산하면 분명 세 줄이 사라지고 원한이 제일 커 가장 깊은 상처가 남아 있어야 했다.

하지만 지금 그의 손목에는 상처가 하나도 없었다.

위무선은 모현우의 복수 대상에 모 부인이 반드시 있을 것이라고 생각했다. 가장 길고 가장 깊은 상처는 바로 그녀를 위해 남겨둔 것이었다. 그런데 갑자기 상처가 사라졌다.

모현우가 마음을 접고 복수를 포기한 걸까? 그건 불가능했다. 그의 혼백은 이미 위무선을 소환하는 대가로 사라졌다. 상처가 아물려면 모 부인이 죽어야 했다.

위무선은 방금 깨어나 안색이 종잇장처럼 창백한 모 부인에게로 천천히 시선을 돌렸다.

분명 그녀는 이미 죽은 사람이었다.

위무선은 어떤 것이 모 부인의 몸에 이미 들어갔다고 확신했다. 만약 이것이 혼체(魂體)가 아니라면 도대체 무엇이란 말인가?

"손…… 손이, 아동의 왼손이!"

아정이 갑자기 울음을 터뜨리며 말했다.

남사추가 명화부로 아동의 시체를 비추자 역시 아동의 왼팔도 사라져 있었다.

왼손! 순간 위무선은 눈앞이 환해지는 것을 느꼈다. 농간을 부리고 왼팔이 사라진 일이 하나로 연결됐다. 위무선은 "푸하하." 웃음을 터뜨렸다.

"이런 바보, 지금 웃음이 나옵니까?"

남경의가 화내며 말했다.

하지만 다시 생각하니 원래 바보였는데 논쟁해봐야 뭐 하겠나 싶어졌다.

위무선이 남경의의 소매를 잡으며 고개를 저었다.

"아니, 아니!"

남경의가 짜증스럽다는 듯이 소매를 뿌리쳤다.

"뭐가 아니라는 겁니까? 바보가 아니라고요? 소란 피우지 마세요! 당신을 상대해줄 여유는 없으니까요."

바다에 있는 모자연 부친과 아동의 시체를 가리키며 위무선이 말했다.

"저건 그들이 아니야."

남사추가 화를 내려는 남경의를 제지했다.

"저건 그들이 아니라는 게 무슨 뜻입니까?"

"이건 모자연의 아버지가 아니고, 저건 아동이 아닙니다."

위무선이 진지하게 말했다.

얼굴에 분칠을 잔뜩 한 그는 진지할수록 더 비정상적으로 보였다. 희미한 촛불 아래서 그의 말을 들으니 모골이 송연해졌다.

"왜요?"

놀란 남사추가 자기도 모르게 다시 물었다.

"손이요. 그들은 왼손잡이가 아니었어요. 늘 오른손으로 나를 때렸거든요. 그건 내가 잘 알죠."

위무선이 자랑스럽게 말했다.

"잘난 척은! 그럴 것도 아니고만!"

남경의가 참을 수 없다는 듯이 내뱉었다.

하지만 남사추는 놀라 식은땀이 다 났다. 생각해보니 아동은 왼손을 사용해 스스로 목을 졸라 죽었다. 모 부인의 남편이 부인을 밀 때도 왼손이었다.

그러나 낮에 모현우가 청당에서 소란을 피우자 이 두 사람이 모현우를 끌어낼 때 쓴 손은 모두 오른손이었다. 두 사람 다 죽기 직전에 갑자기 왼손잡이가 된 것이다.

도대체 무슨 이유인지는 몰라도 농간을 부린 게 뭔지를 밝히려면 '왼손'에서 시작해야 했다. 생각이 여기까지 미치자 남사추는 약간 놀라 위무선을 한 번 쳐다보고 생각했다.

'갑자기 이런 말을 하다니, 이건…… 우연 같지가 않아.'

위무선은 어색하게 웃었다. 자기 말이 너무 직접적이라는 것을 알았지만 다른 방법이 없었다. 다행히 남사추도 더는 캐묻지 않았다. 남사추는 '어쨌든 모 공자가 일깨워준 것은 나쁜 마음이 아니었을 것'이라고 생각했다. 그는 위무선에게서 시선을 떼고 혼절한 아정을 봤다가 모 부인에게 시선을 멈췄다.

모 부인의 얼굴에서 아래로 다시 그녀의 두 팔로 시선을 옮겼다.

그녀의 두 팔은 아래로 축 늘어지고 절반 이상 소매 속에 가려져 손가락만 나와 있었다. 하얗고 가는 오른손 손가락은 노동이라곤

한 번도 해본 적이 없는 부유한 집안 부인의 손이었다.

하지만 왼손의 손가락은 오른손보다 훨씬 길고 거칠었다. 툭 불거진 손가락 마디에 힘이 가득했다.

이게 어디 여인의 손이란 말인가…… 분명 남자의 손이었다.

"모 부인을 붙잡아!"

남사추가 외쳤다.

소년 몇이 모 부인을 잡자 남사추가 "송구합니다."라고 외치며 부적을 펼쳤다. 모 부인의 왼손이 이상한 각도로 비틀어지며 돌아가더니 남사추의 목으로 향했다.

산 사람의 팔이 그렇게 비틀어졌다면 분명 뼈가 부러졌을 것이다. 하지만 모 부인의 손은 매우 빠르게 움직여 남사추의 목을 잡으려 했다. 이때 남경의가 "으악!" 하고 외치며 남사추에게 달려가 모 부인의 손을 막았다.

모 부인의 손은 자신을 가로막은 남경의의 어깨를 움켜쥐었다. 순간 불이 번쩍하면서 초록색 불꽃이 피어오르고 손은 즉시 다섯 손가락을 펼쳤다. 그 덕에 화를 면한 남사추가 남경의에게 고맙다고 말하려고 했다. 그런데 남경의의 옷이 불길에 휩싸여 매우 곤란한 상황이 되었다. 남경의는 반쯤 타버린 옷을 벗으면서 고개를 돌려 화냈다.

"날 차면 어떻게 해. 이 미친놈이, 나를 죽일 셈이야?!"

"내가 찬 거 아니야!"

위무선이 후다닥 달아나며 말했다.

사실 위무선이 찬 것이 맞았다. 남가의 옷 안쪽에는 같은 색실로 주술과 진언이 가늘고 빽빽하게 수놓아져 있어 호신 효과가 있었다. 하지만 이렇게 대단한 것을 만나면 한 번 사용하고 폐기해야 했다. 그리고 상황이 급박해 남경의를 넘어뜨려 남사추의 목을 보호하는 수밖에 없었다. 남경의는 계속 욕을 해댔다. 바닥에 거꾸러진 모 부인은 얼굴의 피와 살이 모두 빨려 살가죽만 남은 해골이 되어 있었다. 모 부인의 왼쪽 어깨에서 떨어져나온 남자의 팔은 손가락을 굽혔다 폈다 했고, 마치 살아 있는 것처럼 맥박과 혈관이 뛰는 것도 선명하게 보였다.

이것이 바로 소음기에 의해 소환된 사악한 것이었다.

시체가 조각나는 것은 전형적인 참사에 해당한다. 위무선의 죽음보다는 조금 낫지만 그렇다고 체면이 서는 죽음은 아니었다. 부서져 가루가 된 것과는 달리 조각난 사지에는 죽은 자의 원한이 깃들어 잘린 몸을 모아 사지가 온전한 상태로 죽고 싶어 한다. 그래서 그것은 무슨 수를 써서라도 신체의 다른 부분을 찾으려고 한다. 찾으면 만족하고 안식에 들거나 아니면 더 심하게 농간을 부리기도 했다. 하지만 찾지 못하면 조각난 사지는 차선책을 선택할 수밖에 없다.

그 차선책이란 바로 다른 사람의 몸을 찾아 맞추는 것이었다.

이 왼팔처럼 산 사람의 왼팔을 먹어 없애고 자기가 그것을 대신한 다음 산 사람의 피와 살, 정기를 흡수하고 신체를 버린다. 그렇게 다른 부분을 다 찾을 때까지 계속 기생할 그릇을 찾는 것이다.

팔이 일단 몸에 붙으면 숙주가 된 인간은 즉시 목숨을 잃지만, 온몸의 피와 살이 다 흡수되기 전까지는 그의 통제 아래 예전처럼 걸어 다녀 계속 살아 있는 것처럼 보였다. 그것이 소환된 이후 찾은 첫 번째 그릇이 모자연이었고, 두 번째 그릇이 모자연의 부친이었다. 모 부인이 남편에게 나가라고 한 순간 그가 평소와 달리 그녀를 밀쳤을 때 위무선은 그가 아들을 잃은 상심이 너무 크고 아내의 오만무례함에 싫증이 났기 때문이라고 생각했다. 그러나 지금 생각해보니 그것은 방금 아들을 잃은 아버지의 모습이 아니었다. 상심해 넋을 잃은 모습이 아니라 고요한 정적이었고 죽은 자의 침묵이었다.

세 번째 그릇은 아동이고, 네 번째 그릇이 바로 모 부인이다. 방금 불이 꺼져 혼란한 틈을 타 귀수(鬼手)가 모 부인의 몸으로 옮겨갔고, 모 부인이 죽으면서 모현우의 손목에 남은 마지막 상처가 사라진 것이다.

부적보다 옷이 더 유용하자 남가 소년들은 겉옷을 벗어 던져 그 왼팔을 덮었다. 층층이 덮인 모습이 마치 통통한 하얀 누에고치 같았다. 잠시 뒤 소년들의 백의가 화륵 하며 타오르더니 초록색 화염을 따라 사악한 기운이 하늘을 찔렀다. 한동안은 괜찮겠지만 옷이 다 타면 그 왼팔은 다시 나타날 것이다. 사람들이 정신없는 틈을 타 위무선은 서쪽 마당으로 달려갔다.

소년들이 붙잡은 주시 십여 구가 뜰에 조용히 서 있었다. 위무선은 그들을 봉인하기 위해 바닥에 그린 주문 중 한 글자를 발로 차 진법을 깨뜨리고 손바닥으로 두 번 쳤다. 주시들이 부르르 떨며 흰자위를 까뒤집는 모습이 마치 천둥소리에 놀라 깬 것 같았다.

"일어나. 일해야지!"

위무선은 주시를 향해 외쳤다.

그가 조종하는 시체들은 무슨 복잡한 주문과 소환어가 필요 없었다. 가장 쉽고 직설적인 명령이면 됐다. 앞에 서 있던 주시가 부르르 떨며 힘겹게 몇 걸음을 옮겼다. 그러나 위무선에게 가까워지자 깜짝 놀라더니 다리에 힘이 풀렸는지 산 사람처럼 바닥에 엎드렸다. 위무선은 웃지도 울지도 못하며 다시 손바닥을 탁탁 두 번 쳤다. 이번에는 훨씬 가볍게 쳤다. 이 주시들은 아마도 모가장에서 태어나 모가장에서 죽어 다른 세상을 본 적이 별로 없을 것이다. 그래서 본능적으로 소환자의 지시에 따르면서도 이유 없이 지시한 자를 무서워해 바닥에 엎드려 흑흑거리며 일어나지 못했다.

흉악한 악귀일수록 더 자유자재로 부리기 쉬웠고 이 주시들은 위무선에게 교육조차 받지 않아 그의 직접적인 조종을 감당하지 못했다. 게다가 지금 그에게는 재료도 없었기 때문에 그들을 달랠 만한 도구를 만들어낼 수 없었다. 대충 만드는 것도 여의치 않았다. 그때 마침 동쪽 마당에서 하늘을 찌르던 초록색 화염이 점점 사그라지는 것을 보면서 번뜩 좋은 생각이 떠올랐다.

원한이 깊고 잔인하고 악랄한 사자(死者)를 뭐 하러 딴 데서 찾았지?

청당에도 있지 않은가, 게다가 하나가 아니었다.

위무선은 잽싸게 동쪽 마당으로 돌아갔다. 남사추는 계책이 실패하자 다른 방법을 시도했다. 남사추와 소년들은 장검을 빼 바닥에 꽂아 검으로 울타리를 만들었고 귀수는 검으로 만든 울타리를 벗어나려고 들이받고 있었다. 그들은 칼자루를 꽉 잡고 진이 깨지지 않도록 안간힘을 쓰고 있었기 때문에 누가 들고 나는지 신경 쓸 여유가 없었다. 위무선은 청당으로 들어가 왼쪽과 오른쪽으로 고개를 돌리며 모 부인과 모자연 두 사람의 시신을 가리켜 나지막하게 외쳤다.

"썩 일어나지 못할까!"

그 한마디에 시신은 즉각 반응했다. 순간 모 부인과 모자연이 흰 자위를 드러내면서 여귀 특유의 날카로운 소리를 냈다.

높고 낮은 날카로운 소리 속에서 또 하나의 시체가 조심스럽게 일어나 아주 작은 소리로 소리를 질렀다. 모 부인의 남편이었다.

울부짖음도 적당히 크고 원기(怨氣)도 충분했다. 위무선은 만족스러운 미소를 지으며 말했다.

"밖의 그 왼팔 알아보겠어? 가서 찢어버려."

위무선이 명령하자 모가의 세 식구가 세 줄기 검은 바람처럼 순식간에 사라졌다.

마침 그 왼팔이 장검 하나를 부수고 검으로 만든 진을 뚫고 나온 참이었다. 그러자 왼팔이 없는 흉시 세 구가 그것을 덮쳤다.

위무선의 명령을 거역할 수도 없었지만, 모가 세 식구는 자신을 죽인 것에 원한이 깊었기 때문에 귀수에게 분노를 다 쏟았다. 살기가 가장 강한 것은 두말할 나위 없이 모 부인이었다. 여자 시체가 시변하면 종종 아주 사나워진다고 하는데 모 부인은 산발에 핏발이 선 흰자위, 몇 배는 길어진 손가락, 입가에 흰 거품을 가득 물고 광분해 지붕이 날아갈 것처럼 울부짖었다. 모자연은 어머니 뒤를 바짝 붙어서 그녀와 함께 물고 찢었고 모자연의 부친은 그들 뒤에서 두 흉시의 공격 틈을 메웠다. 힘들게 지탱하고 있던 소년들은 놀라 어안이 벙벙했다.

잡서와 소문으로만 듣던 흉시 간의 싸움을 처음으로 직접 본 소년들은 피와 살이 튀기는 장면에 넋이 나가 아무 말도 하지 못하고 시선을 옮기지조차 못했다. 그들은 하나같이…… 매우 흥미진진하다는 생각뿐이었다.

시체 세 구와 팔 하나가 격렬하게 싸우다가 갑자기 모자연이 날카로운 비명을 지르며 몸을 피했다. 왼팔이 모자연의 배를 후벼 파 창자가 후두둑 흘러나왔다. 이에 모 부인이 포효하며 아들을 자기 뒤에 숨기고 더 맹렬하게 달려들었다. 허공을 가르는 손톱이 강철 검처럼 위협적이었다. 하지만 위무선은 모 부인이 당해낼 수 없는 상태라는 것을 알았다.

방금 횡사한 흉시 세 구가 달려들었는데도 팔 하나를 제압할 수 없다니!

잠시 상황을 지켜보던 그는 혀끝을 약간 말아 입술로 누르며 휘파람을 불까 말까 망설였다. 휘파람을 불면 흉시의 포악한 기운이 강해져 상황을 역전시킬 수도 있겠지만 자신이 흉시를 부리고 있다는 것을 들킬 수도 있었다. 그 순간, 그 왼팔이 번개처럼 움직여 정확하게 모 부인의 목뼈를 잡아 부러뜨렸다.

모가 세 식구가 하나씩 패하는 것을 보자 위무선은 휘파람을 길게 불었다. 바로 그때, 먼 곳에서 쟁 하고 현(絃)이 울리는 소리가 들렸다.

누군가 손 가는 대로 튕긴 소리였지만 맑고 투명하며 냉기마저 도는 음색이었다. 마당에서 한데 엉겨 싸우던 흉시들은 이 소리에 순간 뻣뻣하게 굳었다.

반면 고소 남씨 소년들의 얼굴은 다시 태어난 것처럼 환해졌다. 남사추는 손으로 얼굴에 묻은 피를 닦으며 고개를 들고 기쁘게 외쳤다.

"함광군!"

멀리서 들려온 고금(古琴) 소리에 위무선은 몸을 돌려 나갔다.

다시 현이 울렸다. 이번에는 약간 높은 음이 구름을 뚫고 허공을 가르며 스산한 기운을 풍기며 울렸다. 흥시 세 구가 뒷걸음질하면서 오른손으로 귀를 막았다. 하지만 그런다고 고소 남씨의 파장음(破障音)이 막아질 리가 없었다. 몇 걸음 물러서기도 전에 그들의 머리에서 가벼운 파열음이 들렸다.

방금 악전고투를 한 그 왼팔은 현의 소리에 별안간 땅으로 축 늘어졌다. 손가락은 여전히 움직였지만 팔은 일어나지 못했다.

짧은 적막이 지나자 소년들이 환호성을 질렀다. 환호성 속에는 재난에서 살아남았다는 기쁨이 느껴졌다. 공포가 가득했던 밤을 이겨내고 가족의 지원이 올 때까지 버텨냈다는 안도감에 나중에 '예의에 어긋나게 떠들어 가풍을 더럽혔다는' 이유로 호되게 질책을 받을 것도 아랑곳하지 않았다.

달을 향해 손을 흔들던 남사추는 그제야 그가 보이지 않는다는 것을 깨달았다.

남사추는 남경의를 붙잡고 물었다.

"그는?"

"누구? 누구 말이야?"

남경의가 마냥 기뻐하며 물었다.

"그 모 공자 말이야."

남사추가 말했다.

"뭐? 그 미친놈은 찾아서 뭐 하게? 낸들 알아, 나한테 맞을까 봐 어디로 도망갔나 보지."

남경의가 대답했다.

"……."

남사추는 남경의가 솔직한 성격에 남을 잘 의심하지 않고 세심하지 않다는 것을 잘 알았다. 그래도 함광군이 오셨으니 이곳에서 일어난 일을 말씀드려야겠다고 생각했다.

모가장은 아직 편안하게 잠들어 있었다. 진짜인지 가짜로 그러는 척하는 것인지 알 수 없을 뿐이었다. 모가의 동서 양쪽 마당에서 시체들이 피를 튀기며 싸웠어도 한밤중과 이른 새벽에 나와 구경하는 사람은 없었을 것이다. 구경도 골라가며 해야지 비명이 계속되는 구경은 안 하는 편이 나았다.

위무선은 재빨리 모현우의 집으로 가 헌사 진법의 흔적을 깨끗이 없애고 밖으로 나왔다.

하필이면 남가 사람이 오고, 또 하필이면 남망기라니!

남망기는 위무선과 친분도 있고 싸움도 해본 사람 중 하나였으니 얼른 줄행랑을 쳤다. 위무선은 급하게 탈것을 찾아 마당을 지나가다가 커다란 맷돌에 묶여 뭔가를 씹고 있는 당나귀를 봤다. 위무선이 급하게 달려가는 것을 본 당나귀는 마치 사람처럼 이상하다는 듯이 곁눈질로 쳐다봤다. 당나귀와 눈이 마주친 순간 위무선은 당나귀의 무시하는 듯한 눈빛에 마음이 동했다.

위무선은 당나귀에게 다가가 밧줄을 풀고 밖으로 끌어냈다. 당나귀는 큰 소리로 원망을 표출했지만 그는 당나귀를 어르고 달래가며 끌어냈다. 그리고 온갖 방법을 다 동원해 당나귀를 속인 끝에 뿌옇게 동이 트는 큰길로 달려 나갔다.

제3장

오만하고 무례하다

제3장 오만하고 무례하다

머칠 안 가 위무선은 자신이 잘못된 선택을 했다는 것을 깨달았다. 손에 잡히는 대로 끌고 온 당나귀가 너무 까다로웠던 것이다.

당나귀 주제에 이슬이 맺힌 신선한 여린 풀만 먹고 풀 끝이 조금이라도 누렇게 된 것은 거들떠보지도 않았다. 길옆 농가에서 보릿짚을 훔쳐다 줬더니 몇 번 씹고는 퉤 하고 뱉어버렸다. 침 뱉는 소리가 산 사람보다 더 우렁찼다. 또한 잘 먹지 못하면 꼼짝도 안 하고 성질을 부리면서 뒷발질을 했다. 위무선은 그 뒷발질에 몇 번이나 맞을 뻔했다. 게다가 울음소리도 너무 듣기 싫었다.

탈것으로든 애완용으로든 좋은 점이 하나도 없었다.

위무선은 문득 자신의 검이 생각났다. 그러나 그의 검은 아마도 지금쯤 모 세가 가주의 집에 전리품으로 전시돼 있을 것이다.

위무선은 당나귀를 억지로 잡아끌어 한동안 달리다 어떤 마을의 경작지에 도착했다. 태양이 너무 뜨겁게 내리쬐어 쉬어 갈 곳을 찾는데 마침 논두렁 옆에 큰 회화나무가 보였다. 회화나무 아래는 그늘이 드리워져 있고 그 옆에는 오래된 우물이 있었다. 우물 옆에는 통 하나와 표주박 하나가 놓여 있었는데, 길을 지나는 나그네가 목을 축일 수 있도록 마을 사람들이 놔둔 것이었다. 나무 아래에 도착하자 당나귀는 꼼짝도 하지 않았다. 위무선은 당나귀 등에서 내려 당나귀의 엉덩이를 때리며 말했다.

"넌 팔자도 참 좋다, 어째 나보다 손이 더 많이 가냐."

당나귀가 그에게 콧김을 세차게 내뿜었다.

위무선이 당나귀를 보며 한가하고 따분하다고 느끼고 있을 때였다. 멀리서 사람들이 다가오는 소리가 들렸다.

손으로 엮어 만든 대나무 바구니를 등에 지고 무명 적삼에 짚신을 신은 그들은 머리부터 발끝까지 시골 사람의 촌스러움이 묻어났다. 일행 중에는 둥근 얼굴에 청순하다고 할 수 있는 외모의 소녀가 한 명 있었다. 뜨거운 햇빛을 쐬며 너무 오래 걸어 이곳에서 물 좀 마시면서 잠깐 쉬려는 것 같았다. 그러나 나무 아래에 발을 구르며 미친 듯이 소리치는 당나귀가 묶여 있고, 산발머리에 분칠한 미치광이가 앉아 있는 것을 보고는 선뜻 다가오지 못했다.

위무선은 평소 여성을 끔찍하게 아낀다고 자부하던 사람이었다. 상황을 파악한 그가 일어나 발버둥 치는 당나귀 쪽으로 가 자리를 비켜주자 그 모습에 위무선이 무해하다고 판단했는지 그들은 그제야 안심하고 다가왔다. 땀을 뻘뻘 흘리고 뺨이 벌겋게 익은 사람들이 하나둘 자리 잡고 앉아 부채로 부채질을 하거나 물을 길었다. 소녀는 우물 옆에 앉아 위무선이 일부러 비켜준 걸 안다는 듯 그에게 미소를 지어 보였다.

소녀의 일행 중 한 명이 손에 나침반을 놓고 먼 곳을 한 번 바라보더니 다시 고개를 숙이며 곤혹스럽다는 듯이 말했다.

"대범산 자락까지 왔는데 왜 바늘이 꼼짝도 안 하지?"

사내가 들고 있는 나침반은 조각된 무늬와 바늘이 매우 독특한 것이 보통 나침반이 아니었다. 동서남북 방향을 찾는 것이 아니라 사악한 요괴와 악귀를 찾는 '풍사반'이었다. 그들은 가세가 궁핍하고 옹색한 지방의 개인 수사들이었다. 고상하고 명망 높은 세가 말고도 저들처럼 스스로 수련하는 작은 가문도 있었다. 아마도 큰 가문과의 친분을 들어 의탁하러 왔거나 야렵(夜獵)을 하러 왔을 것이라고 짐작할 수 있었다.

"망가진 것 아니냐? 나중에 새 걸로 바꿔주마. 대범산까지 10리도 안 남았으니 서두르자꾸나. 고생해서 여기까지 왔는데 긴장을 늦췄다간 다른 사람에게 선수를 뺏길지도 모른다."

우두머리로 보이는 중년 사내가 물을 마시며 말했다.

'야렵'— 고상한 것을 좋아하는 선문 세가들은 여러 곳을 다니며 귀신과 요괴를 제거하는 것을 '유렵(遊獵)'이라고 칭했고, 이런 것들은 주로 야밤에 출몰하기 때문에 '야렵'이라고도 했다. 수선 가문은 많았지만, 명성을 떨친 가문은 몇 안 됐다. 조상이 공을 많이 쌓지 않았을 경우 일반 가문이 명문가가 되고 현문에서 명성을 얻고 존중받으려면 실적을 내야 했다. 흉악한 요수(妖獸)나 어떤 지역에 피해를 준 악귀를 잡은 가문의 말에 무게가 실렸다.

그리고 이게 바로 위무선의 특기였다. 하지만 며칠 동안 바쁘게 다니며 무덤을 돌아보아도 잡은 것이라곤 시시한 귀신뿐이었다.

위무선은 자신을 대신해 싸워줄 귀장이 필요했다. 그래서 대'반'산에 기대를 걸고 가보기로 했다. 운이 좋아 괜찮은 놈이 있으면 잡아서 써먹어야지 하고 마음먹었다.

소녀 일행은 다 쉬었는지 떠날 채비를 했다. 떠나기 전 둥근 얼굴의 소녀가 등에 진 상자에서 작은 풋사과를 꺼내 위무선에게 건넸다.

"이거 받으세요."

그가 헤벌쭉하며 손을 내밀어 받으려는 순간 당나귀가 고개를 들어 이를 드러내면서 물려고 했다. 하지만 위무선이 먼저 잽싸게 받아 들었다. 풋사과에 침을 질질 흘리는 당나귀를 보자 위무선은 좋은 생각이 났다. 그는 긴 나뭇가지와 줄을 주워다 사과를 매달고 당나귀 머리 앞에 늘어뜨렸다. 향긋한 사과 향을 맡은 당나귀는 앞에 있는 사과를 먹으려고 고개를 들고 냅다 달렸다. 얼마나 쏜살같이 달리는지 이제껏 본 그 어떤 명마보다 빨랐다.

당나귀가 쉬지 않고 달린 덕에 위무선은 해가 지기 전 대범산에 도착했다. 산자락에 도착해서야 산 이름이 대반산이 아니라 대범산이라는 것을 알았다. 멀리서 보면 넉넉하게 생긴 산의 형태가 부처 같다고 해서 붙여진 이름이었다. 산 아래 있는 작은 마을은 불각진이라고 불렸다.

불각진에는 위무선이 생각한 것보다 수사들이 훨씬 많이 모여 있었다. 각양각색의 사람이 거리를 오갔고 각 가문의 다양한 복장에 눈이 어지러울 지경이었다. 이유는 알 수 없지만 하나같이 긴장된 표정이었고 귀신같이 생긴 위무선을 보고도 조롱하거나 거들떠보지도 않았다.

거리 중앙에서는 수사들이 모여 심각하게 이야기를 나누고 있었다. 의견 차이가 큰 모양이었다. 멀리서 그 소리를 듣던 위무선은 들으면 들을수록 흥분이 됐다.

"……이곳에 식혼수[22]나 식혼살[23]이 있을 리가 없습니다. 풍사반에도 이상한 조짐이 없고 말입니다."

"없다면 이곳 주민 일곱 명의 실혼증이 설명이 안 됩니다. 모두 같은 증상을 보이지 않습니까? 저는 이런 병은 한 번도 들어본 적이 없습니다!"

"풍사반이 움직이지 않으면 정말 없는 겁니까? 풍사반은 대략적인 방향만 알려줄 뿐 정밀도가 떨어지니 너무 믿어선 안 됩니다. 이 근처에 풍사반을 방해하는 뭔가가 있을 수도 있어요."

"풍사반을 누가 만들었는지 생각해보세요. 저는 풍사반의 방향을 교란하는 게 있다는 말은 못 들어봤습니다."

"무슨 뜻입니까? 어째 말이 좀 이상합니다. 나도 풍사반을 위무선이 만들었다는 것쯤은 압니다. 하지만 그가 만들었다고 다 완벽하지는 않을 텐데 말도 못 합니까?"

"제 말은 그런 뜻이 아닙니다. 그가 만든 물건이 모두 완벽하다는 말은 더더욱 아니고요. 오해하시면 곤란합니다!"

그들은 다른 방향으로 논쟁하기 시작했다. 위무선은 당나귀를 타고 헤헤거리며 지나갔다. 이렇게 오랜 세월이 흘렀는데도 여전히 수사들의 언쟁에 등장해 소위 '위무선이 나오면 반드시 다툼이 난다.'라는 것을 증명할 줄은 생각지도 못했다. 만일 백가에서 가장 인기가 오래 가는 사람을 뽑는다면 단연코 위무선일 것이었다.

#22 식혼수(食魂獸) 혼을 먹는 요괴.
#23 식혼살(食魂煞) 혼을 먹는 악귀.

냉정하게 말해 그 수사의 말도 맞았다. 지금 통용되고 있는 풍사반은 위무선이 만든 첫 번째 물건으로 정밀도가 부족한 게 사실이었다. 개선하려고 했지만 다 고치기도 전에 근거지가 침입당해 완성하지 못했고, 아쉽게도 사람들은 정밀도가 부족한 첫 번째 물건을 계속 쓰게 되었다.

이야기의 본론으로 돌아와 말하자면 피와 살을 먹고 뼈를 물어뜯는 것은 대부분 등급이 낮은 주시 같은 것들이었다. 그리고 주시와는 다르게 비교적 고상하고 높은 단계인 요수와 여귀는 혼을 흡수하고 소화할 수 있었다. 그런데 한 번에 일곱 명이나 먹었다니, 세가의 가문들이 이곳으로 모일 만도 했다. 야렵 대상이 보통이 아니니 풍사반에 오차가 생길 수도 있었다.

위무선은 고삐를 잡아당기고 당나귀 등에서 내려와 당나귀를 달리게 했던 사과를 당나귀 입 앞에 대주었다.

"한 입만, 딱 한 입이다……. 야, 내 손까지 다 먹어치우겠네."

그는 사과의 다른 면을 두 입 베어 물고 남은 것을 당나귀 입에 넣어주었다. 그리고 어떻게 하다가 자신이 당나귀와 사과를 나눠 먹는 처지가 됐을까 생각했다.

그때 누군가 위무선의 등에 부딪혔다. 고개를 돌려 보니 어떤 소녀가 있었다. 소녀는 사람과 부딪친 것도 모르는지 미소 띤 얼굴에 초점 없는 눈으로 한 방향만 뚫어지게 바라보고 있었다.

위무선은 소녀의 시선이 머무는 곳으로 눈길을 돌렸다. 그러자 어둠이 짙게 깔린 대범산 정상이 보였다.

소녀는 갑자기 위무선 앞에서 격렬한 춤을 추기 시작했다. 어금니를 드러내고 광폭하게 손을 흔들어대는 춤사위를 흥미진진하게 보고 있는데 어떤 부인이 치마를 잡고 달려와 소녀를 끌어안고 울음을 터뜨렸다.

"아연, 돌아가자. 집에 가자!"

소녀는 부인을 확 밀쳐냈다. 소녀의 미소에는 등골이 오싹해지는 자애로움이 있었다. 그녀는 웃는 얼굴로 계속 춤을 추면서 뛰어다녔고, 부인은 소녀를 따라 거리를 울면서 뛰어다녔다. 그 모습을 옆에서 지켜보던 행상꾼이 말했다.

"이런, 대장장이 정씨네 아연이 또 뛰쳐나왔네."

"부인도 불쌍하지. 아연, 아연 신랑 그리고 남편까지, 살아남은 사람이 없으니……."

위무선은 여기저기 쏘다니면서 들은 말을 종합해 이곳에서 발생한 이상한 일을 유추해보았다.

대범산에는 불각진 주민의 조상 무덤이 있는 고분(古墳) 지역이 있다. 때로는 누군지 모르는 이의 시체를 묻고 나무 팻말을 세워주기도 했다. 수개월 전 어느 날 밤 천둥 번개가 치고 비바람이 세차게 불었다. 다음 날 대범산에 산사태가 나 무덤들을 덮쳐 많은 고분이 훼손됐다. 땅이 파여 관이 밖으로 나오고 천둥 번개에 관뚜껑이 쪼개져 시신과 관이 까맣게 탄 것도 있었다.

불각진 주민들은 불안한 마음에 기도를 올리면서 고분들을 원래대로 다시 정돈했다. 그렇게 하면 아무 일도 없으리라 생각했다. 그러나 그날 이후 불각진에는 실혼증에 걸린 사람이 늘어나기 시작했다.

첫 번째는 가난한 게으름뱅이 청년이었다. 평소 하는 일 없이 빈둥거리면서 산에 올라가 새를 잡고 놀던 청년은 산사태가 나던 날에도 산에 갔다가 그만 발이 묶였다. 놀라 초주검이 됐지만 그래도 명이 길어 무사했다. 하지만 이상하게도 청년은 산에서 돌아오고 며칠 뒤 갑자기 혼인을 한다며 온 마을이 떠들썩하게 혼사를 치렀다. 청년은 이제부터 덕을 쌓으며 편안하게 살 거라고 말했다.

신혼 첫날밤 술에 취해 침상에 누운 그는 일어나지 않았다. 불러도 대답하지 않자 신부가 다가가 흔들었다. 신랑은 두 눈에 초점이 없고 온몸이 차가워진 상태였다. 숨 쉬는 것만 빼면 죽은 사람과 별 차이가 없었다. 이렇게 먹지도 못한 채 며칠 동안 누워 있다가 편안하게 땅에 묻혔다. 불쌍한 신부는 시집가자마자 과부가 됐다.

두 번째는 대장장이 정씨네 아연이었다. 아연은 혼사가 정해진 다음 날 남편이 될 사람이 사냥을 나갔다가 이리에게 물려 죽었다. 이 사실을 알게 된 아연에게 게으름뱅이 청년과 똑같은 일이 일어났다. 불행 중 다행으로 얼마 뒤 아연의 실혼증이 저절로 나았다. 하지만 그때부터 정신이 온전치 못해 날마다 밖으로 뛰쳐나가 웃으며 춤을 췄다.

세 번째는 아연의 아버지인 대장장이 정 씨였다. 이렇게 지금까지 일곱 명이 해를 입었다.

곰곰이 생각한 위무선은 식혼수가 아니라 식혼살일 것이라고 생각했다.

식혼수와 식혼살은 한 글자 차이지만 엄연히 달랐다. 살은 귀신의 한 종류이고 수는 요수이다. 위무선은 산사태로 무너지고 천둥번개로 관이 쪼개져 그 안에서 안식하고 있던 오래된 살이 튀어나온 것 같다고 생각했다. 정말 그런지는 관을 직접 보고 봉인 흔적을 살펴보면 알 수 있었다. 하지만 불각진 주민들이 진작에 유골을 수습하고 까맣게 탄 관을 다른 곳에 묻어 흔적이 거의 남아 있지 않았다.

산에 오르려면 마을에 난 산길을 따라가야 했다. 위무선은 당나귀를 타고 천천히 올라갔다. 그리고 얼마 뒤 어두운 표정으로 내려오는 사람들을 만났다.

그들은 와자지껄 떠들며 내려왔는데 개중에는 얼굴에 상처가 난 사람도 있었다. 날도 어두운데 목매달아 죽은 귀신처럼 분칠하고 당나귀를 탄 사람이 갑작스럽게 등장하자 모두 놀라 욕설을 해대면서 위무선을 피해 산 아래로 급하게 내려갔다. 위무선은 고개를 돌려 곰곰이 생각했다. 사냥감이 너무 강해 실패하고 돌아가는 건가?

그는 당나귀 엉덩이를 찰싹 때려 달려 올라갔다.

하지만 위무선은 달려 올라가느라 그들의 원망을 듣지 못했다.

"살다 살다 내 이런 횡포는 또 처음일세!"

"그렇게 큰 가문의 가주가 뭐 하러 여기까지 와서 우리랑 식혼살이나 놓고 겨뤄? 어렸을 때 많이 했을 거 아니야!"

"무슨 뾰족한 수라도 있습니까, 뉘 집 종주라고. 다른 집안에는 밉보여도 강씨 집안은 안 되고, 다른 사람에게는 밉보여도 강징에게는 절대 안 되지요. 물건 정리해 갑시다. 재수 없는 셈 쳐야지요!"

날이 더 어두워지면 횃불이 있어야 산속을 다닐 수 있었다. 얼마 더 가자 마주치는 수사도 드물었다. 위무선은 그것을 매우 이상하게 여겼다.

'여기 온 가문은 두 부류로 나뉘나? 불각진에서 논쟁이나 하면서 탁상공론하는 부류와 방금 지나간 사람들처럼 속수무책으로 당해 김이 새서 돌아가는 부류?'

그때 갑자기 앞에서 구조를 요청하는 외침이 들려왔다.

"누구 없어요?"

"살려주세요!"

남녀 목소리가 섞인 외침에는 당황스러운 기색이 역력해 거짓말이 아닌 것 같았다. 산에서 들리는 구조 외침은 십중팔구 요괴가 상황을 모르는 사람들을 함정에 빠뜨리려는 농간이었다. 하지만 위무선은 이런 것에 매우 흥미를 느꼈다. 오히려 요괴가 덜 사악할까 봐 걱정이지 사악할수록 좋았다.

위무선은 당나귀를 채찍질하면서 소리 나는 쪽으로 달려갔다. 이리저리 둘러봐도 사람은 보이지 않았다. 고개를 들어보니 무슨 요괴나 마귀가 아니라 우물가에서 만났던 사람들이었다. 그들은 금빛으로 찬란한 그물에 걸려 나무에 매달려 있었다.

중년 사내가 후배들을 데리고 산속을 다니며 살폈지만, 사냥감은 못 찾고 어떤 돈 많은 자가 설치했는지 모르는 덫에 걸려 나무 위에 매달려 살려달라고 외치고 있었다. 누군가 오자 매우 기뻐하던 그는 하필이면 미치광이인 것을 알고 크게 실망하는 눈치였다. 그들이 걸린 박선망은 가는 그물이었지만 최고급 재료로 만들어 매우 견고했다. 일단 걸리면 그물보다 더 높은 등급의 선기(仙器)를 사용해야만 찢어졌기 때문에 인간이든 신이든 요괴든 악귀든 한동안 고생을 해야 했다. 하지만 이 미치광이는 그들을 꺼내주긴커녕 이게 뭔지도 모를 것 같았다.

그에게 사람을 좀 불러오라고 하려는데 나뭇가지가 가볍게 부러지고 나뭇잎이 바스락거리는 소리가 가까워지더니 어두운 숲속에서 옅은 색 옷을 입은 소년이 불쑥 나타났다.

미간에 단사[24]를 찍은 소년은 준수한 용모였지만 다소 매정해 보였다. 남사추와 비슷한 또래인 듯 보였지만 아직은 덜 자란 어린애였다. 등에 화살통과 아름다운 금빛이 흐르는 장검을 메고 손에 활을 들고 있었다. 정교한 수가 놓인 옷의 명치 부분에서 비범한 기운을 풍기는 백모란의 금색 선이 어둠 속에서 은은한 빛을 뿌리며 빛났다.

그것을 본 위무선은 작은 소리로 감탄했다.

"돈이 많군!"

소년은 난릉 금씨의 공자였다. 백모란은 난릉 금씨의 문양으로 꽃 중의 왕인 모란을 사용함으로써 자기 가문이 선문의 왕임을 은근히 표방했다. 이마에 찍은 단사는 '지혜로 포부를 펼치고 붉은빛으로 세상을 비추라.'는 뜻이다.

활을 쏘려던 공자는 박선망에 걸린 게 사람인 것을 확인하자 실망해 돌아섰다.

"매번 이런 멍청이들만 걸려. 이 산에 박선망을 사백 장도 넘게 설치했는데 잡히라는 건 안 잡히고, 저런 놈들 때문에 열 개도 넘게 망가졌잖아!"

위무선의 생각은 여전했다.

'돈이 많군!'

박선망은 하나도 제법 비쌌다. 그것을 한 번에 사백 장도 넘게 설치했다니, 조금 작은 가문이었으면 가산을 탕진하고도 남았을 텐데 과연 난릉 금씨였다. 하지만 이렇게 박선망을 남용해 무차별적으로 잡는 게 어디 야렵인가, 사람들을 다 내쫓고 다른 사람의

#24 단사(丹砂) 붉은색 안료.

기회를 빼앗는 것이지. 보아하니 아까 스쳐 지나갔던 수사들도 야렵이 어려워서가 아니라 명문 세가의 노여움을 사지 않기 위해 산을 내려가던 중이었던 모양이었다.

며칠 동안 오면서 보고 들은 것과 방금 불각진에서 들은 흥미로운 이야기들을 더하니 요즘 수진계의 상황을 대충 알 것 같았다. 백 년 선문 대혼란에서 최후의 승자가 된 난릉 금씨가 여러 가문을 통솔하게 되었고 자기 가문 가주를 '선독(仙督)'이라고 높여 부르기까지 했다. 금씨 가문의 가풍은 원래도 도도하고 오만했으며 화려한 것을 좋아했다. 근래에 가문이 강성해지니 자제들까지 제멋대로 구는 모양이었다. 난릉 금씨보다 조금 못한 가문도 치욕을 당하면 참아야 했을 정도니, 그들처럼 지방의 작은 가문은 말할 필요도 없었다. 소년의 몰인정한 말에도 그들은 그저 얼굴만 벌게진 채로 아무 대꾸도 하지 못했다. 그 중에서 중년 사내가 조심스럽게 입을 열었다.

"공자님, 우리 사정을 좀 헤아려 풀어주십시오."

사냥감이 좀처럼 나타나지 않아 초조했던 소년은 이 촌놈들에게 화풀이라도 하려는 듯 팔짱을 끼며 말했다.

"여기저기 쏘다니면서 내 일을 방해하지 말고 그냥 여기 매달려 있어! 식혼수를 잡고 나서 생각나면 그때 풀어주도록 하지."

정말로 이렇게 나무에 매달려 밤을 보내다가 대범산에 출몰하는 그것을 만난다면 그들은 꼼짝 못 하고 혼을 빼앗길 게 분명했다. 위무선에게 사과를 건넸던 둥근 얼굴의 소녀가 두려움에 울음을 터뜨렸다. 소녀의 울음소리에 당나귀가 긴 귀를 부르르 떨더니 갑자기 박차고 뛰어나갔다.

길게 포효하며 용감한 기세로 박차고 나가는 모습이 울음소리만 멋있었다면 하루에 천 리를 간다는 준마와 비교해도 전혀 손색이 없었다. 미처 준비할 새도 없이 당나귀가 튀어 나가는 바람에 그 등에서 가부좌를 틀고 앉아 있던 위무선은 하마터면 떨어져 머리가 깨질 뻔했다. 당나귀는 자기가 소년을 들이받을 수 있다고 굳게 믿었는지 소년을 향해 돌진했다. 소년이 활시위에 화살을 걸어 당나귀를 향해 당겼다. 위무선은 이렇게 빨리 새로운 탈것을 찾고 싶지는 않았던지라 있는 힘을 다해 고삐를 잡아당겼다. 당나귀에서 시선을 옮겨 위무선을 찬찬히 본 소년이 깜짝 놀란 듯하더니 상대할 가치도 없다는 듯 몸을 휙 돌리고 입을 삐죽대며 말했다.

"너였군."

말투에 의아함과 혐오스러움이 담겨 있어 위무선은 눈을 계속 깜박거렸다.

"뭐야, 고향으로 내쫓기더니 아주 미쳐버린 거야? 그런 괴상한 꼴을 하고 돌아다니게!"

위무선은 뭔가 대단한 사실을 들은 것 같았다.

설마…….

그는 자신의 허벅지를 탁 쳤다. 설마 모현우의 아버지가 작은 가문의 가주가 아니라, 명성이 자자한 금광선?!

금광선은 난릉 금씨의 전 가주로 작고한 지 오래였다. 금광선은 한마디로 말하기 어려운 인물이었다. 금광선의 부인은 가문이 좋고 성격이 대단해 금광선은 아내를 무서워했다. 하지만 무서운 것은 무서운 것이고, 그는 계속 계집질을 하고 다녔다. 부인이 아무리 대단해도 하루 열두 시진 늘 남편을 따라다닐 수는 없었다. 그래서 금광선은 위로는 명문가 규수부터 아래로는 초야의 기생까지 죄다 섭렵했다. 여색을 밝히고 싫증도 쉽게 내 현재 여인에게 흥미를 잃으면 자식이 있어도 싹 잊어버리고 책임지지 않았다. 수많은 혼외자식 중에서 딱 한 사람만 인정을 받았다. 그가 바로 현 난릉 금씨 가주 금광요였다. 금광선은 죽음도 영예롭지 못했다. 그는 노익장을 과시하며 자기 자신에게 도전한다면서 여인들과 놀아나다 급사했다. 입에 담기도 민망한 일이라 난릉 금씨는 대외적으로 종주께서 과로로 돌아가셨다고 선포했고 사람들은 모른 척했다. 이게 바로 금광선이 '명성이 자자한' 진짜 이유였다.

난장강 대토벌에서 강징 다음으로 큰 역할을 한 사람이 금광선이었다. 그런데 지금 위무선이 금광선 혼외자의 몸에 들어왔으니 셈을 어떻게 해야 할지 난감할 지경이었다.

그를 본 소년은 멈칫했다가 혐오스럽다는 듯이 말했다.

"안 꺼지고 뭐 해! 널 보니 구역질이 난다고. 단수 자식."

촌수를 따지면 모현우가 작은아버지나 큰아버지뻘이 될 텐데 아랫사람에게 이런 모욕을 당하다니, 위무선은 이 몸의 주인인 모현우의 치욕을 갚아주고 싶었다.

"제 어미에게 가정교육도 못 받았나."

이 말에 소년의 눈에서 불꽃이 일었다 사라졌다. 소년은 등에 멘 장검을 빼 들고 싸늘하게 말했다.

"너, 뭐라고 했어?"

금빛이 흐르는 검신은 구하기 어려운 상품(上品)의 보검이었다. 평생 노력해도 이런 보검을 만져보지도 못하는 가문도 많을 것이었다. 검을 응시하던 위무선은 어쩐지 검이 눈에 익다고 생각했다.

하지만 보검을 원체 많이 보았기 때문이리라며 깊이 생각하지 않고 손에 들고 있던 작은 천 주머니를 빙빙 돌렸다.

위무선이 자투리 천을 주워 이어 만든 '쇄령낭'이었다. 소년이 위무선을 향해 검을 휘두르자 위무선은 몸을 살짝 틀어 피하면서 주머니에서 사람 모양으로 자른 종이를 꺼내 소년의 등에 '탁' 하고 붙였다.

소년의 동작도 빠르긴 했지만 위무선의 발이 더 빨랐다. 게다가 그는 남의 등에 부적을 많이 붙여봐서 손발이 날렵했다. 소년은 등이 뻣뻣하고 무거워지는가 싶더니 땅으로 털썩 엎어졌다. 검도 옆에 떨어뜨렸다. 아무리 용을 써도 태산이 누르고 있는 것처럼 무거워 일어날 수가 없었다. 식탐 때문에 죽은 음혼이 소년의 등에 엎드려 숨도 못 쉬게 꾹 눌렀다. 음혼은 약했지만 이런 애송이를 상대하기에는 충분했다. 위무선은 소년의 검을 주워 휙휙 대충 휘둘러보고는 박선망을 잘랐다.

박선망에 걸려 있던 그들은 흉한 꼴로 땅에 떨어졌어도 찍소리 안 하고 황급히 도망쳤다. 둥근 얼굴의 소녀가 고맙다는 말을 하고 싶은 모양이었으나 어른들에게 끌려갔다. 몇 마디 했다가 공자에게 더 큰 원한을 살까 봐 겁을 집어먹은 것이었다. 소년은 땅에 엎드린 채 소리쳤다.

"빌어먹을 단수 자식! 좋아, 너, 영력도 보잘것없고 수련도 제대로 안 되니 사도로 빠진 모양인데. 너 조심해! 오늘 누가 왔는지 알아? 오늘 내······."

"아이고! 무서워라!"

위무선이 성의 없이 말했다.

예전에 그가 수련한 법문은 오래 하면 수련자 신체의 근본을 해친다고 해서 사람들에게 지탄받았지만, 효과가 빠르고 영력과 타고난 자질의 제한이 없었기 때문에 매우 유혹적이었다. 그래서 몰래 수련하는 사람이 끊이지 않았다. 소년도 모현우가 난릉 금씨 가문에서 쫓겨나자 사도로 빠졌다고 생각한 모양이었다. 합당하면서도 위무선의 잡다한 번거로움까지 덜어주는 의심이었다.

소년은 손바닥으로 땅을 짚고 일어나려고 애썼지만, 뜻대로 되지 않자 얼굴이 벌겋게 달아올라 이를 악물고 말했다.

"풀어주지 않으면 외숙한테 말할 테다. 그러면 넌 죽은 목숨이야!"

"아버지가 아니라 왜 외숙이야? 외숙이 누군데?"

위무선이 이상하다는 듯 물었다.

"내가 그의 외숙인데, 무슨 유언(遺言)이라도 있나?"

갑자기 뒤에서 냉혹하고 얼어붙을 것 같은 차가운 목소리가 울려 퍼졌다.

위무선은 온몸의 피가 머리로 솟구쳤다가 사라지는 것 같았다. 다행히 얼굴을 하얗게 분칠해 더 하얘진다고 해도 이상할 것이 없었다.

자색 옷을 입은 청년이 천천히 다가왔다. 전수(箭袖)로 된 가벼운 도포를 입고 허리춤에 은방울을 달고 패검 칼자루에 손을 얹고 다가오는데 아무 소리도 나지 않았다.

얇은 눈썹, 살구 같은 눈, 준수한 외모에서 예리함이 묻어났다. 차분하면서도 활활 타오르는 눈빛에 공격의 뜻이 담겨 있었고 마치 전기가 쏘아져 나오는 것 같았다. 그는 위무선의 열 보 앞까지 다가와 멈춰 섰다. 활시위에 당겨진 화살처럼 쏘길 기다리는 표정이었고 동작에서도 거만함과 자부심이 뿜어져 나왔다.

"금릉, 여태껏 시간을 잡아먹은 것도 모자라 이젠 마중까지 오라는 게냐? 이런 형편없는 꼴이라니. 당장 일어나!"

그가 눈살을 찌푸리며 말했다.

순간 머리가 마비된 것 같았지만 위무선은 재빨리 정신을 차리고 소매 안에서 손가락을 구부려 금릉의 등에 붙인 사람 모양 종이를 뗐다. 등이 가벼워지자 금릉이 재빨리 검을 들고 일어나 강징 곁으로 달려갔다.

"네 다리를 분질러버릴 테다!"

조카와 외숙이 같이 서 있으니 생김새가 조금 비슷한 것도 같았지만 조카와 외숙이라기보다 형제 같았다. 강징이 손가락을 튕기자 종이가 위무선의 손가락에서 강징의 손으로 날아갔다. 종이를 본 강징의 눈에 난폭한 기운이 돌았다. 강징이 손가락 사이에 힘을 주자 종이에 불이 붙었고 음령의 비명과 함께 타 재가 되었다.

"다리를 부러뜨려? 내가 말하지 않았느냐. 이따위 사마외도를 마주치거든 아예 죽여 네 개에게 주라고 말이다!"

강징이 무시무시한 목소리로 말했다.

위무선은 당나귀도 버린 채 줄행랑을 쳤다. 시간이 많이 흘렀으니 자신에 대한 원한도 사라진 줄 알았는데, 그런 요행은 일어나지 않은 모양이었다. 오히려 사라지기는커녕 오래 묵은 술처럼 점점 깊어져 이제는 위무선을 모방하는 사람에게까지 화풀이했다.

뒷배가 생기니 금릉의 검이 더 거칠어졌다. 위무선은 손가락 두 개를 쇄령낭으로 넣어 반격을 준비했다. 그 순간 푸른색 빛이 번쩍하더니 금릉의 패검과 날아온 검이 부딪쳤다. 그러자 선검의 금빛이 순식간에 흩어졌다. 패검의 등급 차이가 아니라 검 주인의 실력이 크게 차이가 났기 때문이다.

위무선은 그 틈을 타 도망가려고 했지만, 검이 내뿜는 빛에 비틀거리다가 땅바닥에 퍽하고 엎어졌다. 하필 새하얀 장화 앞에 넘어졌다. 멋쩍어진 그가 느릿하게 고개를 들었다.

제일 먼저 눈에 들어온 것은 얼음처럼 차갑고 투명한 검날이었다. 백가에서 명성이 자자한 검이었다. 위무선도 어깨를 나란히 하며 함께 전투에 나가고, 서로에게 칼을 겨눈 적도 많아 검의 위력을 잘 알았다. 밀법(密法)으로 정제한 순은을 단조한 칼자루, 맑고 투명한 얇은 검신은 얼음 같은 한기를 내뿜었지만 쇠도 진흙처럼 벨 정도로 위력이 대단했다. 검은 전체적으로 가볍고 날렵하며 신선의 기운과 품위가 있었지만 실제로는 매우 무거워 보통 사람은 들기도 어려웠다.

—피진.

칼끝이 거둬지더니 위무선의 정수리에서 쨍 하고 칼집에 들어가는 소리가 났다. 동시에 강징의 목소리가 멀리서 들려왔다.

"누구신가 했더니 남가의 둘째 공자셨군요."

새하얀 장화가 위무선을 돌아서 빠르지도 느리지도 않게 앞으로 세 걸음 걸어갔다. 고개를 들고 일어난 위무선은 어깨를 스치고 지나가면서 무심한 척하며 그와 눈을 마주쳤다.

그는 등에 고금을 메고 하얀 명주처럼 맑고 투명한 달빛을 온몸으로 받고 있었다. 그의 고금은 일반적인 것보다 몸통이 더 좁고 전체가 검었으며 나무색이 부드러웠다.

권운 문양이 있는 말액을 이마에 두른 그는 하얀 피부에 매우 잘

생기고 우아하며 품위 있어 보였다. 옅은 색 눈동자가 유리처럼 맑고 투명해 눈빛은 더 냉정해 보였는데, 차가운 기운이 흐르는 표정에서 판에 박힌 정중함이 흘렀고 위무선의 우스꽝스러운 얼굴을 보고도 전혀 반응이 없었다.

머리부터 발끝까지 먼지 한 톨 없고 빈틈이 없어 흐트러진 부분이라곤 눈곱만큼도 없었다. 하지만 위무선의 머릿속에는 네 글자가 떠올랐다.

'피마대효'.

정말 상복 같았다. 사람들은 고소 남씨의 옷이 가장 아름답다고 치켜세우고, 남망기를 백 년에 한 번 나올까 말까 한 미남자라고 칭송했지만, 부인이 죽은 것처럼 죽을상을 하고 원한이 서린 것 같은 표정에 미모가 빛을 잃을 지경이었다.

운수가 지지리도 나빴다. 원수는 외나무다리에서 만난다더니, 복은 쌍으로 오지 않고 화는 홀로 오지 않는다더니 그 말이 딱 맞았다.

남망기는 아무 말도 하지 않고 시선을 돌리지도 않은 채 강징의 맞은편에 조용히 서 있었다. 강징도 매우 준수한 외모였으나 남망기 앞에 서니 빛이 바랬고 다소 경박해 보이기도 했다. 강징이 한쪽 눈썹을 치켜세우며 말했다.

"함광군은 '소란이 생기면 반드시 나타난다'더니 정말 명성에 걸맞군요. 오늘은 어떻게 시간이 나셔서 이 깊은 산속까지 오셨습니까?"

그들 같은 세가의 선수(仙首)는 등급이 너무 낮은 사냥감은 모른 척하는데 남망기는 예외였다. 그는 야렵 대상을 까다롭게 고르지 않았다. 요괴와 마귀가 그다지 흉악하지 않고 죽여봤자 명성에 도움이 안 돼도 가리지 않았다. 누군가 도움을 청하면 그곳으로 달려갔다. 어렸을 때부터 그는 늘 그랬다. 그래서 사람들은 함광군의 야렵에 대해 '소란이 생기면 반드시 나타난다.'라고 평가하면서 그의 품성을 칭찬했다. 강징의 예의 없는 말투에 남망기의 뒤를 쫓아온 후배들은 심기가 불편해졌다.

"강 종주님도 여기 계시지 않습니까?"

남경의가 거침없이 말했다.

"쯧쯧, 어른들 말에 끼어드는 건 무슨 법도지? 고소 남씨는 예법을 중히 여긴다고 자부하면서 자제를 이렇게 가르치나 보군."

강징이 냉랭하게 말했다.

남망기는 강징과 이야기하고 싶지 않은지 남사추를 쳐다봤다. 남사추는 남망기의 눈빛에서 이것은 그들끼리 해야 할 대화라는 것을 깨닫고 앞으로 나서서 금릉에게 말했다.

"금 공자, 야렵은 모두가 공평하게 경쟁하는 것입니다. 그런데 금 공자가 대범산 곳곳에 그물을 설치해서 다른 가문 수사들이 운신하기 어렵고 함정에 빠질까 걱정입니다. 이는 이미 야렵의 규율을 어긴 것이 아닙니까?"

금릉은 제 외숙과 똑같이 차가운 눈빛으로 말했다.

"자기들이 멍청해서 함정에 빠진 걸 내가 어쩌겠어. 할 말 있으면 내가 사냥감을 잡은 다음에 다시 얘기해."

금릉에 대답에 남망기가 눈썹을 찡그렸다. 이어서 금릉이 더 말하려고 입을 벌리려 했지만 입이 벌어지지 않고 목소리도 나오지 않자 당황해 얼굴이 하얗게 질렸다. 위아래 입술이 딱 붙어버린 금릉을 본 강징은 화가 나 방금까지 마지못해 차렸던 예의도 차리지 않았다.

"이봐, 이게 무슨 뜻이지? 그대가 뭔데 금릉을 가르쳐, 당장 풀게!"

금언술은 남씨 가문 자제가 잘못했을 때 내리는 벌이다. 위무선은 이 잔재주에 한두 번 당한 게 아니었다. 복잡하고 심오한 술법은 아니었지만 남가 사람이 아니면 풀 수 없었다. 강제로 말하려고 했다간 입술이 찢어져 피가 나거나 며칠 동안 목이 쉬기 때문에 정해진 징벌 시간까지 입 다물고 조용히 반성해야만 했다.

"강 종주님, 화를 거두십시오. 강제로 풀지 않아도 한 주향이면 저절로 풀립니다."

남사추의 말에 강징이 미처 입을 열기도 전에 숲에서 강씨 가문의 옷 색깔인 자색 옷을 입은 사람이 뛰어나와 외쳤다.

"종주님!"

그는 남망기를 보더니 망설였다.

"말하거라. 또 무슨 나쁜 소식이라도 있는 것이냐?"

강징이 조롱하듯 묻자 객경이 목소리를 낮추며 대답했다.

"방금 푸른색 비검이 날아와 종주께서 설치한 박선망을 부쉈습니다."

강징이 남망기를 노려봤다.

"몇 개나?"

그리고는 불쾌한 기색이 역력한 표정으로 물었다.

"전부요……."

객경이 조심스럽게 대답했다.

사백여 장을! 강징은 노기가 치밀었다.

이번 야렵이 이렇게까지 재수가 없을 것이라고는 전혀 예상하지 못했다. 원래 강징은 금릉을 응원하러 온 것이었다. 올해 열다섯 살인 금릉은 다른 가문의 후배들과 경험을 쌓을 나이가 되었고, 강징이 고르고 고른 곳이 대범산이었다. 대범산 곳곳에 그물을 치고, 다른 가문 수사들에게 으름장을 놓고, 그들의 운신을 어렵게 한 것도 모두 금릉이 1등을 하고 다른 사람이 금릉의 것을 뺏지 못하게 하려는 것이었다. 박선망 사백여 장은 매우 비싸긴 했지만, 운몽 강씨에게는 별것 아니었다. 그물이 훼손된 것은 중요하지 않지만, 체면을 구긴 것이 큰일이었다. 남망기의 이 같은 행동에 강징의 가슴에서 끓어오른 화가 점점 더 강하게 치솟았다. 강징은 눈을 가늘게 뜨고 자기도 모르게 왼손으로 오른손 집게손가락에 낀 반지를 어루만졌다.

이것은 매우 위험한 동작이었다.

강징이 낀 반지가 대단한 법보라는 것을 모르는 사람이 없었다. 강씨 가문 가주가 반지를 만졌다는 것은 살의가 있다는 것을 뜻했다.

하지만, 그는 잠깐 어루만지고 간신히 적의를 억눌렀다. 매우 불쾌했지만 한 가문의 가주이기 때문에 많은 것을 고려해야 했다. 금릉같이 어린애처럼 충동적으로 행동해선 안 됐다. 청하 섭씨가 쇠락한 이후 지금의 3대 세가 가운데 난릉 금씨와 고소 남씨 두 집안은 가주끼리 개인적 친분이 두텁고 매우 가까웠다. 강징이 장악한 운몽 강씨는 세 가문 사이에서 고립된 상태라고 할 수 있었다. 함광군 남망기는 명망이 매우 높은 선문의 명사이고 그의 형인 택무군 남희신은 고소 남씨의 가주였으며 형제가 늘 화목했다. 그래서 그와는 다투지 않는 게 상책이었다.

게다가 강징의 패검인 삼독과 남망기의 패검인 피진은 정식으로 부딪쳐본 적이 없어 누가 이길지 알 수 없었다. 강징은 집안 대대로 내려오는 반지인 '자전'이 있었지만, 남망기의 고금 '망기' 또한 명성이 자자했다. 강징은 불리한 위치에 놓이는 것을 못 견뎠기 때문에 확신이 없는 상태에서 남망기와 일전을 벌이는 것을 고려하지 않았다.

그는 반지에서 천천히 손을 거뒀다. 보아하니 남망기가 이 일에 개입하기로 작정한 모양인데 자신이 다시 악역을 하는 것도 불편해 이 일은 잠시 접어두기로 했다. 강징은 상황을 저울질한 다음 고개를 돌려 여전히 씩씩거리며 입을 틀어막고 있는 금릉을 보고 말했다.

"함광군이 주시는 벌이니 받거라. 다른 집안 자제까지 교육하는 것도 쉬운 일은 아니다."

강징의 말투에는 비꼬는 기색이 역력했지만, 누구를 비꼬는 것인지는 알 수 없었다. 다른 사람과 설전을 벌인 적이 없는 남망기는 들었어도 들은 척하지 않았다. 강징은 뼈있는 말을 하고 화제를 돌렸다.

"아직도 서서 뭘 하느냐? 사냥감이 제 발로 나타나 네 검에 꽂히길 기다리기라도 하는 게냐? 오늘 이 대범산의 요괴를 가져오지 못하면 앞으로 나를 찾아올 필요는 없을 것이다!"

금릉은 위무선을 매섭게 노려봤지만 자신에게 금언이라는 벌을 준 남망기는 쳐다보지도 못했다. 금릉은 칼집에 검을 넣고 두 어른께 예를 표한 다음 물러났다.

"강 종주님, 훼손된 박선망은 고소 남씨가 숫자대로 돌려드리겠습니다."

남사추가 말했다.

"필요 없다!"

강징이 냉랭하게 한마디 툭 던지고 반대 방향으로 유유히 산을 내려갔다. 그의 뒤로 객경들이 입을 다물고 따랐다. 그들은 돌아가면 질책을 피할 수 없다는 생각에 수심이 가득한 표정이었다.

그들의 모습이 사라지자 남경의가 입을 열었다.

"강 종주는 대체 왜 저런대!"

말을 내뱉고 나서야 뒤에서 다른 사람 이야기를 해서는 안 된다는 집안의 가르침이 생각나 깜짝 놀라 함광군을 쓱 쳐다보고는 입을 다물고 빠졌다. 남사추는 위무선을 보고 살짝 웃으며 말했다.

"모 공자, 저희 또 만났네요."

위무선의 입꼬리가 살짝 올라갔다. 그들을 보고 있던 남망기가 입을 열어 간단명료하게 지시했다.

"가서 일 보거라."

그제야 대범산에 온 목적이 생각난 그들은 잡생각을 거두고 공손하게 가르침을 기다렸다. 잠시 뒤 남망기가 다시 입을 열었다.

"최선을 다하되 과시하지는 말아라."

그의 목소리는 낮고 자성이 있어 가까이 있었다면 분명 가슴 한편이 떨려왔을 것이다. 그들은 예의 바르게 대답하고 지체 없이 산속으로 들어갔다. 위무선은 아랫사람에게 하는 당부만 봐도 강징과 남망기가 정말 전혀 다르다고 생각했다.

홀로 생각에 잠겨 있던 위무선은 남망기가 자신에게 보일 듯 말듯 고개를 끄덕이는 것을 보고 놀랐다.

남망기는 어릴 때부터 치통을 유발할 정도로 진지했고 융통성이라고는 전혀 없어 활발했던 적이 있을까 싶을 정도였다. 게다가 원칙주의자여서 위무선이 사도를 수련한 일을 절대 용납하지 않았다. 남사추에게서 위무선이 모가장에서 했던 수상한 행동을 들었을 텐데 자기에게 고개를 끄덕이며 인사하다니, 아마 남가 후배들을 곤경에서 벗어나게 해준 것에 대한 인사였을 것이다. 위무선도 별생각 없이 예를 표했다. 다시 고개를 들자 남망기의 모습은 이미 사라지고 없었다.

잠시 뒤 위무선도 몸을 돌려 산 아래로 걸어갔다.

대범산에 뭐가 있든 위무선이 잡아서는 안 됐다. 다른 사람 것은 빼앗아도 금릉한테는 그러지 않을 것이다.

금릉이라니.

난릉 금씨 가문에 자제도 많은데 하필 금릉과 마주칠 줄은 생각도 못 했다. 알았더라면 어떻게 금릉에게 '어미에게 가정교육도 못 받았다.'라고 했겠는가? 만약 다른 사람이 금릉에게 그런 말을 했다면 위무선은 그에게 말이 화를 부른다는 게 무슨 뜻인지 철저히 깨닫게 해주었을 것이다. 하지만 그런 말을 한 것은 자기 자신이었다.

잠시 조용히 서 있던 위무선은 자신의 뺨을 후려쳤다.

뺨 때리는 소리가 우렁차게 울려 퍼졌고 오른뺨이 얼얼했다. 갑자기 숲에서 바스락거리는 소리가 나서 힐끗 쳐다보니 당나귀가 튀어나왔다. 당나귀가 먼저 다가와 얼굴을 비비자 위무선은 당나귀의 긴 귀를 잡아당기며 쓴웃음을 지었다.

"영웅이 돼서 미인을 구하려면 네가 하지, 왜 내 등을 떠밀어."

당나귀와 흥얼대며 산비탈 끝에 다다랐을 때 산으로 오르는 수사 한 무리와 마주쳤다. 불각진에서 머뭇거리던 수사들이 남망기가 박선망 사백여 장을 다 부쉈다는 소식을 듣고 다시 올라가는 것이었다. 이들 모두가 금릉의 적수라고 할 수 있었다. 위무선은 그들을 다시 끌고 내려가야 하나 잠시 심각하게 고민했지만, 그냥 길을 열어주기로 했다.

각양각색의 복장을 한 자제들이 걸어가며 불만을 터뜨렸다.

"금씨 가문의 작은 공자 말이야, 금가와 강가가 모두 오냐오냐해주니 어린 게 벌써 세도를 부리면서 제멋대로잖아. 앞으로 난릉 금씨의 대를 이으면 큰 변화가 있을 텐데. 그러면 우린 다 죽었어!"

위무선의 발걸음이 느려졌다.

"어떻게 오냐오냐 안 해요? 어린 나이에 양친을 다 잃었는데."

마음이 약한 여자 수사가 탄식하며 말했다.

"사매#25, 그렇게 말하면 안 됩니다. 부모 죽은 게 뭐라고요, 세상에 양친을 다 잃은 사람은 많습니다. 그럼 그들이 다 그러면 되겠네요!"

"위무선도 참, 정말 손을 쓰다니. 금릉의 모친이 강징의 친누나이자 자신을 거둬준 사저#26인데."

"강염리도 참 안 됐어요. 그런 배은망덕한 자를 보살폈으니. 금자헌은 더 비참하고요. 과거 위무선과 갈등이 좀 있었다고 말로가 그렇다니."

"위무선은 어째 모두와 갈등이 있었을까요……."

"그러게 말입니다. 그가 기르던 그 미친개들 말고는 관계가 좋던 사람이 어디 있습니까? 온 천지와 원수지고 악행으로 모두에게 원망을 샀으니. 오죽하면 함광군하고도 물과 불처럼 서로 싫어했

#25 사매(師妹) 동문의 여자 후배.
#26 사저(師姐) 동문 여자 선배.

지 않습니까."

"말하고 보니 오늘 함광군 덕을 많이 보네요……."

조금 걸어 내려오니 졸졸대는 시냇물 소리가 들렸다.

올라올 때는 못 들었던 소리였다. 그제야 위무선은 산 아래로 내려가는 길이 아니라 다른 길로 잘못 들었다는 것을 깨달았다.

위무선은 당나귀를 끌고 시냇가로 향했다. 나뭇잎이 없는 나뭇가지가 냇가에 드리워져 있고 가지 끝에 걸린 달이 냇가를 비추고 있었다. 위무선은 물에 비친 얼굴이 물결에 변하는 모습을 가만히 바라봤다.

위무선은 물을 퍽 내리쳐 우스꽝스러운 얼굴을 부숴버리고 물이 뚝뚝 떨어지는 손으로 개울물을 퍼서 얼굴에 칠한 분칠을 씻어냈다.

개울물에서 매우 수려한 청년의 얼굴이 떠올랐다. 달빛의 세례를 받은 것처럼 깨끗하고 곧게 뻗은 눈썹에 맑은 눈, 약간 올라간 입가. 고개를 숙여 자신의 모습을 가만히 들여다보고 있는데 눈썹에 달려 있던 물방울이 눈물처럼 아래로 떨어졌다.

이 젊고 낯선 얼굴은 과거 천하를 뒤엎고 피바람을 몰고 다녔던 이릉노조 위무선이 아니었다.

한참 동안 얼굴을 들여다보던 위무선은 얼굴을 몇 번 더 닦고 눈을 비비며 냇가에 털썩 주저앉았다.

사람들의 비난은 두렵지 않았다. 애초에 그 길을 선택할 때부터 앞으로 어떤 일이 펼쳐질지 똑똑히 알았고 스스로에게도 경고했었다.

운몽 강씨의 가훈 '안 된다는 것을 알지만 그래도 한다.'를 기억하라.

스스로가 무정하다고 생각했지만 결국 자기도 목석이 아니라 감정이 있는 인간이었다.

당나귀는 위무선의 기분이 좋지 않다는 것을 아는 듯 성가시게 소리치지 않고 조용히 있다가 꼬리를 치며 떠났다. 위무선이 아무 반응을 안 하자 당나귀가 고개를 돌려서 그를 보더니 발길질을 했다. 그래도 반응이 없자 씩씩거리며 돌아와 이빨로 위무선의 옷자락을 물고 끌어당겼다.

위무선은 가도 그만, 안 가도 그만이었지만 이왕 잡혔으니 당나귀를 따라가기로 했다. 당나귀는 나무 몇 그루가 있는 곳으로 끌고 가더니 풀이 우거진 곳을 맴돌았다. 풀숲에는 건곤대가 놓여 있었다. 위쪽에 찢어진 금색 그물이 드리워져 있는 것이 어떤 운이 나쁜 수사가 벗어나려고 애쓰다가 떨어뜨린 것이 분명했다. 위무선은 주머니를 주워 열어봤다. 주머니 안에는 약주, 조롱박, 부적, 요괴를 비추는 작은 거울 등 잡동사니가 가득했다.

주머니를 뒤적거리다 손에 잡히는 대로 부적을 한 장 집어 들었는데 갑자기 불꽃이 피어올랐다.

불꽃이 인 것은 연음부였다. 이름 그대로 음기를 만나면 그것을 연료 삼아 자동으로 불이 붙는 것으로 음기가 강할수록 불꽃이 강했다. 꺼내자마자 불이 붙는 것으로 보아 가까운 곳에 음령이 있는 듯했다.

위무선은 정신을 집중하고 경계하면서 연음부를 들고 방향을 가늠했다. 동쪽으로 돌자 불빛이 약해졌고 서쪽으로 돌자 불꽃이 맹렬하게 피어올랐다. 그 방향으로 몇 걸음 가보니 나무 아래에 등이 굽은 하얀 그림자가 보였다.

연음부가 다 타고 남은 재가 위무선의 손끝으로 떨어졌다. 노인이 위무선과 등을 지고 웅얼거리고 있었다.

천천히 다가가자 노인이 웅얼거리는 소리가 똑똑히 들렸다.

"아파, 아파."

"어디가 아파요?"

"머리, 머리. 내 머리."

"어디 봅시다."

노인 곁으로 다가가 보니 노인의 이마에 빨갛게 구멍이 나 있었다. 이것은 사혼(死魂)으로 누군가에게 흉기로 머리를 맞고 죽었을 것이다. 노인이 걸친 수의가 재료나 솜씨 모두 상품인 것으로 보아 잘 수습되어 안장됐다는 것을 뜻했다. 이것은 산 사람이 잃어버린 생혼(生魂)은 아니었다.

하지만, 대범산에는 이런 사혼이 나타날 리가 없었다.

위무선은 무언가 이상하다 느꼈지만, 꼭 집어 설명할 수 없었다. 그저 심상치 않다고만 생각하며 당나귀 등으로 뛰어올라 엉덩이를 '탁' 치며 금릉 등 일행이 들어간 방향으로 쫓아갔다.

고분군 근처에 적잖은 수사들이 배회하는 게 감나무에서 감이 저절로 떨어지길 기다리는 것 같았다. 어떤 이가 대범하게 소음기를 꺼내 들었지만 대성통곡하는 음령들만 모여들었다. 위무선은 고삐를 당겨 당나귀를 세우고 쭉 훑어보고는 큰 소리로 물었다.

"실례합니다, 말씀 좀 물읍시다. 금가와 남가 공자들은 어디로 갔습니까?"

얼굴을 닦아내니 다행히 상대해주는 사람이 있었다. 한 중년의 수사가 위무선의 질문에 대답했다.

"그들은 이곳을 떠나 천녀사로 갔소."

"천녀사요?"

위무선이 되물었다.

그 수사는 박선망이 다 찢어졌다는 소식을 듣고 올라와 야렵 무리에 슬쩍 끼어든 모양이었다. 그는 위무선의 옷차림과 이를 드러낸 당나귀를 보더니 방금 자신들을 구해준 그 미친놈인 것 같아 매우 당황했지만 아무 일도 없었던 것처럼 굴었다. 그의 옆에 서 있던 둥근 얼굴의 소녀가 길을 가리키며 말했다.

"저쪽이요. 산 위에 석굴로 된 사당이 있어요."

"사당에 어떤 신선이 모셔져 있죠?"

위무선이 물었다.

"아마 천연 천녀석 신상일 거예요."

둥근 얼굴의 소녀가 대답했다.

"고맙습니다."

위무선은 고개를 끄덕이고 천녀사 방향으로 곧장 달려갔다.

게으름뱅이의 장가, 번개에 쪼개진 관, 이리에게 물려 죽은 정혼자, 줄줄이 혼을 잃은 부녀, 화려한 수의……. 제각각이던 조각이 이제야 하나로 쭉 연결됐다. 그래서 풍사반이 방향을 가리키지 못하고 소음기도 제 역할을 못 한 것이다. 그들 모두 이 대범산에 있는 것을 과소평가했다.

그것은 그들이 생각한 것이 아니었다!

남사추 등 일행은 고분군에서 성과가 없자 천녀사로 이동해 실마리를 찾고 있었다.

대범산에는 불각진 주민의 선조 무덤만 있는 게 아니라 천녀사도 있었다. 천녀사에 모셔진 것은 석가모니나 관음상이 아니라 '무천녀'였다.

수백 년 전, 불각진에 사는 한 사냥꾼이 석굴에서 기이한 돌을 발견했다. 높이가 1장[#27]에 달하고 마치 사람이 춤을 추는 것 같은 형상이었다. 더 신기한 것은 석상 얼굴 부분에서 눈 코 입을 어렴풋하게 구별할 수 있었고 게다가 미소 짓는 여성의 얼굴이었다.

불각진 주민들은 이것을 하늘과 땅의 영기가 모인 신석이라고 여기고 수많은 전설을 만들어냈다. 구천현녀를 짝사랑한 선군(仙君)이 현녀 형상으로 석상을 만들어 짝사랑의 고통을 위안받으려고 했지만 현녀가 발견하고 크게 노해 석상이 완성되지 못하고 이렇게 됐다는 등 옥황상제가 총애한 딸이 일찍 요절해 딸을 사랑하는 마음이 모여 이 석상이 됐다는 둥, 입이 딱 벌어질 정도로 전설이 많았다. 마을 사람들은 자신들이 만든 전설을 믿어 석굴을 사당으로 바꾸고 석대를 신좌로 바꾸었으며 석상을 '무천녀존'으로 모시며 1년 내내 향불을 올렸다.

석굴 내부는 꽤 넓었고 천녀상은 중앙에 있었다. 얼핏 보면 정말 사람을 닮았고 몸매도 아름답다고 할 수 있었다. 조금 가까이 다가가 자세히 보면 엉성했지만, 자연적으로 생긴 것이 이 정도면 신기하다고 감탄할 만했다.

남경의가 풍사반을 올렸다 내렸다 했지만, 바늘은 움직이지 않았다. 제대 위에 초의 잔해가 어지럽게 놓여 있었고 향의 재가 두껍게 쌓여 있었다. 공물로 올린 과일 접시에서 썩은 과일의 시큼한 향이 났다. 고소 남씨 사람들은 심하든 약하든 하나같이 결벽증이

#27 장(丈) 길이 단위로 1장은 약 3.3m.

있어 손으로 코앞을 휘휘 저으며 말했다.

"마을 사람들 말이 이 천녀사에서 소원을 빌면 잘 이루어진다는 데 어떻게 이렇게 엉망이 됐지? 청소도 하지 않고 말이야."

"연속으로 일곱 명이 혼을 잃은 게 모두 번개 때문에 조상 무덤에 있던 흉살이 튀어나와 그런 것이라는 소문이 파다한데 누가 산에 올라오겠어. 오는 사람이 없는데 또 누가 청소를 하고."

남사추가 말했다.

"누가 이딴 돌덩이를 신으로 만들어 감히 인간한테 향과 절을 받게 한 거야!"

석굴 밖에서 무시하는 투의 목소리가 울리며 금릉이 뒷짐을 지고 들어왔다. 금언술은 시효가 짧아 진작 말을 할 수 있게 되었다. 하지만 금릉은 입을 열자마자 좋은 말을 꺼내는 대신 천녀상을 빤히 쳐다보면서 콧방귀를 뀌었다.

"사람들이 말이야, 하루 종일 향이나 피우고 절이나 하면서 신한테 빌면 문제가 해결돼? 세상에 사람이 얼마나 많은데. 신은 자신을 돌볼 시간도 없을 텐데 그 많은 소원을 어떻게 다 들어주겠어! 게다가 이름도 뭣도 없는 잡신이. 정말 용하다면 내가 지금 소원 하나 빌어보지. 이 대범산에서 인간의 혼을 먹는 거, 지금 당장 내 앞에 나타나게 해봐. 할 수 있어?"

금릉의 뒤를 따라 들어온 작은 가문의 수사들이 그 말에 폭소를 터뜨리며 "그래, 그래." 하고 동조했다. 조용하던 사당이 몰려든 사람들로 갑자기 떠들썩해졌다. 남사추는 살짝 고개를 흔들며 몸을 돌려 주위를 쭉 훑어보다가 천녀상의 얼굴에 시선이 머물렀다. 모호한 형태의 천녀상 얼굴이 마치 자애롭게 웃는 것 같았다.

남사추는 이 웃는 얼굴을 어디서 본 것 같은 익숙한 느낌이 들었다.

'어디서 봤더라?'

남사추는 이게 아주 중요한 일이라는 느낌이 들어 천녀의 얼굴을 자세히 보려고 제단으로 다가갔다. 바로 그때 누군가 남사추에게 부딪쳤다.

남사추 뒤에 서 있던 수사가 갑자기 소리도 없이 쓰러졌다. 사람들은 깜짝 놀라 즉시 경계했다.

"무슨 일이야?"

금릉이 잔뜩 경계하며 물었다.

남사추가 칼을 쥐고 몸을 숙여 살펴봤다. 쓰러진 수사는 갑자기 잠든 것처럼 호흡은 이상이 없었지만 아무리 깨워도 깨어나지 않았다.

"이건 마치……."

남사추의 말이 채 끝나기도 전에 어두웠던 동굴이 갑자기 환해지면서 사면의 벽에서 피의 폭포가 흐르는 것처럼 동굴 안이 온통 붉은 빛으로 채워졌다. 제단과 석굴 모퉁이에 있던 향초에 저절로 불이 붙더니 활활 타올랐다.

쟁 소리가 울리면서 석굴에 있던 사람들이 검을 뽑아 들었다. 어떤 이는 부적을 꺼내 들었다. 바로 그때 사당 밖에서 누군가 뛰어들어와 술이 든 호리병을 천녀 석상에 뿌리자 석굴 안에 코를 찌르는 강한 술 냄새가 퍼졌다. 그가 부적을 꺼내 석상에 던지자 제단에 불이 붙고 활활 타올라 석굴 안이 대낮처럼 밝아졌다.

위무선은 주운 건곤대 안에 있던 물건을 모두 사용한 다음 주머니를 던지며 소리쳤다.

"어서 나가! 저 식혼 천녀를 조심하고!"

"천녀의 자세가 변했어!"

누군가 놀라 소리쳤다.

신상은 방금까지만 해도 분명 한 팔은 하늘을 가리키고 한 다리를 든 우아한 자세를 하고 있었다. 그런데 지금은 이글이글 타오르는 화염 속에서 팔과 다리를 모두 내리고 있었다. 눈이 침침해 잘못 본 게 절대 아니었다.

다음 순간, 천녀상이 한 발을 들어 화염을 뚫고 성큼 걸어 나왔다.

"도망쳐, 도망치라고! 베지 마! 소용없어!"

위무선이 소리쳤지만 대다수의 수사는 위무선의 말을 듣지 않았다. 아무리 찾아도 나타나지 않던 식혼 괴물이 마침내 모습을 드러냈는데 어떻게 물러나겠는가, 오히려 모두들 달려들어 선검으로 베고 찌르고 부적과 각종 법보를 던졌다. 그러나 그 누구도 석상의 발걸음을 막지는 못했다. 1장에 가까운 천녀상은 마치 거인이 움직이는 것처럼 위압감이 대단했다. 천녀상이 수사 두 명을 얼굴 앞으로 들어 올렸다. 돌로 된 입이 열렸다 닫히는 것 같더니 수사들이 쥐고 있던 검이 댕그랑 소리를 내면서 땅에 떨어졌고 목이 아래로 푹 꺾였다. 혼을 빨린 것 같았다.

공격이 전혀 효과가 없자 사람들은 마침내 위무선의 말대로 죽기 살기로 뛰쳐나가 사방으로 도망쳤다. 혼란 속에서 위무선은 금릉을 찾았지만 보이지 않았다. 당나귀를 타고 여기저기 찾으며 대나무 숲으로 뛰어 들어가면서 뒤를 돌아보자 남가 후배들이 따라오고 있었다. 위무선이 그들에게 소리쳤다.

"이봐, 꼬맹이들!"

"꼬맹이라니! 우리가 어느 가문인 줄 압니까? 세수했다고 당신이 우리 선배라도 되는 줄 알아요?!"

남경의가 말했다.

"좋아, 좋아. 형님들. 신호를 보내서 너희 그…… 그 함광군 좀 오라고 해!"

위무선이 말했다.

그들이 연신 고개를 끄덕이며 달리면서 몸을 뒤졌다. 잠시 뒤 남사추가 입을 열었다.

"신호 폭죽이……. 모가장에서 그날 밤 다 썼습니다."

"나중에 보충 안 했어?!"

남사추의 말에 위무선이 놀라 되물었다.

신호 폭죽은 거의 사용할 일이 없어 보충하는 것을 깜빡 잊었다. 남사추가 부끄러운 듯이 입을 열었다.

"잊었습니다."

"이걸 어떻게 잊을 수가 있어? 함광군이 알면 그냥 넘어가지는 않을걸!"

위무선이 으름장을 놓았다.

"망했다. 이제 함광군에게 벌 받아 죽겠네……."

남경의가 얼굴이 사색이 되어 말했다.

"당연히 벌 받아야지! 벌을 받아야 다시는 안 까먹지."

"모 공자, 모 공자! 혼백을 흡입하는 게 식혼살이나 식혼수가 아니라 천녀상이라는 것을 어떻게 알았습니까?"

남사추가 물었다.

"내가 어떻게 알았냐고? 봤어."

위무선이 뛰면서 금릉을 찾으며 대답했다.

"뭘 봤는데요? 우리도 본 게 적지는 않은데."

남경의도 따라붙었다. 두 사람이 위무선 양옆에서 뛰며 말했다.

"그래서요? 고분 근처에 뭐가 있었습니까?"

"뭐가 있겠어, 사혼이겠지."

"그래, 사혼이 있었어. 그러니 식혼수나 식혼살은 절대 아니야. 뻔하잖아. 만약 그 두 놈이었다면 그리 많은 혼이 떠돌아다니는데 안 먹고 놔뒀겠어? 아니지."

"왜요?"

이번에는 묻는 사람이 한둘이 아니었다.

"너희 고소 남씨는 좀…….."

위무선은 정말 참을 수가 없었다.

"선문의 예의나 수선 가문의 족보, 역사, 뿌리같이 길고 지루하고 죄다 외워야 하는 쓸데없는 거 말고 좀 실용적인 걸 가르치면 안 되나? 뭘 모르겠다는 거야? 사혼이 생혼보다 흡수하기가 훨씬 쉽잖아. 산 사람의 육신이 보호벽이 되는 생혼을 먹으려면 이 보호벽을 부숴야 한다고. 마치…….."

위무선은 숨을 헐떡이며 눈 흰자위를 번득이는 당나귀를 힐끗 보고는 말을 이었다.

"사과가 두 개 있다고 쳐. 하나는 네 앞에 있고 다른 하나는 상자 안에 있어. 그리고 상자는 닫혀 있지. 그럼 뭘 먹을래? 당연히 앞에 있는 걸 먹겠지. 그런데 이건 생혼만 먹어. 게다가 먹을 수 있는 방법도 있어. 까다롭고 무시무시하지."

"그런 건가? 일리가 있는 것 같기도 한데! 잠깐, 당신 정말로 미치광이가 아니었네요!"

남경의가 놀라 말했다.

"저희는 산사태와 번개로 갈라진 관이 실혼 증세를 일으켰으니, 자연히 이것이 식혼살의 작간인 줄 알았습니다."

남사추가 뛰면서 설명했다.

"틀렸어."

위무선이 말했다.

"뭐가요?"

"순서가, 인과가 틀렸지. 산사태와 식혼, 어떤 게 앞이고 어떤 게 뒤야? 어떤 게 원인이고 어떤 게 결과지?"

"산사태가 앞이고 식혼이 뒤입니다. 전자가 원인이고 후자가 결과고요."

남사추가 별생각 없이 바로 대답했다.

"완전 헛짚었어. 식혼이 앞이고 산사태가 뒤야. 식혼이 원인이고 산사태가 결과라고! 산사태가 일어난 날 밤, 갑자기 폭우가 쏟아지고 벼락이 내리쳐 관이 쪼개졌어. 이걸 잘 기억해둬. 첫 번째 실혼자인 게으른 사내가 산속에 갇혀 하룻밤을 보내고 며칠 뒤 장가를 들었어."

위무선이 말했다.

"어디가 달라요?"

남경의는 위무선에 말에 궁금한 듯 물었다.

"다 다르지! 하는 일 없이 빈둥거리던 가난뱅이가 어디서 돈이 나서 호사스럽게 장가를 들겠어?"

위무선의 말에 소년들은 말문이 막혔다. 고소 남씨는 돈 문제를 고민할 필요가 없는 가문이니 그런 건 생각하지 못할 만도 했다.

그런 그들을 보며 위무선은 다시 입을 열었다.

"대범산을 떠도는 사혼을 봤어? 머리를 맞아 죽은 노인을 봤는데 입고 있는 수의가 재료며 기술이 아주 좋더라고. 그렇게 화려한 수의를 입은 노인의 관이 텅 빌리가 없잖아. 분명 부장품이 있었을 거야. 벼락에 쪼개진 관은 십중팔구 그의 것이었을 테지. 나중에 유골을 수습한 사람들이 부장품을 발견하지 못했으니 필경 그 게으름뱅이가 전부 가져갔을 거야. 그래야 게으름뱅이가 갑자기 사치를 부린 게 설명이 돼. 산사태가 난 산에서 하룻밤을 보내고 나서 갑자기 장가를 들었다면 그날 밤 분명 예사롭지 않은 일이 일어났을 거야. 그날 밤 폭우가 쏟아져 그는 산에서 비를 피했겠지. 대범산에서 비를 피할 수 있는 곳이 어디야? 바로 천녀사지. 보통 사람이 사당에 가면 빼놓지 않고 하는 일은 뭐지?"

"소원 빌기?"

남사추가 대답했다.

"맞아. 예를 들어 운수대통, 떼돈, 혼인 같은 거겠지. 천녀가 그의 소원을 들어주어 벼락을 쳐서 무덤이 열렸고 그가 관 속에 있는 보물을 본 거야. 소원이 이뤄졌으니 이제 대가를 치러야겠지? 그의 신혼 첫날 밤 천녀가 내려와 그의 혼백을 삼켜버렸지!"

"추측 아니에요?"

"추측이지. 하지만 이렇게 추측하면 모든 게 설명이 돼."

남경의의 질문에 위무선이 말했다.

"아연 낭자는 어떻게 설명하실 겁니까?"

남사추가 물었다.

"좋은 질문이야. 산에 올라오기 전에 다 물어봤겠지. 아연은 최근에 정혼을 했어. 갓 정혼한 처녀의 소원은 다 같겠지."

"무슨 소원이요?"

위무선의 말에 남경의가 어리바리하게 다시 되물었다.

"뭐 '서방님이 평생 저 하나만 아끼고 사랑하게 해주세요.' 같은 거."

위무선이 대답했다.

"그런 소원이 정말 이뤄질 수 있나⋯⋯."

소년들이 멍해져서 말했다.

"간단해. 서방님의 '평생'을 즉시 끝내면 '평생 그녀 하나만을 사랑한 게' 되잖아?"

"오, 오! 그래서 정혼한 다음 날 아연 낭자의 정혼자가 산에서 이리에게 죽었구나. 그 전날 아연 낭자가 천녀사에서 소원을 빌어서!"

위무선의 말에 남경의가 크게 깨달은 듯이 흥분해서 말했다.

"그를 죽인 게 이리인지 아니면 다른 것인지는 모르지. 아연에게는 특이한 점이 있어. 실혼된 사람 중에 왜 아연의 혼백만 돌아왔을까? 아연과 다른 사람은 뭐가 달랐을까? 바로 그녀의 가족이 실혼이 됐다는 거야. 바꿔 말하면 가족이 그녀를 대신한 거지! 대장장이 정 씨는 아연의 아버지야. 딸을 사랑한 아버지라면 딸이 혼백을 잃어 백약이 무용하고 속수무책이라면 어떻게 할까?"

위무선이 내친김에 말을 쭉 이어갔다.

"하늘에 마지막 희망을 걸겠지요. 그래서 그는 천녀사를 찾아 '딸 아연의 혼백이 돌아오게 해주세요.' 하고 소원을 빌었겠네요!"

남사추가 재빨리 말을 받았다.

"이게 바로 아연만 혼백이 돌아오고 대장장이 정 씨가 실혼한 이유야. 하지만 아연의 혼백이 돌아왔다고 해도 손상은 피할 수 없었지. 혼백이 돌아온 아연은 자기도 모르게 천녀상의 춤추는 모습과 웃는 얼굴을 모방하게 된 거지."

위무선이 남사추를 칭찬하며 말했다.

실혼한 사람들의 공통점은 천녀상 앞에서 소원을 빌었다는 것이다. 소원을 이뤄주는 대가는 바로 혼백이었다.

천녀 석상은 원래 일반적인 돌에 불과했다. 하지만 인간과 비슷하게 생겨 수백 년 동안 공양을 받아 법력이 생겼다. 욕심은 끝이 없다고, 석상은 혼백을 흡수하는 방식으로 법력을 빨리 높이려고 했다. 소원을 이뤄주는 대가로 혼백을 흡수하는 것은 소원을 비는 사람이 자진해서 혼백을 바치는 것이니 쌍방이 공평한 거래처럼 보였기 때문에 풍사반의 바늘이 움직이지 않았고 소음기에 소환되지도 않았으며 보검이나 부적도 효과가 없었던 것이다. 대범산에 있는 것은 요괴나 마귀가 아니라 신이었기 때문이다! 수백 년 동안 인간에게 공양을 받아 길러진 잡신을 귀신과 요괴를 잡는 것으로 대응했으니 불을 들고 불에 뛰어드는 격이었다.

"잠깐! 하지만 방금 사당에서 혼백을 뺏긴 사람이 있었잖아. 그가 소원을 비는 소리는 못 들었다고!"

남경의의 말에 위무선은 심장이 덜컥 내려앉아 걸음을 멈췄다.

"사당에서 혼을 빼앗긴 사람이 있어? 방금 있었던 일을 하나도 빠짐없이 다 말해봐."

남사추가 빠르고 정확하게 금릉이 한 "정말 용하다면 내가 지금 소원 하나 빌어보지. 이 대범산에서 인간의 혼을 먹는 거, 당장 내 앞에 나타나게 해봐. 할 수 있어?"라는 말을 되짚자 위무선이 말했다.

"그건 소원 아니야? 그게 바로 소원을 빈 거라고!"

다른 사람들이 금릉을 따랐으니 그들 모두 같은 소원을 빈 것과 다름없었다. 식혼 천녀가 바로 그들 앞에 있었으니 소원은 이미 실현된 것이고 그다음 차례는 대가를 치르는 것이었다.

갑자기, 당나귀가 멈추더니 반대 방향으로 달렸다. 갑작스러운 행동에 위무선은 당나귀 등에서 떨어져 있는 힘을 다해 고삐를 당겼다. 앞에 있는 수풀에서 '질겅질겅', '꿀꺽꿀꺽' 하고 씹는 소리가 들려왔다. 거대한 그림자가 수풀에 엎드려 있었고 커다란 머리가 바닥에 있는 사람의 배 위에서 움직였다. 다가오는 소리를 들었는지 그것은 고개를 확 들었다. 그리고 그 순간 그들은 그것과 눈이 마주쳤다.

원래 식혼 천녀는 얼굴 형태가 뚜렷하지 않고 눈, 코, 입, 귀가 흐릿하게 있었다. 그러나 한 번에 수사 여러 명의 혼백을 흡수하자 오관이 뚜렷해져 미소 짓는 여인의 얼굴로 변해 있었다. 식혼 천녀는 입가에 신혈을 흘리며 찢어진 팔을 물고 씹고 있었다.

그들은 즉시 당나귀와 함께 뒤돌아 도망쳤다.

"이건 아니야! 이릉노조가 높은 단계는 혼을 먹고, 낮은 단계가 육신을 먹는다고 말했는데!"

남사추가 거의 정신이 나가 말했다.

"믿긴 뭘 믿어, 자기 일도 제대로 못 한 자의 말을 믿어? 불변의 법칙은 없어. 이가 없을 때나 우유나 죽을 먹지, 이가 있는데 당연히 고기를 씹고 싶지 않겠어. 법력이 커졌으니 당연히 신선한 게 먹고 싶겠지!"

위무선이 유감스럽다는 듯이 말했다.

식혼 천녀가 땅에서 일어났다. 거대한 체구로 손과 발을 다 쓰며 기쁜 듯이 춤을 추는 게 매우 즐겁고 유쾌한 듯했다.

그때 갑자기, 슉 하고 화살이 날아와 그녀의 이마를 명중해 뒤통수로 관통했다.

활시위 소리에 위무선이 소리가 나는 방향으로 고개를 돌리자, 금릉이 멀지 않은 산비탈에서 두 번째 화살을 활에 걸고 쭉 당겼다가 놓고 있었다. 두 번째 화살 역시 식혼 천녀의 머리를 관통했다. 힘이 굉장해 식혼 천녀가 비틀거리며 뒤로 몇 걸음 물러섰다.

"금 공자! 지닌 신호를 올리세요!"

남사추가 외쳤다. 하지만 금릉은 들은 척도 하지 않았다. 이 괴물을 꼭 잡아야겠다는 생각에 얼굴을 찡그리고 세 번째 화살을 걸었다. 머리에 화살 두 발을 맞은 식혼 천녀는 화는커녕 여전히 만면에 웃음을 가득 머금고 금릉을 향해 다가갔다. 그녀는 춤을 추며 갔지만 무서울 정도로 속도가 빨라 순식간에 금릉 앞까지 다다랐다. 옆에서 수사 몇 명이 튀어나와 그녀를 가로막고 걸음을 늦췄다. 금릉의 화살은 모두 적중했고 멈추지 않았다. 먼저 화살을 다 쏘고 그다음 식혼 천녀와 격투를 벌이겠다고 마음을 굳게 먹은 것 같았다. 매우 안정적이고 화살도 정확했지만, 선문 법기가 그녀에게는 소용없다는 점이 안타까울 뿐이었다.

강징과 남망기는 불각진에서 소식을 기다리고 있었기 때문에 언제 이변을 감지하고 이리로 올지 모를 일이었다. 불을 끄려면 물이 필요한데 선문의 법기로 안 된다면 사문(邪門)의 귀기(鬼技)를 쓸 수밖에 없었다.

위무선은 남사추 허리에서 패검을 뽑아 가느다란 대나무를 잘라 재빨리 피리를 만들어 입술에 대고 숨을 깊이 들이마셨다. 날카로운 피리 소리가 마치 효시[#28]처럼 밤하늘을 가르며 하늘로 치솟았다.

부득이한 경우가 아니라면 이렇게 하면 안 됐다. 하지만 상황이 워낙 급박해 뭐가 소환되든 상관없었다. 살기등등하고 포악해 식혼 천녀를 찢어발길 수만 있다면 그것으로 충분했다.

남사추는 놀라 넋이 완전히 나갔고, 남경의는 귀를 막으며 소리쳤다.

"이런 상황에 무슨 피리야! 정말 못 들어주겠네!"

식혼 천녀와 혼전을 벌이던 수사 중 서너 명이 혼백을 빼앗기자 금릉이 패검을 빼 들었다. 식혼 천녀와 두 장 거리도 안 되자 심장이 미친 듯이 뛰고 머리로 뜨거운 피가 쏠렸다.

'머리를 한 번에 제거하지 못하면 죽는다…… 죽으면 죽는 거지, 뭐!'

바로 그때, 대범산 숲에서 쩔그럭, 쩔그럭 하는 소리가 울렸다.

쩔그럭, 쩔그럭. 때론 빠르게 때론 느리게, 울렸다가 멈췄다가 하는 소리가 고요한 숲에 메아리쳤다. 마치 쇠사슬이 부딪치고 땅에 끌리는 것 같았다. 소리는 점점 가까워지고 또렷해졌다.

이유는 알 수 없지만, 이 소리는 매우 불안한 위협감을 주어 식혼 천녀도 춤을 멈추고 팔을 든 채 소리가 들려오는 어둠 속을 멍하니 바라보았다.

위무선은 피리를 거두고 정신을 집중해 그곳을 쳐다봤다.

불길한 예감이 점점 커졌지만 자신의 소환에 불려 왔으니 적어도 자신의 말은 듣겠지 하고 생각했다.

그리고 갑자기 소리가 뚝 끊기더니 어둠 속에서 그림자가 나타났다.

#28 효시(嚆矢) 우는 살.

그 그림자와 얼굴을 본 수사 몇 명의 표정이 일그러졌다.

언제든지 자신들의 혼백을 앗아갈 천녀 석상과 마주했어도 뒷걸음치지 않고 두려움을 드러내지 않았던 수사들이었다.

그러나, 이 순간 그들의 외침에는 감출 수 없는 공포가 가득했다.

"……귀장군, 귀장군 온녕이다!"

'귀장군'이란 칭호는 이릉노조와 마찬가지로 악명이 자자해 모르는 사람이 없었다. 보통 두 사람은 함께 모습을 드러냈다.

이 호칭의 대상은 오직 하나였다. 바로 이릉노조 위영의 첫 번째 수하, 나쁜 놈을 도와 나쁜 짓을 하고, 나쁜 놈의 앞잡이를 하다가 일찌감치 죽어 가루가 되어야 했던 흉시, 온녕!

온녕은 고개를 약간 숙이고 두 팔을 늘어뜨린 것이 마치 조종자의 지시를 기다리는 꼭두각시 같았다.

그의 얼굴은 창백하고 수려했으며 심지어 침울한 분위기의 미남처럼 보이기까지 했다. 하지만 눈동자가 없는 새하얀 눈에 목에서 뺨까지 검은색 실금이 이어져 음침하게 보였다. 장포(長袍) 앞자락과 소매가 남루하게 찢어져 드러난 하얀 손목에 까만 쇠고리와 쇠사슬이 채워져 있었고 발목에도 마찬가지였다. 쩔그럭 소리는 쇠사슬이 끌리며 나는 것이었다. 그가 멈춰 서자 주위가 다시 쥐 죽은 듯이 조용해졌다.

수사들이 왜 겁에 질렸는지 알 것 같았다. 위무선이라고 다른 사람보다 더 침착할 수는 없었다. 가슴속에서 거친 파도가 머리끝까지 솟구쳤다.

온녕은 이곳이 아니라 이 세상 자체에 나타나선 안 되는 존재였다. 난장강 토벌이 있기 전에 그는 재가 됐어야 했다.

옆 사람이 온녕이라고 외치자 식혼 천녀를 향했던 금릉의 칼끝이 저도 모르게 틀어졌다. 식혼 천녀는 금릉의 집중력이 흐트러진 틈을 타 기쁜 듯이 긴 팔을 뻗어 금릉을 들어 올렸다.

식혼 천녀가 입을 벌려 금릉의 얼굴에 다가가는 것을 본 위무선은 충격은 잠시 접어두고 다시 피리를 들었다. 위무선이 손을 조금 떨자 피리 가락도 덩달아 떨렸다. 게다가 급하게 대충 만들어 목이 쉰 것처럼 듣기 싫은 소리가 나왔다. 온녕이 우우 소리를 내면서 피리 소리에 따라 움직였다.

눈 깜짝할 사이에 식혼 천녀 앞에 선 온녕이 손을 뻗었다. 식혼 천녀의 목에서 찌그덕 하는 소리가 나더니 머리가 크게 원을 그리며 돌아가 등 쪽에서 멈췄다. 여전히 미소 띤 표정이었다. 온녕은 또한 금릉을 잡고 있던 식혼 천녀의 오른손을 맨손으로 잘라버렸다.

식혼 천녀는 고개를 숙여 깔끔하게 잘린 손을 쳐다보고는 목이 아니라 몸을 돌려 얼굴과 등이 동시에 온녕으로 향하게 했다. 위무선도 숨을 들이마시고 고개를 숙여 온녕에게 응전하라고 조종했다. 얼마 지나지 않아 위무선은 더 깜짝 놀랐다.

낮은 급의 주시는 스스로 생각하지 못해 위무선의 명령이 필요했다. 살상력이 강한 흉시도 자의식이 없는 경우가 많았다. 하지만 온녕의 경우는 달랐다. 그는 위무선이 만들어낸 당대 최고의 흉시라고 해도 과언이 아니었다. 온녕은 생각할 수 있었고, 상처나 불, 추위와 독같이 산 사람이 두려워하는 것을 두려워하지 않는다는 것을 제외하곤 산 사람과 똑같았다.

하지만 지금의 온녕은 자의식이 없는 게 분명했다.

놀라 망설이고 있는데 비명이 들려왔다. 온녕이 식혼 천녀를 때려눕히고 옆에 있던 사람 높이의 큰 바위를 들어 올려 식혼 천녀 위에 내리찍었다. 천둥 같은 충격이 식혼 천녀에게 가해지자 식혼 천녀는 가루가 되었다.

새하얀 돌무더기 속에서 하얀빛을 뿌리는 구슬이 굴러 나왔다. 그것은 식혼 천녀가 산 사람 십여 명의 혼백을 삼켜 응결된 단원(丹元)으로 회수해서 잘 처리하면 방금 혼백을 빼앗긴 사람들을 치료할 수 있었다. 하지만 지금은 구슬 줍는 것까지 생각하는 사람이 없었다. 식혼 천녀를 겨누던 칼끝이 방향을 바꿨다.

한 수사가 기진맥진해 외쳤다.

"그를 포위하시오!"

뒤늦게 그 말에 따르는 사람도 있었지만 머뭇거리며 뒷걸음치는 사람이 더 많았다.

그 수사가 다시 외쳤다.

"도반님들, 그가 도망가지 못하게 막아야 합니다. 저건 온녕이에요!"

이 말에 사람들이 정신을 차렸다. 귀장군을 어떻게 식혼 괴물 따위와 비교할 수 있겠는가. 그가 왜 나타났는지 알 수 없지만, 식혼 살 천 마리를 죽여도 온녕 하나 잡는 것만 못했다. 게다가 이릉노조 휘하에서 가장 말을 잘 듣고 사람을 물어도 짖지 않는 미친개이니 잡으면 백가에 이름을 떨칠 게 분명했다. 애초에 그들이 대범산에 야렵을 온 이유도 요수와 흉살을 잡아 성과를 내려는 것이었으니 수사의 외침에 마음이 동할 수밖에 없었다. 그러나 과거 온녕이 화를 낼 때의 광적인 모습을 직접 본 적이 있는 나이 많은 수사들은 여전히 몸을 사렸다. 그러자 그 수사가 다시 외쳤다.

"뭐가 두렵습니까. 이릉노조도 없는데!"

다시 생각해보니 그랬다. 맞다, 두려워할 것이 뭐가 있는가. 온녕의 주인은 이미 죽어 가루가 됐는데!

몇 마디 말에 온녕을 에워싸고 돌던 검의 포위망이 좁혀졌다. 온녕이 팔을 휘두르자 검은 쇠사슬이 묵직하게 허공을 가르며 날아오는 검들과 부딪쳤다. 온녕이 한 발짝 성큼 내딛더니 제일 가까이 있던 사람의 멱살을 잡고 가볍게 들어 올렸다. 위무선은 방금 피리 소리가 너무 급하고 맹렬해서 온녕의 포악한 기질이 살아나 눌러 줘야 한다는 것을 깨달았다. 위무선은 마음을 가라앉히고 차분하게 다른 가락을 불었다.

이 선율은 자연스럽게 마음속에 떠오른 것으로 조금 전 기괴하고 귀를 찌르는 피리 소리와는 크게 달랐다. 온녕이 순간 멈칫하더니 피리 소리가 들리는 방향으로 천천히 몸을 돌렸다. 위무선은 그 자리에 서서 눈동자가 없는 그의 눈과 눈을 마주쳤다.

잠시 뒤 온녕이 손에 잡고 있던 수사를 땅에 내려놓고 두 팔을 늘어뜨린 채 위무선을 향해 한 발 한 발 다가왔다.

고개를 떨구고 쇠사슬을 끌고 오는 모습이 왠지 의기소침한 것처럼 보였다. 위무선은 피리를 불며 뒤로 물러서면서 그를 유도했다. 그렇게 한동안 걸어 산속으로 들어가는데 갑자기 서늘한 단향목 향기가 훅 끼쳤다.

등이 누군가와 부딪친 순간 손목에서 통증이 밀려오더니 피리 소리가 뚝 끊겼다. 위무선이 싸한 느낌이 들어 몸을 돌리자 옅은 색을 띠고 있는 남망기의 차가운 눈과 마주쳤다.

젠장, 남망기는 예전에 위무선이 피리를 불어 시체를 부리는 것을 직접 본 적이 있었다.

남망기가 위무선의 손목을 세게 잡자 온녕은 그들과 두 장도 안 되는 곳에 멍하니 서서 느릿느릿 주위를 두리번거렸다. 갑자기 사라진 피리 소리를 찾는 듯했다. 저 멀리서 불빛과 사람들의 소리가 들려오자 위무선은 봤으면 또 어때 하고 생각을 바꿨다. 피리를 불 줄 아는 사람은 많았다. 더군다나 이릉노조가 시작한 피리 소리로 시체를 부리는 술법을 배운 사람은 일파를 이룰 정도로 많았으니 때려죽인다고 해도 인정하지 않으면 그만이었다.

위무선은 남망기에게 잡힌 손은 상관하지 않고 팔을 들어 계속 피리를 불었다. 이번에는 피리 소리가 더 급해 재촉하는 듯했고 호흡도 불안정해 끝 음이 갈라져 거칠게 귀를 찔렀다. 갑자기 남망기가 손에 힘을 줘 손목이 부러질 것 같았다. 너무 아파 손가락에서 힘을 빼자 대나무 피리가 땅으로 떨어졌다.

다행히 위무선이 정확하게 지시해 온녕은 빠르게 퇴각하여 순식간에 어두운 숲으로 들어가 종적을 찾을 수 없게 됐다. 위무선은 남망기가 온녕을 따라가 죽일까 봐 그를 꼭 잡았다. 그러나, 남망기는 온녕에게는 눈길 한번 주지 않고 위무선만 쳐다보고 있었다. 두 사람은 이렇게 한 사람은 끌어당기고 한 사람은 잡은 채로 마주 서서 노려봤다.

바로 그때 강징이 도착했다.

강징은 불각진에서 성질을 꾹꾹 누르며 결과를 기다리고 있었다. 차 한 잔도 다 마시지 않았는데 문하생이 헐레벌떡 달려와 대범산에 있는 것이 얼마나 흉악한지 말했다. 강징은 깜짝 놀라 바로 올라왔다.

"아릉!"

금릉은 혼백을 뺏길 뻔했지만 별 탈 없이 무사히 땅에 서서 대답했다.

"외숙!"

금릉이 무사한 것을 보자 강징은 마음속의 큰 돌이 내려간 듯 안심이 되어 오히려 꾸짖었다.

"신호를 안 가져갔느냐? 이런 것을 만나면 피해야지. 무슨 잘난 척이야, 어서 이리 오거라!"

금릉은 금릉대로 식혼 천녀를 잡지 못해 화가 난 상태였다.

"외숙이 꼭 잡아야 한다고 하셨잖아요?! 못 잡으면 돌아올 생각도 하지 말라고 했으면서!"

강징은 정말 이 버릇없는 놈을 제 어머니 뱃속으로 도로 집어넣었으면 좋겠다고 생각했지만, 자기가 분명 그렇게 말했기 때문에 더 뭐라고 할 수 없었다. 그래서 여기저기 쓰러져 있는 수사들을 둘러보며 비꼬듯 말했다.

"도대체 뭐였느냐? 뭐가 너희들을 이렇게 보기 좋게 만들었을까."

다양한 색깔의 옷을 입은 수사 중에는 운몽 강씨 문하생이 변장한 사람도 있었다. 그들은 강징의 명으로 몰래 금릉을 돕고 있었다. 금릉이 이 관문을 못 넘을까 걱정해서 한 일이니 강징이 심혈을 기울였다고 할 수 있었다. 한 수사가 여전히 넋을 놓은 채 말했다.

"종주님……, 온녕이었습니다……."

"뭐라고?

강징은 자신이 잘못 들은 것인가 싶어 다시 물었다.

"온녕이 돌아왔습니다!"

그 수사가 말했다.

순간 놀라움, 혐오, 분노, 불신이 강징의 얼굴에 복잡하게 스쳤다.

한참 뒤 강징이 차가운 목소리로 말했다.

"그건 벌써 예전에 가루가 되는 것을 모두가 봤는데 어떻게 돌아올 수가 있단 말이냐."

"정말 온녕이었습니다! 틀림없습니다! 절대 잘못 본 게 아닙니다……."

문하생이 대답하다가 불쑥 저쪽을 가리키며 "……그가 불러냈습니다!"라고 말했다.

사람들의 눈길이 대치하고 있던 위무선과 남망기에게로 쏟아졌다. 강징이 차가운 눈빛으로 천천히 그가 서 있는 방향으로 시선을 돌렸다.

한참 뒤 강징의 입가에 일그러진 미소가 번지더니 반지를 어루만지며 가볍게 말했다.

"……그래. 돌아왔군?"

그가 손을 펼치자 손에서 채찍이 나왔다.

매우 가는 채찍이 치지직 소리를 냈다. 그리고 이름처럼 자줏빛 전류를 내뿜는 것이 마치 뇌운이 짙게 덮인 하늘을 가르는 벼락 같았다. 강징이 한쪽을 단단히 쥐고 휘두르자 번개가 번쩍하는 것 같았다.

위무선이 채 반응하기 전에 남망기가 이미 고금을 손에 쥐고 있었다. 한 번 퉁기자 돌 하나가 수면 위에 파장을 일으키듯 공기에 무수한 파문을 일으켜 강징의 자전과 부딪치면서 팽팽하게 접전을 벌였다.

조금 전까지 들었던 '절대 경솔하게 겨루지 말고', '남가를 미워하지 말자.'라는 생각은 개나 줘버린 듯했다. 어둠이 내려앉은 대범산 상공에 자줏빛이 확 돌다가 낮처럼 환해졌고, 요란한 천둥소리가 울리다가 고금 소리가 길게 울려 퍼졌다. 수사들은 재빨리 안전 거리를 확보하고 구경했다. 심장이 덜덜 떨릴 정도로 겁이 났지만, 눈을 뗄 수가 없었다. 세가 선수(仙首)들의 교전은 볼 기회가 드물었기 때문에 더 거칠고 더 치열하길 바라는 마음은 어쩔 수 없었다. 그리고 입 밖으로 낼 수는 없지만 남씨와 강씨 두 가문의 관계가 정말 깨지길 바라는 마음도 있었다. 그래야 더 흥미로울 것이었다. 한쪽에서 그 모습을 지켜보고 있던 위무선은 기회를 엿보다 냅다 도망쳤다.

사람들은 모두 깜짝 놀랐다. 채찍이 위무선에게 이르지 않은 것은 남망기가 앞에서 막고 있었기 때문이었다. 저렇게 도망치는 것은 죽음을 자초하는 것이나 다름없었다.

강징은 위무선이 남망기의 보호 범위를 벗어나자 기회를 놓치지 않고 자전을 휘둘렀다. 자전은 독룡처럼 헤엄쳐 위무신의 등에 정확하게 내리꽂혔다.

채찍을 맞은 위무선이 붕 날아갔다. 당나귀가 막아주지 않았다면 나무에 부딪힐 뻔했다. 하지만 이 일격이 성공하자 남망기와 강징이 깜짝 놀라 교전을 멈추었다.

위무선은 등을 문지르면서 당나귀에게 의지해 일어났다. 그리고 당나귀 뒤에 숨어서 고래고래 소리를 질렀다.

"정말 대단하다, 대단해! 가문 좋고 세력이 있으면 다 이러나! 사람을 막 치고 말이야! 쯧쯧쯧!"

남망기는 아무 말도 하지 않았다.

강징은 아무 말도 하지 못했다. 그는 놀라고 화가 난 상태였다.

"어떻게 된 일이지?!"

'자전'에는 신비한 능력이 있었다. 탈사자가 자전에 맞으면 순식간에 육신과 혼백이 분리된다. 탈사자의 혼백이 자전에 의해 육신에서 빠져나오는 것이다. 절대 예외는 없었다. 하지만 이자는 자전에 맞았어도 여전히 팔팔하게 날뛰었다. 그가 탈사자가 아니라고 밖에는 달리 설명할 수가 없었다.

위무선은 속으로 생각했다.

'헛수고라고! 자전은 내 혼을 빼낼 수 없어. 나는 탈사한 게 아니라 헌사 당한 거니까. 강제 헌사!'

강징이 놀라고 의아해서 위무선을 한 대 더 치려고 하자 남경의가 따지고 들었다.

"강 종주님, 이제 충분하지 않습니까? 아무리 그래도 그건 자전입니다!"

자전 같은 등급의 선기는 한 번에 안 됐다고 두 번째에 될 가능성은 없었다. 빠져나오지 않으면 없는 것이고 탈사가 아니면 아닌 거였다. 그렇지 않으면 명성을 얻지 못했을 것이다. 남경의의 말에 체면을 목숨처럼 여기는 강징은 더 손을 쓸 수가 없었다.

하지만, 위무선이 아니라면 누가 온녕을 부를 수 있단 말인가?!

강징은 아무리 생각해도 납득할 수 없어 위무선을 가리키며 굳은 표정으로 말했다.

"도대체 넌 누구냐!"

이때 옆에서 보고 있던 사람이 마른기침을 하며 끼어들었다.

"강 종주님, 크게 신경 쓰지 않아도 될 듯합니다. 종주께서 모르시는 게 있는데 모현우는 말입니다. 그게 난릉 금씨의……. 흠흠, 한때 금씨의 성이 다른 문하생이었습니다. 하지만 영력이 낮고 수행도 열심히 하지 않고 게다가 그, 뭣이냐, 함께 수행하던 문하생을 희롱해 난릉 금씨에서 쫓겨났습니다. 듣자 하니 미치기까지 했답니다. 제가 보기엔 아마도 정도(正道)가 안 되자 내심 화가 나 사도로 빠진 것 같습니다. 확실한 건 아니지만 그……. 어쨌든 이릉노조가 탈사해 들어갔다고 할 수 없습니다."

"그? 뭐?"

강징이 물었다.

"그…… 바로 그거 말입니다……."

누군가 못 참고 말했다.

"단수 취향이요!"

강징이 눈썹을 찡그렸다. 위무선을 향한 시선에 혐오의 빛이 더해졌다. 할 말이 더 있었지만, 옆에 있던 사람도 강징 앞이라 더 말할 수 없었다.

명성은 나빠도 인정해야 할 것은 인정해야 했다. 이릉노조 위무선은 운몽 강씨를 배신하기 전까지 유명한 미남자에 육례[#29]를 다 갖춘 풍아한 인사였다. 세가 공자 중 용모 서열 4위로 사람들 말로는 '풍신준랑(丰神俊朗)'이었다. 반면 화를 잘 내는 강 종주는 용모 서열 5위로 한 단계 낮아 사람들은 그 앞에서 이 말을 꺼내지 못했다. 위무선은 언행이 가볍고 풍류를 좋아해 아름다운 여성과 이런저런 소문이 많았다. 얼마나 많은 선자[#30]가 미남자에게 화를 입었는지 몰랐다. 그러나 남자를 좋아한다는 말은 들어본 적이 없었다.

#29 육례(六藝) 예(禮), 악(樂), 사(射), 어(禦), 서(書), 수(數).
#30 선자(仙子) 여자 수사.

이왕 탈사해 돌아올 것이라면 위무선 취향에 절대로 당나귀나 타고 과일을 먹고 목매달아 죽은 귀신처럼 얼굴에 분칠한 미친 단수를 고르진 않았을 것이다.

누군가 또 수군거렸다.

"아무리 봐도 아니야……. 피리 소리도 엉망이었잖아……. 배워도 어떻게 저렇게 배웠을까, 겉만 흉내 내니 저 모양이지."

과거 '사일지정(射日之征)'에서 이릉노조는 밤새 피리를 불면서 귀병과 귀장을 천군만마처럼 부렸다. 그가 지나가는 곳마다 초목이 쓰러졌고 사람이 막으면 사람을 죽이고 부처가 막으면 부처를 죽였다. 그의 피리 소리는 천인(天人)의 소리 같았으니 어디 저 금가에서 버린 귀신 곡소리 같은 것과 비교할 수 있겠는가? 위무선이 인품은 떨어졌어도 이런 것과 비교할 수는 없었다. 너무 모욕적이었다.

위무선은 조금 답답했다.

'너도 십여 년 동안 연습 한 번 안 하고 대충 만든 보잘것없는 피리로 연주해봐. 잘 불면 내가 네 앞에 무릎을 꿇는다!'

강징은 이자가 위무선이라고 생각하니 온몸에 차가운 피가 끓어올랐다. 하지만 자전이 분명하게 아니라고 말해주었다. 자전은 절대 거짓말을 하지 않았고 착오가 없었다. 강징은 재빨리 냉정을 되찾고 이 일은 그리 대단한 게 아니라고 생각했다. 우선 사람들을 데리고 돌아갈 구실을 찾고 그다음 다시 모든 수단을 동원해 괴롭히면 다 밝혀내진 못해도 단서는 찾아낼 수 있을 것이었다. 어쨌든 예전에도 비슷한 일이 없었던 게 아니었다. 여기까지 생각한 강징이 손짓을 했다. 강징의 뜻을 헤아린 문하생들이 달려와 주위를 둘러쌌다. 위무선은 잽싸게 당나귀를 끌고 남망기 뒤로 숨어 놀란 듯이 가슴에 손을 얹고 외쳤다.

"악, 나에게 무슨 짓을 하려는 거야!"

남망기가 그를 한 번 보더니 그의 무례하고 요란하며 허풍스러운 행동을 참아주었다.

강징은 남망기가 물러설 뜻이 없는 것을 알고 말했다.

"남가 둘째 공자, 일부러 이러는 겁니까?"

강씨 가문의 이 젊은 가주가 위무선을 경계하는 것이 이미 제정신이 아닌 정도에 가깝다는 것을 모르는 사람이 없었다. 잘못 잡는 한이 있어도 한 번 잡으면 절대 놔주지 않았다. 위무선이 탈사한 것 같은 사람이 있으면 운몽 강씨는 어김없이 끌고 가 모진 고문을 했다. 강징이 끌고 가도록 둔다면 거의 죽은 목숨이나 다름없었다.

"강 종주님, 사실은 우리 눈앞에 있지 않습니까? 모 공자는 탈사당한 게 아닌데 왜 무고한 사람을 곤란하게 하십니까?"

남사추가 말했다.

"그렇다면 남가 둘째 공자께서 왜 저자를 계속 감싸는지 모르겠습니다?"

강징이 차갑게 말했다.

위무선이 갑자기 큭큭거리며 웃었다.

"강 종주님. 그, 이리 제게 치근덕거리시면 제가 너무 곤란한데요."

위무선이 말했다.

강징은 이자가 절대로 좋은 말을 하지 않으리라는 것을 본능적으로 느끼고 미간을 찌푸렸다.

"너무 열정적이십니다. 감사해요. 하지만 너무 멀리 가셨습니다.

제가 사내를 좋아하긴 하지만 아무 사내나 다 좋아하는 건 아니거든요. 더구나 사내가 부른다고 다 쪼르르 따라가지는 않아요. 당신 같은 부류는 관심 없다고요."

위무선은 일부러 강징의 약점을 파고들었다. 강징은 다른 사람과 비교하는 것을 매우 싫어했다. 아무리 사소한 비교라도 누군가 자신을 다른 사람보다 못하다고 하면 화가 나서 식음을 전폐했고 꼭 이겨야 직성이 풀렸다. 과연, 강징의 얼굴이 파랗게 질렸다.

"뭐라고? 그럼 어떤 자를 좋아하지?"

"어떤 자요? 그래, 함광군 같은 자, 이런 자를 아주 좋아합니다."

위무선이 대답했다. 남망기는 이런 경박하고 시시한 농담을 제일 참지 못했다. 이렇게 속을 뒤집어 놓았으니 남망기는 분명 자신과 거리를 유지하려고 할 것이다. 한 번에 두 사람의 속을 뒤집어 놓았으니 일석이조였다!

그런데, 이 말에 남망기가 몸을 돌렸다.

그리고, 무표정한 얼굴로 말했다.

"이건 네가 한 말이다."

"응?"

남망기가 고개를 돌려 예를 잃지 않으나 간섭은 용납하지 않겠다는 투로 말했다.

"이자는 제가 남가로 데려가겠습니다."

"……."

위무선은 할 말을 잃었다.

"……어?"

제4장

고상하고 떠들썩하다

제4장 고상하고 떠들썩하다

1

남씨 선부[#31]는 고소성 밖 깊은 산속에 있었다.

정자가 엇갈리게 배치된 운치 있는 원림(園林)에는 1년 내내 운무가 피어 흰 벽과 검은 기와를 덮어 그 안에 있으면 마치 선계의 운해 위에 서 있는 것 같았다. 자욱한 새벽 안개를 뚫고 아침 햇살이 희미하게 비치면 그 이름이 더욱 빛났다— '운심부지처'.

고요한 산과 조용한 사람, 마음이 흐르지 않는 물처럼 차분해졌다. 높은 망루에서 종소리만 간간이 들려왔다. 사찰은 아니었지만 조용하고 인적도 드문 것이 불교적인 분위기를 풍겼다.

이런 조용한 분위기가 갑자기 울려 퍼진 긴 통곡 소리에 깨지고 새

#31 선부(仙府) 선인의 저택.

벽 독서와 검술 연습을 하던 자제와 문하생들을 부르르 떨게 했다. 문하생들은 참을 수가 없어 소리가 나는 산문(山門)으로 나와 살폈다.

산문 앞에서는 위무선이 당나귀를 끌어안고 울고 있었다.

"울긴 왜 웁니까! 당신이 함광군이 좋다고 말했잖아요. 그래서 데리고 왔더니 이제 와 울긴 왜 울어요!"

남경의가 말했다. 위무선은 우거지상을 했다.

대범산에서의 그날 밤 이후 위무선은 온녕을 다시 소환할 기회가 전혀 없었고, 온녕이 왜 자의식을 잃었는지 알아볼 기회도 없었으며, 그가 왜 인간 세상에 다시 나타났는지는 더더욱 알 수 없는 채로 남망기에게 끌려왔다.

위무선은 소년 시절 다른 가문의 자제들처럼 남가로 보내져 3개월 동안 수학한 적이 있어 고소 남씨의 답답하고 고리타분한 면을 잘 알고 있었다. 규훈석에 빽빽하게 새겨진 3천여 줄의 가문 규칙에 여전히 심장이 벌렁거릴 정도였다. 방금 질질 끌려오면서 규훈석을 보니 천 줄이 늘어나 있었다. 이제 4천 줄이었다. 4천 줄!

"알았어요! 그만 떠들어요, 운심부지처에서는 소란 금지라고요!"

남경의가 말했다.

위무선은 바로 그 운심부지처에 들어가기 싫어서 큰 소리로 소란을 피웠다. 이렇게 끌려 들어가면 다시 나오기 힘들 것이었다. 예전에 이곳에서 공부할 때 각 가문의 자제들은 통행 옥패를 받아 몸에 지녀야 자유롭게 출입할 수 있었다. 그렇지 않으면 운심부지처의 장벽을 뚫을 수가 없었다. 십여 년이 지났으니 경비가 더 삼엄하면 삼엄했지 느슨해졌을 리가 없었다.

남망기는 산문 앞에 가만히 서서 들은 척도 하지 않고 차가운 눈으로 방관했다. 그리고 위무선의 소리가 조금 작아질 때까지 기다렸다가 말했다.

"울게 놔둬라. 울다 지치면 그때 끌고 들어가거라."

위무선은 작은 당나귀를 끌어안고 더 서글프게 울다가 머리로 당나귀를 들이받았다.

낭패로구나! 자전에 한 대 맞았으니 의심이 싹 사라진 줄 알고 잠깐 우쭐거렸다. 경박하게 시시덕거리며 남망기가 싫어할 만한 말을 했는데 그가 예전처럼 반응하지 않을 줄이야. 이건 무슨 일이람. 몇 년 못 본 사이에 남망기가 수련은 높은 경지에 올랐으면서 아량은 오히려 좁아졌단 말인가?

"난 사내를 좋아한다고. 너희 가문에 미남자가 많으니 내가 참지 못할까 봐 걱정된단 말이야."

위무선이 말했다.

"모 공자, 함광군이 공자를 데리고 온 걸 다행이라고 생각하세요. 우리와 함께 오지 않았으면 강 종주가 가만히 있지 않았을 것입니다. 강가의 연화오에 잡혀가 고문당한 사람은 많아도 풀려난 사람은 없습니다."

남사추가 조곤조곤 설명했다.

"맞아요. 강 종주의 방식을 본 적 없죠? 얼마나 잔혹한데……."

남경의가 이렇게 말하고는 다시 '뒤에서 남의 말을 하지 말아라.'라는 규칙이 생각나 남망기를 슬쩍 쳐다보고는 함광군이 처벌할 뜻이 없는 것 같이 보이자 용기를 내서 말을 이었다.

"이게 다 이릉노조가 나쁜 풍조를 퍼뜨려서야. 정직하게 수련하지 않고 그를 따라 하는 사람이 너무 많다니까. 강 종주도 참 의심이 많지. 전부 잡아들인다고 다 잡아져? 당신이 피리 부는 꼴을 봤어야 했는데……. 허."

이 '허'가 천 마디 말을 이겼다. 위무선은 해명할 필요가 있다고 생각했다.

"그거, 사실은…… 말해도 안 믿겠지만, 내가 평소에는 피리를 그럭저럭 잘 불어……."

해명이 끝나기도 전에 대문에서 하얀 옷을 입은 수련자 몇 명이 나왔다.

그들은 하나같이 남가의 눈처럼 하얀 옷을 입고 있었다. 수장은 장신에 늘씬했고 허리에 패검 외에 백옥으로 된 통소를 차고 있었다. 남망기가 그를 보고 살짝 고개를 숙여 예를 표하자 그도 예를 표하면서 위무선을 보고 웃으며 말했다.

"망기가 집에 손님을 모시고 온 적이 없는데, 이분은?"

그와 남망기가 마주 서니 마치 거울을 비춘 것 같이 똑같았다. 다만 남망기의 눈동자 색은 유리처럼 옅지만, 그의 눈동자는 더 온화하고 편안한 짙은 색이었다.

그가 바로 고소 남씨의 가주 남환으로 택무군 남희신이었다.

그 지역의 풍토가 사람을 만든다고, 고소 남씨는 미남자가 많이 배출되기로 유명한 가문이었다. 이번 대에 이 가문의 쌍벽은 남달리 출중했다. 두 형제는 쌍둥이가 아님에도 용모가 거의 비슷해 우열을 가리기 힘들었다. 그러나 생김새는 비슷해도 분위기가 달랐다. 남희신은 따뜻하고 우아하며 여유 있고 부드러운 반면, 남망기는 지나치게 냉정하고 엄격하며 사람을 거부하고 쌀쌀맞기 이를 데 없었다. 이런 이유로 선문 세가 공자 용모 순위는 남희신이 1등,

남망기가 2등이었다.

남희신은 한 가문의 종주답게 당나귀를 끌어안고 있는 위무선을 보고도 부자연스러운 기색을 전혀 보이지 않았다. 위무선은 만면에 웃음을 가득 머금고 반갑게 다가갔다. 고소 남씨는 서열과 귀천을 매우 중요시하기 때문에 위무선이 남희신에게 헛소리 몇 마디 하면 틀림없이 남가 사람들에게 흠씬 두들겨 맞고 운심부지처에서 쫓겨 날 것이었다. 하지만 그가 솜씨를 발휘하려는 순간, 남망기가 위무선을 한 번 쳐다보니 위무선의 입술이 딱 붙어 떨어지지 않았다.

남망기가 고개를 돌리고 남희신과 점잖게 대화를 이어갔다.

"형장[#32], 또 염방존을 만나러 가십니까?"

"금린대에서 열리는 다음번 청담회 일을 상의하려고."

남희신이 고개를 끄덕이며 말했다.

위무선은 입이 안 떨어지자 씩씩거리며 당나귀 곁으로 돌아왔다.

염방존은 현재 난릉 금씨의 가주 금광요로 금광선이 유일하게 인정한 사생자이고 금릉의 작은아버지이자 금릉의 생부 금자헌의 배다른 형제다. 동시에 현재 위무선의 신분인 모현우의 배다른 형장이었다. 같은 사생자인데 처지는 크게 달랐다. 모현우는 모가장에서 땅바닥에서 자고 남은 밥을 먹었는데 금광요는 수진계의 최고 자리에 앉아 남희신을 마음대로 부르고 청담회도 열고 싶으면 열었다. 금가와 남가 두 가문의 가주가 사적으로 친분이 두터운 이유는 그들이 의형제를 맺었기 때문이다.

"지난번 모가장에서 가져온 것은 숙부님이 보고 계신다."

남희신이 말했다.

#32 형장(兄長) 형.

'모가장'이라는 단어를 듣자 위무선은 자기도 모르게 신경이 쓰였다. 그 순간 위아래 입술이 떨어졌다. 남희신이 위무선의 금언을 풀어주며 남망기에게 말했다.

"네가 손님을 다 모시고 오고, 게다가 이렇게 기뻐하다니. 손님을 잘 모셔야지 이러면 못 쓴다."

기뻐하고 있다고? 위무선은 남망기의 얼굴을 자세히 뜯어봤다.

도대체 어딜 봐서?!

남희신을 눈으로 배웅한 뒤 남망기가 말했다.

"끌고 들어가라."

위무선은 이번 생에는 절대, 다시는 밟지 않겠다고 맹세한 곳으로 끌려 들어갔다.

남씨 가문을 방문한 사람은 모두 명문가의 주요 인사였다. 위무선 같은 손님은 없었기 때문에 자제와 문하생들이 몰려나와 위무선을 둘러싸며 신기해하고 재미있어했다. 가문의 규칙이 엄격하지 않았다면 키득거리는 소리가 곳곳에 울려 퍼졌을 것이다.

"함광군, 어디로 끌고 갈까요?"

남경의가 물었다.

"정실."

남망기가 대답했다.

"……정실?!"

상황 파악을 못 한 위무선은 어리둥절했다. 반면 사람들은 서로 얼굴만 쳐다볼 뿐 아무 소리도 하지 못했다.

그곳은 함광군이 지금껏 다른 사람의 출입을 금해왔던 서재와 침실이었다…….

정실은 매우 간소하게 꾸며져 불필요한 물건이라곤 하나도 없었다. 느릿느릿 흘러가는 구름을 공필화로 그린 병풍이 있고 그 앞에 고금을 놓는 탁자가 있었다. 구석에 삼족 향궤가 있고 그 위에 놓인 백옥을 투조한 향정에서 향이 피어올라 집 안은 서늘한 단향목 향이 가득했다.

남망기는 숙부와 일을 논의하러 갔고 위무선은 끌려 들어갔다. 남망기가 없으니 위무선은 곧장 빠져나왔다. 운심부지처를 잠깐 둘러보니 예상대로 통행 옥패가 없으면 몇 장 높이의 흰 담을 넘는다고 해도 결계에 튕겨 근처에 있는 순찰자에게 들킬 게 뻔했다.

위무선은 다시 정실로 돌아올 수밖에 없었다.

어떤 일이 생겨도 조급해하지 않는 위무선은 뒷짐을 지고 정실을 천천히 돌아다니면서 조만간 대책이 생기겠지 하고 생각했다. 심신을 편안하게 해주는 단향목 향기는 강하지는 않았지만 서늘하니 독특한 면이 있었다. 한가하니 잡다한 생각이 들었다. '남잠에게 풍기는 게 이 향이었군. 여기서 고금을 연습하거나 정좌할 때 옷에 향기가 스며들었나 보네.'

그는 구석에 놓인 향궤로 더 바짝 다가갔다. 그런데, 발아래 목판이 다른 곳과 달랐다. 이상해서 몸을 숙여 이리저리 두드려보았다. 생전에 구덩이를 파고 무덤을 파내며 땅굴을 찾는 일을 많이 해서 금세 판자를 찾아 뒤집었다.

남망기 방에 이런 비밀 공간이 있다니, 이것만으로도 충분히 놀랐는데 안에 있는 것을 보고는 더 놀랐다.

목판을 뒤집자 단향목 향에 섞여 잘 느껴지지 않았던 향기로운 냄새가 풍겨왔다. 둥글고 검은 단지 일고여덟 개가 네모난 토굴에 가지런히 놓여 있었다.

남망기가 정말 변했군, 변했어. 술을 다 숨겨놓다니!

운심부지처에서는 금주다. 바로 이것 때문에 두 사람은 처음 만나자마자 다퉜고 남망기가 위무선이 산 아래 고소성에서 가져온 '천자소'를 엎어버렸다.

고소에서 운몽으로 돌아온 이후로 위무선은 고소의 명가에서만 빚는 '천자소'를 마셔볼 기회가 다시 없었다. 기회가 있으면 가서 마시고 싶다고 말했지만, 이뤄지지 않았다. 숨겨진 술은 열어서 맛보지 않고 향기만 맡아도 '천자소'라는 것을 알 수 있었다. 남망기처럼 규칙을 철저히 지키고 술은 입에도 대지 않는 자가 자기 방에 토굴을 파서 술을 숨겨놓다니 정말 오래 살고 볼 일이었다.

위무선은 감개무량해 한 단지를 비웠다. 그는 술을 좋아하고 주량도 강했다. 생각해보니 남망기가 옛날에 자신에게 천자소 하나를 빚졌고 세월이 흘러 이자가 붙었으니 또 한 단지를 마셨다. 술기운에 흥이 오르자 번뜩 좋은 생각이 났다. 통행 옥패 구하는 게 어려울 게 뭐야? 냉천에 가보면 되지. 운심부지처에 있는 냉천은 여러 특효가 있어 이 가문 남자 자제들이 이용했다. 마음을 가라앉히고 성정을 깨끗하게 해주며, 허열을 다스리는 등 특효가 있다고 했다. 냉천에 들어가려면 옷을 벗어야 한다. 옷을 다 벗었는데 옥패를 입에 물고 있진 않겠지?

위무선은 손을 탁 치면서 단지에 남은 마지막 한 모금을 입에 털어 넣고는 빈 단지에 물을 채우고 원래대로 봉인한 다음 제자리에 놓고 목판을 덮었다. 일을 마치자 곧장 옥패를 찾아 나섰다.

운심부지처는 '사일지정' 전에 한 차례 불탔지만 재건 후에도 구조는 예전과 똑같았다. 위무선은 기억을 더듬어 구불구불한 길을 지나 은밀하고 외진 곳에 있는 냉천을 찾아냈다.

냉천을 지키는 문하생은 멀리 떨어져 있었다. 선자들은 운심부 지처의 다른 지역에 있어 이곳을 사용하지 않았고, 남가 사람들도 냉천 근처에서 몰래 엿보는 뻔뻔한 짓은 하지 않았기 때문에 경비가 삼엄하지 않아 훔치기 더할 나위 없이 좋았다. 위무선이 뻔뻔한 짓을 하러 가기에는 안성맞춤이었다. 마침 난초 더미 뒤 하얀 바위 위에 하얀 옷이 한 벌 놓여 있었다. 누군가 온 것이다.

옷은 매우 반듯하게 개어져 머리카락이 쭈뼛 설 정도였다. 마치 새하얀 두부 같았다. 이마에 두르는 말액까지 반듯하게 개어져 있었다. 손을 뻗어 통행 옥패를 찾으면서도 차마 옷을 흩트리지는 못했다. 위무선은 난초 수풀 너머 냉천 안을 쓱 훑어보다가 한 곳에서 눈길이 멈췄다.

냉천의 물은 뼛속까지 시렸다. 온천이 아니라서 뜨거운 김이 눈앞을 가릴 일도 없었다. 그래서 탕 안에 등지고 있는 사람의 상반신이 똑똑하게 보였다.

탕 속 남자는 훤칠한 키에 피부가 희고 깨끗했다. 흠뻑 젖은 검고 긴 머리칼을 한쪽으로 넘겼으며 등과 허리선이 곧게 뻗어 아름다우면서 힘이 있었다. 간단하게 말하면 미인이었다.

하지만 위무선은 미인이 목욕하는 것을 보고 놀라서 눈길을 멈춘 게 아니었다. 아무리 아름다워도 정말 남자를 좋아할 일은 없었다. 위무선의 눈은 그의 등에서 떨어질 줄을 몰랐다.

등에는 가로 세로로 엇갈리게 수십 줄이 나 있었다. 분명 계편[33]

#33 계편(戒鞭) 벌을 주는 채찍.

이 남긴 흉터였다. 선문에서는 자기 가문의 자제가 큰 잘못을 범했을 때 계편을 때려 벌한다. 이 벌을 받으면 흉터가 영원히 사라지지 않는다. 위무선은 계편으로 맞아본 적이 없지만, 강징은 맞아본 적이 있었다. 강징은 그 치욕스러운 일의 흔적을 지우려고 매우 노력했지만, 전혀 옅어지지 않았기 때문에 위무선이 이 흉터를 잘못 볼 리가 절대 없었다.

보통 계편을 한두 대 때리는 것도 엄한 처벌로 징벌을 받는 자가 평생 기억하기에 충분해 다시 잘못을 범할 엄두를 못 냈다. 그런데 이 사람 등에 있는 계편 흉터는 적어도 서른 줄은 됐다. 도대체 어떤 대역무도한 잘못을 저질렀길래 저렇게 많이 맞았을까. 정말 대역무도한 죄를 범했다면 어째서 죽여 가문에서 깨끗이 정리해버리지 않았을까?

그때, 탕에 있던 사람이 몸을 돌리자 쇄골 아래 심장 가까운 곳에 찍힌 낙인이 보였다. 그 낙인을 보자 위무선의 놀란 마음이 순식간에 정점에 달했다.

낙인은 위무선의 시선을 다 빼앗아갔다. 위무선은 자신이 잘못 본 게 아닌가 싶어 상대의 얼굴은 볼 생각도 하지 못했고 호흡도 흐트러졌다. 갑자기 눈앞이 하얘졌다. 눈처럼 하얀 장막이 떨어졌다가 거둬지더니 한기를 띤 푸른색 빛을 내뿜는 검이 얼굴로 쑥 들어왔다.

함광군의 패검 '피진'의 눈부신 명성을 모를 사람이 누가 있을까? 맙소사, 남망기였다니!

목숨을 건지려면 도망가야 했다. 다행히 길을 잘 아니 재빨리 현장에서 빠져나와 위험을 피했다. 위무선은 냉천에서 빠져나오면서 머리칼에 붙은 풀도 떼 냈다. 그러다가 뇌가 없는 파리처럼 순찰자에게 부딪쳤다. 그들은 위무선을 붙잡고 꾸짖었다.

"어딜 그렇게 뛰어갑니까! 운심부지처에서는 질주 금지입니다!"

위무선은 남경의 일행을 보고 크게 기뻐했다. 이번에야말로 소란죄로 쫓겨날 수 있겠다고 생각하며 그는 자신을 내던졌다.

"나 안 봤어! 아무것도 안 봤다고! 함광군이 목욕하는 걸 훔쳐보려고 온 게 절대 아니야!"

후배들은 겁도 없이 함부로 날뛰는 위무선의 말에 깜짝 놀라 눈이 휘둥그레지고 아무 말도 못 했다. 함광군은 어디서나 덕행으로 존경받아 모독해서는 안 되는 명사이고 가문의 후배 문하생들이 하늘처럼 공경하는 사람이었다. 냉천 근처에서 함광군이 목욕하는 것을 엿보다니! 생각만으로도 죄악이 극에 달해 용서할 수 없었다. 남사추는 너무 놀라 목소리마저 변했다.

"뭐라고요? 함광군이요? 함광군이 안에 계세요?!"

화가 잔뜩 난 남경의가 위무선을 잡아당기며 말했다.

"이런 미친 단수 같으니! 그, 그, 그걸 어떻게 훔쳐볼 수 있단 말이야?!"

위무선은 내친김에 자기 죄명을 불었다.

"함광군이 옷을 안 입은 모습, 나 하나도 안 봤어!"

"도둑이 제 발 저리다더니! 그래도 안 봤다고요? 그럼 수상하게 여기서 뭘 하고 있었던 겁니까? 당신 꼴 좀 봐요, 창피해서 사람들 볼 낯짝도 없겠네!"

남경의가 화가 나서 말했다.

"그렇게 큰소리치지 마, 운심부지처에서 소란은 금지라고."

위무선이 두 손으로 얼굴을 가리며 말했다.

한참 소란을 떨고 있는데 남망기가 몸에 하얀 옷을 걸치고 긴 머리를 늘어뜨린 채 무성한 난초 수풀 뒤에서 걸어 나왔다. 몇 마디 말을 나누는 사이에 남망기는 옷을 단정하게 차려입고 나왔다. 피진은 칼집에 넣지 않은 상태였다. 그런 그를 보자 후배들이 황급히 예를 표했다.

"함광군, 모현우 이자가 참으로 괘씸합니다. 모가장에서 도와준 일 때문에 함광군께서 여기로 데리고 왔는데, 그는 오히려…… 오히려…….."

남경의가 다급하게 말했다.

위무선은 이번에는 분명 못 참고 자신을 산문 밖으로 쫓아내겠지 하고 생각했다. 하지만, 남망기는 위무선을 가볍게 훑어보고 잠시 침묵하다가 피진을 칼집에 넣으며 말했다.

"모두 물러가라."

평범한 말이었지만 위엄이 넘쳐 후배들은 두말하지 않고 즉시 물러났다. 남망기는 태연하게 위무선의 뒷덜미를 잡아 정실로 끌고 갔다. 전생에 두 사람은 키가 비슷했고 둘 다 보기 드문 훤칠한 인물이었다. 위무선이 남망기보다 조금 작았지만 1촌[#34]도 차이가 안 나 같이 서면 거의 비슷했다. 하지만 이번 생애에서는 깨어보니 몸이 바뀌어 있었다. 보통 사람 중에서는 크다고 할 수 있지만, 남망기에 비하면 2촌은 족히 작아 그에게 잡히니 몸부림칠 여지도 없었다. 위무선이 비틀거리며 소리 지르려 하자 남망기가 차갑게 말했다.

"소란 피우는 자는 금언이다."

#34 촌(寸) 길이 단위로 1촌은 약 3.3cm

이곳에서 쫓겨나면 고맙지만 금언은 사절이었다. 위무선은 아무리 생각해도 이해할 수가 없었다. 남씨 가문이 언제부터 자기 가문 명사가 목욕하는 것을 훔쳐보는 파렴치한에게 이렇게 관대했지? 이렇게 해도 참을 수 있다고?!

남망기는 위무선을 정실로 끌고 가서 곧장 내실로 들어가 쿵 하고 침상에 내동댕이쳤다. 내던져진 위무선은 아야 하고 소리 지르며 바로 일어나지 않고 잠시 뒤에야 쭈뼛쭈뼛 일어나 앉았다. 원래는 애교스럽게 삐죽거리며 몇 마디 던져 남망기가 닭살이 돋게 할 생각이었지만 눈을 들어보니 남망기가 손에 피진을 들고 그를 굽어보고 있었다.

긴 머리칼을 묶고 말액을 두른 한 치의 틈도 없는 남가 둘째 공자 모습만 봤지 이렇게 머리칼이 조금 흐트러지고 얇고 가벼운 옷을 입은 모습은 본 적이 없었기 때문에 위무선은 눈길을 거둘 수가 없었다. 끌고 와 던지는 일련의 동작 때문에 단단하게 여몄던 옷깃이 벌어져 쇄골 아래 선홍색 낙인이 드러났다.

낙인을 보자 위무선은 또다시 시선을 빼앗겼다.

그 낙인은 위무선이 이릉노조가 되기 전 위무선의 몸에도 있던 것이다.

지금 남망기의 몸에 있는 낙인은 위치나 형태 모두 생전에 위무선의 몸에 있던 것과 똑같았기 때문에 눈에 안 익을 수가 없었고 이상하지 않을 수가 없었다.

생각해보니 낙인만이 아니라 남망기의 등에 있는 서른 줄의 계편 자국도 이상했다.

남망기는 어려서부터 이름을 날렸고 평가도 매우 좋은, 가장 정통의 선문 명사로 고소 남씨의 자랑거리였다. 많은 집안의 어른들이 그의 행동 하나, 말 한마디를 선문 우수 자제의 모범으로 꼽았다. 도대체 얼마나 큰 잘못을 저질렀길래 그렇게 심한 벌을 받았을까?

서른여 줄의 계편 흉터는 죽으라고 때린 것이나 다름없었다. 계편 흉터는 일단 몸에 남으면 평생 지울 수가 없었다. 벌 받은 자가 평생 기억하며 다시는 잘못을 저지르지 말라는 뜻이었다.

위무선의 시선을 따라 남망기는 눈을 살짝 아래로 깔면서 손으로 옷깃을 당겨 쇄골을 덮었다. 다시 그 얼음처럼 차가운 함광군이었다. 바로 그때 밖에서 무거운 종소리가 들려왔다.

남씨 가문은 규칙이 매우 엄격해 일과 휴식 시간을 정확하게 지켰다. 해시[#35]에 자고 묘시[#36]에 일어났다. 이 종소리는 잘 시간을 알려주는 것이었다. 종소리를 끝까지 들은 남망기가 위무선에게 말했다.

"넌 여기서 자거라."

위무선이 대답할 기회도 주지 않고 남망기는 건넌방으로 갔다. 혼자 남은 위무선은 침상에 비스듬히 누웠다. 막막한 기분이 들었다.

자기가 누군지 남망기가 눈치챘을 것이라는 생각을 안 해본 것은 아니다. 그저 그런 생각은 감정적으로나 이치상으로 맞지 않을 뿐이다. 헌사는 금술(禁術)이기 때문에 아는 사람이 매우 적었다. 전해져 내려온 것도 대부분 훼손되어 완전하지 않아 제대로 작용할 수 없었다. 그리고 오랜 세월이 흘러 믿는 사람이 더 적어졌다. 그런데 모현우가 도대체 어디서 알고 위무선을 소환했는지 모를 일

#35 해시(亥時) 밤 아홉 시~열한 시.
#36 묘시(卯時) 오전 다섯 시~일곱 시.

이었다. 남망기가 위무선의 피리 소리로 그를 알아볼 수는 없었을 것이다.

위무선은 생전에 남망기와 깊이 남을 친분이 없었냐고 자문했다. 같이 수학하고 위험을 이겨내고 한편이 되어 싸워봤지만 흐르는 물처럼 급하게 만났다가 또 급하게 헤어졌다. 남망기는 고소 남씨의 자제였기 때문에 반드시 '아(雅)' 하고 '정(正)' 하는 게 운명적으로 정해져 있어 위무선과는 어울릴 수가 없었다. 위무선은 남망기와의 관계가 나쁘다고는 할 수 없지만 좋다고 하기에도 좀 그렇다고 생각했다. 남망기도 다른 사람처럼 위무선이 사기(邪氣)가 충천하고 정기(正氣)가 부족해 언젠가는 큰 화가 될 것이라고 평가했을 것이다. 위무선이 운몽 강씨를 배반하고 이릉노조가 된 이후 그에 대한 고소 남씨의 원한도 작다고 할 수 없었다. 특히 위무선이 죽기 전 몇 개월 동안은 더더욱 그랬다. 만약 남망기가 그를 위무선이라고 확신한다면 진작에 그를 눈앞이 캄캄해질 정도로 때렸어야 했다.

하지만 지금은 정말 이러지도 저러지도 못할 상황이었다. 예전에는 위무선이 무슨 짓을 조금만 해도 남망기가 못 참았는데 지금은 온 힘을 다해 말썽을 부려도 참았다. 장족의 발전을 이뤘으니 축하라도 해야 하나?

한참 동안 속수무책으로 멍하니 있던 위무선은 몸을 뒤집어 침상에서 내려와 건넌방으로 갔다.

침상에 옆으로 누워 있는 남망기는 이미 깊은 잠에 빠진 것 같았다. 그 모습에 순순히 물러날 위무선이 아니었다.

위무선은 살금살금 다가가 혹시 통행 옥패를 꺼낼 수 있는지 살펴보았다. 손을 뻗으려는 찰나, 남망기의 긴 속눈썹이 미세하게 떨리더니 눈을 떴다.

위무선은 결심한 듯 침상으로 몸을 던졌다.

위무선은 남망기가 다른 사람과 신체 접촉하는 것을 매우 싫어한다는 것을 잘 알았다. 예전에는 건드리기만 해도 들어서 날려버릴 정도였다. 이렇게까지 하는데 참는다면 그건 절대 남망기가 아니었다. 그때는 남망기가 탈사 당했다고 의심할 수밖에 없었다.

위무선은 남망기 위로 올라가 남망기의 허리 양쪽에 다리를 하나씩 놓고 무릎을 꿇은 다음 손으로 침상을 짚고 남망기의 두 팔을 중앙에 가둔 다음 얼굴을 천천히 아래로 내렸다. 두 사람의 얼굴이 점점 가까워지고 위무선이 숨도 못 쉴 지경이 돼서야 남망기가 입을 열었다.

"내려가."

"싫어요."

위무선이 뻔뻔하게 말했다.

옅은 색 눈동자와 위무선의 눈이 마주쳤다. 남망기가 위무선을 똑바로 쳐다보면서 다시 한번 말했다.

"……내려가."

"싫다니까요. 저보고 여기서 자라고 했으면 이런 일이 생길 줄은 예상하셨어야죠."

"정말 이리할 것이냐?"

"……."

이유는 모르겠지만, 위무선은 신중하게 생각하고 대답해야 할 것 같은 느낌이 들었다.

위무선이 말하려고 입을 여는 순간 허리춤이 마비되면서 두 다리에 힘이 풀렸다. 이어서 몸 전체가 푹 하고 남망기 몸 위로 엎어졌다.

벌리려던 입은 그대로 굳어버렸고 머리가 남망기의 오른쪽 가슴 위에 놓인 채로 꼼짝도 할 수 없었다. 남망기의 목소리가 위에서 들려왔다.

"그러면 밤새 이러고 있거라."

남망기의 목소리는 낮고 무거웠다. 그의 말을 따라 가슴이 미세하게 진동했다.

위무선은 이런 결말은 전혀 예상하지 못했다. 몸을 일으키려 애썼지만, 허리 부분이 시큰하고 힘이 없었다. 이런 난감한 자세로 딱딱한 남자 위에 찰싹 붙어 있어야 한다니, 정말 어이가 없었다.

요 몇 해 남잠에게 도대체 무슨 일이 있었길래 이렇게 변했지?

이 사람이 정말 예전의 그 남잠인가?

탈사 당한 건 그 같은데?!

위무선의 마음이 요동치고 있는데 갑자기 남망기가 몸을 조금 일으켰다. 위무선은 아무래도 그가 영 못 견디겠나 보다 싶어 정신이 번쩍 들었다. 그러나, 남망기는 가볍게 손을 흔들어 등을 껐다.

남망기와 사이가 나빠진 시기를 곰곰이 생각해보니 열다섯 살 되는 해 강징과 함께 고소 남씨 집안에서 수학했던 그 3개월부터인 것 같았다.

고소 남씨 가문에는 덕망이 높은 대선배 남계인이라는 사람이 있었다. 그는 세가가 인정한 세 가지 특징인 고지식, 완고, 엄격한 가르침으로 뛰어난 제자를 양성하기로 유명했다. 앞에 두 가지는 사람들이 존경하되 가까이하지는 않거나 암암리에 싫어하는 경향이 있었지만, 마지막 하나 때문에 세가의 사람들은 갖은 방법을 다 동원해 자기 가문 자제를 그에게 보내 가르침을 받도록 했다. 남계인은 우수한 남가 자제를 여럿 배출했고, 그의 교실에서 한두 해만 교육받으면 들어갈 때 아무리 형편없었어도 나올 때는 그럭저럭 사람 꼴을 갖추었다. 적어도 기품과 예절은 예전과 비교할 수 없이 좋아져 아들을 데리고 돌아가면서 감격의 눈물을 흘리는 부모가 많았다.

이것에 대해 위무선은 이렇게 말했다.

"지금 나도 그럭저럭 사람 꼴을 갖추지 않았나?"

"넌 분명 그의 교수 생애에서 치욕이 될 거야."

강징이 미래를 예견하듯 말했다.

그때는 운몽 강씨 외에도 부모에게 등 떠밀려 공부하러 온 다른 가문의 공자들도 많았다. 공자들은 대부분 열대여섯 살 정도로 가문끼리 왕래가 잦아 친하다고는 할 수 없어도 얼굴은 다 알았다. 사람들은 위무선이 강씨는 아니지만 운몽 강씨 가주 강풍면의 오랜 친구의 아들이자 수제자로 친자식처럼 여긴다는 것을 잘 알고 있었다. 게다가 소년들은 어른들처럼 출신이나 혈통을 잘 따지지 않고 금세 친해져서 몇 마디 주고받으면 바로 형님 아우 하며 지냈다.

"너희 강씨 가문의 연화오는 여기보다 재미있는 게 많지?"

"재미있느냐 없느냐보다 어떻게 노느냐가 중요하지. 물론 규칙은 여기처럼 많지 않고 이렇게 일찍 일어나지 않아도 되긴 해."

누군가 묻자 위무선이 웃으며 말했다.

고소 남씨는 묘시에 일어나 해시에 잤다. 절대 늦으면 안 되는 규칙이었다. 누군가 또 물었다.

"너희는 언제 일어나? 매일 뭐해?"

"애? 사시#37에 일어나서 축시#38에 자. 일어나도 검 수련이나 좌선은 안 하고 배 타고 수영하고 연방(蓮房)을 꺾거나 꿩을 잡으러 다니지."

강징이 "흥." 하고 콧방귀를 뀌며 대답했다.

"꿩 사냥은 나를 따라올 자가 없지."

위무선이 말했다.

"내년엔 공부하러 운몽으로 가겠어! 나 막지 마!"

한 소년이 말했다.

"아무도 널 막지 않아. 네 큰 형이 네 다리를 부러뜨릴 뿐이지."

누군가 찬물을 끼얹었다.

소년은 풀이 팍 죽었다. 소년은 청하 섭씨의 둘째 공자인 섭회상으로 그의 형 섭명결은 성정이 단호하고 신속하기로 백가에 명성이 자자했다. 형제는 어머니가 달랐어도 정이 두터웠다. 섭명결은 동생을 매우 엄격하게 가르쳤고 동생의 학업에 관심이 매우 많았다. 섭회상은 큰형을 공경했지만 섭명결이 자기 학업을 거론하는 것을 제일 무서워했다.

"사실 고소에도 재밌는 게 많아."

위무선이 말했다.

"위 형, 진심으로 충고 한마디 하는데요, 운심부지처가 연화오보다 못하겠지만, 이왕 고소에 왔으니 절대 건드려선 안 되는 사람이

#37 **사시(巳時)** 오전 아홉 시~열한 시.
#38 **축시(丑時)** 새벽 한 시~세 시.

있어요."

섭회상이 말했다.

"누구? 남계인?"

"아니요, 그 노인네 말고요. 반드시 조심해야 할 사람은 그의 애제자 남잠이에요."

"남씨 쌍벽의 그 남잠? 남망기?"

고소 남씨 가주에게는 남환과 남잠 두 아들이 있었다. 남씨 쌍벽이라고 불리는 그들은 열네 살이 지나자 각 가문 어른들이 자기 집안 자제와 비교하는 대상이 되었다. 또래 사이에서 두각을 나타내 모르려야 모를 수가 없었다.

"또 누가 있겠어요. 바로 그 남잠이지. 우리 또래인데 소년의 활기라고는 눈곱만큼도 없고, 융통성도 없고 엄격한 게 그의 숙부보다 더하면 더했지 덜하진 않을 거예요."

위무선이 "어?" 하며 입을 열었다.

"용모가 준수한 그 녀석인가?"

"고소 남씨에 못생긴 사람이 어디 있어? 이 집안은 문하생도 용모가 단정하지 않으면 받지 않는데. 어디 평범한 사람 있으면 찾아와 봐."

강징이 비웃으며 말했다.

"아주 준수했어."

위무선이 강조하면서 자기 머리를 가리키며 예를 들었다.

"하얀색 옷에 말액을 두르고 은색 검을 찼어. 수려하고, 엄숙한 얼굴이 피마대효 같았어."

"······."

섭회상이 틀림없다는 듯이 말했다.

"바로 그예요!"

섭회상은 잠시 멈췄다가 이어서 말했다.

"하지만 최근에는 홀로 수련하고 있는데. 위 형은 어제 왔으면서 언제 봤어요?"

"어젯밤에."

"……."

"어젯밤, 어젯밤이라고?!"

강징이 아연실색했다.

"운심부지처에는 야간 통행 금지가 있는데 어디서 그를 봐? 내가 왜 몰라?"

"저기."

위무선이 손을 들어 가리킨 것은 높은 담장이었다.

소년들은 할 말을 잃었다.

"온 지 얼마나 됐다고 벌써 사고를 쳐! 어떻게 된 일이야?"

강징은 머리가 터질 것 같아 이를 악물며 물었다.

"뭐 어떻게 된 일도 아니야. 우리 올 때 '천자소'라는 주점을 지나서 왔잖아. 어젯밤에 참을 수가 있어야지. 그래서 산에서 내려가 두 단지를 사 왔지. 그건 운몽에서는 마실 수 없는 거잖아."

위무선이 히죽거리며 대답했다.

"그럼 술은?"

강징이 물었다.

"그렇지 않아도 담장을 막 넘으려고 한 발을 들이미는 순간, 그에게 잡혔어."

위무선이 대답했다.

"위 형, 정말 재수가 없네요. 아마 그가 야간 순찰을 막 시작했을 때 잡혔나 봐요."

한 소년이 말했다.

"밤에 돌아오는 자는 묘시가 지나야 들어올 수 있는데 그가 너를 놔줬단 말이야?"

강징이 물었다.

"그래서 못 들어오게 했구나. 기어코 내가 들여놓은 발을 거두라고 하잖아. 그래서 어떻게 됐게? 가볍게 올라오더니 손에 든 게 뭐냐고 묻더라고."

위무선이 양손을 내밀고 으쓱하며 말했다.

"그래서 뭐라고 했어?"

강징은 두통이 일었다. 예감이 좋지 않았다.

"'천자소! 하나 줄 테니 못 본 걸로 해주면 안 될까?'라고 했지."

"……운심부지처에서 술은 금지야. 가중처벌된다고."

강징이 탄식했다.

"그도 그렇게 말했어. 그래서 내가 물었지. '나에게는 말 안 하는 게 나아. 너희 집안에 금지가 아닌 게 도대체 뭐야?'라고. 그는 조금 화가 난 것 같았어. 나더러 산 앞에 있는 규훈석을 보라고 하더라고. 솔직히 말해 삼천 줄이나 되고 고대 서체인 전서체로 쓰여 있는 걸 누가 봐. 넌 봤어? 넌 봤어? 어쨌든 난 안 봤어. 그게 뭐 화낼 일이냐고."

"맞아요!"

소년들이 크게 공감하면서 운심부지처의 갖가지 황당한 낡은 규칙을 성토하면서 의기투합했다.

"어떤 가문에 규칙이 중복도 안 되고 삼천 개나 있어요. '경내 살생 금지, 사적인 싸움 금지, 음란 금지, 밤놀이 금지, 소란 금지, 빨리 걷기 금지' 같은 것은 그렇다고 쳐도 무슨 '이유 없는 비웃음 금지, 단정하지 않은 앉는 자세 금지, 밥 세 그릇 이상 금지' 같은 것도 있어……."

"뭐? 사적인 싸움도 금지라고?"

위무선이 다급하게 말했다.

"……금지야. 너 싸웠다고 말하지 마."

"싸웠어. 천자소도 뒤집어엎었고."

소년들이 다리를 치며 애석해했다.

어쨌든 상황이 이보다 더 나쁠 수 없었다. 강징이 화제를 돌렸다.

"두 단지 들고 왔다고 하지 않았어? 나머지 한 단지는?"

"마셨어."

"어디서?"

"그 앞에서 마셨지. '좋아, 운심부지처 내에서는 음주 금지라. 그럼 안 들어갈게. 담장 위에서 마시면 금기를 깬 건 아니잖아.' 그렇게 말하고는 그 앞에서 한입에 털어버렸어."

"……그다음은?"

"그다음은 싸웠지."

"위 형."

섭회상이 깜짝 놀라 덧붙였다.

"정말 대단하세요."

"남잠 기량이 괜찮던걸."

위무선이 눈썹을 치켜세우며 말했다.

"위 형, 이제 죽었어요! 남잠은 그런 일을 당해본 적이 없으니 십 중팔구 형님을 주시할 거예요. 조심하세요. 남잠이 우리와 같이 공부하지는 않지만, 남가에서 처벌을 주관한다고요!"

위무선이 아랑곳하지 않고 손을 휘휘 저으며 말했다.

"뭐가 무서워! 남잠은 어릴 때부터 신동이었다며? 어려서부터 그렇게 총명했으면 숙부가 가르쳐준 거 이미 다 배웠을 거 아니야. 게다가 하루 종일 문 닫고 수련하는데 무슨 시간이 있어서 나를 주시해. 난……."

위무선의 말이 채 끝나지 않은 상태에서 소년들이 누창#39 담을 돌아서는데 난실에 하얀색 옷을 입은 소년이 단정하게 앉아 있는 게 보였다. 긴 머리를 묶고 말액을 두르고 온몸에서 얼음처럼 서늘한 기운이 뿜어져 나오는 소년이 그들을 차갑게 훑어봤다.

순간 십여 개의 입이 금언술에라도 걸린 것처럼 다물어졌다. 그들은 조용히 난실로 들어가 각자 자리를 골라 앉았다. 남망기 주위의 서안은 비워놓았다.

"제대로 찍혔군. 잘 해봐."

강징이 위무선의 어깨를 토닥이며 작은 목소리로 말했다.

위무선이 고개를 돌리자 마침 남망기의 옆모습이 보였다. 가늘고 긴 속눈썹, 지극히 준수하고 청아한 모습으로 단정하게 앉아 똑바로 앞을 보고 있었다. 위무선이 대꾸하려는데 남계인이 들어왔다.

남계인은 키가 크고 말랐으며 등이 꼿꼿했다. 턱수염을 길게 길렀지만 늙어 보이지는 않았다. 고소 남씨가 대대로 미남을 배출한

#39 **누창(漏窗)** 창문에 종이나 유리 없이 투각 도안으로 장식한 창.

전통으로 보면 분명 못생기지 않았다. 하지만 온몸에서 풍기는 진부하고 완고한 기운 때문에 노인네라고 불러도 전혀 이상하지 않았다. 남계인이 들고 온 족자를 펴자 족자가 한참 동안 바닥에 늘어졌다. 남계인은 족자를 들고 남가 규칙을 설명하기 시작했다. 자리에 앉아 듣던 소년들은 얼굴색이 점점 파랗게 질려갔다. 위무선은 따분해서 시선을 이리저리 돌리다가 저 옆에 앉은 남망기의 옆모습에 꽂혔다. 진지하게 집중하고 있는 남망기의 모습에 깜짝 놀라며 '이렇게 따분한 걸 어떻게 저렇게 진지하게 들을 수가 있을까!' 하고 생각했다.

갑자기, 앞에 있던 남계인이 두루마리를 던지며 말했다.

"석벽에 새겨진 것을 아무도 보지 않길래 내가 한 줄 한 줄 읽어주는 것이다. 누가 모른다는 핑계로 규칙을 어기는지 보겠다. 지금도 마음이 딴 곳에 가 있는 사람이 있구나. 그럼 좋다. 다른 이야기를 좀 하겠다."

이 말은 난실에 있는 모든 이에게 적용되겠지만 위무선은 자신에게 경고하는 것임을 직감했다.

예상한 대로 남계인이 말했다.

"위영."

"네."

위무선이 대답했다.

"네게 묻겠다. 요마귀괴(妖魔鬼怪)는 같은 것이냐?"

"아닙니다."

위무선이 웃으며 대답했다.

"왜 아니지? 어떻게 다른가?"

"요는 인간이 아닌 산 생물이 변한 것이고, 마는 산 사람이 변한 것이며, 귀는 죽은 사람이 변한 것이고, 괴는 인간이 아닌 죽은 생물이 변한 것입니다."

"'요'와 '괴'는 혼동하기 쉽다. 예를 들어 구분해보아라."

"간단합니다."

위무선은 난실 밖에 있는 울창한 나무를 가리키며 말했다.

"예를 들어 살아 있는 나무에 백 년 동안 책의 향이 물들어 수련하면 정(精)이 되고, 그것이 의식을 만들어내 인간에게 농간을 부리면 '요'입니다. 제가 도끼로 나무를 자르면 나무는 죽고 그루터기만 남습니다. 그루터기가 다시 수련해 정이 되면 '괴'입니다."

"청하 섭씨의 선조는 어떤 일에 종사했느냐?"

"백정이었습니다."

"난릉 금씨의 휘장은 백모란이다. 품종이 무엇이냐?"

"금성설랑입니다."

"수진계에서 가문을 성행시키고 문파를 쇠락시킨 창시자는 누구냐?"

"기산 온씨의 선조, 온묘입니다."

위무선의 막힘없는 대답에 자리에서 듣고 있던 소년들은 흥미진진했다. 다행이라고 생각하면서 동시에 위무선이 막히지 않고 계속 대답해 남계인이 자신들에게 질문하지 않기를 간절하게 바랐다. 그러나 남계인은 "운몽 강씨 자제이니 어려서부터 자주 들어 익숙해 줄줄 외우는 것이 당연하다. 맞게 대답한 것은 대단한 일이 아니다. 다시 묻겠다. 여기 망나니가 있다. 그에겐 부모와 부인, 자식이 다 있다. 생전에 그는 백 명이 넘는 사람을 참수시켰다. 그가 시정에서 횡사하고 7일 동안 시신이 수습되지 못해 한이 사무쳐 농간을 부리고 인간을 해쳤다. 어떻게 해야 하느냐?" 하고 물었다.

위무선이 즉시 대답하지 못하자 옆에 있던 소년들이 안절부절못했다.

"왜 그를 보느냐? 너희들도 생각해보아라. 책을 보면 안 된다!"

남계인이 호통쳤다.

소년들이 동작을 멈추고 책에서 손을 떼면서 난감한 표정을 지었다. 시정에서 횡사하고 7일 동안 시신이 수습되지 못한 여귀, 흉시, 어려웠다. 모두 이 노인네가 제발 자기를 지목하지 않길 바랐다. 남계인은 위무선이 대답하지 않고 생각에 잠긴 모습을 보고 입을 열었다.

"망기, 네가 알려주거라. 어떻게 해야 하느냐."

남망기는 위무선은 쳐다도 보지 않고 고개를 숙여 예를 표한 뒤 담담하게 말했다.

"도화가 첫째, 진압이 둘째, 멸절이 셋째입니다. 우선 부모와 부인, 자식이 나서서 설득하고 생전의 소원을 이뤄주어 집착을 없앱니다. 통하지 않으면 진압합니다. 극악무도하고 원기가 사라지지 않으면 풀을 베고 뿌리를 뽑아 존재를 철저히 없앱니다. 현문의 일 처리는 이 절차에 따르고 오류가 있어서는 안 됩니다."

소년들은 한숨을 크게 내쉬며 천만다행이라고 생각했다. 그래도 저 노인네가 남망기를 지목했길 다행이지 그렇지 않고 자신들에게 물었으면 대답하다가 한두 개를 빼먹거나 순서가 틀렸을 것이다. 남계인은 만족스러운 듯 고개를 끄덕이며 말했다.

"한 글자도 틀리지 않았다."

잠시 뒤 남계인이 덧붙였다.

"수행을 하든 사람의 도리를 행하든 반드시 이렇게 차근차근 착실하게 해야 한다. 자기 가문이 수준 낮은 귀신과 요괴 몇 마리 잡아 헛된 명성을 조금 얻었다고 자만해서 날뛰면 얼마 못 가 굴욕을 당할 것이다."

위무선은 눈썹을 치켜올렸다. 그리고 남망기의 옆얼굴을 보면서 생각했다.

'저 노인네가 나를 겨냥한 거였군. 자기의 훌륭한 학생을 데려다가 본때를 보여주려는 거였어.'

"질문 있습니다."

위무선이 말했다.

"말하거라."

"'도화'가 첫째라고는 하지만 '도화'로는 안 될 경우가 있습니다. '그의 생전 소원을 이뤄주고 집념을 없앤다.' 말은 쉽습니다. 그의 집념이 새 옷 한 벌이라면 쉽겠지만, 온 집안을 죽여 복수해야 원한이 풀린다면 어떻게 해야 합니까?"

위무선이 말했다.

"도화가 주이고 진압이 보조이며 필요하면 멸절해야 합니다."

남망기가 말했다.

위무선이 살짝 웃으며 말했다.

"천하 만물을 함부로 멸절시키겠네."

잠시 뒤 말을 이었다.

"방금 제가 이 답을 몰랐던 게 아닙니다. 그저 네 번째 방도를 고려하고 있었을 뿐입니다."

"네 번째 방도라는 것은 전혀 들어본 적이 없다."

남계인이 말했다.

"그 망나니는 횡사했으니 흉시가 되는 것은 필연입니다. 그가 생전에 참수했던 사람이 백 명이 넘으니 그들의 무덤을 파 원기(怨氣)를 부추겨 흉시와 싸우게 하는 게 더 나을 것 같습니다……."

위무선이 말했다.

남망기가 마침내 고개를 돌려 위무선을 쳐다봤다. 미간을 살짝 찡그리고 냉랭한 표정이었다. 남계인이 수염까지 떨며 소리쳤다.

"이런 분별 없이 오만방자한 놈을 봤나!"

난실 내 소년들은 매우 놀랐다. 남계인이 벌떡 일어나며 소리쳤다.

"요괴와 마귀를 제압하고 악귀와 악신을 제거하는 것은 도화를 위함이다! 도화의 길은 생각하지 않고 오히려 원기를 부추기겠다고? 본말이 전도되고 인륜을 저버리는 것이다!"

"도화가 소용없는 것도 있는데 이용하면 왜 안 됩니까? 우 임금이 황하를 다스린 이야기에서도 막는 것은 하책이고 통하게 하는 것이 상책이라고 하지 않았습니까. 진압은 막는 것이니 하책이고……."

위무선이 말을 끝내기도 전에 남계인의 책이 날아왔다. 위무선은 몸을 살짝 틀어 책을 피하면서 태연하게 헛소리를 계속했다.

"영기(靈氣)도 기고, 원기도 기입니다. 영기가 단전에 쌓이면 산을 허물고 바다를 메울 수 있고 인간이 쓸 수도 있습니다. 그런데 왜 원기는 인간을 위해 쓰지 못합니까?"

"그럼 다시 묻겠다! 그 원기가 다른 사람을 해치지 않고 너를 위해서만 움직인다고 어떻게 보장하느냐?"

남계인이 또 책을 던지며 호통쳤다.

"아직 생각 안 해봤는데요!"

위무선이 피하면서 말했다.

"거기까지 생각했다면 선문 백가가 너를 가만두지 않을 거다. 썩 나가거라!"

남계인이 크게 화를 내며 소리쳤다. 위무선은 너무 좋아 재빨리 나갔다.

그는 한나절 동안 운심부지처 이곳저곳을 쏘다니며 놀았다. 수업이 끝나자 소년들은 높은 담장 위에서 위무선을 겨우 찾을 수 있었다. 위무선은 담장 꼭대기 푸른 기와에 앉아 난초를 입에 물고 한쪽 다리를 구부려 그 위에 오른팔을 얹고 턱을 괴고는 다른 쪽 다리는 내려서 가볍게 흔들고 있었다. 소년들이 아래에서 그에게 말했다.

"위 형! 대단해요, 대단해! 선생님이 나가라고 했다고 진짜 나가다니! 하하하…….."

"선생님은 형이 나간 뒤에도 한참 동안 얼굴이 새파랗게 질려 씩씩댔어요!"

"물으니 대답하고 나가래서 나갔는데, 나더러 뭘 더 어쩌라는 거야?"

위무선이 풀을 씹으며 아래쪽에 대고 외쳤다.

"남 노인네가 어째 형한테는 더 엄격한 것 같아요. 형을 콕 집어 야단치고 말이에요."

섭회상이 말했다.

"꼴 좋다. 답이 그게 뭐냐. 그런 얼토당토않은 말은 집에서나 하지, 남계인 앞에서 하다니. 죽으려고 작정했지!"

강징이 불만스럽게 말했다.

"무슨 말을 해도 날 싫어할 텐데 말이라도 시원하게 해야지. 게다가 내가 그를 욕한 것도 아니고 난 솔직하게 말했을 뿐이라고."

위무선이 말했다.

"사실 위 형 말이 참 재미있어요. 영기는 수련해서 어렵게 금단(金丹)을 맺어야 하는데 저처럼 엄마 뱃속에서부터 개한테 물린 것처럼 천부적으로 소질이 없는 사람은 몇 년이 걸려야 할지 모른다고요. 하지만 원기는 다 여귀나 흉살의 것이니 가져다 쓸 수 있으면 얼마나 좋아요."

섭회상이 흠모와 동경의 빛을 드러내며 말했다.

금단은 수련이 일정 경지에 오르면 수사의 체내에 맺어지는 것으로 저장과 영기를 운용하는 기능이 있다. 금단을 맺으면 수련이 비약적으로 발전해 높은 경지에 오른다. 맺지 못하면 자격 미달 수사에 머물게 된다. 세가의 자제가 금단을 너무 늦게 맺으면 체면이 서지 않는다. 하지만 섭회상은 조금도 부끄러워하지 않았다.

"그렇지? 안 쓰면 손해라니까."

위무선도 하하 웃으며 말했다.

"그만해. 말이라도 사도로 빠지지 마."

강징이 경고했다.

"앞날이 창창한 큰길을 놔두고 왜 어두운 외나무다리로 가겠어? 정말 그렇게 좋으면 진작에 누군가 갔겠지. 안심하라고, 그가 물어서 그냥 그렇게 대답한 것뿐이니까. 이봐, 너희들 야간 통행 금지도 없는 김에 나랑 꿩 잡으러 안 갈래?"

위무선이 웃으며 말했다.

"꿩은 무슨 꿩이야, 여기에 무슨 꿩이 있다고! 넌 일단 〈아정집〉

이나 베껴 써. 남계인 선생님이 〈아정집〉 〈상의편〉을 세 번 베끼면서 뭐가 하늘의 뜻이고 인간의 도리인지 잘 새기라고 하셨어."

강징이 꾸짖었다.

〈아정집〉은 남씨의 가훈이었다. 남씨 가문의 가훈은 너무 길었다. 남계인이 수정해 두꺼운 문집으로 엮었고 〈상의편〉과 〈예칙편〉이 전체의 5분의 4를 차지했다. 위무선은 물고 있던 풀을 뱉고 장화에 묻은 먼지를 툭툭 털어내며 말했다.

"세 번 베끼라고? 한 번만으로도 선경에 오르겠다. 난 남가 사람도 아니고 남가의 데릴사위가 될 것도 아닌데 이 집 가훈을 베껴서 뭐해? 안 해."

"제가 할게요! 제가요!"

섭회상이 말했다.

"이유 없이 아첨하는 자는 없고, 간사하지 않은 도둑은 없는 법. 말해봐. 원하는 게 뭔데?"

위무선이 말했다.

"그게요. 위 형, 남 노인네한테 나쁜 버릇이 있는데요……."

여기까지 말한 섭회상이 갑자기 말을 멈추더니 마른기침을 하고는 부채를 펴고 한쪽으로 물러났다. 이상한 낌새에 위무선이 눈을 돌려보니 그곳에는 남망기가 등에 피진을 메고 울창한 고목 아래서 이쪽을 쳐다보고 있었다. 남망기의 몸에는 나무 그림자와 햇빛이 드리워져 있었다. 그는 전혀 온화하지 않은 눈빛으로 쳐다보고 있어 그와 눈이 마주치면 얼음 동굴로 떨어질 것 같았다. 소년들은 방금 너무 큰 소리로 떠들어서 남망기가 온 것은 아닐까 싶어 일제히 입을 다물었다. 반면 위무선은 펄쩍 뛰어 내려오며 외쳤다.

"망기 형!"

남망기가 몸을 돌려 자리를 뜨자 위무선이 신이 나서 그를 쫓아가며 외쳤다.

"망기 형, 기다려!"

남망기의 하얀 옷이 나무 뒤에서 펄럭이더니 순식간에 사라졌다. 이로써 남망기가 위무선과 말하고 싶지 않다는 것이 분명해졌다. 위무선은 남망기의 뒷모습에 재미없다는 듯이 고개를 돌려 소년들에게 불만을 토했다.

"날 거들떠보지도 않네."

"그러네요."

섭회상이 말했다.

"보아하니 남망기가 정말 위 형을 싫어하나 봐요. 남망기는 보통…… 아니, 이렇게 예의 없이 군 적이 한 번도 없어요."

"그 정도로 날 싫어한다고? 난 잘못했다고 말하려고 했는데."

위무선이 말했다.

"이제야 잘못을 인정하냐? 늦었어! 남망기는 제 숙부와 마찬가지로 네가 사악하기 그지없고 나쁜 놈이라고 생각해서 상대할 가치가 없다고 여기는 거라고."

강징이 비웃으며 말했다.

위무선은 대수롭지 않다는 듯이 "하!" 하고는 "무시할 테면 무시하라지. 제가 그리 잘생겼나?" 하고 물었다. 다시 생각해보니 확실히 잘생기긴 해서 입을 삐죽대려던 것도 싹 잊어버렸다.

사흘 뒤에야 위무선은 남계인의 나쁜 버릇이 무엇인지 알게 됐다.

남계인의 수업은 지루하기 짝이 없는데 암기 시험까지 있었다.

수진계 가문의 변천, 세력 범위, 명사의 명언, 가문의 족보 등……

들을 때는 신선이 쓴 천서(天書)를 듣는 것 같았지만 외워 쓸 때는 남가에 노비로 팔려온 것 같았다. 위무선의 숙제 〈상의편〉을 두 번 베껴준 섭회상이 시험 전에 간청했다.

"부탁이에요, 위 형. 전 올해로 3년째 고소에 오는 거라고요. 이번에도 점수가 을(乙)을 못 넘으면 큰형이 제 다리를 부러뜨릴지도 몰라요! 직계와 방계, 본가와 분가 같은 걸 어떻게 구별해요. 우리 같은 세가 자제들은 자기 집 친척 관계도 잘 몰라서 8촌만 넘어가면 그냥 고모, 숙모, 사촌이라고 막 부르는데 다른 집안 가계도를 기억할 머리가 어디 있어요!"

작은 쪽지가 사방을 날아다닌 결과, 남망기가 시험 도중 갑자기 나타나 소란을 일으킨 주동자 몇 명을 붙잡았다. 남계인은 노발대발하며 각 가문에 이 사실을 고하는 편지를 보냈다. 세가 자제들은 원래 진득하게 앉아 있지 못했지만 그래도 그동안은 선동하는 자가 없어 간신히 엉덩이는 붙이고 앉아 있었다. 그런데 위무선이 나타나자 마음은 있어도 선뜻 행동으로 옮기지 못했던 자제들이 꼬임에 넘어가 밤에 나가 놀거나 술을 마시는 등 좋지 않은 분위기에 휩쓸렸다. 위무선은 남계인이 애초에 생각한 것처럼 세상에서 제일 큰 해악이었다. 남계인은 생각할수록 화가 치밀었다.

강풍면이 "위영은 늘 그랬습니다. 선생님께 폐가 되겠지만 신경 써서 잘 가르쳐주십시오." 하고 회신을 보내왔다.

그래서 위무선은 또 벌을 받았다.

그는 그것을 대수롭지 않게 여겼다. 그냥 책을 베껴 쓰는 것이고 도와줄 사람은 늘 있었다. 하지만 이번에는 지난번과 달리 섭회상

이 "위 형, 돕고 싶지만 안 되겠네요. 형님이 천천히 하세요." 하고
말했다.

"왜?"

위무선이 물었다.

"노인네…… 아니 남 선생님이 이번에는 〈상의편〉과 〈예측편〉을
같이 베끼래요."

섭회상이 말했다.

〈예측편〉은 남씨 가훈 12편 중 제일 장황한 것으로 경전과 고사
를 인용해 지루하고 길었으며 잘 쓰지 않는 글자도 아주 많아서 한
번 쓰면 삶에 흥미를 잃고 열 번 베끼면 즉시 선경에 올라갈 정도
였다.

"선생님께서 형이 벌 받는 기간에는 형하고 같이 지내지 말래요.
베끼는 거 도와주지도 말고요."

섭회상이 말했다.

"대신 베껴주는 걸 그가 어떻게 알아? 내가 직접 베끼는지 감시
라도 한다는 거야?"

위무선이 이상하다는 듯이 말했다.

"바로 그거야."

강징이 말했다.

"……."

"무슨 말이야?"

위무선이 다시 되묻자 강징이 대답했다.

"남계인이 너더러 외출을 금하고 매일 남가의 장서각에 가서 글
을 베끼랬어. 그 김에 벽을 마주하고 잘못을 반성하라고 말이야.

당연히 너를 감시하는 사람이 있겠지. 누구인지는 내가 굳이 말할 필요 없겠지?"

장서각 안.

파란색 돗자리 하나와 나무 서안 하나. 촛대 두 개, 그리고 두 사람. 한 명은 옷깃을 잘 여미고 단정하게 앉아 있었고, 다른 한 명인 위무선은 〈예측편〉을 잘 베끼는가 싶더니 십여 장 베끼고는 머리가 띵하고 지루해 붓을 내던졌다. 바람을 쐬고 싶어 맞은편을 쳐다봤다.

운몽에 있을 때 강가의 소녀들은 위무선이 남망기와 같이 수업을 들을 수 있겠다며 무척 부러워했다. 그들은 고소 남씨는 대대로 미남자를 배출하지만, 이번 대의 쌍벽인 남씨 형제는 더 특출하다고 했다. 이전에는 남망기의 앞모습을 자세히 볼 시간이 없었지만 지금 새삼 다시 보니 엉뚱한 생각이 들었다.

"정말 잘생겼군. 용모와 자태 뭐 하나 나무랄 게 없네. 소녀들을 데려와 직접 보라고 하고 싶어. 하루 종일 원수라도 진 것처럼 차가운 시선으로 쳐다보고 부모가 돌아가시기라도 한 것 같은 표정이면 얼굴이 아무리 잘생겨도 소용없다는 걸."

남망기는 남가 장서각에 있는 역사가 오래되고 다른 사람이 보기 어려운 고서적들을 베끼고 있었다. 그의 붓 놀림은 무게감이 있고 글자체는 단정하면서 힘이 있었다. 위무선은 진심으로 감탄했다.

"글씨 좋은데! 상상품이야."

남망기는 아무 반응도 하지 않았다.

위무선은 오랫동안 입 다물고 있기가 힘들어 숨 막혀 죽을 것 같았다.

'이 사람은 어떻게 이럴 수가 있지. 날마다 이렇게 마주 앉아 몇 시진을 보내야 한다니. 한 달이면 나보고 죽으라는 거 아니야?'

생각이 여기까지 미치자 위무선은 참다못해 몸을 앞으로 푹 숙였다.

하지만 위무선은 혼자서도 잘 놀았다. 특히 고난 속에서도 즐거움을 찾을 줄 알았다. 놀 게 아무것도 없으니 남망기를 가지고 노는 수밖에.

"망기 형."

남망기는 꿈쩍도 하지 않았다.

"망기."

남망기는 들은 척도 하지 않았다.

"남망기."

"남잠!"

마침내 남망기가 붓을 멈추고 고개를 들어 냉랭한 눈빛으로 위무선을 쳐다봤다. 위무선은 흠칫하며 뒤로 물러서 손으로 방어 동작을 취했다.

"그렇게 보지 마. 망기라고 불렀는데 대답을 안 하길래 이름을 부른 거라고. 그게 싫으면 너도 내 이름을 불러."

"다리 내려."

남망기가 말했다.

위무선은 몸을 비딱하게 기울여 다리를 세우고 지극히 불량한 자세로 앉아 있었다. 마침내 남망기가 입을 여는 것을 보니 구름이 걷혀 밝은 달이 보이는 것처럼 기뻤다. 위무선은 남망기 말대로 다리를 내렸지만 팔을 서안에 기대고 상반신을 앞으로 내밀어 자세는 여전히 품위가 없었다. 위무선이 진지하게 말했다.

"남잠, 물어볼 게 있어. 너, 정말 나 싫어해?"

남망기가 눈을 아래로 깔자 백옥 같은 뺨에 옅은 그림자가 드리워졌다. 위무선이 다급하게 말을 이었다.

"그러지 마. 말 두 마디 했다고 또 모른 척이네. 잘못을 인정하고 너한테 사과하고 싶다고. 나 좀 봐."

잠시 뒤 위무선이 말했다.

"나 안 볼 거야? 됐어, 그럼 나 혼자 말할게. 그날 밤 내가 잘못했어. 내가 틀렸어. 담을 넘어서는 안 됐고, 술을 마셔서도 안 됐고, 너랑 싸워서도 안 됐어. 하지만 맹세할게! 절대 고의로 싸움을 건 게 아니야. 정말로 너희 집 가훈을 못 봤다고. 강가의 가규는 다 입으로 전해져서 써놓지 않는단 말이야. 그렇지 않았으면 내가 절대 안 그랬지."

절대 네 앞에서 천자소 한 단지를 다 마셔버리지 않고 품에 품고 방으로 돌아와 날마다 몰래 친구들과 나눠서 충분히 마셨겠지.

위무선이 계속 말했다.

"게다가 우리 이치를 좀 따져보자고. 누가 먼저 때렸어? 너잖아. 네가 먼저 때리지 않았으면 말로 잘 설명하고 해결할 수 있었을 거야. 하지만 나를 때리는데 당하고만 있을 수는 없지. 다 내 잘못만은 아니라고. 남잠 너 듣고 있어? 나 좀 봐. 남 공자?"

위무선이 손가락을 튕기며 말했다.

"남가 둘째 오라버니, 내 체면을 생각해서라도 좀 봐주라."

"한 번 더 써."

남망기가 얼굴도 들지 않고 말했다.

위무선은 몸을 옆으로 기울였다.

"그러지 마. 내가 잘못했다고."

"넌 뉘우치는 기색이 전혀 없어."

남망기가 인정사정없이 냉정하게 말했다.

"미안해, 미안해, 미안해, 미안해, 미안해, 미안해, 미안해. 몇 번을 말하라고 해도 좋아. 무릎을 꿇으라면 꿇을게."

위무선이 자존심이라고는 전혀 없다는 듯이 말했다.

남망기가 붓을 내려놓자 위무선은 그가 참다 참다못해 자신을 때리려는 줄 알고 히히거리며 웃음을 날리려는데 갑자기 위아래 입술이 하나로 붙은 것처럼 웃음이 나오지 않았다.

위무선은 얼굴색이 확 바뀌어 필사적으로 외쳤다.

"으? 으으읍!"

남망기가 눈을 감고 가볍게 숨을 내쉬었다. 그리고 다시 두 눈을 뜨자 차분한 표정으로 돌아와 붓을 집어 들었다. 마치 아무 일도 없었던 것 같았다. 위무선은 남가의 금언술이 매우 가증스럽다고 예전부터 들었지만 믿지 않았다. 하지만 얼굴이 벌게지도록 한참을 버둥거려도 입이 벌어지지 않았다. 그래서 위무선은 종이에 격렬하게 뭔가를 휘갈겨 써서 던졌다. 남망기는 쓱 보더니 "시시해." 하고 종이를 구겨 버렸다.

화가 난 위무선은 자리에서 한 번 뒹굴고 일어나 다시 한 장을 써서 남망기 앞에 던졌고, 종이는 역시나 뭉쳐져 버려졌다.

금언술은 위무선이 다 베껴 쓴 다음에야 풀렸다. 다음 날 장서각에 오니 전날 사방에 떨어져 있던 종이뭉치가 다 치워져 있었다.

위무선은 상처가 나으면 아픈 것도 싹 잊었다. 전날 금언으로 고생했으면서 앉은 지 2각#40도 되지 않아 입이 근질거려 참을 수가 없었다. 그리고 앞뒤 안 가리고 말하려는 순간 다시 금언술에 걸렸다. 입을 열 수 없게 되자 위무선은 또 종이에 아무렇게나 휘갈겨 써서 남망기 쪽으로 던졌다. 종이는 다시 뭉쳐져 바닥에 던져졌다. 셋째 날도 마찬가지였다.

이렇게 날마다 금언술을 당하면서 면벽 반성 마지막 날이 되기를 기다렸다. 마지막 날 위무선은 평소와 조금 달랐다.

그는 고소에 온 이후 패검을 여기저기 놔두고 다녀 제대로 찬 모습을 보인 적이 없었다. 그런데 이날은 패검을 가져와 서안 옆에 떡 하니 놔두었다. 게다가 날마다 굳은 의지로 남망기를 훼방 놓겠다고 덤비던 것과 달리 한마디도 하지 않고 앉아 순순히 붓을 드는 것이 기이하기까지 했다.

남망기는 위무선에게 금언술을 걸 이유가 없었다. 하지만 갑자기 성실해진 위무선이 못 미더운 듯 그를 한 번 더 쳐다봤다. 역시나 얼마 뒤 위무선의 고질병이 도졌다.

위무선은 남망기에게 종이 한 장을 건네며 보라고 했다. 남망기는 또 이상하고 시시한 글귀인 줄 알고 훑어봤는데 그것과는 다른 인물화였다. 단정한 매무새로 창가에 기대 조용히 책을 읽고 있는 인물은 용모와 자태로 보아 바로 자신이었다.

남망기의 시선이 계속 종이에 머물자 위무선은 입가를 씰룩거렸

#40 각(刻) 시간 단위로 1각은 15분.

다. 그리고 그를 향해 눈썹을 치켜세우면서 눈을 깜박였다. 말하지 않아도 뜻은 분명했다. 닮았어? 마음에 들어?

"그리 한가로우면 서책을 베낄 것이지, 함부로 그림이나 그리는 군. 영원히 징계가 풀리지 않길 바라는 모양이야."

남망기가 담담히 말했다.

위무선은 다 마르지 않은 먹 자국을 불면서 상관없다는 듯이 말했다.

"이미 다 했는걸. 내일부터는 안 와!"

조금 누렇게 된 책에 놓인 남망기의 가늘고 긴 손가락이 멈칫했다가 다음 쪽을 펼쳤다. 그래도 위무선의 입을 막지는 않았다. 위무선은 장난이 안 통하자 그림을 남망기에게 던지며 말했다.

"너 가져."

그림이 자리 위에 떨어졌지만 남망기는 주우려 하지 않았다. 요 며칠 위무선은 욕하고 아부하고 잘못을 인정하고 용서를 구하고 아무렇게나 쓴 종이가 전부 이런 대우를 받았기 때문에 습관이 되어 아무렇지 않았다.

"깜박했네. 너에게 줄 게 또 있는데."

위무선은 종이를 주워 붓으로 쓱쓱 그려 그림 한 번, 사람 한 번 쳐다보더니 웃으며 바닥에 쓰러졌다. 남망기가 책을 치우고 쓱 훑어보니 원래 그려져 있던 자신의 모습에 꽃 한 송이가 추가되었다.

남망기가 무언가를 말하려는 듯 입을 작게 오므렸다. 위무선이 일어나 뺏으며 말했다.

"네가 시시하다고 할 줄 알았다니까. 말 좀 바꿀 수 없어? 아니면 두 글자를 더한다든지?"

"극히 시시하군."

남망기가 차갑게 말하자 위무선이 손뼉을 치며 대답했다.

"과연, 두 자를 더했네. 고마워!"

남망기가 시선을 거두고 방금 서안 위에 놓았던 책을 다시 펼쳤다. 그리고는 한 번 보더니 마치 불에 덴 것처럼 던져버렸다.

원래 그가 보던 책은 불경이었는데 방금 펼친 책에는 벌거벗은 채 뒤엉켜 있는 사람이 가득해 차마 눈을 뜨고 볼 수 없었다. 남망기가 본 책은 불경 책표지를 한 춘화였다.

생각할 필요도 없이 누가 한 짓인지 뻔했다. 남망기에게 그림을 보여주면서 주의를 딴 곳으로 돌리고 그사이 바꿔놓은 것이었다. 숨기려는 생각이 전혀 없는 위무선이 서안을 치며 미친 듯이 웃었다.

"하하하하하하하하하하하하하하하하!"

남망기는 책을 바닥에 내동댕이치고 뱀이라도 피하는 것처럼 순식간에 장서각 구석으로 피했다.

"위영!!"

남망기가 분기탱천해 소리쳤다.

웃다가 서안에서 굴러떨어질 뻔한 위무선이 간신히 손을 들며 말했다.

"응! 나 여기 있어!"

남망기가 갑자기 피진을 뽑아 들었다. 위무선은 그가 이렇게 흐트러진 모습을 본 적이 없었기 때문에 황급히 자기 패검을 잡고 칼집에서 3분의 1 정도 꺼내며 경고했다.

"몸가짐! 남가 둘째 공자님! 몸가짐에 주의해야지! 나도 오늘은 검을 가지고 왔다고. 우리가 싸우면 너희 장서각이 어떻게 되겠어!"

위무선은 남망기가 펄펄 뛰며 화낼 것을 예상하고 일부러 패검을 가져왔다. 남망기가 화가 나서 혹시라도 실수로 찌르는 것을 피하려는 것이었다. 남망기의 검 끝이 위무선을 조준했고 옅은 색의 눈동자에서 불이 뿜어져 나오는 것 같았다.

"넌 대체 뭐야!"

"내가 뭐긴 뭐야? 남자지!"

"수치도 모르고!"

남망기가 호되게 야단쳤다.

"이걸 부끄러워해야 해? 이런 걸 한 번도 안 봤다고 하지 말아 줘. 못 믿겠으니까."

위무선이 말했다.

남망기는 손해 보는 한이 있어도 욕은 하지 않았다. 잠시 뒤, 그는 검으로 위무선을 가리키며 서리가 내린 듯 차가운 표정으로 말했다.

"나가. 밖에서 겨뤄."

위무선은 고개를 절레절레 흔들며 귀여운 척을 했다.

"싫어, 싫어. 남 공자, 그거 몰라? 운심부지처에서는 사적인 싸움 금지야."

위무선이 책을 주우려 다가가자 남망기가 한발 앞서 주워 들었다. 위무선은 남망기가 이것을 증거로 자신을 일러바치려는 줄 알고 일부러 약을 올렸다.

"왜 뺏어? 난 네가 안 보는 줄 알았지. 또 보게? 보고 싶으면 빼앗을 필요 없어. 내가 너 보여주려고 특별히 빌려 온 거라고. 내 춘화를 보면 넌 내 친구가 되는 거야. 나와 계속 친하게 지내면 앞으로 더 많은……."

"난, 안, 봐."

남망기가 하얗게 질린 얼굴로 한 자 한 자 힘주어 말했다.

"안 볼 건데 뭐 하러 뺏어? 몰래 소장하려고? 그건 안 돼. 나도 빌려 온 거라 다 보면 돌려줘야 돼. 자, 잠깐, 오지 마. 가까이 오면 무섭다고. 할 말이 있으면 좋게 해. 아니면 윗사람에게 넘길 거야? 누구한테 넘길 건데? 그 노인……, 네 숙부에게 넘기려고? 남가 둘째 공자님, 이게 가문의 선배에게 보여드릴 만한 물건이야? 분명 네가 먼저 봤을 거라고 의심하실걸. 너는 이리 부끄러움을 타니 수치스러워 죽어버릴 수도 있겠어……."

위무선이 옳고 그름을 계속 왜곡하며 말했다.

남망기가 영력을 오른손에 채우자 책이 갈가리 찢어져 사방으로 날아갔다. 위무선은 남망기를 도발해 책이 찢어져 증거가 사라지자 안심이 됐지만 겉으로는 안타까운 척을 했다.

"천하 만물을 죄다 멸절시키네!"

위무선은 떨어진 종잇조각을 집어 화가 나 얼굴이 하얗게 질린 남망기에게 들어 보였다.

"남잠, 넌 다 좋은데 물건을 함부로 버리는 게 문제야. 요즘 네가 바닥에 종이뭉치를 얼마나 많이 버린 줄 알아? 이젠 뭉치는 걸로 모자라 찢기까지 하네. 네가 찢었으니 네가 치워. 난 몰라."

물론 위무선은 한 번도 신경 쓴 적이 없었다.

참고 또 참았던 남망기는 결국 더 참지 못하고 소리쳤다.

"꺼져!"

"이런. 남잠, 다들 네가 맑고 깨끗한 군자고 세상을 비추는 명주이며, 의와 예를 잘 안다고 칭찬이 자자한데 겨우 이것밖에 안 되다니. 운심부지처에서는 소란 금지인거 몰라? 게다가 나보고 '꺼지라'니. 너 사람한테 이렇게 말한 거 처음은……."

위무선의 말이 채 끝나기도 전에 남망기가 검을 빼 들고 위무선을 찔렀다. 위무선이 잽싸게 창턱으로 뛰어 올라갔다.

"꺼지라니 꺼질게. 내가 제일 잘하는 게 그거거든! 배웅할 필요는 없어!"

장서각에서 뛰어내린 위무선이 미친 사람처럼 웃으며 숲으로 들어가자 일찌감치 와 있던 무리가 위무선을 맞이했다.

"어땠어요? 그가 봤어요? 표정이 어땠어요?"

섭회상이 물었다.

"무슨 표정? 하! 방금 그가 큰소리치는 거 못 들었어?"

위무선이 대답했다.

"들었어요, 꺼지라는 말! 위 형, 전 남망기가 누군가에게 '꺼져.' 라고 하는 거 처음 들었어요."

섭회상이 존경한다는 듯이 말했다.

"기쁘고 축하할 일이지, 내가 오늘 그가 금기 깨는 걸 도왔잖아. 너도 봤지? 모두가 찬양해 마지않는 둘째 공자님의 교양과 예의가 이 몸 앞에서 여지없이 무너지는 꼴을 말이야."

위무선이 만면에 웃음을 띠며 우쭐댔다.

"뭘 우쭐대! 뭘 잘했다고! 꺼지라는 소리 들은 게 대단한 일이야?"

강징이 굳은 표정으로 꾸짖었다.

"나는 잘못을 인정하려고 했다고. 그런데 거들떠도 안 봤잖아. 그동안 금언을 당했는데 내가 뭘 더 어떻게 해? 나는 좋은 뜻으로 그

에게 책을 보여준 거야. 회상의 귀한 춘궁도가 아깝지 뭐야. 나도
다 안 봤는데, 아주 근사했는데! 남잠 그자는 참 운치를 모른다니
까. 이런 춘궁도를 보고도 언짢아하다니, 그 고운 얼굴이 아깝다.”

“아깝지 않아요! 원하면 얼마든지 있어요.”

위무선의 말에 섭회상이 대답했다.

“남망기와 남계인 모두의 노여움을 사다니, 내일은 죽는 일만 남
았군! 네 시신을 거둬줄 사람도 없을 거다.”

강징이 냉소했다.

“무슨 잔소리가 이렇게 많아. 일단 다 놀려먹은 다음에 얘기하자
고. 넌 내 시신을 거두는 데 도가 텄으니 이번에도 잘 해주겠지, 뭐.”

위무선이 손을 흔들며 강징의 어깨에 팔을 올렸다.

“좀 꺼져라! 이런 일을 꾸미려면 다음부턴 나 모르게 해! 날 부르
지도 말고!”

강징이 발로 차며 말했다.

위무선은 남씨의 늙은 샌님과 젊은 샌님이 야밤에 쳐들어와 벌줄
것에 대비해 검을 품고 하룻밤을 보냈다. 하지만 밤은 무사히 지나
갔다. 다음 날 섭회상이 기쁜 표정으로 위무선을 찾아왔다.

“위 형, 형님, 운이 정말 좋네요. 영감이 바로 어젯밤 저희 가문
에서 열린 청담회에 참석하러 청하에 갔대요. 며칠간은 수업이 없
다고요!”

늙은 샌님은 가고 젊은 샌님만 남았는데 뭐가 걱정이야! 위무선
은 벌떡 일어나 히히거리며 신발을 신었다.

“정말 하늘이 날 돕는구나.”

“선생님이 돌아오면 넌 꼼짝없이 벌 받을걸.”

한쪽에서 검을 닦던 강징이 찬물을 끼얹었다.

"지금 살아 있는데 왜 죽은 다음을 걱정해. 놀 수 있을 때 실컷 놀아야지. 가자, 이 남가의 산에 꿩 몇 마리 없다는 게 말이 돼?"

위무선이 말했다.

세 사람이 어깨동무하며 운심부지처의 접견실인 아실을 지나는데 위무선이 갑자기 "어?" 하더니 걸음을 멈추고 이상하다는 듯 말했다.

"두 명의 샌…… 아니, 남잠!"

아실에서는 사람들이 나오고 있었다. 제일 앞에 나온 두 사람은 생김새도 똑같고 옷차림도 똑같았으며 등에 멘 검에 달린 술도 똑같았다. 똑같이 옥을 조각해놓은 것 같은 얼굴에 눈처럼 흰옷을 입었고 검에 달린 술과 머리에 두른 띠가 바람에 나부끼고 있었다. 두 사람은 생김새는 같지만, 분위기와 표정은 매우 달랐다. 위무선은 즉시 분별해냈다. 굳은 표정이 남망기고 부드러운 표정이 남씨 쌍벽 중 다른 한 명인 택무군 남희신이 분명했다.

남망기는 위무선을 보고 미간을 찌푸렸다. 그리고 '사납게' 위무선을 쳐다봤지만 더 봤다간 자신이 더러워질 것 같았는지 시선을 돌려 먼 곳을 바라봤다. 반면 남희신은 웃으며 말했다.

"두 분은?"

"운몽의 강만음입니다."

강징이 예를 표하며 말했다.

"운몽의 위무선입니다."

위무선도 예를 표하며 말했다.

남희신이 답례하자 섭회상이 모기만 한 목소리로 말했다.

"희신 형님."

"회상, 며칠 전 청하에서 돌아왔다. 큰형님이 네 학업을 물으시더구나. 어떻냐? 올해는 통과하겠느냐?"

남희신이 물었다.

"아마도요……."

섭회상은 서리맞은 시든 박처럼 도와달라는 듯 위무선을 쳐다봤다. 위무선이 히죽대며 입을 열었다.

"택무군, 어디 가시는 길입니까?"

"수귀(水鬼)를 잡으러 갑니다. 손이 부족해서 망기를 데리러 왔습니다."

남희신이 말했다.

"형장, 길게 설명할 필요 없습니다. 사안이 시급하니 바로 출발하시지요."

남망기가 차갑게 말했다.

"잠깐만요. 수귀라면 저도 잡을 줄 알아요. 택무군, 저희도 같이 가면 안 될까요?"

위무선이 재빨리 말했다.

남희신이 웃으며 말이 없자 남망기가 말했다.

"규칙에 어긋나."

"뭐가 규칙에 어긋나? 운몽에선 수귀를 자주 잡았는데. 게다가요 며칠은 수업도 없다고."

운몽은 호수와 물이 많아 수귀가 자주 출몰했다. 강씨 가문 사람들은 확실히 이런 일에 능했다. 강징도 운몽 강씨가 요 며칠 남가에서 체면을 구긴 것을 회복하고 싶은 마음에 말을 보탰다.

"맞습니다, 택무군. 틀림없이 도움이 될 것입니다."

"괜찮습니다. 고소 남씨도……."

"그래 주시면, 저희는 감사하죠. 준비해서 같이 출발합시다. 회상 너도 같이 가겠느냐?"

남망기가 말을 채 끝내기도 전에 남희신이 웃으며 말했다.

섭회상은 같이 가고 싶었지만, 남희신을 만나니 큰형 생각이 나고 겁이 나서 놀겠다고 말할 수가 없었다.

"전 안 가겠습니다. 돌아가 복습을……."

이렇게 하면 다음에 남희신이 큰형을 만났을 때 좋은 말을 해주겠지 하고 생각했다. 위무선과 강징은 숙소로 돌아와 준비했다.

남망기는 두 사람의 뒷모습을 보면서 눈살을 찌푸렸다.

"형장, 왜 그들을 데리고 갑니까? 수귀 제거는 농담이나 하면서 장난칠 일이 아닙니다."

"강 종주의 수제자와 외아들은 운몽에서도 꽤 이름이 높으니 그러진 않을 것이다."

남희신이 말했다. 남망기는 입을 다물었지만, 얼굴 가득 '동의 못함'이라고 쓰여 있었다.

"그리고, 너도 그가 같이 가길 바라지 않았느냐?"

남희신의 말에 남망기는 아연실색했다.

"네 표정을 보니 강 종주의 수제자와 같이 가고 싶은 것 같아 허락한 것이다."

아실 앞이 얼음이 언 것처럼 조용해졌다.

한참 뒤에야 남망기가 어렵게 입을 열었다.

"절대 아닙니다."

남망기가 더 해명하려는데 마침 위무선과 강징이 검을 메고 나와 입을 다물 수밖에 없었다. 일행은 어검^{#41}하여 출발했다.

2

수귀가 출몰하는 지역은 채의진으로 운심부지처에서 약 20리 떨어진 곳에 있었다.

성(城)이 먼저 생기고 수로망이 빽빽하게 연결된 것인지, 거미줄 같은 수로가 먼저 있고 그다음 수로 양옆에 주택이 다닥다닥 지어진 것인지는 모르겠지만, 채의진은 수로가 관통하는 수로의 성이었다. 하얀색 담장에 회색 기와가 늘어서 있고, 수로에는 배와 바구니, 사람들로 가득했다. 강을 따라 화초와 과일, 채소와 대나무 공예품, 먹거리, 콩, 차, 비단, 면직물을 사고팔았다.

이곳은 강남(江南) 지역이라 사람들의 말투가 나긋나긋하고 부드러웠다. 마주 오던 배가 부딪쳐 찹쌀술 몇 단지가 엎어져 주인끼리 시비를 가리며 싸우는 소리도 새가 지저귀는 것 같았다. 운몽은 호수가 많지만 이런 수향 마을은 적었다. 신기한 풍경에 위무선은 돈을 꺼내 찹쌀술 두 단지를 사서 강징에게 하나를 건네며 말했다.

"고소 사람들 말은 애교 떠는 것 같아. 저게 어디 싸우는 거야. 운몽 사람들이 싸우는 모습을 보면 놀라 자빠지겠어……. 남잠, 왜 날 봐? 내가 속이 좁아서 네 걸 안 산 게 아니라고. 너희 가문 사람

#41 어검(禦劍) 검을 타고 나는 술법.

들은 술 못 마시잖아."

일행은 오래 머물지 않고 십여 척의 배에 나눠 타 수귀가 출몰하는 곳으로 향했다. 강 양옆으로 집이 드문드문해지더니 수로도 고요해졌다. 위무선과 강징은 각각 다른 배에 타고 누가 더 빨리 달리나 시합하면서 이 지역의 수귀 관련 정보를 들었다.

이 수로는 앞에 있는 벽령호라는 큰 호수로 통했다. 채의진은 수십 년 동안 수귀가 출몰한 적이 없었다. 그런데 최근 몇 개월 들어 이 수로와 벽령호에서 사람이 자주 빠지고 화물선도 이유 없이 침몰했다. 며칠 전, 남희신이 이곳에 진을 짜고 그물을 쳐 수귀를 잡았다. 한두 마리 잡힐 줄 알았는데 족히 십여 마리가 잡혔다. 시체 얼굴을 깨끗이 닦아 근처 마을에 가서 물어봤지만, 연고자가 없는 시체가 여러 구였고 현지 사람들도 몰랐다. 어제도 진을 짜 그물을 쳤더니 많이 잡혔다.

"다른 지역에서 익사해 물줄기를 따라 이곳으로 흘러왔을 가능성은 적습니다. 수귀는 보통 자기가 익사한 곳에서만 출몰하지 그곳을 벗어나는 경우는 드뭅니다."

위무선이 말했다.

"맞습니다. 그래서 보통 일이 아니라고 판단해 망기와 함께 온 것입니다. 뜻밖의 일에 대비하려고요."

남희신이 고개를 끄덕이며 말했다.

"택무군, 수귀는 아주 똑똑합니다. 이렇게 천천히 가면서 찾다가 그들이 물 밑에 숨어 안 나와도 계속 찾아야 합니까? 못 찾으면 어쩌죠?"

위무선이 물었다.

"찾아내야지. 그게 우리의 직분이야."

남망기가 말했다.

"그물로 잡습니까?"

"그렇습니다. 운몽 강씨는 다른 방법이라도 있습니까?"

위무선의 질문에 남희신은 되물었다.

위무선은 미소를 지은 채 대답하지 않았다. 운몽 강씨도 당연히 그물로 잡지만, 수영에 자신 있는 그는 자기 실력을 믿고 강으로 뛰어 들어가 수귀를 직접 끌어올렸다. 이 방법은 너무 위험해 남가 사람들 앞에서 사용할 수는 없을 것이었다. 남계인의 귀에라도 들어가면 또 호되게 야단을 맞을 게 뻔했다. 위무선은 화제를 돌렸다.

"미끼처럼 수귀가 스스로 올라올 뭔가가 있으면 좋을 텐데요. 아니면 나침반같이 수귀가 있는 방향을 알려주는 것이라도요."

"물 들여다보면서 열심히 찾기나 해. 또 이상한 생각하지 말고."

강징이 말했다.

"도를 닦고 검을 타는 것도 예전에는 다 이상한 생각이었다고!"

위무선이 반박하며 고개를 숙인 순간 남망기가 탄 배 밑바닥이 움직이는 게 보였다.

"남잠, 나 좀 봐!"

정신을 집중하고 경계하고 있던 남망기가 그 소리에 저도 모르게 위무선을 쳐다봤다. 위무선이 손에 들고 있던 삿대로 물을 휙 저으니 '쏴아' 하면서 물보라가 들이쳤다. 남망기는 발을 살짝 굴러 다른 배로 가볍게 이동해 물보라를 피했다. 그는 위무선이 장난을 치는 줄 알고 화가 났다.

"시시하군!"

위무선은 남망기가 원래 탔던 배의 뱃전을 발로 걷어차고 삿대로 배를 엎어 밑바닥이 노출되도록 했다. 배 밑바닥에는 얼굴이 퉁퉁 붓고 피부가 새하얗게 변한 수귀 세 마리가 딱 달라붙어 있었다.

가까이 있던 문하생이 즉시 수귀를 제압했다.

"위 공자, 배 밑에 수귀가 있다는 걸 어떻게 알았습니까?"

남희신이 웃으며 말했다.

"간단해요! 흘수[#42]가 안 맞았어요. 방금 배에는 남 공자 혼자뿐이었는데 흘수는 두 사람이 탄 것보다 더 내려갔으니 분명 밑에 뭔가 달라붙은 거죠."

위무선이 뱃전을 두드리며 말했다.

"과연 경험이 풍부하군요."

남희신이 그를 칭찬했다.

위무선은 삿대를 가볍게 저었다. 작은 배는 나는 듯이 앞으로 나가 남망기 옆에 섰다. 두 배가 나란히 되자 위무선이 말했다.

"남잠, 방금 고의로 물을 뿌린 게 아니야. 내가 말했으면 똑똑한 수귀가 듣고 달아났을 거라고. 이보세요, 나 좀 신경 써주라. 여기 좀 보라니까. 남가 둘째 공자님."

남망기는 마침내 위무선에게 아는 척을 했다.

"왜 따라온 거야?"

"예를 갖춰 사과하려고 왔지. 어젯밤엔 내가 잘못했어. 내가 틀렸어."

위무선이 진지하게 말했다.

남망기의 미간이 어두워졌다. 아마도 예전에 위무선이 어떻게 '예

#42 흘수(吃水) 선박이 물에 떠 있을 때 선체가 가라앉는 깊이.

를 갖춰 사과했는지' 아직 잊지 않은 것 같았다. 위무선은 뻔히 알면서 일부러 물었다.

"안색이 왜 그렇게 안 좋아? 겁내지 마, 오늘은 정말 도와주러 온 거니까."

강징이 더는 못 봐주겠는지 입을 열었다.

"도와주러 왔으면 쓸데없는 소리 말고 이리 와!"

그때 문하생 하나가 외쳤다.

"그물이 움직였어요!"

정말로 그물을 당기는 밧줄이 심하게 떨렸다.

"왔어요, 왔어!"

위무선이 신나서 외쳤다.

검은색 비단 같은 빽빽한 긴 머리가 수십 척의 배 옆에서 넘실거리더니 창백한 손들이 뱃전을 잡고 기어 올라왔다. 남망기가 검을 뽑자 피진이 뱃전 왼쪽에 붙은 손목 십여 개를 잘라내 뱃전 나무에 손가락이 깊이 박힌 손 하나만 남았다. 오른쪽을 베려는데 붉은빛이 번쩍이더니 위무선이 검을 거두고 칼집에 넣고 있었다.

물속의 이상한 동작도 멈추고 그물을 당기는 밧줄도 다시 조용해졌다. 방금 위무선의 검이 매우 빠르게 움직였지만 남망기는 그것이 상품의 영검이라는 것을 알고 진지하게 물었다.

"검 이름이 뭐지?"

"수편[43]."

위무선이 대답했다.

남망기는 위무선을 쳐다봤다. 위무선은 그가 못 들은 줄 알고 다

#43 수편(隨便) '마음대로'라는 뜻.

시 한번 말했다.

"수편."

남망기가 미간을 찌푸리며 잠시 생각한 다음 말했다.

"영기가 있는 검을 아무렇게나 부르는 것은 무례한 짓이야."

위무선이 "후." 하고 한숨을 내쉬며 말했다.

"머리를 좀 굴려봐. 난 네 마음대로 부르라고 한 게 아니라 이 검의 이름이 바로 '수편'이라고. 자, 봐."

위무선이 남망기에게 검을 건넸다. 칼집 중간에 정말 '수편' 두 글자가 새겨져 있었다.

남망기는 아무 말도 하지 않았다.

"말 안 해도 돼, 다 알아. 왜 이름을 이렇게 지었냐고 묻고 싶겠지. 다들 그렇게 묻거든, 무슨 특별한 의미가 있냐고. 사실은 말이야, 뭐 특별한 의미는 없어. 강 숙부가 내게 검을 주실 때 뭐라고 부르면 좋겠냐고 물으셨거든. 그때 난 스무 개도 넘는 이름을 생각했지만, 마음에 드는 게 하나도 없었어. 강 숙부에게 이름을 지어 달라고 할까 해서 그냥 '수편!'이라고 말했지. 그런데 완성된 검에 정말 이 두 글자가 떡 하니 새겨져 있더라고. 강 숙부 말씀이 '기왕 네가 그렇게 말했으니 이제 이 검을 수편이라고 부르거라.' 하셨어. 사실, 이 이름도 좋잖아, 그렇지?"

위무선은 친절하게 설명했다.

"……황당하군!"

그러자 남망기가 정말 어이없다는 듯 말했다.

"넌 정말 너무 재미없어. 이 이름이 얼마나 재미있는데. 너같이 고지식한 사람은 늘 같은 반응이라니까. 하하!"

위무선이 검을 어깨에 척 걸치면서 말했다.

그때, 짙푸른 호수에서 길고 검은 그림자가 나타나 배를 돌아 사라졌다. 자기 쪽에 있는 수귀를 처리한 강징이 놓친 게 없나 살피다가 검은 그림자가 나타나자 즉시 소리쳤다.

"또 나타났다!"

문하생 몇 명이 삿대를 젓고 그물을 펼치며 물속 검은 그림자를 추격했다. 또 다른 쪽에서 고함이 들려왔다.

"여기도 있어요!"

저쪽 물속에서도 검은 그림자가 쓱 지나가자 배 몇 대가 그물을 펴고 나는 듯이 쫓아갔다. 그러나 그물에는 하나도 걸리지 않았다.

"이상하네. 그림자 형태가 인간 같지가 않아. 게다가 길었다가 짧았다가 컸다가 작았다가……. 남잠, 네 배 쪽!"

남망기의 피진이 소리에 호응해 칼집에서 나와 물속으로 꽂혔다. 잠시 뒤 날카로운 소리를 내며 강에서 날아오르자 무지개가 피어올랐다. 그러나 아무것도 맞추지 못했다.

남망기가 검을 쥐고 굳은 표정으로 말하려는데, 다른 쪽에 있던 한 문하생이 강에 지나가던 검은 그림자를 향해 검을 날렸다.

하지만 그의 검은 물에 들어간 뒤 다시 나오지 않았다. 마치 호수가 삼킨 것처럼 감쪽같이 사라져 주문을 외우고 검을 계속 소환했지만 소용이 없었다. 위무선 또래의 그 소년은 패검을 잃자 얼굴이 점점 하얗게 질렸다. 옆에 있던 손위 문하생이 "소섭, 물속에 뭐가 있는지 밝혀지지도 않은 상태에서 왜 검을 물에 들어가게 했어?" 하고 물었다.

소섭은 당황했지만 애써 침착한 척하며 말했다.

"둘째 공자가 그렇게 하시기에……."

그의 말을 다 듣지 않아도 그가 아직 뭘 모르는 애송이라는 것을 알 수 있었다. 남망기나 그의 검 피진은 다른 사람과 비교할 수 있는 게 아니었다. 남망기는 상대가 무엇인지 밝혀지지 않은 상태에서 검을 물에 들어가도록 해도 아무 일 없지만 다른 사람은 장담하기 어려웠다. 소섭의 창백한 얼굴이 부끄러운 듯 붉어졌다. 그는 마치 모욕이라도 당한 것처럼 남망기를 한 번 쳐다봤다. 남망기는 그를 보지 않고 물만 바라봤다. 잠시 후 피진이 다시 한번 칼집에서 날아올랐다.

이번에는 물에 꽂히지 않고 검 끝을 한 번 튕겼다. 그러자 지나가던 검은 그림자가 물에서 나왔다. 물에 흠뻑 젖은 검은 뭉치가 갑판으로 '쿵' 하고 떨어졌다. 위무선이 까치발을 하고 보니 옷이었다.

위무선은 너무 웃겨 웃다가 머리를 강에 박을 뻔했다.

"남잠, 정말 대단해! 수귀를 잡으려다 수귀의 옷을 건져낸 건 처음 봐."

남망기는 피진의 검 끝만 살필 뿐 위무선과 말을 섞지 않기로 작정한 모양이었다.

"입 좀 다물어. 방금 물에서 떠다닌 건 수귀가 아니었어, 옷이었지!"

강징이 말했다.

위무선도 당연히 알았지만 남망기를 놀리지 않으면 몸이 근질근질했을 뿐이었다.

"방금 왔다 갔다 한 게 이 옷이었어? 그래서 그물에 잡히지 않고 검도 못 찌르고 형태도 자꾸 변했구나. 하지만 옷이 선검을 삼킬 수는 없잖아. 물속에 분명 뭔가 다른 게 있어."

배는 이미 벽령호 중심까지 다가갔다. 호수 색은 매우 짙은 검푸른색이었다. 갑자기 남망기가 고개를 들더니 말했다.

"지금 즉시 돌아가야 합니다."

"어째서?"

남희신이 물었다.

"물속에 있는 것이 일부러 배를 벽령호 중심으로 유인한 겁니다."

남망기가 말을 마치자마자 모든 배가 쑥 가라앉았다.

물살이 배로 빠르게 흘러들어왔다. 위무선은 벽령호의 물 색깔이 검푸른 게 아니라 검은색에 가깝다는 것을 발견했다. 특히 호수 중심부에 어느새 거대한 소용돌이가 생겨 십여 척의 배가 소용돌이를 따라 돌면서 점점 가라앉았다. 마치 검은색 거대한 입이 빨아들이는 것 같았다.

검을 뽑는 소리가 울리고 문하생들은 속속 검 위에 올라탔다. 위무선은 이미 공중으로 날아올라 아래를 내려다보고 있었다. 아까 검을 잃은 문하생 소섭이 탄 배가 벽령호에 거의 삼켜지고 있었다. 소섭은 두 무릎까지 물이 차올라 놀라고 두려운 표정이었지만 구해달라고 외치지 않았다. 너무 놀라서 그런 것인지 알 수 없었다. 위무선은 즉시 허리를 굽히고 손을 뻗어 그의 손목을 잡아 끌어당겼다.

한 사람이 더해지자 위무선의 검이 쑥 내려갔다가 다시 상승했다. 하지만 얼마 못 올라가 소섭 쪽에서 큰 힘이 전해져 자칫하면 위무선도 검에서 떨어질 뻔했다.

순식간에 소섭의 하반신이 호수의 검은 소용돌이에 빠졌다. 소용돌이의 물살이 점점 세졌고 소섭의 몸이 점점 깊이 빨려 들어갔다.

마치 뭔가가 물속에 잠복했다가 그의 다리를 끌어안고 아래로 잡아당기는 것 같았다. 강징은 자신의 패검 삼독을 타고 호수에서 20장 정도 높이까지 여유 있게 올라갔다가 아래를 내려보고 화가 난 듯이 튀어 내려가 말했다.

"너 또 뭐 하는 거야?!"

벽령호의 흡인력이 점점 강해졌다. 위무선의 검은 민첩하고 날렵하며 정교했지만, 힘이 부족해 호수면 가까이 끌려갔다. 위무선은 몸의 중심을 잡고 두 손으로 소섭을 잡아끌면서 외쳤다.

"누가 좀 도와줘! 더 내려가다간 놓치겠어!"

갑자기, 누군가 위무선의 뒷덜미를 잡더니 하늘로 쑥 올라갔다. 고개를 돌려보니 남망기가 한 손으로 자신의 뒷덜미를 잡고 있었다. 남망기는 담담하게 딴 곳을 보고 있었지만, 혼자서 검 하나로 세 사람의 무게를 지탱하면서 동시에 호수에 있는 정체불명의 괴력에 대항해 안정감 있게 위로 올라갔다. 이 광경을 본 강징은 조금 놀랐다.

'내가 내려가 위무선을 잡고 삼독을 부리면 저렇게 빠르고 안정적으로 상승하지 못했을 텐데. 남망기는 나와 몇 살 차이도 안 나는데…….'

"남잠, 네 검 힘이 아주 좋구나? 고마워, 고마워. 하지만 왜 내 옷깃을 잡는 거야? 그냥 나를 잡으면 안 돼? 그렇게 잡으니 불편하다고. 내가 손을 뻗을 테니 날 잡아."

"난 남과 접촉 안 해."

남망기가 차갑게 말했다.

"우리가 얼마나 친한데, 남이라니."

"안 친해."

"이런 경우가 어딨어……."

위무선이 상처받았다는 듯이 말했다.

"너야말로 무슨 경우냐! 뒷덜미 잡혀 공중에 매달려 있을 때라도 입 좀 다물면 안 돼?!"

참다못한 강징이 야단쳤다.

일행은 검을 타고 신속하게 벽령호에서 벗어나 강가로 내려왔다. 남망기는 위무선을 잡았던 오른손을 놓고 아무 일도 없었다는 듯이 몸을 돌리며 남희신에게 말했다.

"수행연입니다."

"골치 아프게 됐는걸."

남희신이 고개를 저으며 말했다.

'수행연'이라는 말에 위무선과 강징도 상황을 파악했다. 벽령호와 이 수로에서 가장 무서운 것은 수귀가 아니라 그 안에서 유동하는 물이었다.

지세와 물살 때문에 배가 침몰하거나 사람이 빠지는 일이 자주 발생하는 강과 호수가 있다. 그런 현상이 오래 계속되면 그 수역은 기질이 생긴다. 마치 오냐오냐 큰 응석받이가 비단옷과 귀한 음식이 없으면 못 견디듯 일정 기간에 한 번씩 화물선과 산 사람을 제물로 바쳐야 한다. 그렇게 하지 않으면 농간을 부려 스스로 얻어냈다.

채의진 일대 사람들은 물의 기질을 잘 알아 배가 침몰하거나 물에 빠지는 참사가 드물었다. 따라서 이 근처에서는 이런 수행연이 나타날 리가 없었다. 그런데 나타났으니 가능성은 딱 하나밖에 없었다. 다른 지역에서 수행연을 쫓아낸 것이다.

수행연은 일단 생기면 그 수역 전체가 괴물로 변해 제거하기가 매우 어렵다. 물을 다 빼서 물에 빠진 사람과 물건을 깨끗하게 치우고 강바닥을 몇 년 말려야 한다. 거의 불가능한 일이었다. 하지만 이런 우환을 해결할 방법이 아예 없는 것은 아니었다. 그 방법이란 수행연을 다른 강과 호수로 쫓아내 화근을 다른 곳으로 옮겨 버리는 것이었다.

"최근 수행연으로 곤란을 겪은 지방이 있습니까?"

남망기가 묻자 남희신은 하늘을 가리켰다.

남희신이 가리킨 것은 다름 아닌 태양이었다. 위무선과 강징은 시선을 교환하며 속으로 말했다.

'기산 온씨'.

선문에는 크고 작은 세가가 셀 수 없을 만큼 많았다. 하지만 수많은 세가를 압도적으로 능가하는 거물이 기산 온씨였다.

기산 온씨의 가문(家紋)은 태양으로 '해와 함께 공적을 빛내며, 해와 함께 장수하리라.'라는 뜻이었다. 온씨의 선부는 성(城)처럼 매우 넓었고, 성에는 어두운 밤이 없어 '불야천' 또는 '불야선도'라고 불렸다. 온씨를 거물이라고 하는 이유는 문하생 수, 실력, 토지, 선기 등 모든 면에서 다른 가문을 압도했기 때문이다. 그래서 그들에게 맞설 수 있는 자가 없었다. 오히려 온씨 가문의 객경이 되는 것을 무한한 영광으로 생각하는 사람이 많았다. 온씨의 일 처리 풍격으로 보아 채의진의 수행연은 그들이 쫓아냈을 가능성이 매우 컸다.

이곳에 수귀가 출몰하는 이유는 밝혀냈지만, 사람들은 잠자코 있었다.

온씨 가문이 한 짓이라면 폭로하고 비난해봤자 해결에 전혀 도움이 안 됐다. 일단 그 집안에서 인정하지 않을 것이고 또한 어떤 보상도 안 할 것이기 때문이다.

"다른 가문에서 몰아낸 수행연 때문에 채의진이 고스란히 피해를 보게 됐습니다. 수행연이 커져 채의진의 수로까지 퍼지면 이곳 사람들은 괴물 위에서 하루하루 생활하게 될 겁니다. 이건 정말……."

문하생 하나가 승복할 수 없다는 듯이 말했다.

다른 사람이 갖다버린 골치 아픈 문제 때문에 고소 남씨는 앞으로 번거로운 일이 끊이지 않을 것이었다.

"됐다, 됐어. 그만 마을로 돌아가자."

남희신이 말했다. 그들은 나루터에서 새 배로 갈아타고 사람들이 많이 있는 곳을 향해 노를 저었다.

배가 아치교를 지나 수로로 들어서자 위무선이 또 장난을 시작했다.

위무선은 삿대를 집어 던지고 한 발로 뱃전을 짚고 물을 거울삼아 머리가 엉클어졌는지 살폈다. 방금까지 수귀를 끌어올리고 수행연의 아가리에서 도망쳐 나온 기색은 전혀 없이 느긋하게 강 양쪽을 향해 추파를 던지며 "누님, 비파 한 근에 얼마예요?" 하고 물었다.

위무선은 나이가 어리고 용모도 준수하며 자신만만해 그야말로 꿀벌과 나비를 끌어들이는 한 떨기 복숭아꽃이었다. 한 여인이 삿갓을 벗고 웃으며 말했다.

"도련님, 돈은 필요 없고 그냥 하나 드릴까요?"

부드럽고 찰진 오음[44]이 맑고 감미로웠다. 말하는 사람의 입에서 멋들어진 가락이 흘러나와 듣는 사람의 귓가에 향기가 맴도는 것

#44 오음(吳音) 오(吳) 지역의 발음.

같았다.

"누님이 주신다는데 당연히 받아야지요!"

위무선이 공수하며 대답했다.

그 여인이 광주리에서 황금색 비파를 꺼내 손을 높이 들어 던졌다.

"사양하지 말아요, 잘생겨서 주는 거니까!"

배가 움직이는 속도가 매우 빨라 두 배가 빠르게 스쳐 지나갔다. 위무선은 몸을 돌려 비파를 받아 들고 웃으며 말했다.

"누님이 더 아름다워요!"

위무선이 한쪽에서 청산유수처럼 그럴듯한 말을 쏟아냈지만 남망기는 눈길 한 번 안 주고 우아하게 서 있었다. 위무선은 의기양양하면서 손으로 비파를 던졌다 잡았다 하다가 갑자기 남망기를 가리키며 말했다.

"누님, 누님들 보기에 얘는 잘생겼어요?"

남망기는 위무선이 갑자기 자기를 끌고 들어갈 줄은 전혀 몰랐기 때문에 어떻게 반응해야 할지 당황하고 있는데 강 위의 여인들이 일제히 외쳤다.

"더 잘생겼어!"

몇몇 사내의 농도 섞여 있었다.

"그럼 누가 얘한테도 하나 줄래요? 나만 받고 얘는 못 받으면 돌아가서 질투해요!"

위무선의 말에 강 전체에 새소리 같은 웃음소리가 울려 퍼졌다. 다른 여인이 배를 몰고 와 말했다.

"좋아요, 좋아. 두 사람에게 다 드릴게요. 이거 먹어요. 도련님 받아요!"

두 개째도 잘 받아 든 위무선이 외쳤다.

"누님, 얼굴도 예쁘고 마음씨도 곱네요. 다음에 와서 꼭 살게요. 한 바구니 다!"

"저 사람도 같이 와요. 같이 와서 사요!"

그 여인은 음색이 환하고 담도 더 커서 남망기를 가리키며 말했다.

위무선은 비파를 남망기 눈앞에 내밀었다. 남망기는 앞만 직시하며 말했다.

"치워."

위무선은 바로 치웠다.

"네가 싫다고 할 줄 알았지. 원래 너 줄 생각 없었어. 강징, 받아!"

마침 강징이 탄 배가 지나가고 있던 참이었다. 강징은 한 손으로 비파를 받아 들고 미소를 짓더니 금세 콧방귀를 뀌었다.

"또 교태 부렸지?"

"꺼져!"

위무선이 기고만장해 외쳤다. 그리고 고개를 돌려 다시 물었다.

"남잠, 넌 고소 사람이니 여기 말 할 줄 알지? 나 좀 가르쳐줘. 욕 말이야."

남망기는 위무선에게 "시시해."라는 말을 던지고 다른 배로 넘어갔다. 위무선은 남망기가 정말 대답할 거라고는 생각하지 않았다. 그저 이곳 사람들의 말투가 매우 흥미로웠고, 남망기도 어렸을 때 이런 말투를 썼을 것이라는 생각이 들어 놀려주고 싶었을 뿐이었다. 위무선은 고개를 들어 찹쌀술을 한 모금 마시고 둥글고 검은 작은 단지를 들고 삿대를 저어 쏜살같이 달려가 강징을 쳤다.

남망기는 남희신과 나란히 섰다. 이번에는 두 사람의 표정까지 비슷했다. 두 사람 모두 수심이 가득한 모양으로 수행연을 어떻게 대응할까, 채의진 진장(鎭長)에게 후속 일 처리를 어떻게 설명할까를 고민하는 듯했다.

앞에서 황금색 비파를 가득 실은 배가 다가오자 남망기는 눈길을 한 번 주고 계속 앞을 바라봤다.

"비파가 먹고 싶으면 한 바구니 사 갈까?"

남희신이 물었다.

"……아닙니다!"

남망기가 옷 소매를 휘날리며 다른 배로 가버렸다.

위무선은 채의진에서 잡다한 장난감을 사서 운심부지처로 돌아와 세가 자제들에게 싹 나눠주었다. 남계인이 청하에 가서 며칠 동안 수업이 없어서 소년들은 밤늦게까지 놀다가 위무선과 강징의 방으로 몰려가 구겨져 잤다. 밤새 먹고, 마시고, 팔씨름하고, 주사위 놀이하고, 춘궁도를 봤다. 어느 날 밤, 위무선이 주사위 놀이에 전부 져서 천자소를 사러 담을 넘어 산 아래로 내려갔다. 이번에는 모두 넉넉하게 마실 수 있었다. 소년들은 방에 흩어져 시체처럼 잤다. 다음 날 날이 채 밝기도 전에 누군가 방문을 열었다.

문이 열리는 소리에 몇몇이 놀라 깼다. 졸음이 가득한 눈으로 문 쪽을 봤는데 얼음처럼 차가운 표정의 남망기가 문 앞에 서 있어 깜짝 놀라 순식간에 잠이 깼다. 섭회상이 머리는 침상 아래쪽으로 다리는 위쪽으로 하고 자고 있던 위무선을 미친 듯이 흔들어 깨웠다.

"위 형! 위 형!"

섭회상이 세게 흔들자 위무선은 그제야 정신이 조금 들었는지 물었다.

"누구야? 또 누가 왔어?! 강징? 같이 마실 거면 마셔, 누가 무섭대?!"

강징은 어젯밤에 술을 너무 많이 마셔 아직도 머리가 아팠다. 그는 바닥에 누워 눈을 감은 채로 손을 뻗어 아무 물건이나 집어서는 위무선의 목소리가 들리는 쪽으로 집어 던졌다.

"입 닥쳐!"

그 물건이 위무선의 가슴에 부딪히면서 화라락 책장이 펼쳐졌다. 섭회상이 물건을 따라 시선을 돌려보니 강징이 던진 것은 자신이 소장한 절판된 춘궁도 중 하나였다. 다시 고개를 드니 차가운 표정의 남망기가 보여 영혼이 가출할 뻔했다. 위무선은 그 서책을 끌어안고 뭐라 뭐라 하더니 다시 곯아떨어졌다. 남망기가 방으로 성큼 들어와 한 손으로 위무선의 뒷덜미를 잡고 문밖으로 끌어냈다.

남망기에게 끌려가던 위무선은 어리둥절하다가 마침내 반 정도 깨어나 고개를 돌리며 말했다.

"남잠, 너 뭐 하는 거야?"

남망기는 한마디도 하지 않고 위무선을 끌고 걸어갔다. 위무선은 다시 3분의 1 정도 깼다. 시체처럼 누워 있던 소년들도 놀라서 하나둘 일어났다. 위무선이 또 남망기에게 붙잡힌 것을 본 강징이 달려나가며 물었다.

"뭐 하는 짓이에요?"

남망기가 고개를 돌려 한마디 했다.

"책벌."

술에 취해 잠이 덜 깬 강징은 그제야 방 안이 온통 어질러진 게 떠올랐고 어젯밤 그들이 운심부지처의 가구를 얼마나 어겼는지 생각나 얼굴이 굳어졌다.

　남망기는 위무선을 고소 남씨 사당 앞으로 끌고 갔다. 그곳엔 나이 많은 남씨 문하생 여러 명이 조용히 기다리고 있었다. 총 여덟명으로, 그중 네 명이 박달나무로 만든 글자가 **빽빽하게** 새겨진 긴계척을 손에 쥐고 있었다. 사당에는 차갑고 엄숙한 분위기가 흘렀다. 남망기가 사람을 끌고 온 것을 보더니 두 사람이 앞으로 나와위무선을 꽉 잡았다. 위무선이 땅에 반쯤 무릎을 꿇은 채 발버둥질하면서 말했다.

　"남잠, 나에게 벌을 주려고?"

　남망기가 차갑게 위무선을 응시하면서 아무 말도 하지 않았다.

　"인정 못 해."

　위무선이 말했다.

　술이 덜 깬 소년들이 몰려왔지만 사당 밖에서 저지당해 들어오지못했다. 그들은 안절부절못하다 계척을 보고 놀라 말문이 막혔다. 남망기가 옷자락을 들더니 위무선 옆에 같이 무릎을 꿇는 게 보였다.

　그 모습에 위무선이 대경실색해 있는 힘을 다해 일어나려고 하자남망기가 외쳤다.

　"치십시오!"

　"잠깐, 잠깐, 잠깐만요. 인정할게요. 남잠, 내가 인정할게. 내가잘못했다고……!"

　위무선이 눈이 휘둥그레져서 다급하게 말했다.

　두 사람은 계척으로 손바닥과 종아리를 백여 대 맞았다. 남망기는 누가 붙잡을 필요도 없이 시종일관 허리를 꼿꼿이 세우고 단정한 자세로 벌을 받았다. 반면 위무선은 조금도 참지 못하고 처절하게 통곡했다. 이를 지켜보던 각 가문의 자제들은 아픔이 전해지는 것 같아 계속 얼굴을 찌푸렸다. 처벌이 끝나자 남망기는 묵묵히 일어나 사당 안에 있던 문하생들에게 고개를 숙여 예를 표하고 마치 처벌을 받지 않은 것처럼 걸어 나갔다. 반대로 위무선은 강징이 사당에서 업고 나온 다음에도 "아야, 아야." 하면서 신음을 그치지 않았다. 소년들이 몰려와 그들을 둘러싸며 말했다.

"위 형, 도대체 어떻게 된 일이에요?"

"형님만 벌주면 됐지, 왜 자기도 같이 벌을 받았대요?"

위무선은 강징의 등에 업힌 채로 한숨을 내쉬었다.

"나 원! 잘못 생각했지, 잘못 생각했어! 말하자면 길어!"

"헛소리 좀 작작 해! 도대체 또 무슨 짓을 한 거야?!"

강징이 물었다.

"아무 짓도 안 했어! 어젯밤 내가 주사위 놀이에 져서 천자소를 사 왔잖아?"

"……또 그를 만났다고 말하지 말아줘."

강징이 말했다.

"정답이야. 무슨 운명의 장난인지 모르겠지만, 내가 천자소를 가지고 담을 넘어오는 순간 또 그에게 딱 걸린 거야. 그가 정말 나만 보고 있는 게 아닌가 싶었다니까."

"그가 너처럼 한가한 줄 알아? 그래서, 그다음은?"

"그다음은, 내가 그에게 인사를 했지. 내가 '남잠! 또 너네!' 하고 말했어. 당연히 그는 또 나를 무시하더니 말 한마디 없이 손날로 나를 쳤어. 내가 '어이, 이럴 필요가 있어?' 하고 말했더니 그가 외부 손님이라도 이렇게 여러 번 야간 통행 금지를 어기면 남씨 사당

에서 벌을 받아야 한다고 말했어. 그래서 내가 '이건 우리 두 사람
밖에 모르는데 네가 입 다물고 나도 입 다물면 내가 야간 통행 금
지를 어겼는지 어쩐지 누가 알겠어? 다음에는 절대 안 그런다고 약
속할게. 우리 이렇게 친한데 체면을 봐서 한 번 봐주면 안 될까?'라
고 말했지."

소년들의 얼굴이 일제히 일그러졌다.

"그가 굳은 표정으로 나랑 안 친하다고 하면서 검을 뽑아 달려들
잖아. 인정머리라곤 손톱만큼도 없이. 난 천자소를 한쪽에 놓고 그
에게 대응하는 수밖에 없었지. 그가 바짝 쫓아오니 벗어날 수가 있
어야지! 쫓기다 못해 결국 내가 말했지. '진짜 안 놔줄 거야? 안 놔
줄 거야?' 하고."

위무선이 계속 말했다.

"그랬더니 그가 '벌을 받아!'라고 하잖아."

이야기를 듣던 소년들은 심장이 덜컥 내려앉았지만, 위무선은 득
의만만해서 자기가 지금 강징 등에 업혀 있다는 사실도 잊은 채 손
바닥으로 강징의 어깨를 철썩 때리며 말했다.

"내가 '좋아!'라고 말한 다음 피하지 않고 그에게 달려가 그를 끌
어안고 운심부지처 담 밖으로 자빠졌지!"

"……"

"그래서 우리 둘이 같이 운심부지처 밖으로 떨어진 거야! 넘어질
때 눈에 별이 다 보이더라니까."

"……그가 형을 밀어내지 않았어요?"

섭회상이 여전히 멍한 얼굴로 물었다.

"아, 시도는 했지. 하지만 내가 손발을 다 동원해 그를 꼭 끌어안

아서 아무리 발버둥질해도 빠져나갈 수가 없었어. 내 위에서 일어
나지를 못하니 온몸이 딱딱하게 굳었는데, 무슨 나무판자인 줄 알
았다니까. 내가 '어때 남잠? 너도 운심부지처 밖에 있는데. 나랑 같
이 야간 통행 금지를 어겼어. 너는 남에겐 엄하고 자기에겐 관대할
수는 없을 테니 내가 벌을 받으면 너도 받아야지, 차별 없이 똑같
이 어때?'라고 말했어"

위무선이 계속 지껄였다.

"일어난 그는 안색이 매우 안 좋았어. 난 옆에 앉아 다른 사람에
게 말하지 않을 테니 걱정하지 말라고 했지. 이 일은 하늘과 땅, 너
와 나만 안다고 말이야. 그랬더니 그는 한마디도 하지 않고 갔어.
그런데 오늘 새벽 댓바람부터 이럴 줄은……. 강징, 좀 천천히 걸
어. 나 떨어지겠다."

강징은 정말 위무선을 내던지고, 거꾸로 들어 머리로 땅에 구덩
이라도 파고 싶었다.

"업혀 있는 주제에 말이 많아!"

"처음부터 내가 업어달라고 한 건 아니잖아."

강징은 화가 머리끝까지 났다.

"내가 너를 안 업고 나왔으면 남의 집 사당에서 온종일 뒹굴면서
생난리를 쳤을 텐데, 그러면 누구 체면이 더 깎이라고! 남망기는
너보다 오십 대는 더 맞았어도 스스로 걸어 나갔어. 그런데 넌 이
렇게 엄살을 부려야겠어? 더 업기 싫으니 빨리 내려와!"

"안 내려가, 난 부상자라고."

흰 돌이 깔린 좁은 길을 서로 밀치며 내려가는데 하얀 옷을 입은
사람이 책을 들고 지나가다 깜짝 놀라며 걸음을 멈췄다.

"무슨 일입니까?"

남희신이 웃으며 물었다.

강징이 어떻게 대답해야 할지 매우 난처해하고 있는데 섭회상이 말했다.

"희신 형, 위 형이 벌을 받아 백 대나 맞았어요. 상처에 바를 약이 없을까요?"

운심부지처에서 처벌을 관장하는 사람은 남망기였고, 위무선이 사람들에게 둘러싸여 아프다고 우는 모습이 상처가 매우 심한 것 같았다. 남희신이 재빨리 다가와 물었다.

"망기가 벌을 준 것입니까? 위 공자, 걷지 못할 정도예요? 도대체 어찌 된 일입니까?"

강징은 위무선이 무슨 짓을 했는지 말하기가 계면쩍었다. 따지고 보면 그들이 위무선을 부추겨 술을 사 오게 한 것이니 모두에게 조금씩 책임이 있어 두루뭉술하게 둘러댔다.

"아닙니다, 아니에요. 그렇게 심하지 않습니다! 걸을 수 있어요. 위무선, 너 안 내려오고 뭐 해!"

"나 못 걸어."

위무선은 퉁퉁 부어 벌게진 손바닥을 남희신에게 내밀며 칭얼댔다.

"택무군, 동생분이 참 대단하십니다."

남희신이 위무선의 손바닥을 보며 말했다.

"아, 정말 심한 벌을 받았군요. 삼사일 지나도 붓기가 안 빠질 텐데."

그렇게 심하게 맞은 줄 몰랐던 강징은 깜짝 놀랐다.

"뭐라고요? 삼사일 지나도 안 낫는다고요? 다리와 등에도 맞았는데. 남망기 어떻게 이럴 수가 있지?!"

마지막 말에 자기도 모르게 원망의 소리가 섞여 있어 위무선이 강징을 슬쩍 쳤다. 남희신은 개의치 않고 웃으며 말했다.

"괜찮습니다. 약은 필요 없어요. 위 공자, 제가 알려드리는 방법대로 하면 몇 시진이면 좋아질 겁니다."

그날 밤, 운심부지처, 냉천

남망기가 얼음장처럼 차가운 냉천에 몸을 담근 채 눈을 감고 정신을 가다듬고 있는데 갑자기 귓가에서 "남잠." 하는 소리가 들렸다.

"……."

그가 눈을 번쩍 뜨고 앞을 보자 위무선이 냉천가에 있는 청석에 엎드려 고개를 기울이고 그를 향해 웃고 있었다.

"네가 여길 어떻게?!"

위무선이 천천히 일어나더니 허리띠를 풀며 말했다.

"택무군이 가보라고 해서 왔지."

"뭐 하는 거야?"

위무선은 발로 장화를 벗고 사방에 옷을 벗어 던지며 말했다.

"나 옷도 다 벗었는데 나더러 뭐 하러 왔냐니. 너희 가문 냉천이 마음을 가라앉히는 수행 용도뿐 아니라 어혈을 풀어주고 상처를 치료하는 기능도 있다면서 네 형이 나더러 너랑 같이 몸 좀 담그라고 했어. 그건 그렇고 혼자만 치료하러 오다니 좀 인정머리 없다. 우와. 정말 차갑네. 으악."

위무선이 들어가자 뼈를 찌르는 듯이 차가운 샘물에 물결이 퍼졌다. 남망기가 재빨리 위무선과 거리를 두며 말했다.

"난 수행하러 온 거지 치료하러 온 게 아니야……. 소란 피우지 마!"

"하지만 너무 차가운걸. 아이고 추워라……."

이번에는 일부러 요란하게 소란을 피우는 게 아니었다. 외부 사람이 고소 남씨의 냉천에 금방 적응하기는 쉽지 않았다. 움직이지 않고 더 있다간 피가 얼어 사지가 마비될 것 같았기 때문에 위무선은 텀벙대면서 몸을 뜨겁게 하려는 것이었다. 남망기는 마음을 가라앉히며 조용히 수행하려 했지만, 위무선이 텀벙대며 여기저기 돌아다니는 바람에 온 얼굴에 물이 튀어 긴 눈썹과 검은 머리를 따라 물방울이 흘러내리자 더는 참지 못하고 외쳤다.

"움직이지 마!"

그러면서 동시에 손을 뻗어 위무선의 어깨를 눌렀다.

신체가 접촉된 곳을 따라 따뜻한 기운이 전해지자 위무선은 자기도 모르게 남망기 곁으로 다가갔다.

"뭐 하는 거야?"

남망기가 경계하며 말했다.

"아무것도 아니야. 그냥 네 옆이 더 따뜻한 거 같아서 그래."

위무선이 억울하다는 듯이 말했다.

"그럴 리가."

남망기가 손을 뻗어 거리를 단단히 유지하며 단호하게 말했다.

위무선은 남망기에게 더 다가가려고 친한 척하면서 입에 발린 소리를 해댔지만 통하지도 않고 재미도 없었다. 그러나 화가 나지는 않았다. 남망기의 손바닥과 어깨, 등을 훑어보니 상처가 남아 있는 것이 정말 상처를 치료하러 온 것은 아닌 듯했다.

"남잠, 나 정말 감탄했어. 벌을 받아야 한다고 정말 너도 같이 받을 줄 몰랐거든. 자신에게 조금도 관용을 베풀지 않다니, 정말 할 말이 없다.”

위무선이 진심으로 말했다.

남망기는 다시 눈을 감고 조용히 있었다.

“정말이야. 여태까지 너처럼 자기 말에 책임지는 사람을 본 적이 없다니까. 난 너처럼은 절대 못 해. 너 정말 대단해.”

남망기는 계속 위무선을 상대하지 않았다.

위무선은 냉기가 가시자 냉천을 헤엄쳐 다녔다. 잠시 헤엄치다가 다시 남망기 곁으로 다가갔다.

“남잠, 내가 방금 뭐 했는지 알아?”

“몰라.”

“그것도 몰라? 내가 너를 칭찬하고 친한 척했잖아.”

“원하는 게 뭐야.”

남망기가 위무선을 한 번 쳐다보며 말했다.

“남잠, 우리 친구 하자. 이렇게 친한데.”

“안 친해.”

“너 이러면 정말 재미없어. 정말이라고. 나랑 친구 하면 좋은 점이 많다니까.”

위무선이 물장구치며 말했다.

“예를 들면?”

위무선은 냉천가로 헤엄쳐 가 청석에 등을 기대고 팔을 걸쳤다.

“난 의리가 강해. 예를 들어 새로운 춘궁도가 생기면 반드시 너 먼저 보여주고……. 이런, 이런, 돌아와! 안 봐도 돼. 너 운몽에 가 봤어? 운몽은 재미있고, 맛있는 것도 많아. 고소의 문제인지 아니면 운심부지처의 문제인지 모르겠지만 어쨌든 너희 집 음식은 너무 맛이 없어. 네가 연화오에 오면 맛있는 거 많이 먹을 수 있다고. 내가 연방이랑 마름 열매도 따줄게. 남잠, 올래?"

"안 가."

"어째 모든 말이 '안' 자로 시작해. 꼭 그렇게 말해야겠어? 너무 냉정하게 들린단 말이야. 여자들이 들으면 싫어한다고. 운몽 아가씨들은 정말 고와. 너희 고소 지역의 곱다는 기준과는 또 다르다니까."

위무선이 남망기를 향해 왼쪽 눈을 찡긋하며 의기양양하게 말했다.

"정말 안 올 거야?"

"안……."

남망기가 아까와 똑같이 말하려다 멈칫했다.

"내 체면도 봐주지 않고 이렇게 날 거절하다니. 내가 나가면서 네 옷도 가져가면 어쩌려고 그래?"

"꺼져!"

청하에서 돌아온 남계인은 위무선에게 장서각에서 남씨 가훈을 베끼라고 하지 않았다. 그 대신 학생들 앞에서 호되게 야단쳤다. 경전과 고시의 내용을 인용한 것을 제외하고 간단하게 말하면 여태까지 너처럼 장난이 심하고 후안무치한 사람을 못 봤으니, 사라지라고, 빨리 사라지라고, 멀리 사라질수록 좋다는 내용이었다. 다른 학생들에게 접근하지 말고 자신의 자랑스러운 문하생 남망기를 더 이상 더럽히지 말라고 했다.

남계인이 야단을 치는데도 위무선은 계속 히죽거리며 부끄러운 기색이나 화난 기색을 전혀 보이지 않았다. 남계인이 나가자 위무선은 자리에 앉아 강징에게 말했다.

"이제야 나더러 멀리 사라지라네. 너무 늦은 거 같지 않아? 이미 더럽혀졌는데 이제야 사라지라고 하다니, 늦었어요!"

채의진의 수행연 때문에 고소 남씨는 번거로움이 이만저만이 아니었다. 없앨 수도 없고 온씨처럼 다른 지역으로 몰아낼 수도 없었다. 남가 가주는 폐관 수련으로 1년 내내 외부와 접촉을 하지 않았고, 그 일을 대신 처리하느라 바쁜 남계인의 수업 시간은 점점 짧아졌다. 그리고 그럴수록 위무선이 소년들을 몰고 산에서 노는 시간은 점점 길어졌다.

그날도 위무선은 소년 일고여덟 명을 이끌고 문을 나서려고 했다. 남가의 장서각을 지나면서 아래에서 위로 쭉 훑어보다가 목련 나뭇가지 사이로 남망기가 창가에 앉아 있는 것이 보였다.

"우리를 보고 있던 건 아니죠? 아닐 거야, 방금 그렇게 떠들지도 않았는데. 어째서 저런 눈빛이지?"

섭회상이 영문을 몰라 물었다.

"십중팔구 우리 잘못을 들춰낼 궁리를 하는 거겠지."

"아니. '우리'가 아니라 '너'지. 내가 보기에 그가 주시하는 건 너 하나인 거 같은데."

위무선의 투덜거리자 강징이 그리 대답했다.

"허, 딱 기다려. 돌아오면 가만 안 둘 거야."

위무선이 말했다.

"넌 그가 꽉 막혀서가 아니라 지루해서 싫어하는 거 아니었어? 허면 적당히 좀 집적대. 하늘 높은 줄 모르고 덤비면서 죽을 궁리만 하지 말고."

"틀렸어. 멀쩡히 살아 있는 사람이 어떻게 저 정도로 재미없을 수 있는지, 그게 정말 재미있다니까."

강징의 핀잔에 위무선이 반론했다.

오시#45 다 돼서야 그들은 운심부지처로 돌아왔다. 서안 앞에 단정히 앉아 글을 쓴 종이를 정리하던 남망기는 창가에서 끽끽 소리가 들려 고개를 들었다. 누가 창을 넘어오고 있었다.

위무선이 장서각 밖에 있는 목련 나무를 타고 올라와 히죽거리며 말했다.

"남잠, 나 돌아왔어! 어때, 며칠 안 봤는데 내 생각 안 났어?"

남망기는 노승이 수행이라도 하듯 아무도 없는 것처럼 산더미처럼 쌓인 책을 계속 정리했다. 위무선은 일부러 그의 침묵을 왜곡했다.

"네가 말 안 해도 난 알아. 분명 내 생각했을 거야. 아니면 아까 창가에서 왜 날 봤겠어?"

이 말에 남망기가 위무선을 쳐다봤다. 말은 안 했지만, 눈빛에 질책이 가득했다. 위무선은 창턱에 앉아 말했다.

"이 봐, 이 봐. 두 마디만 하면 속아 넘어가잖아. 정말 낚기 쉽다니까. 이렇게 감정을 억누르지 못하다니."

"가."

"안 가면, 네가 끌어내리게?"

남망기의 얼굴을 보니 한마디만 더 했다간 정말 조금 남은 인내

#45 오시(午時) 오전 열한 시~오후 한 시.

심도 내던지고 자신을 창턱에 박아 죽일 것 같아 보여, 위무선은
황급히 말했다.

"그렇게 겁주지 마! 사과의 뜻으로 선물을 주려고 온 거라고."

"필요 없어."

남망기는 생각도 하지 않고 즉시 거절했다.

"정말 필요 없어?"

남망기의 눈에서 경계의 빛을 본 위무선은 마술을 부리는 것처럼
품에서 토끼 두 마리를 꺼냈다. 손으로 귀를 잡으니 동글동글하고
통통한 눈 뭉치 두 개 같았다. 눈 뭉치들이 발버둥을 쳤다. 위무선
은 토끼를 남망기 앞에 들이대며 말했다.

"이곳은 정말 이상해. 꿩은 없고 온통 산토끼뿐이니. 사람을 봐
도 무서워하지도 않고. 어때? 통통하지? 정말 필요 없어?"

남망기가 차갑게 위무선을 쳐다봤다.

"좋아. 싫다면 다른 사람 주지 뭐. 마침 요새 속이 허했는데."

마지막 말에 남망기가 입을 열었다.

"거기 서."

"나 아직 안 갔어."

위무선이 두 손을 옆으로 벌리고 어깨를 으쓱하며 말했다.

"누구 주려고?"

"토끼를 잘 굽는 사람에게 줘야지."

"운심부지처 내에서 살생은 금지야. 규훈석 제3조에 있어."

"그래? 그러면 산 아래로 내려가 밖에서 죽인 다음 가져와 구우
면 되지. 어쨌든 넌 싫다면서 뭘 그리 참견해?"

"……."

남망기가 결국 한 자씩 끊어가며 말했다.

"이, 리, 내."

"이젠 달라고? 넌 늘 그러더라."

위무선이 창턱에 앉아 히죽대며 말했다.

두 마리 토끼는 통통하고 둥글둥글해 부드러운 눈 뭉치 같았다. 하나는 썩은 동태 눈깔을 하고 바닥에 엎드린 채 한참 동안 움직이지 않다가 채소를 주니 분홍색 입을 오물거리며 씹었다. 다른 한 마리는 투실환[#46]을 먹은 것처럼 잠시도 쉬지 않고 뛰어다녔다. 다른 토끼 위에 올라갔다가 떨어지고 비틀거리다가 뛰고 잠시도 멈추지 않았다. 위무선은 어디서 주워 왔는지 모를 채소 잎을 던지다가 갑자기 남망기를 불렀다.

"남잠, 남잠!"

움직이는 걸 좋아하는 토끼가 남망기의 벼루를 밟아 서안에 검은 발자국을 남겼다. 남망기는 어쩔 줄 몰라 하며 종이를 집어 어떻게 닦을지 심각하게 고민하느라 위무선을 모른 척하려고 했다. 그러나 말투가 사뭇 달라 무슨 일이 생긴 줄 알고 대답했다.

"무슨 일이야?"

"쟤네 저렇게 겹쳐 있는 게, 설마 지금……?"

"두 마리 다 수컷이야!"

"수컷이라고? 이상하네."

위무선이 토끼 귀를 잡아들고 요리조리 살폈다.

"정말 수컷이네. 수컷이면 수컷인 거지, 말도 다 안 끝났는데 뭘 그렇게 정색해? 너 무슨 생각을 한 거야? 말하고 보니 토끼를 잡은

#46 **투실환(鬪蟋丸)** 귀뚜라미 싸움에서 귀뚜라미에게 먹이는 환약으로 흥분제의 일종.

나도 애들이 수컷인지 암컷인지 몰랐는데, 넌 벌써 토끼들의 그곳 까지……."

남망기는 결국 위무선을 장서각에서 끌어내 밖으로 내던졌다.

위무선은 떨어지면서도 "하하하하하하하하하하하하하하!" 하고 웃었다.

남망기는 '쾅' 하고 창문을 거칠게 닫고 서안 옆으로 돌아와 앉았다.

남망기는 사방에 어지럽게 널린 화선지와 먹물 발자국과 채소 잎을 끌고 가는 하얀 토끼를 번갈아 보면서 두 눈을 질끈 감고 두 귀를 감쌌다.

흔들리는 목련 가지는 창으로 가렸지만, 위무선의 유쾌하고 제멋대로인 웃음소리는 어떻게 해도 막아지지 않았다.

다음 날, 남망기는 수업에 오지 않았다.

위무선은 자리를 세 번 옮겼다. 원래는 강징과 같이 앉았었는데, 강징이 열심히 수업을 듣고 좋은 모습을 보여서 운몽 강씨의 체면을 세우겠다며 첫 줄에 앉아버렸다. 그 자리는 눈에 너무 잘 띄어 장난을 치기 어려웠다. 그래서 강징 옆을 포기하고 남망기 뒤로 옮겼다. 수업 시간에 남망기는 철옹성처럼 꼿꼿하게 앉아 있었기 때문에 그의 뒤에 앉아 잠을 자거나 아무렇게나 글을 쓰기도 했다. 가끔 남망기가 갑자기 손을 들어 위무선이 다른 사람에게 던지려던 종이뭉치를 막을 때를 빼면 명당이라고 할 수 있었다. 하지만 나중에 남계인한테 걸려 둘은 앞뒤로 바꿔 앉게 됐다. 이때부터 위무선의 자세가 조금만 흐트러지면 차갑고 날카로운 시선이 등에 꽂히는 게 느껴졌고 남계인도 매섭게 째려봤다. 늙은이와 젊은이, 앞뒤로 감시를 당하니 매우 불쾌했다. 게다가 춘궁도 사건과 토끼 사건 이후 남계인은 위무선을 학생들에게 나쁜 영향을 주는 인물로 단정하고 자신의 훌륭한 문하생이 위무선에게 더럽혀질까 봐 남망기에게 나오지 말라고 했다. 그래서 위무선은 원래 자리로 돌아왔고 보름 동안 별 탈 없이 지냈다.

하지만, 위무선 같은 사람은 좋은 시절이 오래 가지 않았다.

운심부지처에는 긴 누창 담이 있었다. 일곱 걸음마다 벽에 투조로 도안을 조각한 창이 있었다. 도안은 창마다 달라 높은 산에서 가야금을 타고, 검을 타고 하늘로 솟고, 요수를 참살하는 등 다양했다. 남계인이 누창 담의 조각을 설명하면서 이것이 고소 남씨 조상의 일생을 담은 것이라고 말했다. 이 가운데 가장 오래되고 가장 유명한 누창이 바로 남씨 가문을 일으킨 남안의 일생을 네 장면으로 조각한 것이라고 했다. 남씨 조상은 사찰 출신으로 부처님 말씀을 들으며 자라 지혜롭고 총명해 어릴 때부터 이름난 스님이 되었다. 약관의 나이에 그는 '가람#47'의 '람(藍)' 자를 성으로 삼아 환속해 악사가 되었다. 선인을 찾고 도(道)를 구하다가 고소에서 '하늘이 정해준 사람'을 만나 그를 도려#48로 맞이해 남가의 기틀을 세웠다. 도려가 세상을 떠나자 다시 절로 돌아와 생을 마감했다. 이 네 개의 창은 각각 '가람', '습악', '도려', '귀적'이라는 제목이 붙어 있

#47 가람(伽藍) 절.
#48 도려(道侶) 도의 반려자.

었다.

오랜만에 듣는 흥미로운 이야기라 남계인이 무미건조한 연도를 읊어대도 위무선의 귀에 들어왔다. 수업이 끝나자 위무선이 웃으며 말했다.

"남가의 선조는 스님이었구나, 어쩐지. 도려를 만나 속세로 들어오고 그가 떠나니 나도 떠나 먼지도 안 남기다니. 근데 그런 조상에게서 어떻게 이렇게 애정이라곤 도통 모르는 후손이 나왔을까?"

소년들도 고리타분하기로 유명한 남가에 이런 선조가 있을 줄은 몰랐다며 웅성웅성 이야기꽃을 피웠다. 이야기하다가 화제가 '도려'로 옮겨가 각자의 이상형을 말하면서 유명한 가문의 선자를 품평하기 시작했다. 바로 그때 누군가 물었다.

"자헌 형, 형은 어떤 선자가 가장 뛰어나다고 생각하십니까?"

이 말에 위무선과 강징이 약속이나 한 듯이 난실 앞쪽의 한 소년에게로 시선을 옮겼다.

잘생기고 거만해 보이는 소년은 미간에 단사를 찍고 옷깃과 소매, 허리띠에 금성설랑 백모란을 수놓은 옷을 입고 있었다. 그는 바로 난릉 금씨가 고소로 공부하라고 보낸 공자, 금자헌이었다.

"그 질문은 자헌 형께 하면 안 되지. 정혼자가 계시니 분명 정혼자일 거 아니야."

다른 소년이 말했다.

'정혼자'라는 말에 금자헌은 입을 삐죽거리며 불쾌한 표정을 드러냈다. 제일 먼저 물었던 자제가 상황 파악을 못 하고 싱글거리며 추궁했다.

"정말요? 어느 가문의 선자십니까? 분명 아름답고 재주도 뛰어난 분이겠지요!"

"말할 필요 없어."

금자헌이 눈썹을 치켜세우며 말했다.

"말할 필요가 없다니요?"

위무선이 툭 내뱉었다.

난실에 있던 소년들이 놀라 일제히 위무선을 쳐다봤다. 평소 위무선은 늘 하하거리며 혼나면 혼나는 대로, 벌 받으면 벌 받는 대로 화내는 법이 없었기 때문이다. 그런데 이번에는 그의 표정에서 난폭한 기운이 느껴졌다. 강징도 평소처럼 위무선을 야단치지 않고 굳은 표정으로 위무선 옆에 앉아 있었다.

"'말할 필요 없어.'라는 말도 이해 못 해?"

금자헌이 거만하게 말했다.

"글자는 이해하겠는데, 제 사저에게 무슨 불만이라도 있는지, 전 그걸 이해 못 하겠네요."

위무선이 받아쳤다.

옆에 있던 소년들이 소곤거리며 몇 마디 한 다음에야 상황을 이해했다. 방금 한 몇 마디 말이 생각하지도 못하게 벌집을 건드린 것이었다. 금자헌의 정혼자가 바로 운몽 강씨의 강염리였던 것이다.

강염리는 강풍면의 장녀로 강징의 친누나였다. 온화한 성정에 눈에 띄는 외모는 아니었고 말재주가 없어 재미가 없었다. 보통 이상의 용모에 타고난 자질이 놀라울 정도는 아니어서 세가의 선자들과 아름다움을 다투면 빛을 잃는 게 사실이었다. 그러나 그녀의 정혼자인 금자헌은 정반대였다. 그는 금광선의 정실 외아들이었고 외모도 출중하고 자질도 뛰어났다. 상식적으로 따지면 강염리 자체의 조건만으로는 금자헌의 배필로 맞지 않았다. 심지어 강염리는 다른 세가의 선자와 경쟁할 자격조차 없었다. 그런 강염리가 금자헌과 정혼한 이유는 그녀의 어머니가 미산 우씨였기 때문이다. 미산 우씨와 금자헌의 어머니는 어릴 때부터 함께 자라 사이가 매우 좋았다.

금씨는 가풍이 거만했다. 이것을 금자헌이 고스란히 이어받아 눈이 매우 높았고 이 혼인에 예전부터 불만이 많았다. 상대도 상대지만 어머니 마음대로 자신의 혼사를 결정해버린 것이 더 불만이라 반항심이 점점 커지고 있었다. 그런데 마침 오늘 불만을 터뜨릴 기회가 생긴 것이다. 금자헌이 반문했다.

"그녀에게 내가 만족할 부분이 뭐가 있는지는 왜 안 묻지?"

강징이 벌떡 일어나자 위무선이 그를 밀쳐내고 앞으로 나섰다.

"그쪽은 만족할 만한 게 얼마나 돼서? 뭐가 그렇게 잘나서 까다롭게 구는 건데!"

혼사 때문에 금자헌은 운몽 강씨에게 호감이 없었고, 예전부터 위무선의 행동이 꼴 보기 싫었다. 게다가 금자헌은 소년들 가운데 자기가 독보적이라고 늘 자부했고 이렇게 무시당해본 적이 없어 순간 화가 치밀어 나오는 대로 지껄였다.

"불만이면 그녀더러 이 혼인 깨라고 해! 어쨌든 난 네 그 잘난 사저가 좋지 않으니까. 그렇게 좋으면 네가 그녀 아버지한테 가서 말해보시지! 자기 친자식보다 너를 더 귀하게 여기잖아?"

마지막 말에 강징의 눈빛이 굳었다. 위무선은 더 참지 못하고 바람처럼 달려가 주먹을 날렸다. 금자헌은 진작 대비했지만 위무선이 이렇게 빠를 줄은 몰랐다. 말이 채 끝나기도 전에 주먹이 날아와 순간 얼굴 반쪽이 마비됐다. 금자헌도 두말하지 않고 곧장 반격했다.

이 싸움에 두 가문이 시끄러워졌다. 강풍면과 금광선이 그날로 바로 운몽과 난릉에서 고소로 왔다.

두 가주는 무릎을 꿇고 있는 두 사람을 보고, 남계인에게 가서 호되게 야단을 들었다. 두 가주는 나란히 식은땀을 닦으며 상투적인 인사말을 몇 마디 나누었다. 그리고 강풍면이 먼저 파혼 의향을 내비쳤다.

"이 혼인은 원래 아리 모친이 고집해서 이뤄진 것이고 저는 동의하지 않았습니다. 오늘 보니 쌍방 모두 그다지 좋아하지 않는 것 같은데 억지로 시키는 건 아닌 듯합니다."

금광선이 깜짝 놀라 약간 망설였다. 어찌 됐든 파혼은 좋은 일이 아니었기 때문이다.

"어린애들이 뭘 알겠소? 아이들 일은 자기들이 알아서 하도록 두시게. 풍면 형과 나는 신경 쓸 필요가 전혀 없네."

"금 형, 우리는 아이들의 정혼을 도울 수는 있지만 대신 혼인할 수는 없습니다. 앞으로 평생 함께 살 사람은 아이들이니까요."

강풍면이 말했다.

이 혼사는 금광선의 뜻도 아니었다. 세가와의 혼인으로 세력을 굳힐 생각이었으면 운몽 강씨가 유일한 선택도, 최고의 선택도 아니었다. 그저 부인의 뜻을 거역할 수 없었을 뿐이다. 그런데 강씨 가주가 먼저 제안하고, 금가는 남자 측이니 여자 측처럼 고민이 많지 않았기 때문에 전전긍긍할 필요는 없었다. 게다가 금자헌이 정혼자 강염리를 못마땅해한다는 것을 그도 잘 알고 있었다. 이것저

것 고려한 끝에 금광선은 대담하게 이 제안을 받아들였다.

위무선은 그의 싸움으로 어떤 결과가 초래됐는지 알지 못한 채 남계인이 지정한 돌길에서 무릎을 꿇고 있었다. 강징이 멀리서 다가와 비꼬면서 말했다.

"제대로 꿇고 있네."

"나 맨날 꿇는 거 너도 모르지 않을 텐데. 하지만 금자헌 그 자식은 오냐오냐 자라서 무릎 꿇어본 적이 한 번도 없을걸. 오늘 그 자식이 울고불고 안 하면 내가 성을 간다."

위무선이 고소하다는 듯이 말했다.

강징이 고개를 숙이고 잠시 있다가 담담하게 말했다.

"아버지 오셨어."

"사저는 안 오셨지?"

"누님이 뭐 하러 오셔? 누님 체면 다 깎아 먹으려고? 오셨다면 네게 약을 가져다주셨겠지."

"……사저가 오셨으면 좋았을 텐데. 아무튼 네가 그를 때리지 않아서 다행이야."

위무선이 한숨을 내쉬며 말했다.

"내가 때리려고 했어. 네가 막지만 않았어도 금자헌의 나머지 얼굴을 조져놓았을 거라고."

강징이 말했다.

"그래도 안 때리는 게 나아. 지금처럼 얼굴이 짝짝이인 게 더 못생겼거든. 그 자식은 공작새처럼 제 면상을 소중히 아낀다는데, 거울을 보고 어떤 감상이 드셨을지 모르겠네? 하하하……."

위무선이 한바탕 웃고는 말을 이었다.

"사실 네가 때리게 놔두고 나는 옆에서 보고 있어야 했을지도 몰라. 그러면 강 숙부가 안 오셨을지도 모르잖아. 하지만 어쩔 수 없었어, 참을 수가 없었다고!"

강징이 콧방귀를 뀌며 가볍게 말했다.

"꿈 깨."

위무선은 아무 생각 없이 한 말이었지만 강징은 마음이 매우 복잡했다. 강징은 정말 그랬을 거라는 것을 잘 알고 있었기 때문이다.

강풍면은 강징의 일 때문에 그날 즉시 다른 가문을 찾아온 적이 없었다. 좋은 일이든 나쁜 일이든, 큰일이든 작은 일이든 한 번도 없었다.

강징의 표정이 어두운 것을 본 위무선은 금자헌의 말 때문에 아직 화가 안 풀린 것이라고 생각했다.

"가. 내 옆에 있을 필요 없어. 만일 남망기가 또 오면 걔한테 너 잡힐 거야. 시간 있으면 가서 금자헌 그 바보가 무릎 꿇고 있는 꼴이나 구경해."

"남망기? 그가 뭐 하러 와? 그가 감히 널 보러 왔다고?"

강징이 조금 의아한 듯 말했다.

"그렇다니까, 감히 날 보러 오다니 참 대단한 용기야. 아마 남망기 숙부가 내가 잘 꿇어앉아 있나 보고 오라고 시켰나 보지."

"그때 너 잘 꿇어앉아 있었지?"

강징은 본능적으로 불길한 예감이 들었다.

"잘 꿇어앉아 있었지. 그가 조금 갈 때까지 기다렸다가 나뭇가지로 옆에 있던 흙에 구덩이를 팠어. 바로 네 발 옆 그거. 거기 개미굴이 있거든. 그거 내가 어렵게 찾은 거야. 그가 뒤를 돌아봤는데

내 어깨가 들썩이고 있으니, 분명 내가 울고 있다고 착각이라도 했
는지 다가와서 무슨 일인지 묻더라고. 개미굴을 본 남망기의 표정
을 너도 봤어야 했는데.”

“…….”

강징이 마침내 입을 열었다.

“너 빨리 운몽으로 돌아가는 게 좋겠다! 내 생각에 남망기는 영
원히 널 다시 보고 싶지 않을 거다.”

그래서 그날 저녁 위무선은 물건을 챙겨 강풍면과 함께 운몽으로
돌아갔다.

제5장

양양(陽陽)

제5장 양양(陽陽)

위무선은 밤새 엎드려 있었다. 도대체 남망기에게 무슨 일이 생긴 걸까 골똘히 생각하던 그는 밤이 깊어서야 잠들었다. 다음 날 아침, 눈을 떠보니 남망기는 흔적도 없이 사라지고 자기만 두 손을 몸 옆에 가지런히 놓고 단정한 자세로 침상에 누워 있었다.

위무선은 덮고 있던 이불을 걷어차고 오른손으로 머리를 엉클어뜨렸다. 그래도 황당하고 오싹하며 말로 표현할 수 없는 감정이 사라지지 않았다.

이때 누군가 정실의 나무문을 두 번 가볍게 두드렸다. 밖에서 남사추의 목소리가 들렸다.

"모 공자? 일어나셨습니까?"

"이렇게 일찍 왜 불러?!"

"일찍 이라니요? 벌써 사시입니다."

남가 사람들은 묘시에 일어나 해시에 잠을 자니 매우 규칙적이었고, 위무선은 사시에 일어나 축시에 자니 역시 규칙적이었다. 남가보다 딱 두 시진 늦을 뿐이었다. 밤새 엎드려 있었더니 허리가 시큰거리고 등이 아파 솔직하게 말했다.

"나 못 일어나."

"어, 또 왜 그러십니까?"

"왜 그러긴. 너희 함광군이 나한테 시침을 들게 했다고!"

"그런 얼토당토않은 말 다시 하면 우리가 가만두지 않을 겁니다. 어서 나오세요!"

남경의의 서슬 퍼런 목소리도 들려왔다.

"정말이야! 밤새 나와 잤다고! 안 나갈 거야, 창피해서 못 나가!"

위무선이 억울하다는 듯이 말했다.

문밖에 있던 소년들은 어찌할 바를 몰라 서로 얼굴만 쳐다봤다. 함광군의 처소는 함부로 들어갈 수 없었기 때문에 위무선을 직접 끌어내지도 못하고 발만 동동 굴렀다.

"정말 뻔뻔하시네요! 함광군은 단수도 아닌데 당신이랑 잤다고요?! 그쪽이 먼저 들어가 꼬시지 않은 것만으로도 하늘에 감사할 일이고만. 일어나세요! 그리고 당신의 그 당나귀도 좀 조용히 좀 시키고요, 시끄러워 죽겠어요!"

남경의가 화를 냈다.

자신의 탈것이 거론되자 위무선은 후다닥 일어났다.

"너 내 풋사과를 어떻게 한 거야?! 걔 만지지 마, 만지면 뒷발로 찬다고."

"풋사과가 뭐예요?"

남경의가 물었다.

"내 당나귀지!"

위무선이 정실을 나서자 소년들이 그를 데리고 당나귀가 있는 곳으로 향했다. 푸른 풀밭으로 옮겨진 당나귀가 남경의 말처럼 계속 울부짖어 시끄럽기 그지없었다. 당나귀가 풀을 먹으려는데 풀밭에 하얗고 몽실몽실한 둥근 뭉치 수십 개가 뛰어다녀 풀을 먹을 수 없어서 소리친 것이었다.

"와, 토끼가 참 많네! 이리 와, 이리 와, 꼬치에 꿰어서 구워야지!"

위무선이 히히거리며 말했다.

"운심부지처에서는 살생 금지라고요! 어서 저 당나귀 입 좀 막으세요. 아침 공부하던 문하생들이 몇 번이나 찾아왔는지 모른다고요! 또 그러면 우리가 욕먹어 배 터져 죽겠어요!"

남경의가 노발대발했다.

위무선은 아침밥에 있던 사과를 당나귀에게 주었다. 당나귀는 사과를 받아 물더니 바로 우걱우걱 소리 내며 사과를 씹어먹었다. 위무선은 당나귀의 목덜미를 쓰다듬으며 여기 있는 소년들이 지닌 통행 옥패를 떠올렸다. 그리고 사방을 뛰어다니는 하얀 토끼들을 가리키며 말했다.

"정말 구우면 안 돼? 구우면 산 아래로 내쫓기는 거 맞지?"

남경의는 강적이라도 만난 듯 황급히 두 팔을 펼쳐 위무선의 앞을 가로막았다.

"이건 함광군이 키우시는 거예요. 우리는 가끔 그를 돕는 것뿐이고요. 그런데 감히 굽겠다고요!"

이 말에 위무선은 웃겨서 바닥에 쓰러질 뻔했다.

'남잠, 이 사람이 정말! 예전에는 줘도 싫다더니 이젠 몰래 키우고 있네. 그래도 싫다고? 누굴 속여? 사실 속으로는 이렇게 하얗고 털이 복실복실한 작은 것을 좋아했군! 함광군이 딱딱한 표정으로 토끼를 안고 있는 모습이라니. 아이고 세상에, 웃겨 죽겠네…….'

하지만 어젯밤 남망기 위에 엎드려 있던 광경이 생각나 위무선은 더 웃을 수가 없었다.

바로 그때, 운심부지처 서쪽에서 종소리가 들려왔다.

시진을 알리는 소리와는 달리 급하고 격렬해 마치 정신을 놓은 광인이 치는 것 같았다. 남경의와 남사추가 얼굴색이 확 변하더니 위무선과의 실랑이를 멈추고 그를 놔둔 채 달려갔다. 위무선도 이상한 낌새를 느끼고 급히 따라갔다.

종소리는 각루(角樓)에서 들려왔다.

이 각루는 '명실'로 사면의 벽을 특수 소재로 만들고 전서(篆書)로 주문을 써놓은 남가의 초혼 전용 건물이었다. 각루의 종이 스스로 울린다는 것은 안에서 초혼 의식을 진행하던 사람에게 일이 생겼다는 것을 뜻했다.

각루 밖에 남가 자제와 문하생들이 모여들었지만, 선뜻 안으로 들어가는 사람은 없었다. 굳게 닫힌 명실의 검은 문은 안에서만 열 수 있었다. 외부에서 완력으로 열기도 어려웠지만, 금기를 깨는 일이기도 했다. 초혼 의식에서 뜻밖의 사고가 생겼다는 것은 무서운 일이었다. 도대체 어떤 것이 불려 왔는지 아무도 몰랐고 성급하게 들어갔다가 무슨 일이 생길지도 몰랐기 때문이다. 게다가 명실이 생긴 이후 초혼에 실패한 적이 없었기 때문에 더 두렵고 걱정스러웠다.

위무선은 남망기가 없는 것을 보고 불길한 예감이 들었다. 남망기가 운심부지처에 있다면 종소리를 듣고 즉시 달려왔을 것이다. 아니면…….

갑자기, 검은 문이 '쾅' 하고 열리더니 문하생 하나가 비틀거리며 뛰쳐나왔다.

문하생은 비틀거리며 나오다가 계단에서 굴렀다. 명실 문이 누가 화가 나서 걷어찬 것처럼 곧바로 쾅 닫혔다.

사람들이 우르르 달려가 문하생을 부축했다. 문하생은 부축을 받고 일어나는 듯하더니 다시 쓰러졌다. 온 얼굴이 눈물과 콧물 범벅이 된 채로 사람을 붙들며 말했다.

"안 되는……, 부르면 안 되는…….."

위무선이 그의 손을 잡고 가라앉은 목소리로 말했다.

"도대체 어떤 것의 혼을 부르고 있는 거야? 안에 또 누가 있지? 함광군은?!"

문하생이 가쁜 호흡을 내쉬며 입을 열었다.

"함광군이, 빨리 나가라고…….."

말이 채 끝나기도 전에 그의 코와 입에서 붉은 피가 뿜어져 나왔다. 위무선은 그를 남사추에게 건네고, 대충 만든 대나무 피리가 허리춤에 꽂혀 있는지 확인하고는 계단을 성큼성큼 올라가 명실 대문을 걷어차며 소리쳤다.

"문 열어!"

명실 대문이 미친 듯이 웃는 것처럼 갑자기 확 열렸다. 위무선은 즉시 안으로 들어갔다. 그러자 그의 등 뒤에서 문이 쾅 닫혔다. 문하생들이 깜짝 놀라 달려갔지만 아무리 해도 문이 열리지 않았다. 한 객경이 문으로 돌진하며 놀라고 분한 나머지 외쳤다.

"방금 저 사람 도대체 누구야?!"

남사추가 쓰러진 문하생을 부축하면서 이를 악물며 말했다.

"……우선 저 좀 도와주세요. 이 사람 얼굴의 일곱 구멍에서 다 피가 흘러나옵니다!"

위무선이 명실에 들어가자 답답한 검은 기운이 훅 덮쳐 왔다.

이 검은 기운은 원기와 노기와 광기가 한데 뭉쳐진 혼합체로, 눈에 보일 것만 같았다. 검은 기운이 가슴을 묵직하게 누르는 것이 압박감이 상당했다. 3장 정도 넓이의 명실 모서리 네 곳에 사람들이 정신을 잃고 비스듬하게 쓰러져 있었다. 바닥 중앙의 진법 안에 초혼의 대상이 곧게 서 있었다.

다른 것은 없고 팔뚝 하나뿐이었다. 바로 모가장에서 가지고 온 그것이었다.

그것은 막대기처럼 꼿꼿하게 서 있었다. 절단면은 땅으로 향하고 네 손가락으로 주먹을 쥐고 집게손가락으로 하늘을 가리키는 게 분노해서 누군가를 가리키고 있는 것 같았다. 명실 전체를 감싸는 검은 기운은 바로 그것이 내뿜는 것이었다.

초혼 의식에 참여한 사람 중 나갈 사람은 나가고 남은 사람은 의식을 잃고 쓰러져 있었다. 동쪽 방향의 남망기만이 단정하게 앉아 있었다.

남망기 옆에 놓여 있던 고금이 줄에 손을 대지도 않았는데 계속 윙윙거리고 있었다. 남망기는 생각에 잠겨 있거나 정신을 집중해서 뭔가를 듣고 있는 듯했다. 누군가 들어온 기척이 느껴지자 남망기는 고개를 들었다.

늘 그렇듯 담담한 표정에 위무선은 그가 무슨 생각을 하고 있는지 알 수 없었다. 한쪽 방위를 지키던 남계인은 정신을 잃고 쓰러져 있었고, 아까 명실에서 뛰쳐나온 문하생처럼 얼굴의 일곱 개 구멍에서 피가 흐르고 있었다. 위무선은 그를 대신해 서쪽 방위를 밟은 다음 허리춤에서 대나무 피리를 꺼내 입술에 대고 남망기와 멀리서 마주 봤다.

그날 밤 모가장에서 위무선이 먼저 흉시 세 구를 조종해 방해하고, 남망기가 멀리서 고금 소리로 공격해 두 사람은 의도치 않게 연합해 팔뚝을 제압했다. 남망기는 위무선과 눈이 마주치자 바로 이해하고 오른손을 들었다. 그러자 고금에서 현음(弦音)이 쏟아져 나왔다. 위무선이 즉시 피리 소리로 화답했다.

그들은 〈초혼〉이라는 곡을 연주했다. 죽은 자의 시신, 시신의 한 부분 또는 생전에 아끼는 물건을 매개로 망자의 혼을 음악으로 불러들이는 것이다. 보통 한 소절이면 진(陣) 속에 혼백의 신체 형상이 떠오른다. 그러나 한 곡이 거의 끝나가도록 혼백은 소환되지 않았다.

팔뚝은 분노한 것처럼 팔뚝 전체에 핏줄이 솟았다. 그러자 명실 공기가 팽팽해지면서 중압감이 더 심해졌다. 다른 사람이 서쪽을 지켰더라면 버티지 못하고 일찌감치 남계인처럼 얼굴의 일곱 개 구멍에서 피가 흘렀을 것이다. 위무선은 남망기와 자신의 〈초혼〉 합주에도 혼백이 소환되지 않는 것은 거의 불가능한 일이라 내심 놀랐다. 혹시……, 혹시 이 망자의 혼백이 그의 시신과 마찬가지로 갈가리 찢겼다면 몰라도 말이다.

보아하니 이자는 자기보다 아주 조금 더 비참한 것 같았다. 위무선의 경우 시체는 잘게 찢겼지만, 다행히 혼백은 온전했다.

〈초혼〉이 통하지 않자 남망기가 가락을 바꿔 다른 곡을 연주하기 시작했다.

이번 곡은 조금 전의 기괴하고 무시무시하며 따져 묻는 것 같은 곡조와는 전혀 달리 조용하고 평안한 곡인 〈안식〉이었다. 이 두 곡은 널리 알려진 현문의 명곡으로 연주할 줄 아는 사람이 많았기 때문에 위무선도 자연스럽게 화음을 얹었다.

이릉노조의 귀신을 부리는 피리 이름은 '진정'으로 명성이 자자했다. 하지만 지금 위무선은 대나무 피리로 화답하면서 일부러 틀리고 빼먹고 호흡이 부족한 것처럼 연주해 들어주기 힘들었다. 남망기는 여태껏 이렇게 엉망으로 부는 사람과 합주해본 적이 없는 듯 도저히 계속 연주하기 어려웠는지 고개를 들어 무표정한 얼굴로 위무선을 쳐다봤다.

위무선은 못 본 척하면서 시치미를 뚝 뗐고, 가락은 원곡에서 점점 멀어졌다. 계속 불려고 몸을 돌리는데 뒤에서 이상한 소리가 나서 보니 의식을 잃고 쓰러져 있던 남계인이 어느새 깨어나 꼿꼿하게 앉아 있었다. 그는 얼굴의 일곱 개 구멍에서 피를 흘리면서, 노기를 뿜으며 위무선을 가리키는 손까지 덜덜 떨면서 있는 힘을 다해 외쳤다.

"그만 불어! 꺼져! 썩 꺼지라고! 안 돼…….."

도대체 뭐가 '안 돼.'라는 건지 다 말하지도 못하고 남계인은 다시 피를 토하며 쓰러졌다.

"……."

남망기는 아무 말도 하지 않았다. 위무선은 어안이 벙벙했다.

하지만 그는 곧 남계인의 '안 돼'의 뒷말이 무엇인 줄 알았다. 불면 안 돼! 합주하면 안 돼! 자기의 애제자 남망기의 연주를 더럽혀서는 안 돼!

그들의 고금과 피리 합주가 남계인을 깨어나게 했다가 다시 기절시킨 것으로 보아 위무선의 피리 연주가 얼마나 엉망인지 알 수 있었다.

하지만 어쨌든 그 왼팔은 피리와 고금의 협공에 천천히 쓰러졌다. 위무선은 부끄러운 기색이 전혀 없었다. 듣기 싫은 건 싫은 것이고 효과만 있으면 그만이었다.

마지막 고금 소리가 멈추자 잠시 뒤 명실 문이 활짝 열리면서 햇빛이 쏟아져 들어왔다. 각루 위의 종이 잠잠해지자 명실 밖에 있던 자제와 문하생들이 '함광군'을 외치며 뛰어 들어왔다.

남망기는 고금 현에 손을 얹어 지그시 눌러 윙윙거리는 여음을 멈추었다. 그리고 남계인에게 다가가 그의 맥을 짚었다. 남망기가 나서서 지휘하자 사람들은 빠르게 진정됐다. 연장자 몇 명이 피를 흘리고 있는 사람들을 바닥에 눕히고 치료를 시작했다. 그들은 침을 놓거나 약을 가져왔고, 다른 문하생들은 동종(銅鍾)을 들고 왔다. 팔뚝을 덮을 생각이었다. 현장은 분주했지만 질서정연했고 말도 조용히 하는 등 누구 하나 소란을 떨지 않았다.

"함광군, 단약과 시침 모두 소용이 없습니다. 어떻게 하면 좋을까요?"

몇몇이 걱정스러운 듯 말했다.

남망기는 말없이 세 손가락으로 남계인의 맥을 짚고 정신을 집중했다. 남계인은 초혼 의식을 수백 번은 넘게 주재했다. 그중에는 여귀 흉령도 있었고 원기의 반격을 받아 상처를 입은 적도 있었다. 따라서 이 귀수의 원기가 얼마나 대단한지 알 수 있었다.

위무선은 대나무 피리를 허리춤에 꽂고 동종 옆에 꿇어앉아 표면에 새겨진 금문(金文)을 어루만지며 생각에 잠겼다. 남사추의 어두운 표정을 본 위무선이 물었다.

"왜 그래?"

남사추는 위무선이 평범한 인물이 아니라는 것을 알았기 때문에 조금 망설이다가 작은 목소리로 말했다.

"조금 양심의 가책이 느껴져서요."

"어째서?"

"이 귀수는 저희에게 덤벼 온 것이잖아요."

"어떻게 알았어?"

위무선이 웃으며 말했다.

"소음기는 등급별로 그리는 화법과 위력이 다릅니다. 그때 저희가 모가장에서 그린 소음기는 작용 범위가 주변 5리에 지나지 않았습니다. 이 귀수는 살기가 강하고 인간의 뼈와 살, 피와 기를 먹지 않습니까. 만약 이것이 처음부터 작용 범위 안에 있었다면 흉악한 정도로 보아 모가장은 진작에 피가 강물을 이뤘을 겁니다. 하지만 이것은 우리가 도착한 뒤에 갑자기 나타났습니다……. 그러니 악의를 품은 자가 일부러 그 시간, 그 지점에 가져다 놓은 것입니다."

"수업 착실하게 들었군, 좋은 분석이야."

"그래서, 모가장에서 죽은 사람들은 저희에게도…… 책임이 있습니다……. 게다가 지금은, 남 선생님과 문하생들도 의식을 잃고 깨어나지 못하니……."

남사추가 고개를 떨구며 말했다.

잠시 말없이 있다가 위무선이 남사추의 어깨를 두드리며 말했다.

"책임져야 할 사람은 너희가 아니라 귀수를 보낸 그 사람이지. 세상에는 자기가 통제할 수 없는 일도 있게 마련이야."

남계인을 보던 남망기가 물러나자 남가 사람들이 황급히 물었다.

"함광군, 왜 그러십니까?"

"원인을 찾아야 해."

남망기가 말했다.

"맞아. 사건이 발생한 원인을 찾아야 해. 이 귀수의 시신 전체를 찾아 신분을 밝혀내면 사람들을 구할 방법이 생길 거야."

위무선이 말했다.

남경의는 위무선이 미치광이가 아니라는 것을 진작 알았지만 위무선에게 비난하는 말투로 말했다.

"말 참 쉽게 하시네요. 초혼으로도 소환되지 않고 이곳을 이렇게 만들었는데 어딜 가서 찾겠습니까?"

"서북."

남망기가 말했다.

"서북이요? 함광군, 어째서 서북 방향입니까?"

남사추가 의아하다는 듯 물었다.

"진작에 손으로 가리켜주고 있잖아?"

"가리킨다고요? 누가? 누가 가리키는데요? 함광군은 안 알려주셨다고요."

위무선의 말에 남경의가 어리둥절하며 물었다.

"저게."

사람들은 그제야 위무선이 가리키는 게 귀수라는 것을 알아챘다.

왼팔은 정확히 한 방향을 가리키고 있었다. 누군가 위치를 바꿔 놓아도 그것은 집요하게 원래 방향으로 되돌아왔다. 다들 이런 상황을 한 번도 본 적이 없어 놀라움을 금치 못했다.

"저거? 저……, 저게 지금 뭘 가리키고 있는 거죠?"

남경의가 물었다.

"뭘 가리키고 있겠어? 시신의 다른 부분이거나 자기를 이 꼴로 만든 범인이겠지."

위무선이 대답했다. 이 말에 마침 서북 방향에 서 있던 소년들이 재빨리 비켜섰다. 남망기가 위무선을 한 번 보더니 천천히 일어나 문하생들에게 말했다.

"숙부님을 잘 모시거라."

"네! 바로 출발하시게요?"

문하생들이 고개를 끄덕이며 말했다.

남망기가 고개를 약간 끄덕였다. 어느새 위무선은 남망기 뒤에 붙어서 기쁨에 겨운 듯이 큰소리로 혼잣말을 했다.

"좋아, 좋아. 드디어 사랑의 도피를 할 수 있겠어!"

사람들은 놀라며 그를 쳐다보았다. 특히 나이가 많은 문하생들은 소름이 다 끼쳤지만, 소년들은 오히려 조금 익숙해진 듯했다. 바닥에 누워 있던 남계인만 정신을 잃은 상태에서도 얼굴을 실룩거렸다. 사람들 모두 '저자가 한두 마디만 더 하면 남 선생님이 화가 치밀어 깨어나시겠다.'라고 생각했다.

세가의 선수들은 수행원을 대거 동원하고 떠들썩하게 야렵을 떠나는 게 다반사였다. 하지만 남망기는 혼자 다니는 것을 좋아했다. 게다가 이 왼팔은 사악하고 기괴해 조금만 방심해도 옆 사람에게까지 화가 미칠 수 있었다. 때문에 가문의 자제와 다른 문하생 대신 위무선 한 명만 데리고 나서서 위무선은 꼼짝할 수가 없게 되었다.

위무선은 산에서 내려가면 줄행랑을 치려고 기회를 노렸지만, 항상 남망기에게 목덜미를 잡혀 끌려오는 것으로 끝났다. 위무선은 방법을 바꿔 남망기 몸에 끈질기게 달라붙었다. 특히 밤만 되면 남망기가 혐오스러워 못 참고 검을 들어 자신을 쫓아내기를 바라면서 남망기의 침상으로 기어들었다. 그러나 위무선이 별 미친 짓을 다 해도 남망기는 꿈쩍도 하지 않았다. 위무선이 남망기의 이불 속으로 기어들면 남망기는 위무선을 살짝 쳐서 온몸이 굳어지게 만든 다음 다른 이불속에 집어넣고 날이 밝을 때까지 똑바른 자세로 자게 해놓았다. 위무선은 몇 번이나 낭패를 봤고 잠에서 깨면 허리가 시큰거리고 다리에 힘이 풀려 죽는소리를 했다. 위무선은 '남망기가 나이가 들더니 예전보다 훨씬 재미없어졌네. 예전에는 조금만 건드려도 부끄러워해서 놀리는 재미가 있었는데 지금은 아무리 해도 꿈쩍도 안 하고 되려 반격을 하다니. 어떻게 이럴 수가 있지!' 하고 생각했다.

두 사람은 왼팔이 가리키는 대로 서북쪽으로 향했다. 날마다 〈안식〉을 합주해 그의 노기와 살기를 잠시 누그러뜨렸다. 청하 근처에 도착하자 그 왼팔은 오랫동안 유지했던 방향을 갑자기 바꾸어 집 게손가락을 접어 주먹을 쥐었다.

왼팔이 가리키는 것이 바로 이 근처에 있다는 것을 뜻했다.

그들은 물어물어 청하의 한 작은 성(城)에 도착했다. 마침 대낮이라 거리를 오가는 사람이 많았고 시끌벅적했다. 남망기 뒤에서 터덜터덜 걷던 위무선은 코를 찌르는 연지 향기를 맡았다.

남망기가 풍기는 맑고 은은한 단향목 향기에 익숙해진 위무선은 자극적인 향기에 아무렇게나 내뱉었다.

"뭘 파는데, 이런 향이 나지?"

향기는 도복을 입고 얼굴에 사기꾼이라고 딱 쓰여 있는 강호(江湖)의 낭중#49이 있는 곳에서 풍겼다. 그는 행인을 상대로 잡다한 물건을 팔고 있었다. 손님이 와서 묻자 그는 신나서 대답했다.

"뭐든 다 팔죠! 연지, 향분, 좋은 물건을 싸게 드립지요. 공자, 한번 보시겠어요?"

"좋아요, 좀 봅시다."

"집안의 낭자 드리게요?"

"내가 쓸 건데."

위무선이 웃으며 말했다.

"……."

낭중의 얼굴에서 웃음이 사라졌다. 낭중은 '나랑 지금 장난하자는 건가?!' 하고 생각했다.

화를 내기도 전에 한 젊은 남자가 옆으로 다가와 무표정한 얼굴로 말했다.

#49 낭중(郎中) 떠돌이 의원.

"안 살 거면 소란 피우지 마."

그 남자는 잘생기고 우아했으며 하얀 옷에 하얀 말액을 두르고 허리에 장검을 차고 있었다. 가짜 도사였던 낭중은 현문 세가에 관해 조금 알고 있었기 때문에 고소 남씨 가문의 문양을 알아봤다. 낭중은 더 수작 부리지 않고 황급히 물건을 정리해 꽁무니를 뺐다.

"왜 도망가? 나 정말 살 건데!"

"돈은 있고?"

위무선의 말에 남망기가 물었다.

"없으면 함광군께서 주시면 되죠."

위무선은 말이 끝나기가 무섭게 손을 뻗어 남망기의 품으로 손을 쑥 집어넣었다. 뭐가 있을까 싶었지만 작고 정교하며 묵직한 돈주머니가 나왔다.

남망기가 이런 걸 몸에 지니고 다니리라고는 전혀 생각하지 못했다. 하지만 근래에 남망기는 위무선이 생각하지도 못한 일을 한두 번 한 게 아니어서 위무선은 이상하게 생각하지 않고 돈을 들고 나섰다. 남망기는 그가 돈을 가지고 가도 불만을 표시하지 않았다. 위무선이 남망기의 품성과 세속에 때 묻지 않은 고결함을 조금이라도 알고 함광군의 명성 또한 놀랄 만큼 좋았으니 망정이지, 아니었으면 남망기와 모현우 사이에 질긴 갈등 같은 뭔가가 있는 게 아닐까 의심할 뻔했다.

그게 아니라면, 자기가 이 정도까지 하는데 왜 참는단 말인가?!

한참을 걷던 위무선은 무의식적으로 뒤를 돌아봤다. 남망기가 아까 그 자리에 서서 이쪽을 바라보고 있었다.

위무선은 자기도 모르게 발걸음을 늦췄다.

이유는 모르겠지만 이렇게 빨리 걸어서 남망기를 뒤에 떨어뜨리고 가선 안 된다는 생각이 어렴풋하게 들었다.

그때 한쪽에서 누군가 외치는 소리가 들렸다.

"이릉노조, 다섯 푼에 한 장, 열 푼에 세 장!"

"누구야?!"

위무선은 누가 자신을 팔고 있는지 보려고 재빨리 뛰어갔다. 방금 마주쳤던 강호의 낭중, 가짜 도사였다. 그는 조악한 연지와 향분 대신 흉신악살과 문신#50 그림을 내놓고 소리쳤다.

"다섯 푼에 한 장, 열 푼에 세 장, 싸다 싸. 안 사면 손해! 세 장 좋다. 한 장은 대문에, 한 장은 대청에, 마지막 한 장은 침상맡에 붙이면 딱입니다. 불길한 기운과 사악한 기운을 몰아내요. 악은 악으로, 독은 독으로, 귀신이 절대 접근하지 못해요!"

"허풍이 하늘을 찌르네! 정말 그렇게 용한데 한 장에 다섯 푼이라고?!"

위무선이 말했다.

"왜 또 당신이야? 살 거면 사고, 안 살 거면 가시오. 한 장에 오십 푼에 산다면 내 생각해보지."

낭중이 말했다.

'이릉노조 진악상'을 들쳐 본 위무선은 그림 속 검푸른 얼굴에 송곳니가 삐죽 나오고 눈을 부라리고 힘줄이 툭 튀어나온 흉악한 인물이 자신이라는 것을 절대 받아들일 수 없었다.

"위무선은 일대에 널리 이름을 떨친 미남자인데 대체 뭘 그린 거요?! 실물도 못 봤으면서 멋대로 그리지 마시오. 다른 집 자제들이

#50 문신(門神) 문에 붙이는 신상.

대체 뭘 보고 배우겠소."

위무선이 따졌다.

낭중이 대답하려는 순간 위무선은 등 뒤에서 강한 바람이 덮쳐 오는 듯한 느낌이 들어 재빨리 몸을 피했다.

위무선은 피했지만, 낭중은 누군가에게 차여 길가에 있던 바람 개비 노점에 부딪혔다. 노점상은 넘어지지 않으려고 매대를 붙잡 고 떨어진 물건을 줍느라 정신이 없었다. 낭중은 욕을 하려고 했으 나 자신을 걷어찬 공자가 입은 금빛 찬란한 옷이 부자 아니면 귀한 집 출신인 것 같아 기세가 꺾였다. 다시 보니 상대의 가슴팍에 금 성설랑 백모란 문양이 있자 풀이 완전히 죽었다. 하지만 이렇게 이 유 없이 공격을 당한 것이 억울해 조심스럽게 물었다.

"왜 사람을 차고 그럽니까?"

그 공자는 바로 금릉이었다. 금릉은 팔짱을 끼고 차갑게 말했다.

"왜 찼냐고? 감히 내 앞에서 '위무선'이란 이름을 입에 올리다니. 내가 살려준 것만으로도 무릎 꿇고 감지덕지해야 할 텐데, 그러고 도 길거리에서 소리를 질러? 죽고 싶어!"

위무선은 금릉이 이곳에 나타날 줄 몰랐고 그의 행동이 이렇게까 지 제멋대로일 줄은 더더욱 생각하지 못했다.

'이 아이 성격이 왜 이 모양인지 모르겠네. 화도 많고 난폭하고 거만하고 제멋대로고 안하무인에 어째 제 외숙과 부친의 나쁜 점 만 배웠나 보군. 모친의 좋은 점은 하나도 안 배우고 말이야. 내가 가르치지 않으면 조만간 큰일을 당하겠는걸.'

금릉이 화를 삭이지 못하고 바닥에 쓰러진 낭중을 향해 두 걸음 떼자 위무선이 외쳤다.

"금릉!"

낭중은 감히 소리도 내지 못한 채 눈빛으로 고마움을 표했다. 금릉이 위무선 쪽으로 몸을 돌리고 경멸하듯 말했다.

"너 아직 안 도망갔어? 뭐, 좋아."

"아이고, 지난번 바닥에 눌려서 일어나지도 못한 게 누구였더라, 누구였는지 모르겠네?"

위무선이 웃으며 말했다.

위무선의 말에 금릉이 비웃더니 휘파람을 불었다. 위무선은 무슨 영문인지 몰라 어리둥절했다. 잠시 뒤 멀리서 육중하고 거친 동물의 숨소리가 들려왔다.

고개를 돌려 보니 사람 반 정도 크기에 검은 갈기를 가진 영견(靈犬)이 길모퉁이를 돌아 이쪽을 향해 달려오고 있었다. 사람들의 놀란 비명도 조금씩 가까워지고 커졌다.

"맹견이 사람을 문다!"

위무선의 얼굴색이 갑자기 확 변하더니 바로 줄행랑을 쳤다.

말하자니 좀 창피하지만, 지나가는 곳마다 초목이 쓰러질 만큼 명성 드높은 이릉노조는 사실 개를 무서워했다. 이것은 어쩔 수가 없는 일이었다. 강풍면이 거두기 전까지 위무선은 어린 시절 거리를 떠돌며 살았다. 먹을 게 없어서 맹견이 먹던 음식을 자주 빼앗다 보니 물리기도 많이 물리고 쫓기기도 많이 쫓겼다. 그러다 보니 점점 개가 무서워졌다. 이것 때문에 강징에게 놀림도 많이 당했다. 창피한 일이기도 했지만 말해도 믿는 사람이 별로 없어 잘 알려지지 않았다. 위무선은 혼이 나간 것처럼 도망치다 큰 키에 우아하게 서 있는 하얀 그림자가 보이자 울부짖듯 외쳤다.

"남잠, 살려줘!"

위무선을 쫓아온 금릉이 남망기를 보자 대경실색했다.

'이 미친놈이 어떻게 또 남망기와 함께 있지?!'

남망기는 성격이 진지하고 과묵하며 잘 웃지 않아 선문의 동년배들도 그를 보면 괜히 위축됐으니 금릉 같은 후배는 더 말할 필요도 없었다. 그의 위력은 남계인보다 더하면 더했지 못하지 않았다. 금릉의 개는 엄격한 훈련을 받아 평범하지 않았고 영기가 있어 앞에 있는 사람을 알아보기라도 한 듯 함부로 달려들지 않고 몇 번 짖다가 꼬리를 내리고 금릉 뒤로 숨었다.

검은 갈기의 영견은 금광요가 금릉에게 선물한 귀한 개였다. 보통 사람이라면 염방존이 준 것이라는 말만 들어도 푸대접하지 못했지만, 남망기는 보통 사람이 아니었다. 그는 준 사람이 누구든, 개 주인이 누구든, 벌 받을 일을 하면 원칙대로 처벌했다. 금릉은 개를 부려 길에서 사람을 쫓다가 남망기에게 들켰으니 깜짝 놀라서 속으로 '큰일 났다. 남망기는 내가 어렵게 훈련시킨 영견을 죽이고 나도 크게 혼낼 거야!' 하고 생각했다.

위무선은 남망기의 팔 밑으로 파고 들어가 그의 뒤에 숨어 그의 늘씬하고 쭉 뻗은 등 뒤로 기어 올라가 하늘까지 닿을 기세였다. 위무선이 등 위에 올라 두 팔로 꽉 감싸 안자 남망기는 몸 전체가 딱딱하게 마비되는 듯했다. 금릉은 이 기회를 틈타 휘파람을 짧게 두 번 불어 검은 갈기 영견을 데리고 황급히 도망쳤다.

한쪽 바닥에 있던 낭중이 버둥거리며 일어나 공포가 채 가시지 않은 듯이 말했다.

"말세로다. 요즘 세가 자제들은 참으로 기가 막히는구먼! 기가 막혀!"

위무선은 개 짖는 소리가 멀어지자 남망기의 등에서 내려와 아무 일도 없었던 것처럼 뒷짐을 지고 맞장구쳤다.

"맞소. 아주 말세야. 인심이 예전 같지 않아."

낭중은 위무선을 생명의 은인처럼 대하며 연신 맞장구를 치면서 고맙다고 했다. 그리고 뜨거운 감자를 던지듯 '이릉노조 진악도'를 위무선의 손에 쥐여주면서 "형장, 방금은 고마웠습니다! 이건 감사의 뜻입니다. 가격을 좀 낮춰서 한 장에 세 푼에 팔아도 삼백은 벌 거예요." 하고 말했다.

남망기는 그림 속 검푸른 얼굴에 이를 드러낸 인물을 보고 아무 말도 하지 않았다. 위무선은 자신의 그림 가격이 계속 떨어지자 어이가 없었다.

"이게 감사의 선물이라고? 정말 고마우면 그림 좀 잘 그리라고……. 잠깐, 멈춰. 물어볼 말이 있소만. 이곳에서 뭐 이상한 이야기 들은 거 없소? 아니면 이상한 현상을 본 거라도?"

"이상한 일이요? 그런 거라면 내가 제격이죠. 내가 여기 오래 살았거든요, 사람들이 나를 청하의 소식통이라고 합니다. 어떤 얘기가 듣고 싶소?"

"예를 들어, 요괴가 농간을 부린다든지, 토막 난 시체 같은 기이한 사건이나 멸문 참사 같은 거."

"이곳에는 없지만 5, 6리 더 가면 행로령이라는 산마루가 있는데 거긴 안 가는 게 좋을 겁니다."

"어째서?"

"행로령은 '식인령'이라고도 불러요. 이제 이해가 가십니까?"

"아, 그곳에 사람 잡아먹는 요괴라도 출몰하나 보지?"

비슷한 소문은 최소 수천 번은 들었고 직접 처리한 것도 수백 번이 넘어 시시한 것도 사실이었다. 하지만 낭중은 신나서 말했다.

"맞아요! 그 고개에 '식인 보루'가 있는데 그 안에 사람 잡아먹는 괴물이 산다고들 해요. 잘못 들어가면 괴물한테 잡혀 뼈도 살도 안 남고 시체도 못 찾는다니까요. 예외 없이! 무섭죠?"

과연 그래서 금릉이 이곳에 나타난 모양이었다. 지난번 대범산에서 식혼 천녀를 잡지 못했으니 이번에는 분명 행로령의 괴물을 잡으러 온 것이었다.

"그것 참 무섭군! 하지만 뼈도 살도 안 남고 시체도 못 찾았다면서 괴물이 잡아먹었다는 것은 어떻게 알지?"

위무선의 물음에 낭중이 놀라 잠깐 말문이 막혔다.

"당연히 본 사람이 있지요."

"방금 잘못 들어간 사람은 잡아먹혀서 뼈도 살도 남지 않고 예외가 없다면서? 그럼 이 소문은 누가 퍼뜨린 걸까. 그렇게 대단한데 그런 장면을 보고도 살아남아 소식을 전했다고?"

위무선이 감탄하며 말했다.

"……."

낭중이 다시 입을 열었다.

"소문이 그런데 내가 어떻게 알아요?"

"그럼 행로령에서 총 몇 명이 잡아먹혔는지는 아시오? 언제 잡아먹혔지? 나이는? 성별은? 이름은? 사는 곳은?"

"몰라요."

"청하의 소식통이라면서? 응?"

"소문에 그런 건 없었다고요!"

낭중이 화가 나 등에 짐을 지며 말했다.

"아니, 아니. 가지 말아. 한 가지만 더 물읍시다. 그 행로령은 청하 경내고 청하는 섭가의 관내 아닌가? 정말 사람을 잡아먹는 괴물이 행로령에 출몰한다면 그들이 그냥 두고 보겠어?"

위무선이 히죽거리며 물었다.

낭중은 거기까지는 생각하지 못했지만 "모른다."라고 하지 않고 무시하는 표정을 지었다.

"섭가? 예전의 섭가였다면 당연히 가만히 보고만 있지는 않았겠지요. 그런 소문이 난 다음 날 바로 달려와 요사스러운 괴물이 출몰하는 곳을 쓸어버렸을 겁니다. 하지만 지금의 섭가 가주는, 쯧쯧, '모르쇠'라고 하는 그 아니오."

청하 섭씨의 전 가주는 적봉존 섭명결로, 그의 아버지였던 전 가주가 기산 온씨의 가주 온약한 때문에 화가 나 죽은 뒤로 약관도 채 되지 않아 섭가를 이어받아 강직하고 강인한 기풍을 세웠다. 그는 택무군 남희신, 염방존 금광요와 의형제를 맺었다. 사일지정 이후 섭가는 그의 주재 아래 한때 난릉 금씨를 위협할 정도로 세력을 확장했다. 그러나 섭명결이 수련하다가 주화입마해 사람들 앞에서 피를 토하며 죽었으니 다음 가주 자리를 이은 사람은 분명 섭명결의 동생 섭회상이었을 것이다.

"왜 그를 '모르쇠'라고 부르지?"

"그걸 모르시오? 섭씨 가주는 사람들이 뭘 물어보면 모른다고도 안 하고, 안다고도 안 합니다. 그래서 묻는 사람이 다급해서 몰아치면 고개를 절레절레 저으며 울상을 해서는 '난 몰라, 몰라, 정말 모른다고!' 하면서 줄행랑을 친다고 해요. 이게 '모르쇠'가 아니고 뭡니까?"

위무선은 한때 섭회상과 같이 수학했기 때문에 그에 대해 몇 마디 할 수 있었다. 섭회상은 마음이 선량하고 머리도 나쁘지 않았다. 그저 공부에는 관심이 없고 자기의 재능을 부채와 새 잡기, 수업 빼먹기, 물고기 잡기 등 다른 데에 썼을 뿐이었다. 그래서 수련에는 확실히 자질이 없었고, 다른 가문의 또래 자제보다 8~9년 뒤에야 가까스로 금단을 맺었다. 살아 있을 때 섭명결은 섭회상을 훌륭한 재목으로 만들기 위해 엄하게 교육했지만, 뜻대로 되지 않았다. 이제 비바람을 막아주고 독촉하며 알려주는 큰형이 없으니 청하 섭씨는 급속하게 몰락했다. 성인이 된 이후, 특히 가주의 자리에 오른 뒤 섭회상은 익숙하지 않은 사무로 머리가 아플 정도로 바빠 여기저기 도움을 구했고, 특히 큰형의 두 의형제에게 도움을 많이 청했다. 오늘은 금린대에 가서 금광요에게 호소하고 내일은 운심부지처에 가서 더듬거리며 도움을 청했다. 금가와 남가 두 가문이 지원해주어 섭회상은 그나마 간신히 가주 자리를 지킬 수 있었다. 그러다 보니 이제 사람들은 섭회상 하면, 대놓고는 말은 못 해도 '무능한 놈'이라고 평가하는 게 표정에 나타났다.

옛일을 생각하니 탄식이 절로 나왔다.

행로령 이야기를 다 들은 위무선은 낭중의 돈벌이를 생각해 연지 두 상자를 사서 품에 넣고 남망기 옆으로 걸어갔다. 남망기는 돈주머니를 돌려받을 생각이 없는지 한마디도 하지 않고 낭중이 가리킨 방향으로 갔다.

행로령은 넓은 삼나무 숲으로 숲길이 넓고 초록이 무성했다. 한참을 걸어도 이상한 조짐은 보이지 않았다. 원래 큰 기대는 하지 않앉지만 그래도 이곳으로 온 이유는 만일에 대비하기 위해서였다. 끔찍한 소문이 정말 사실이라면 분명 흔적이 있을 것이었다. 대범산 식혼 천녀의 경우에도 피해자의 집과 이름을 다 알 수 있었다. 아연의 정혼자 아명도 알아냈지 않은가. 사람들이 피해자의 이름과 세부사항을 얼버무리면 대부분이 근거 없이 지어낸 소문이었다.

반 시진 정도 지나 위무선과 남망기는 마침내 이상한 것을 만났다. 비틀거리는 사람의 형체 일고여덟 개가 보였다. 눈을 하얗게 뜨고 남루한 옷을 입은 그들은 바람이 불면 쓰러질 것 같았고 매우 느렸다. 등급이 낮아도 더 낮을 수 없는 주시였다.

이런 주시는 동류에게도 업신여김을 당했고 조금 건장한 산 사람을 만나면 걷어차이기도 했다. 달리기가 빠른 어린아이를 만나면 순식간에 뒤로 처질 것이었다. 설령 재수가 너무 없어서 그들에게 잡혀 양기를 조금 빨린다고 해도 죽지는 않았다. 꼴이 흉하고 냄새가 이상한 것을 빼면 전혀 위협이 안 되기 때문에 높은 수준의 수사는 대부분 무시하고 후배들을 위해 남겨놓았다. 맹수인 호랑이와 표범만 사냥하지 약한 동물인 쥐는 잡지 않는다는 이치였다.

위무선은 그들이 걸어오는 것을 보고 오늘은 허탕을 쳤다고 생각해 고개를 숙이며 남망기 뒤로 갔다. 비틀비틀 걸어오던 주시들이 그들과 5, 6장 떨어진 곳까지 다가와 위무선을 딱 보더니 깜짝 놀라 즉시 몸을 돌려 왔던 길로 되돌아갔다. 돌아갈 때는 몰려올 때보다 두세 배는 민첩했다. 위무선은 관자놀이를 비비며 소름이 끼친다는 듯이 말했다.

"맙소사. 함광군, 정말 대단하십니다! 주시들이 딱 보더니 놀라 도망가네요! 하하."

남망기는 대꾸하지 않았다.

위무선은 하하하 웃으며 남망기를 밀쳤다.

"갑시다, 가. 그만 내려가자고요. 괴물 같은 건 없는 것 같습니다. 이곳 사람들 입담도 참 좋아요. 약해 빠진 주시 몇 놈을 보고 사람을 잡아먹고 뼈도 살도 안 남기는 괴물이라고 하다니. '식인 보루'도 분명 꾸며낸 얘기일 겁니다. 허탕만 쳤네요!"

남망기는 위무선에게 밀려 몇 걸음 물러서서야 걸음을 뗐다. 바로 그때, 삼나무 숲 깊은 곳에서 개가 미친 듯이 짖는 소리가 들려왔다.

순간 위무선은 얼굴색이 싹 변해 재빨리 남망기 뒤로 숨어 그의 허리를 붙잡고 잔뜩 웅크렸다.

"……아직 먼 곳에 있는데 왜 숨어."

"이이이이이이일단 숨고 다시 말해야지. 어디 있어? 어디 있냐고?!"

남망기가 잠시 귀를 기울이더니 말했다.

"금릉의 그 검은 영견이군."

금릉이라는 말에 위무선은 벌떡 일어났다가 또 개 짖는 소리가 나자 다시 쪼그리고 앉았다.

"영견이 짖는 것은 분명 뭔가 있다는 건데."

남망기가 말했다.

위무선은 계속 죽는소리를 하면서 벌벌 떨면서도 두 다리에 힘을 주며 간신히 일어났다.

"그그그그그그그럼 가서 봅시다!"

잠시 침묵이 흐른 뒤에야 남망기가 입을 열었다.

"너…… 일단 놔."

두 사람은 끌고, 당기고, 어기적거리면서 개 짖는 소리를 따라갔다. 그러나 삼나무 숲을 두 바퀴 돌아도 검은 갈기 영견의 짖는 소리만 가까워졌다 멀어졌다 할 뿐, 금릉의 모습은 보이지 않았다. 위무선은 개 짖는 소리를 계속 들으니 겨우겨우 조금 적응이 되는 것 같았다. 어쨌든 말은 더듬지 않았다.

"누가 여기에 미진(迷陣)을 쳐났나?"

미진은 사람이 일부러 설치한 것이다. 행로령의 소문은 전혀 근거가 없는 줄 알았는데 이렇게 되면 일이 재미있어졌다.

검은 갈기 영견은 반 주향이나 포효하고도 기운이 펄펄했다. 두 사람이 미진을 깨고 소리를 따라 조금 가자 삼나무 숲속에서 돌을 쌓아 만든 보루인 석보 윤곽이 나타났다.

회백색 벽돌을 쌓아 만든 석보는 표면이 담쟁이덩굴로 싸여 있고 낙엽이 덮여 있었다. 기괴한 반원형 모양이라 마치 땅 위에 큰 그릇을 엎어놓은 것 같았다.

행로령에 정말 이런 석보가 있다니 소문이 전혀 근거가 없는 것은 아닌 듯했다. 하지만 이것이 정말 '식인 보루'인지 안에 뭐가 있는지는 단정하기 어려웠다.

금릉의 검은 갈기 영견이 석보 주변을 내달리면서 때론 낮은 소리로 으르렁거리다 때론 큰 소리로 미친 듯이 짖었다. 남망기가 다가오는 것을 보더니 흠칫 놀라며 뒤로 물러섰지만 도망가지는 않았다. 그들을 향해 더 크게 짖고 다시 석보를 보고, 앞발로 구덩이를 파는 게 매우 초조해 보였다. 위무선은 남망기 뒤에 숨어 괴로운 듯 말했다.

"왜 안 가는 거야……. 주인은? 주인이 왜 안 보이지?!"

개 짖는 소리가 들렸을 때부터 지금까지 금릉의 목소리는 어디서
도 들리지 않았다. 구해달라는 소리도 없었다. 이 검은 갈기 영견
은 분명 금릉이 데리고 왔고 미진도 분명 금릉이 깼을 텐데 사람은
사라지고 없었다.

"들어가서 보지."

남망기가 말했다.

"어떻게 갑니까? 문이 없는데요."

위무선이 남망기에 말에 주위를 둘러보았다.

정말 문이 없었다. 창문과 문도 없이 회백색 벽돌로 빈틈없이 밀
봉되어 있었다. 검은 갈기 영견이 계속 짖으며 뛰어올랐다. 아무래
도 남망기의 옷자락을 물고 싶지만 차마 그러지 못하는 모양이었
다. 대신 영견은 남망기를 빙 돌아서 위무선에게 다가오더니 그의
옷자락을 물어 잡아당겼다.

위무선은 혼이 빠질 것 같아 남망기에게 두 손을 내밀었다.

"남잠…… 남잠남잠…… 남잠남잠남잠!"

검은 갈기 영견은 위무선을 끌고 위무선은 남망기를 잡아끌고,
그렇게 개 한 마리가 두 사람을 끌고 반 바퀴를 돌아 석보 뒤로 갔
다. 그곳에 사람 키 높이의 입구가 있었다. 형태가 고르지 않고 땅
에 크고 작은 깨진 돌이 널려 있는 것을 보니 방금 사람이 법기를
사용해 부순 게 틀림없었다. 입구 안은 컴컴해 잘 보이지 않았고
희미하게 붉은빛이 있는 것 같았다. 검은 갈기 영견은 안쪽을 향해
미친 듯이 짖다가 다시 두 사람을 향해 꼬리를 세차게 흔들었다.

더 말할 필요도 없이 금릉이 이 석보를 부수고 들어갔다가 예상
치 못한 일을 당한 것 같았다.

피진이 스스로 칼집에서 반 뼘 정도 빠져나와 서늘한 푸른빛을 뿌려 칠흑같이 어두운 앞길을 비춰주었다. 남망기가 허리를 숙여 먼저 들어갔다. 위무선은 영견 때문에 미칠 것 같아 잽싸게 뛰어 들어가다가 남망기에게 부딪칠 뻔했다. 남망기가 위무선의 손을 잡아주면서 책망인지 체념인지 모를 표정을 지으며 고개를 절레절레 저었다.

검은 갈기 영견은 들어오고 싶은지 안으로 열심히 달려들었지만 어떤 힘이 막고 있는 듯 아무리 해도 들어올 수가 없었다. 그래서 입구에 앉아 미친 듯이 꼬리만 흔들었다. 위무선은 너무 기쁜 나머지 그에게 무릎을 꿇을 뻔했다. 위무선은 남망기에게서 손을 거두고 안으로 몇 걸음 들어갔다. 검에서 뿜어져 나온 차가운 푸른 빛에 어둡던 주위가 환해졌다.

행로령은 나무가 크고 숲이 깊어 그늘이 많고 서늘했다. 석보 안은 숲보다 더 서늘했다. 위무선은 가벼운 옷차림으로 나선 터라 소매와 조끼 사이로 서늘한 바람이 들어와 방금 검은 갈기 영견 때문에 놀라 흘린 식은땀이 모두 말랐다. 입구의 빛은 촛불이 꺼진 것처럼 일찌감치 사라졌고 안으로 들어갈수록 점점 넓고 어두워졌다.

석보의 천장은 원형이었다. 위무선이 깨진 돌을 발로 차자 가벼운 메아리가 들렸다.

위무선은 걸음을 멈추고 오른손으로 관자놀이를 누르면서 미간을 약간 찡그렸다.

"무슨 일이지?"

남망기가 고개를 돌리며 물었다.

"……너무 시끄러워서요."

위무선이 대답했다.

석보 안은 무덤처럼 고요하고 적막했다. 외형도 무덤과 매우 비슷했다.

그러나 위무선은 지금 소음 속에 들어온 것 같았다.

소음은 사방팔방에서 들려왔다.

앞뒤 좌우, 위아래 모든 방향에서 소곤거리는 소리와 바스락바스락 '히히 하하' 하는 소리가 끊이지 않았다. 남자, 여자, 노인, 어린이, 소리는 크기도 하고 작기도 했다. 위무선은 산발적으로 문맥도 들었지만, 순식간에 사라져 무슨 말을 하는지 정확하게 알아들을 수가 없었다.

정말 너무 시끄러웠다.

위무선은 한 손으로 관자놀이를 계속 누르고 다른 한 손으로 건곤대에서 풍사반을 꺼냈다. 풍사반 바늘이 부들부들 떨면서 휘리릭 두 바퀴 돌더니 점점 빨라지다가 미친 듯이 돌기 시작했다.

지난번 대범산에서 방향을 짚어내지 못한 것도 괴이한 일이었지만, 이번처럼 한 번 돌기 시작하더니 멈추지 않는 것이 훨씬 더 괴이한 일이었다.

위무선은 불길한 예감에 소리를 질렀다.

"금릉!"

두 사람이 석보 안에 들어온 지 꽤 됐지만 산 사람의 흔적은 없었다. 위무선이 몇 번이나 소리를 질러도 대답이 없었다. 텅 빈 석실을 몇 칸 지나 더 깊이 들어가니 석실 중앙에 검은 관이 놓여 있었다.

이런 곳에 관이 놓여 있다니 뜻밖이었다. 관은 검고 무거웠으며 형태가 매우 아름다웠다. 위무선은 친근하고 흥미롭기도 해서 관을 탁탁 두드려보았다. 목재가 견고하고 소리도 좋았다.

"좋은 관이군."

남망기와 위무선은 관 양쪽에 서서 눈을 마주치고 동시에 손을 뻗어 관뚜껑을 열었다.

관뚜껑이 열리는 순간 주위의 소음이 갑자기 배로 커져 파도가 밀려오는 것처럼 위무선의 청각을 덮어버렸다. 무수한 눈동자가 위무선과 남망기를 몰래 감시하면서 그들의 행동 하나하나를 주시하다가 그들이 관뚜껑을 열자 갑자기 흥분한 것 같았다. 위무선은 관을 열면서 수십 가지 가능성을 생각했다. 썩은 냄새가 코를 찌르거나 마수가 뻗쳐 오거나 독극물이 뿜어져 나오거나 원령(怨靈)이 덮쳐 올지도 몰랐기 때문에 단단히 준비하고 있었다. 물론 위무선이 제일 바란 것은 금릉이었다. 그러나, 아무 일도 일어나지 않았고 아무것도 없었다.

그냥 빈 관이었다.

위무선은 다소 의외라 여겼고 금릉이 잡혀 있는 게 아니라 실망했다. 남망기가 좀 더 가까이 다가서자 피진이 칼집에서 나와 차가운 빛을 뿌리며 관 밑바닥을 비췄다. 남망기는 그제야 관 속에 아무것도 없는 게 아니라는 것을 알았다. 안에 있는 것은 그들이 예상했던 시체 같은 것보다 훨씬 작았고 관 중앙의 바닥 가장 깊숙한 곳에 숨겨져 있었다.

관속에 누워 있는 것은 장도(長刀)였다.

장도는 칼집이 없었고 칼자루는 황금으로 주조한 것 같았다. 묵직한 게 무게감이 있어 보였고, 도신(刀身)은 가늘고 칼끝이 눈부시게 빛났다. 관 바닥의 붉은 천 위에 놓여 있어 붉은빛을 반사해 살벌한 기운이 더해졌다.

관 속에 시체가 아닌 칼을 넣다니. 행로령의 이 석보는 이상한 것투성이였고 알면 알수록 기이했다.

두 사람은 관뚜껑을 덮고 계속 안으로 들어갔다. 석실 몇 곳에서 비슷한 관이 발견됐다. 관의 재질을 보아 연대는 다른 것 같지만 모두 장도가 안치돼 있었다. 마지막 석실에서도 금릉의 흔적은 보이지 않았다. 위무선은 관뚜껑을 닫으며 불안한 마음을 감출 수가 없었다.

남망기는 위무선이 미간을 찡그린 채 한마디도 하지 않자 조금 망설이더니 고금을 관 위에 내려놓았다. 고금 위에 손을 올리자 손가락 사이에서 고금 소리가 흘러나왔다.

남망기는 짧게 한 소절 연주하더니 오른손을 고금 몸통 위에서 내리고 계속 진동하는 현을 응시했다.

갑자기 고금의 현이 떨리더니 한 음을 튕겨냈다.

"문령(問靈)?"

위무선이 남망기를 향해 물었다.

〈문령〉은 고소 남씨 조상들이 만든 명곡이다. 〈문령〉은 〈초혼〉과 달리 망자의 신분을 모르고 매개체가 없는 상황에서 많이 사용된다. 연주자가 현음으로 묻고 망자가 답하면 망자의 대답이 〈문령〉에 의해 음률로 변환돼 고금의 현이 반응하는 것이다.

고금의 현이 스스로 움직였다는 것은 이 석보에 있는 망자가 남망기의 요청에 응했다는 뜻이었다. 이어서 금어(琴語)로 질문과 답이 오갔다.

금어는 고소 남씨의 비기(祕技)로 위무선은 다른 많은 것을 섭렵했지만 금어는 몰랐다. 위무선이 작은 소리로 말했다.

"함광군, 이곳은 어디고, 무슨 용도이며, 누가 만들었는지 물어
봐 주세요."

금어에 정통한 남망기가 즉시 손을 움직이자 맑고 차가운 소리가
두세 번 울렸다. 잠시 뒤 현이 다시 저절로 두 번 울렸다.

"뭐라는 겁니까?"

위무선이 다급하게 물었다.

"몰라."

"네?"

"그가 '몰라.'라고 대답했어."

남망기가 태연하게 말했다.

"……."

위무선은 남망기를 물끄러미 쳐다봤다. 갑자기 예전에 그와 '수
편'에 대해 이야기했던 게 떠올라 코를 만지면서 생각했다.

'남잠이 정말 출세하긴 했어. 날 당황하게 만들 줄도 알다니.'

한 문제로 안 되자 남망기가 다시 현으로 물었다. 그러자 현이
답했다. 방금 두 개 음과 같은 음이었다. 위무선은 이번에도 대답
이 '몰라.'라는 것을 알아채고 물었다.

"이번엔 뭘 물어봤는데요?"

"왜 죽었냐고."

"자기도 모르게 누군가에게 살해당했다면 자기가 왜 죽었는지
모를 수도 있습니다. 누가 죽였냐고 물어보는 게 나을 거 같네요."

남망기가 손을 들어 현을 튕겼다. 그러나 돌아온 반응은 역시 "
몰라."였다.

이곳에 갇힌 죽은 자의 영혼이 첫째 여기가 어딘지도 모르고, 둘

째 왜 죽었는지도 모르며, 셋째 누구에게 죽었는지도 모른다니. 위무선도 이렇게 한 질문에 세 번 모른다고 하는 망자는 처음이라 생각을 바꿨다.

"그러면 다른 걸 물어봐 주세요. 그가 남자인지 여자인지. 이건 알겠죠."

남망기가 위무선의 말에 따라 연주했다. 손을 떼자 다른 현이 힘차게 튕겼다.

"남자."

남망기가 통역했다.

"겨우 하나는 알았네요. 다시 열대여섯 살 정도 된 소년이 이곳에 들어왔냐고 물어보세요."

"왔어."

망자의 혼이 이렇게 대답했다.

"그러면 그는 지금 어디 있지?"

위무선이 다시 물었다.

현이 잠깐 뜸을 들인 다음에야 반응을 보였다.

"뭐랍니까?"

위무선이 다급하게 물었다.

"바로 여기."

남망기가 굳은 표정으로 말했다.

위무선은 말문이 막혔다.

'여기'란 분명히 이 석보였다. 하지만 방금 그들이 다 찾아봤지만, 금릉은 보이지 않았다.

"그가 거짓말을 할 수도 있는 거죠?"

"내가 있는 한, 불가능해."

그랬다, 질문자는 함광군이었다. 함광군이 불러서 나온 혼을 제압하고 있었기 때문에 사실만 대답할 수 있었다. 위무선은 석실 곳곳을 들추며 혹시 자기가 놓친 비밀통로 장치가 있는지 살폈다. 남망기는 잠시 생각하더니 다시 연주했다. 답을 들은 남망기의 표정이 미세하게 변했다. 위무선은 남망기의 표정 변화를 알아채고 황급히 물었다.

"뭘 물어봤습니까?"

"연령이 몇이며, 어느 지방 사람인가."

이 두 문제는 불려 온 혼의 자세한 신분을 탐색하는 것으로 위무선은 남망기가 틀림없이 심상치 않은 대답을 들었다고 생각했다.

"뭐라고 했죠?"

"열다섯 살, 난릉 사람."

위무선의 표정도 확 변했다.

〈문령〉으로 불려 온 혼백이 금릉?!

위무선은 정신을 집중해 자세히 들었다. 온 사방에 울리는 소음 속에서 정말 금릉이 외치는 소리가 희미하게 들리는 듯했다. 그러나 뚜렷하지는 않았다.

남망기는 계속 연주해 물었다. 위무선은 남망기가 구체적인 위치를 묻는다는 것을 알아 현만 응시하며 금릉의 대답을 기다렸다. 이번 대답은 비교적 길었다. 남망기는 다 들은 다음 위무선에게 말했다.

"'제자리에 서서, 남서쪽을 마주하고 현의 울림을 들어라. 울리면 앞으로 한 걸음 나아가라. 고금 소리가 멈추면 곧 그대 앞에 있을 것이다.'"

위무선은 잠자코 남서쪽으로 돌았다. 뒤에서 현의 소리가 일곱 번 들리자 앞으로 일곱 걸음 걸어갔다. 그러나 앞은 텅 비었을 뿐 아무것도 없었다.

고금 소리가 계속됐지만, 간격이 점점 길어졌고 위무선의 걸음도 따라서 느려졌다. 다시 한 걸음, 두 걸음, 세 걸음……, 여섯 걸음을 가서야 소리가 그치고 더 울리지 않았다.

하지만 위무선의 앞은 벽이었다.

이 벽은 회백색 벽돌을 쌓아 만든 것으로 꼼꼼하게 맞물려 빈틈이 없었다.

"……벽 속에?!"

위무선이 몸을 돌리며 말했다.

피진이 칼집에서 나와 푸른빛을 뿌리며 휙휙 가르자 벽이 반듯한 우물 '정(井)' 자 형태로 갈라졌다. 두 사람이 달려가 벽돌을 떼어내자 검은색 흙이 나타났다.

이 석보는 이중벽으로 만들었고 이중벽 사이를 흙으로 채워놨다. 위무선이 맨손으로 흙을 파내자 검은 흙 중간에 두 눈을 꼭 감고 있는 사람 얼굴이 나타났다.

실종된 금릉이었다!

흙 속에 파묻혀 있던 얼굴이 노출돼 코로 갑자기 공기가 들어가자 금릉이 켁켁거리며 숨을 들이마셨다. 금릉이 아직 살아 있는 것을 보자 위무선은 그제야 안심이 됐다. 방금 금릉은 정말 목숨이 위태했다. 자칫하면 〈문령〉이 곧 몸을 떠날 생혼을 잡지 못했을 것이다. 벽에 갇혀 있던 시간이 짧아 다행이었다. 조금만 늦었어도 산 채로 질식해 죽었을 것이다.

두 사람은 재빨리 벽에서 금릉을 꺼냈다. 그러나 무를 뽑으면 흙이 딸려 나온다고, 금릉의 상반신을 꺼낸 순간 금릉이 등에 차고 있던 장검이 다른 것을 끌고 나왔다.

백골이 된 팔뚝이었다.

남망기는 금릉을 바닥에 눕히고 맥의 상태를 살폈다. 위무선은 피진의 칼집으로 그 백골 팔을 따라 능숙하게 계속 팠다. 얼마 뒤 온전한 해골이 눈앞에 나타났다.

해골은 방금 금릉처럼 서 있는 자세로 벽에 묻혀 있었다. 새하얀 뼈와 검은 흙이 선명한 대비를 이루며 눈을 자극했다. 위무선이 흙을 뒤집고 옆에 있는 벽돌 몇 개를 부수고 휘젓자 근처에서 두 번째 유골이 나왔다.

이번 것은 다 썩지 않아 해골에 피부와 살이 붙어 있었다. 머리뼈에 검고 헝클어진 긴 머리가 남아 있으며 연붉은색 옷을 입은 것을 보니 여자였다. 그녀는 서 있지 않고 허리를 굽히고 있었다. 허리를 굽힌 이유는 그녀의 다리 쪽에 세 번째 유골이 쪼그리고 있었기 때문이다.

위무선은 더 파지 않았다. 몇 걸음 물러서자 귓속으로 소음이 세차게 밀려 들어왔다.

위무선은 거의 확신했다. 이 석보의 두꺼운 벽 속에 인간의 유골이 가득하다는 것을.

머리 위, 발아래, 동서, 남북, 서 있고, 앉아 있고, 누워 있고, 쪼그리고 있는…….

도대체 여기는 무엇이란 말인가?!

제6장

음험하고 흉악하다

제6장 음험하고 흉악하다

바로 그때 의식을 잃었던 금릉이 갑자기 일어나 앉았다.

금릉은 두 사람 앞에서 눈을 감은 채로 비틀거리며 일어났다. 위무선은 금릉이 대체 뭘 하려는지 보자는 심산으로 가만히 있었다. 금릉은 위무선 옆을 천천히 돌아 벽으로 다시 들어가 조금 전에 파냈던 곳에 섰다. 두 손을 몸 옆에 내려놓은 자세까지 똑같았다.

위무선은 금릉을 다시 벽에서 꺼냈다. 우스우면서도 기괴해 남망기에게 이곳에 더 머무르면 안 된다고 말하려는 순간 멀리서 개가 극도로 흥분해 짖는 소리가 들려 놀라서 부르르 떨었다. 검은 갈기 영견은 그들이 들어간 뒤 입구에 앉아 꼬리를 흔들면서 위무선과 남망기가 주인을 데리고 나오기를 애타게 기다렸다. 그러는 동안 한 번도 짖지 않았다. 그런데 갑자기 그 어느 때보다 사납게 짖어댔다.

"밖이 이상해."

남망기가 말했다.

남망기가 손을 뻗어 금릉을 부축하려고 했지만 위무선이 한발 앞서 업으며 말했다.

"가봅시다!"

두 사람은 신속하게 왔던 길을 따라 나갔다. 몸을 숙여 입구를 나서자 검은 갈기 영견이 그들을 등지고 한 방향을 향해 으르렁거리고 있었다. 위무선은 눈 딱 감고 나오긴 했지만 이런 소리가 제일 싫었기 때문에 자기도 모르게 뒷걸음질을 쳤다. 그런데 그 순간 공교롭게도 개가 고개를 돌렸고, 위무선이 금릉을 업고 있는 것을 보고 재빨리 달려들었다. 위무선이 꽥 소리를 지르면서 금릉을 내던지려는 순간 남망기가 위무선 앞으로 나서서 개를 막아주었다.

검은 갈기 영견은 즉시 멈추고 꼬리를 내리면서도 혀는 내밀지 않았다. 영견은 입에 뭔가를 물고 있었다. 남망기가 다가가 허리를 숙여 그 입에 물린 천 조각을 빼서 위무선에게 보여주었다. 소맷자락 같았다. 방금 적어도 한 사람이 이 근처를 돌아다니거나 염탐했고 행동거지도 수상했을 것이다. 그렇지 않으면 검은 갈기 영견이 적의가 가득해 짖지는 않았을 것이다.

"멀리 가지 못했을 겁니다. 쫓아가지요!"

"그럴 필요 없어. 누군지 알아."

"저도 압니다. 행로령의 소문을 퍼뜨리고, 주시를 풀고, 미진을 치고, 석보를 지은 사람은 분명 같은 인물일 겁니다. 그리고 그 칼들까지…… 지금 안 잡으면 번거로워질 겁니다."

"내가 쫓지. 너와 금릉은?"

"저는 금릉을 데리고 청하로 돌아가 쉴 곳을 찾아볼게요. 아까 낭중을 만났던 곳에서 봅시다.”

대화는 매우 다급하게 진행됐지만 남망기는 움직일 기미가 없었다. 그러자 위무선이 남망기를 재촉했다.

“가보세요. 더 지체했다간 놓칩니다. 꼭 갈게요!”

“꼭 갈게요.”라는 말에 남망기는 위무선을 뚫어지게 쳐다보더니 더 말하지 않았다. 남망기가 떠나려는 기색을 보이자 검은 갈기 영견이 위무선에게 달려들려고 했다. 위무선이 화들짝 놀라 외쳤다.

“잠깐, 잠깐만요! 개는 데리고 가요! 개는 데리고 가라고요!”

남망기가 돌아와 검은 갈기 영견을 내려다보자 개는 저항하지 못하고 멍멍 짖으며 남망기의 뒤를 따라갔다. 영견은 남망기를 따라가면서도 계속 고개를 돌려 금릉을 쳐다봤다. 위무선은 식은땀을 닦으며 석보 군락을 돌아보고는 금릉을 다시 업고 행로령에서 내려갔다.

이미 황혼이 가까워진 시간이었다. 온몸이 흙투성이인 사람이 정신을 잃은 소년을 업고 가자 지나가는 사람들이 힐끔힐끔 쳐다봤다. 위무선은 낮에 금릉의 영견에게 쫓겼던 길에 있는 객잔에 들어가 남망기에게서 가져온 돈으로 방을 잡고 새 옷을 두 벌 샀다. 우선 흙 속에 있어 쭈글쭈글하게 구겨진 금성설랑 문양이 수놓인 겉옷을 벗겨내고 장화를 벗기다가 순간 동작을 멈췄다.

금릉의 종아리에 그림자가 생긴 것 같았다. 위무선은 무릎을 꿇고 금릉의 바지를 말아 올렸다. 자세히 보니 그림자가 아니라 시꺼면 멍이었다. 게다가 상처로 인한 게 아니라 악저흔[51]이었다.

악저흔은 사령이 사냥감에 새기는 표시로 일단 생기면 그 사람이

#51 악저흔(惡詛痕) 저주 표시.

사악한 어떤 것에 부딪혔다는 것을 뜻했다. 사령은 표시를 남긴 사람을 반드시 찾아왔다. 먼 미래일 수도 아니면 오늘 밤일 수도 있었다. 가볍게는 표시를 남긴 사람의 신체 일부를 가져갈 수도 심하면 그냥 목숨을 원할 수도 있었다.

금릉의 다리 전체가 검은색으로 변했고 점점 위로 퍼지고 있었다. 위무선은 이렇게 진하고, 빠르게 퍼지는 악저흔을 본 적이 없었다. 위무선은 심각한 표정으로 금릉의 바지를 내리고 금릉의 중의를 풀어 가슴과 복부가 깨끗한 것을 확인하고 나서야 한숨을 내쉬었다.

바로 그때 금릉이 눈을 떴다.

금릉은 한참 멍하니 있다가 몸이 허전하고 사방에서 서늘한 바람이 불어오자 갑자기 정신이 드는지 후다닥 일어나 얼굴을 붉히며 소리 질렀다.

"지지지지금, 뭐 하는 거야!"

"아이고, 깼네."

위무선이 웃으며 말했다.

금릉은 깜짝 놀라서 옷을 여미며 침상 구석으로 가 웅크렸다.

"너 뭐 하려고 했어! 내 옷은?! 내 검은?! 내 개는?!"

"지금 입혀줄 참이었어."

위무선의 표정과 말투는 마치 어린 손자에게 따뜻한 옷을 입혀주려는 할머니처럼 자상했다. 금릉은 산발한 채 벽에 붙으며 외쳤다.

"난 단수가 아니라고!"

"이런 우연이 다 있나. 난 맞는데!"

위무선이 대단히 기쁜 듯이 말했다.

금릉은 침상 옆에 있던 자기 검을 집어 들었다. 위무선이 한 발짝만 더 다가오면 그를 죽이고 스스로 목숨을 끊어 정조를 지키겠다는 기세였다. 그 모습에 위무선은 가까스로 웃음을 참았다.

"그렇게 무서워해서야 뭘 하겠어, 농담한 것뿐이야! 내가 힘들게 널 벽에서 파내줬더니 고맙다는 말은 안 하고."

금릉은 정신없는 와중에도 헝클어진 머리를 정리한 다음 화를 냈다.

"그거 아니었으면 네네네가 감히 내 옷을 벗겼는데 내내내가 널 가만뒀을 거 같아? 만 번은 죽었어!"

"에이, 그러지 마. 한 번 죽은 것으로도 충분히 고통스러웠어. 됐어, 됐어. 이제 검 내려놔."

금릉은 얼떨떨한 채로 위무선의 말대로 검을 내려놓았다.

문령할 때 금릉은 생혼이 몸을 떠난 상태였기 때문에 다 똑똑히 기억나지는 않았지만, 앞에 있는 이 사람이 자신을 꺼내 등에 업고 산길을 내려왔다는 것은 어렴풋이 알았다. 금릉은 벽에 갇힌 다음에도 한동안은 정신이 또렷해서 공포와 절망이 극에 달했었다. 그런데 그 벽을 부수고 자신을 공포와 절망에서 꺼내준 사람이 처음 봤을 때부터 마음에 안 든 이자라니. 금릉은 얼굴이 붉으락푸르락 달아올랐다가 현기증도 나고 난처하기도 해서 갈피를 잡지 못했다. 그러다 문득 창밖이 벌써 어두워지고 별이 뜬 것을 보고 깜짝 놀랐다. 위무선이 바닥에 어지럽게 널린 새 옷을 줍는 틈을 타서 침상에서 뛰어내려 장화를 신고 겉옷을 챙겨 밖으로 튀어 나갔다.

위무선은 금릉이 큰일을 당해 잠시 기운이 없겠지 하고 생각했다. 그런데 젊어서 활력이 넘치는지 눈 깜짝할 사이에 다시 팔팔해져 바람처럼 사라져버렸다. 금릉의 다리에 생긴 악저흔은 예삿일이 아니었기 때문에 다급하게 외쳤다.

"왜 도망가! 돌아와!"

금릉은 뛰면서 쭈글쭈글해진 겉옷을 입으며 외쳤다.

"따라오지 마!"

금릉은 날렵하고 다리도 길어 두세 걸음 만에 계단을 다 내려가 객잔을 뛰쳐나갔다. 위무선은 한참 쫓아갔지만 놓치고 말았다.

근처를 다 찾고 나니 이미 어둠이 짙게 내려앉았고 행인도 줄어들었다. 위무선은 이를 갈았다.

"이런 경우가 어딨어. 이 자식이 정말 경우가 없군!"

할 수 없이 포기하려는 순간 앞쪽 길 끝에서 젊은 남자의 성난 목소리가 들렸다.

"몇 마디 좀 했다고 뛰쳐나가고, 네가 응석받이 아가씨냐? 어째 성질이 점점 나빠져!"

강징!

위무선은 재빨리 골목으로 몸을 숨겼다. 곧 금릉의 목소리도 들렸다.

"별일 없이 돌아왔잖아요? 신경쓰지 마세요!"

금릉은 혼자 청하에 온 것이 아니었다. 지난번 대범산에도 강징이 금릉을 응원하러 왔었는데 이번이라고 안 왔겠는가? 보아하니 두 사람은 청하진에서 한바탕 싸워서 금릉 혼자 행로령에 온 것 같았다. 금릉이 방금 급하게 달려간 것도 분명 강징이 날이 저물기 전에 안 돌아오면 봐주지 않겠다는 등의 말로 위협했기 때문일 것이다.

"별일이 없어? 진흙탕에서 구른 것 같은 행색을 하고도 별일이 없었다는 게냐? 가문의 옷을 입고 창피하지도 않아? 어서 돌아가 옷 갈아입거라! 오늘 대체 무슨 일 있었는지 말하고."

강징이 말했다.

"아무 일도 없었다고 말했잖아요. 넘어지고 헛수고만 했네. 아야!"

금릉이 성가시다는 듯이 대답하다가 강징이 세차게 잡아당기자 소리를 꽥 질렀다.

"잡아당기지 말라니까요! 제가 무슨 세 살배기 어린애냐고요!"

"정말 못 말리겠군! 똑똑히 들어라. 네가 서른 살이어도 난 너를 이렇게 할 수 있다. 또 혼자서 말도 없이 나가면 채찍으로 다스릴 테다."

강징이 엄하게 말했다.

"다른 사람 도움도 지시도 받기 싫어서 혼자 간 거라고요."

위무선은 '다른 건 몰라도 강징이 금릉에게 응석받이 아가씨 같은 성격이라고 혼낸 것은 정말 잘했다.'라고 생각했다.

"그래서 지금은? 뭘 잡았느냐? 네 작은아버지가 준 영견은 어쩌고?"

강징이 물었다.

'남잠에게 내쫓겨 어느 구석으로 도망갔는지 모르지.'

위무선이 강징에 물음에 속으로 생각했다. 잠시 후 골목 한쪽에서 익숙한 개 짖는 소리가 들렸다.

위무선은 안색이 싹 변해 두 다리가 저절로 움직여 마치 독화살이 쫓아오기라도 하는 듯 튀어나왔다. 검은 갈기 영견이 골목 한쪽에서 뛰어나와 위무선을 지나 금릉의 다리 쪽으로 달려들면서 꼬리로 다정하게 금릉을 쳤다.

이 개가 이곳에 나타났다는 것은 남망기가 석보 근처에 있던 염탐꾼을 잡아 약속 장소에 왔다는 것을 뜻했다. 하지만 이 순간 위무선은 그런 생각을 할 틈이 없었다.

위무선이 하필이면 강징과 금릉 그리고 강씨 집안의 문하생들 앞으로 튀어나왔기 때문이다.

양측은 잠시 대치했다. 위무선은 조용히 몸을 돌려 달아나려고 했으나 몇 걸음 가지 못했다. 치지직 거리는 전기 소리가 울리더니 자줏빛 전류가 독사처럼 위무선의 다리를 휘감았기 때문이다. 저릿한 통증이 아래에서 위로, 다시 온몸으로 퍼지더니 뒤로 잡아 당겨져 땅으로 쓰러졌다. 잠시 뒤 명치가 조이더니 누군가 등판을 잡아 일으켰다. 위무선은 재빨리 쇄령낭을 찾았지만, 한발 앞서 뺏겨 버렸다.

강징이 그를 끌고 가장 가까운 가게 앞으로 걸어가 빗장이 반쯤 걸린 문짝을 걷어찼다.

곧 가게 문을 닫으려던 주인은 웬 화려한 차림새의 청년이 흉악한 표정으로 사람을 끌고 문을 박차고 들어와 당장이라도 끌고 온 자의 배를 가르고 내장을 꺼낼 기세인 것을 보고 화들짝 놀라 아무 말도 하지 못했다. 한 문하생이 주인에게 다가와 작은 소리로 몇 마디 하면서 은자를 찔러주자 주인은 황급히 뒤채로 숨어 다시 나오지 않았다. 지시가 없어도 강씨 문하생들은 흩어져 가게 안팎을 철통같이 에워쌌다.

금릉은 한쪽에서 말하려다 멈추고, 정말인지 못 믿겠다는 표정으로 서 있었다.

"네 일은 잠시 뒤에 이야기할 테니 여기서 기다려라!"

강징이 금릉에게 매섭게 말했다.

금릉은 한 번도 외숙의 이런 표정을 본 적이 없었다. 젊은 나이에 선문의 명문가인 운몽 강씨를 장악한 외숙은 언제나 단호하고 어두웠으며 말에 인정사정을 두지 않았고 덕을 쌓는 것을 바라지도 않았다. 하지만 지금 외숙은 최대한 무언가를 억제하는 표정에 눈빛이 무섭게 빛나는 것이 뭔가 조금 달랐다.

거만함과 냉소, 어두운 그림자가 드리워져 있던 얼굴의 모든 부분이 선명하게 두드러졌다. 다만 몹시 화가 난 것인지, 뼈에 사무치도록 미운 것인지, 아니면 기뻐서 어쩔 줄 모르는 것인지는 판단하기 어려웠다.

"네 개 좀 빌려다오."

강징이 말했다.

멍하니 있던 금릉은 정신을 차리고 잠깐 망설이다가 강징이 무서운 눈빛으로 쏘아보자 휘파람을 불었다. 검은 갈기 영견이 뛰어오자 위무선은 온몸이 철판처럼 딱딱하게 굳어 잡아끄는 대로 한 걸음씩 끌려갔다.

강징은 빈방을 찾아 잡고 있던 위무선을 던져 넣었다. 강징 뒤로 방문이 닫히자 검은 갈기 영견도 따라 들어와 문 옆에 앉았다. 위무선은 눈으로 개를 노려보며 개가 달려들 경우를 대비했다. 방금 그 짧은 시간 동안 자신이 어떻게 제압당했는지 떠올리면서 강징은 역시 자신을 어떻게 다뤄야 하는지 너무 잘 안다고 생각했다.

강징이 탁자 옆에 앉아 천천히 차를 따랐다.

한참 동안 두 사람은 말이 없었다. 찻잔에서 뜨거운 김이 피어올랐다. 강징은 한 모금도 마시지 않고 갑자기 찻잔을 들어 바닥에 집어 던졌다.

강징의 입꼬리가 미세하게 올라갔다.

"너…… 내게 할 말은 없나?"

어려서부터 강징은 위무선이 개에게 쫓겨 미친 듯이 도망가는 꼴을 한두 번 본 게 아니었다. 그래서 다른 사람은 속여도 강징 앞에서는 억지를 부릴 수 없었다.

"너한테 무슨 말을 해야 할지 모르겠어."

위무선이 진심으로 말했다.

"넌 정말 뉘우칠 줄을 모르는군."

강징이 낮은 소리로 말했다.

과거 그들의 대화는 늘 옥신각신하면서 서로를 비난하는 식으로 진행됐다.

"너도 하나도 안 늘었네."

위무선이 별생각 없이 받아쳤다.

강징은 너무 화가 나 오히려 피식 웃음이 나왔다.

"좋아, 그러면 누가 하나도 안 늘었는지 볼까?"

강징이 탁자 옆에서 호령하자 검은 갈기 영견이 즉시 일어났다.

같은 방에 있는 것만으로도 온몸에 식은땀이 흘렀는데 크기는 사람 반만 한 데다가 뾰족한 귀와 예리한 눈을 하고 이빨을 드러낸 맹견이 바로 앞까지 다가오자 위무선의 귀에는 개가 낮게 으르렁거리는 소리만 들리고 발바닥에서부터 머리끝까지 마비가 되는 것 같았다. 어릴 적 거리를 떠돌던 시절의 일은 대부분 기억이 희미해졌는데 개에게 쫓기던 공포와 개의 이빨과 발톱이 살을 파고들던 아픔은 생생하게 기억이 났다. 그때 마음속 깊이 심어진 공포는 아무리 해도 극복되지 않았고 지워지지도 않았다.

갑자기, 강징이 곁눈질했다.

"누굴 불렀지?"

위무선은 혼이 다 나가 방금 자신이 누구를 불렀는지 전혀 기억하지 못했다. 강징이 검은 갈기 영견을 물리고서야 위무선은 겨우 정신을 차리고 멍하니 있다가 고개를 획 돌렸다. 강징은 허리춤에 채찍을 비스듬하게 꽂고 손을 그 위에 얹은 채 몸을 숙여 위무선의 얼굴을 쳐다봤다. 그리고 잠시 뒤 몸을 일으키며 말했다.

"그러고 보니 물어본다는 걸 깜박했군. 너 언제부터 남망기와 사이가 그렇게 좋으셨나?"

위무선은 방금 자기가 무의식중에 누구 이름을 내뱉었는지 깨달았다.

"지난번 대범산에서 남망기가 너를 위해 그렇게까지 하는 걸 보고 왜 그랬을까 호기심이 일더라고."

강징이 무시무시하게 웃었다.

잠시 뒤 강징이 다시 입을 열었다.

"아니지. 남망기가 보호한 게 반드시 너라고는 할 수 없지. 너와 네 충실한 개가 어떤 짓을 했는지 고소 남씨가 기억 못 할 리가 없으니까. 남망기처럼 칭송받는 단정하고 공명정대한 자가 어떻게 너를 용서할 수 있겠어? 어쩌면 그는 네가 훔친 이 몸이랑 어떤 친분이 있었는지도 몰라."

강징의 말은 냉정하고 악독했다. 한 마디 한 마디가 칭찬 같지만 실제로는 상대방을 헐뜯고 의미심장해 위무선은 계속 들을 수가 없었다.

"말 좀 가려서 해."

"나는 살면서 말을 가려본 적이 한 번도 없는데, 설마 기억 못 하는 거 아니지?"

"그건 그렇지."

위무선이 비웃었다.

"그리고, 네가 나보고 말조심하라고 할 처지야? 그래서 지난번 대범산에서 금릉에게는 말조심했나?"

강징의 말에 위무선의 표정이 굳어졌다.

강징은 도발이 성공하자 표정이 다시 밝아지며 차갑게 웃었다.

"'어미에게 가르침도 못 받았다.'라, 욕 한번 참 잘했군. 정말 잘했어. 금릉이 그런 욕을 듣는 건 다 네 덕분인데. 존귀하신 어르신께선 건망증이 아주 심해서 자기가 한 말도 잊고, 자기가 한 맹세도 잊었겠지만, 그래도 금릉의 부모가 어떻게 죽었는지는 잊어선 안 되지!"

위무선이 고개를 휙 들며 말했다.

"안 잊었어! 난 그저……."

"그저"의 뒷말은 아무리 생각해도 어떻게 말해야 할지 알 수 없었다.

"그저, 뭐? 말이 안 나와? 괜찮아. 연화오로 돌아가 내 부모님 영전 앞에 무릎 꿇고 천천히 말해도 돼."

위무선은 정신을 가다듬고 빠져나갈 계책을 생각했다. 그는 꿈에서라도 연화오로 돌아가고 싶었지만, 지금처럼 다 변해버린 연화오는 아니었다.

갑자기, 다급한 발소리가 다가오더니 방문을 쾅쾅 두드렸다.

"외숙!"

금릉이 밖에서 외쳤다.

"잘 기다리고 있으라고 했지. 뭐 하러 온 것이야!"

강징이 목소리를 높였다.

"외숙, 긴히 드릴 말씀이 있어요."

"무슨 중요한 일이길래 야단칠 때는 입을 꾹 다물고 있다가 꼭 지금 말하겠다는 거냐?"

"계속 야단만 치시니 안 한 거 아니에요! 들을 거예요, 말 거예요. 안 들으실 거면 말고요!"

금릉이 화를 내며 말했다.

강징은 울화가 치민다는 표정으로 문을 열어젖혔다.

"빨리 말하고 썩 꺼지거라!"

나무문이 열리자 금릉이 한 발을 들이밀었다. 금릉은 새 옷으로 갈아입은 상태였다.

"오늘 제가 뭔가 중요한 것이랑 마주친 게 분명해요. 제가 온녕을 본 것 같아요!"

강징이 미간을 찌푸리더니 검을 잡고 살벌한 표정으로 물었다.

"언제? 어디서?"

"오늘 오후요. 남쪽으로 몇십 리 정도 떨어진 곳에 낡은 집이 한 채 있어요. 전 그곳에서 이상한 일이 생긴다길래 갔거든요. 그런데 그 안에 흉시가 숨어 있을 줄 누가 알았겠어요."

금릉의 말은 그럴싸했다. 하지만 옆에서 듣던 위무선은 다 거짓말이라는 것을 알았다. 그는 오늘 오후에 금릉이 어디에 있었는지 제일 잘 알았다. 게다가 온녕은 일단 숨으면 위무선이 소환하지 않는 한 이런 소년에게 쉽게 발견될 리가 없었다.

"어째서 진작 말하지 않고!"

"저도 확실하지 않았어요. 그 흉시는 행동이 매우 빨라 제가 들어가자 바로 도망가서 뒷모습만 어렴풋이 봤을 뿐이에요. 하지만 지난번 대범산에서 그에게서 쇠사슬 소리가 났던 게 떠올라 그가 아닐까 짐작한 거예요. 외숙이 저를 호되게 혼내지만 않았어도 돌아온 즉시 말했을 거예요. 만약에 그가 이미 도망가서 못 잡아도 저를 탓하지 마세요. 이게 다 외숙 성격이 나빠서 그런 거니까요."

금릉이 안을 살펴려는데 강징이 화가 잔뜩 나 금릉의 얼굴 앞에서 문을 '쾅' 닫았다.

"네 일은 나중에 다시 따질 테니, 썩 물러가거라!"

금릉은 "아." 하며 물러났다. 강징이 몸을 돌리자 위무선은 '대경실색'하고 '비밀이 탄로' 났으며 '온녕이 발견됐다니 어떻게 하지' 등의 복잡한 표정을 지어 보였다. 금릉은 똘똘하게도 강징이 온녕을 제일 싫어한다는 것을 알고 그것을 파고들어 아주 그럴싸하게 거짓말을 했다. 강징은 이릉노조와 귀장군이 늘 같이 다니며 난을 일으킨다는 것을 잘 알았다. 그렇지 않아도 온녕이 근처에 있지 않을까 하고 의심했는데 금릉의 말에 6할 정도 믿고 위무선의 표정 연기에 2할 정도의 믿음이 더해졌다. 게다가 강징은 온녕이라는 이름만 들어도 화가 머리끝까지 치밀어올라 의심해볼 겨를도 없었다. 강징은 화가 나 가슴이 폭발할 것 같아 채찍을 휘둘러 위무선의 바로 옆 바닥을 치면서 이를 갈았다.

"넌 어딜 가든 그 말 잘 듣는 개를 끌고 다니는군!"

"온녕은 죽은 지 오래야. 나도 한 번 죽었었고. 그런데 뭘 더 어쩌라는 거야?”

“뭘 어쩌냐고? 천 번, 만 번을 더 죽어도 내 원한은 사라지지 않아! 그때 소멸하지 않은 게 다행이야! 오늘 내가 직접 소멸시켜주겠어. 온녕을 불태워 뼈를 갈아 그 재를 네 면전에 뿌려주지!”

강징이 채찍으로 위무선을 가리키며 말했다.

그리고 그는 방문을 걷어차고 나가 금릉에게 당부했다.

“안에 있는 놈 잘 지켜라. 그가 무슨 말을 해도 듣지도, 믿지도 말고! 그가 말하지 못하게 해야 한다. 혹시 휘파람이나 피리를 불거든 일단 입부터 틀어막고 못 막겠으면 아예 손이나 혀를 자르거라!”

위무선은 강징이 일부러 자신에게 들으라고 한 말인 줄 잘 알았다. 개수작 부리지 말라고 위협하는 것이었다. 그를 데리고 가지 않는 이유는 동행했다가 행여 온녕을 조종할까 경계했기 때문이다.

“알았어요. 사람 지키는 것도 못 하겠어요. 외숙, 왜 저 빌어먹을 단수하고 같이 방에 계셨어요? 그가 또 무슨 짓을 했나요?”

금릉이 영혼 없이 대답했다.

“그건 네가 물을 말이 아니다. 단단히 지키고 있거라. 돌아와 없으면 네 다리를 부러뜨리겠다!”

강징은 구체적인 방향을 묻더니 사람들을 데리고 존재하지도 않는 온녕을 잡으러 갔다.

한참 뒤 금릉의 거만한 목소리가 들렸다.

“넌 저쪽. 넌, 옆으로 가서 지켜. 너희들은 대문 입구에 서 있고. 내가 들어가 그를 지킬게.”

문하생들은 감히 거스르지 못하고 하나둘 알겠다고 대답하고는 지정해준 자리로 갔다. 잠시 뒤 방문이 열리고 금릉이 들어왔다.

금릉은 요리조리 눈을 돌리며 살폈다. 위무선이 일어나 앉자 금릉이 검지를 세워 입술에 대고 조용히 걸어와 자전에 손을 올리고는 작은 소리로 주문을 읊었다.

자전은 주인을 알아봤다. 강징은 분명 자전에게 금릉을 인식시켰을 것이다. 자전의 전류가 순식간에 멈추고 자수정이 박힌 은색 반지로 변하더니 금릉의 하얀 손바닥 위로 떨어졌다.

"가."

금릉이 작은 소리로 말했다.

운몽 강씨 문하생들은 금릉이 제멋대로 여기저기 배치해놨기 때문에 두 사람은 가볍게 창을 넘고 벽을 넘었다. 가게를 벗어나자 조용히 내달렸다. 숲으로 달려 들어간 위무선은 뒤에서 이상한 소리가 들려 돌아봤다가 가슴이 철렁 내려앉았다.

"왜 쟤도 데리고 왔어! 돌아가라고 해!"

금릉이 짧게 휘파람을 두 번 부니 검은 갈기 영견이 헥헥 하며 긴 혀를 내밀고 멍멍 하고 짖고는 뾰족한 귀를 들썩거리다 풀이 죽어 몸을 돌려 달려갔다.

"정말 못났네. 선자는 사람을 문 적이 한 번도 없어. 생긴 게 좀 사나울 뿐이지. 선자는 엄격한 훈련을 받은 영견이라 사령만 문다고. 그냥 보통 개라고 여기면 안 돼."

금릉이 무시하는 투로 말했다.

"잠깐. 개 이름이 뭐라고?"

"선자. 내 개 이름이야."

"개한테 그런 이름을 붙였어?!"

"이 이름이 어디가 어때서? 어릴 때는 꼬마 선자 라고 불렀는데 크니까 그렇게는 못 부르겠더라고."

금릉이 당당하게 말했다.

"아니, 아니. 크기가 문제는 아니고. 너 이름 짓는 거 누구한테 배운 거야?!"

두말할 필요도 없이 그의 외숙일 것이다. 과거 강징도 작은 개 몇 마리를 키웠는데 무슨 '말리'나 '왕비님', '사랑이'처럼 기생 같은 이름을 붙였었다.

"남자는 작은 것에 구애받지 않는 법인데 이런 작은 일로 말꼬리나 잡고 뭐 하자는 거야! 좋아! 멈춰, 너 우리 외숙에게 노여움을 샀으니 거의 죽은 목숨이야. 내가 널 풀어줄 테니까 우리 이제 공평한 거야."

"네 외숙이 왜 날 잡았는지 알아?"

"알아. 네가 위무선이라고 의심하셔서잖아."

위무선은 속으로 그건 그저 '의심'이 아니라 이번에는 강징이 제대로 잡았다고 말하며 또 물었다.

"그럼 너는? 넌 의심하지 않아?"

"외숙이 이러시는 거 처음도 아닌데 뭐. 잘못 잡더라도 절대 놔준 적이 없어. 하지만 자전이 네 혼백을 빼내지 못했으니 난 일단 네가 아니라고 생각해. 게다가, 위무선은 단수가 아니었다고. 그런데 네가, 감히 치근거리다니……."

금릉은 누구한테 치근거린다고는 말하지 않았지만 생각하기도 싫다는 듯이 손을 휘휘 내저었다.

"어쨌든 앞으로 너와 난릉 금씨는 상관없는 거야! 병이 도져도 우리 가문 사람은 건드리지 마! 그렇지 않으면 내가 가만 안 둬!"

말을 끝낸 금릉이 몸을 돌려 갔다. 몇 걸음 가더니 다시 고개를 돌리며 말했다.

"가만히 서서 뭐해? 아직도 안 가고. 우리 외숙이 와서 잡아가라고 그러고 있는 거야? 내가 말하는데 네가 나를 구해줬다고 내가 고마워할 거란 생각은 하지 마. 그리고 내가 너에게 무슨 낯간지러운 말을 할 거라는 기대도 하지 말고."

"젊은이, 인간은 평생 낯간지러운 말 두 마디는 꼭 해야 하는 법이야."

위무선이 뒷짐을 지고 천천히 다가가며 말했다.

"뭔데?"

"'고마워'와 '미안해'."

"난 그런 말 안 해, 누가 날 어쩌겠어?"

금릉이 비웃으며 말했다.

"언젠가는 울면서 하는 날이 올 거야."

금릉이 "흥." 하고 콧방귀를 뀌자 위무선이 갑자기 말했다.

"미안해."

"뭐?"

금릉이 깜짝 놀라 얼었다.

"대범산에서 내가 너에게 했던 말, 미안해."

금릉은 '어미에게 가르침도 못 받았다.'는 욕을 처음 들은 게 아니었지만, 이렇게 정중하게 사과를 받은 적은 없었다. 눈앞에서 "미안해."라는 말을 들으니 기분이 묘해 어떻게 해야 할지 몰랐다.

금릉이 손을 절레절레 내저으며 말했다.

"뭐, 괜찮아. 그런 말 한 사람이 네가 처음도 아니고. 부모 없이 큰 게 맞기도 하고. 하지만, 그렇다고 내가 다른 사람보다 못한 건 아니야! 내가 너희보다 훨씬 강하다는 것을 똑똑히 보여주겠어!"

살짝 미소 지으며 말을 하려던 위무선의 안색이 갑자기 바뀌었다.

"강징? 너!"

자전을 훔치고, 위무선을 풀어준 일 때문에 그렇지 않아도 안절부절못했던 금릉은 강징이라는 말에 몸을 휙 돌렸다. 위무선은 이틈을 타 손날로 금릉의 목덜미를 내리쳤다. 금릉이 쓰러지자 바닥에 평평하게 눕히고 바지통을 올려 다리에 생긴 악저흔을 살폈다. 여러 가지 방법을 다 써도 악저흔이 사라지지 않자 상황이 생각보다 더 나쁘다는 것을 깨닫고 한숨을 푹 내쉬었다.

하지만, 악저흔은 제거하진 못해도 그것을 자신의 몸으로 옮길 수는 있었다.

금릉은 한참 뒤에야 천천히 깨어나 목덜미를 문지르며 아직 남아 있는 통증에 화가 나 검을 빼들고 일어났다.

"네가 감히 나를 때려? 외숙도 때린 적이 없는 나를!"

"그래? 맨날 네 다리를 부러뜨린다고 하지 않았어?"

위무선이 깜짝 놀라는 척하며 말했다.

"그냥 하는 말이지! 이런 빌어먹을 단수 자식, 도대체 너 뭐 하려는 거야, 내가…….."

금릉이 화가 나 소리쳤다.

"아! 함광군!"

위무선이 머리를 감싸고 금릉의 뒤쪽을 향해 외쳤다.

금릉은 자기 외숙보다 남망기를 더 무서워했다. 외숙이야 자기 가문의 사람이었지만 함광군은 다른 가문의 사람이었기 때문이다.

그래서 깜짝 놀라 바로 내뺐다. 그리고 달려가면서 위무선에게 외쳤다.

"이 빌어먹을 단수 자식! 이 미친놈아! 두고 보자! 아직 안 끝났어!"

위무선은 숨이 넘어갈 정도로 웃으면서 금릉의 모습이 사라지길 기다렸다. 가슴이 답답하면서 간지러워 한참 기침을 한 다음에야 웃음이 겨우 잦아들었다. 그제야 생각할 틈이 생겼다.

위무선은 아홉 살 때 강풍면에게 발견됐다.

그때 기억은 대부분 어렴풋해졌지만, 금릉의 모친인 강염리는 다 기억하고 위무선에게 들려주었다.

강염리 말이 자기 부친은 위무선의 양친이 패전해 세상을 떠났다는 소식을 듣고 친구가 남긴 자식을 계속 찾아다녔다고 했다. 한참 찾은 끝에 이릉 일대에서 마침내 그 아이를 찾았다. 처음 봤을 때 아이는 누가 버린 과일 껍질을 주워 먹고 있었다.

이릉의 겨울과 봄은 매우 추운데 아이는 홑겹으로 된 상의와 얇은 바지를 입고 있었다. 무릎은 다 닳아서 너덜너덜해지고 짝이 맞지 않은 신발을 신고 있었다. 아이는 고개를 처박고 과일 껍질을 뒤적이고 있었다. 강풍면이 부르자 아이는 자기 이름에 '영' 자가 들어간다는 것을 기억하고 고개를 들었다. 두 뺨이 얼어서 빨갛게 부르트고 갈라졌지만 웃고 있었다.

강염리는 위무선더러 태어날 때부터 웃는 얼굴이고 웃는 상이라고 말했다. 아무리 괴로운 일이 있어도 마음에 담아두지 않았고 어떤 상황에서도 늘 즐거움을 찾아냈다. 듣다 보니 간도 쓸개도 없는 것 같았지만 그런 게 좋았다.

강풍면은 위무선에게 수박을 먹으라고 주었고 위무선은 강풍면과 함께 연화오로 돌아왔다. 그때 강징도 여덟아홉 살 정도였는데 그는 연화오에서 개 몇 마리를 키우고 있었다. 강풍면은 위무선이 개를 무서워한다는 것을 알고 강징에게 개들을 다른 곳으로 보내자고 타일렀다. 강징은 내키지 않아 화를 내고 물건을 내던지면서 대성통곡했지만 결국은 개들을 보냈다.

그래서 강징은 한동안 위무선을 적대시했지만 같이 놀면서 친해지고 나서부터는 함께 사방을 쏘다니며 말썽을 일으켰다. 개를 만나면 강징이 나서서 쫓아주고, 나무 위로 도망간 위무선을 보며 한껏 놀렸다.

위무선은 강징이 늘 자기 옆에 서 있고 남망기가 자신이 대립하는 쪽에 서 있을 것이라고 생각했다. 그러나, 현실은 정반대였다.

위무선은 남망기와 약속한 장소로 천천히 걸어갔다. 밤거리에 불빛도 드물고 사람도 없었다. 두리번거리며 살필 필요도 없이 하얀 그림자가 길 끝에서 고개를 약간 숙이고 미동도 하지 않고 서 있는 것이 보였다.

위무선이 아는 체하기도 전에 남망기가 고개를 들어 위무선을 쳐다봤다. 두 사람은 잠시 서로를 마주 보다가 남망기가 무거운 얼굴로 위무선을 향해 걸어왔다. 왜 그랬는지 알 수 없지만 위무선은 자기도 모르게 뒤로 한 발짝 물러났다.

위무선은 남망기의 눈에서 선홍빛 핏발을 본 것 같았다. 남망기의 표정은 정말 조금 무섭다고 할 수밖에 없었다…….

위무선은 뒤로 한 발짝 물러섰을 뿐인데 발이 삐끗하면서 넘어지는 것처럼 보였다. 그런 위무선의 모습에 남망기의 안색이 확 변하더니 재빨리 달려왔다. 지난번 대범산에서처럼 위무선의 손목을 꽉 붙잡으며 부축해주었다. 그러고는 한쪽 무릎을 꿇고 위무선의 다리를 살피려고 했다. 위무선은 깜짝 놀라 다급하게 말했다.

"아니, 아닙니다. 함광군. 이러실 필요 없습니다."

남망기가 살짝 고개를 들어 옅은 색 눈동자로 위무선을 응시했다가 다시 고개를 숙여 위무선의 바지를 걷어 올렸다. 위무선은 남망기에게 손이 붙들린 상태라 어쩔 수 없어 그저 하늘만 바라봤다.

위무선의 다리는 악저흔으로 온통 검게 변해 있었다.

남망기는 한참을 쳐다보고 갈라진 목소리로 말했다.

"……겨우 몇 시진 떨어져 있었는데……."

"몇 시진도 깁니다. 무슨 일이라도 생길 수 있다고요. 어서 일어나세요."

위무선이 손을 내밀며 말했다.

"일반적인 악저흔일 뿐입니다. 그게 저를 찾아오면 쫓아버리면 되고요. 함광군께서 도와주셔야 합니다. 함광군께서 도와주시지 않으면 상대할 수 없다고요. 그건 그렇고 잡았습니까? 그 사람 맞죠? 어디 있습니까?"

위무선이 남망기를 잡아 일으키며 말했다.

남망기가 긴 거리에 있는 한 점포의 깃발로 시선을 옮겼다.

"일단 석보 일 먼저 해결합시다."

위무선은 이렇게 말하고 남망기가 가리킨 점포를 향해 걸었다. 방금까지 몰랐는데 이제야 다리와 발이 조금 마비된 것 같은 느낌이 들었다. 자전의 전기 때문인 듯했다. 강징이 자전의 강도를 조절할 줄 알았으니 망정이지 아니었으면 벼락 맞아 탄 시체가 될 뻔했다.

"위영."

남망기가 뒤에서 갑자기 이름을 불렀다.

위무선은 멈칫했다. 그는 못 들은 척하며 대답했다.

"왜 그러십니까?"

"금릉의 몸에서 가져온 것이군."

질문이 아니라 확신이었다.

위무선은 긍정도 부정도 하지 않았다.

"강만음을 만났지?"

악저흔에 자전이 남긴 흔적이 있었으니 추측하기 어려운 일도 아니었다. 위무선은 몸을 돌리며 말했다.

"두 사람이 이 세상에 살아 있는 한 언젠가는 만날 거였어."

"걷지 마."

"안 걸으면, 네가 업어주게?"

"……."

남망기가 가만히 위무선을 쳐다봤다. 위무선의 입가에서 웃음이 사라졌다. 뭔가 불길한 예감이 스쳤다.

예전의 남잠이었다면 위무선의 이런 말에 말문이 막혀 냉랭한 표정으로 가버리거나 상대도 안 했을 것이다. 하지만 이제는 남망기가 어떻게 반응할지 전혀 알 수가 없었다.

남망기는 위무선 앞에 서더니 정말 몸을 숙이고 무릎을 굽혀 위무선을 업으려고 했다. 위무선은 또 깜짝 놀라 다급하게 말했다.

"됐어, 됐어. 그냥 해본 말이야. 자전에 맞아 조금 얼얼할 뿐이라고. 다리가 부러진 것도 아닌데. 사내대장부가 남에게 업히면 보기 흉하지."

"보기 흉해?"

"그럼 보기 좋겠어?"

잠시 말이 없던 남망기가 다시 입을 열었다.

"너도 나를 업었잖아."

"그런 일이 있었어? 난 왜 기억이 안 날까."

"넌 늘 기억을 못 하지."

남망기가 담담하게 말했다.

"다들 내가 기억력이 나쁘다고 해. 좋아, 나쁜 건 나쁜 거고. 어쨌든, 안 업혀."

"정말 안 업혀?"

"정말."

위무선이 단호하게 말했다.

두 사람은 잠시 대치했다. 갑자기 남망기가 한 손으로 위무선의 등을 두르고 몸을 약간 숙이더니 다른 손으로 위무선의 뒷무릎을 잡았다.

위무선은 남망기보다 키가 작고 가벼워 들어 올리자 단번에 몸 전체가 허공에 떠서 남망기의 탄탄한 팔에 안겼다. 위무선은 '안 업혀'의 결말이 이런 것일 줄은 전혀 예상하지 못했다. 전생이든 이번 생이든 난생처음으로 이런 취급을 받아 소름이 쫙 끼쳤다.

"남잠!"

"네가 안 업힌다며."

위무선을 안은 남망기는 안정적으로 걸으며 더 안정적인 목소리로 대답했다.

"그렇다고 이렇게 안으라고는 안 했어!"

다행히 야밤이라 거리에 행인이 없어 큰 망신을 당하지는 않았다. 위무선은 또한 낯짝이 얇은 사람이 아니었고 안겨서 몇 걸음 걸으니 바로 편안해져 남망기의 앞섶을 들추며 풀려는 자세를 취하면서 웃었다.

"누구 얼굴이 더 두꺼울까나?"

맑고 차가운 단향목 향기가 몸을 감쌌다. 남망기는 위무선에게는 눈길 한번 안 주고 앞만 바라보면서 꿈쩍도 하지 않았다. 여전히 지극히 정직하고 지극히 진지한 차가운 표정이었다. 위무선은 남망기가 꿈쩍도 하지 않자 그의 옷고름을 들어올리며 '남잠의 복수심이 이렇게 강할 줄은 몰랐네. 예전에 내가 놀렸던 그대로 하나하나 똑같이 돌려주다니, 재미없게. 너무 장족의 발전을 했어. 수련만이 아니라 낯짝도 이렇게 두꺼워지다니.' 하고 생각했다.

"남잠, 대범산에서 바로 날 알아본 거지."

"응."

"어떻게 알아봤어?"

"궁금해?"

남망기가 속눈썹을 내리깔며 위무선을 쳐다봤다.

"응."

"네가 직접 말했어."

"내가? 금릉 때문에? 내가 온녕을 소환해서? 다 아니지?"

남망기의 눈에서 잔잔한 파문이 이는 것 같았다. 그러나 너무 미세해서 알아차리기 어려웠고 순식간에 사라져 곧 원래의 깊은 연못으로 되돌아왔다.

"잘 생각해봐."

남망기가 차분하게 말했다.

"생각이 안 나니까 너한테 묻는 거잖아."

이번에는 위무선이 아무리 물어도 남망기는 입을 꾹 다물고 대답하지 않았다. 남망기는 위무선을 안고 객잔으로 들어갔다. 계산대에 앉아 있던 사내들이 물을 내뿜은 것을 제외하고는 너무 지나친 반응을 하는 구경꾼은 없었다. 방문 앞에 도착하자 위무선이 말했다.

"좋아, 다 왔으니 이제 내려놔. 문 열 손도 없……."

말이 채 끝나기도 전에 남망기는 실례되는 행동을 했다. 아마도 지금까지 남망기의 인생에서 처음으로 한 거친 동작이었을 것이다.

남망기는 위무선을 안은 채로 문을 걷어찼다.

방문이 확 열리자 안에서 엉거주춤하게 앉아 있던 사람이 울면서 말하기 시작했다.

"함광군, 저는 몰라요. 모른다고요, 저는……."

두 사람의 모습을 본 그는 멍해져서 겨우 말을 끝맺었다.

"……저는 정말 몰라요."

'모르쇠'라는 말이 정말 사실이었다.

남망기는 그는 본 척도 하지 않고 위무선을 안고 들어와 자리에 내려놓았다. 섭회상은 못 볼 꼴을 봤다는 듯이 즉시 부채를 펴서 자기 얼굴을 가렸다. 위무선은 부채 너머로 섭회상을 훑어봤다. 과거 동문수학했던 그는 오랜 세월이 흘렀어도 예전 그대로 변한 것이 별로 없었다. 운치 있고 걸출한 외모였지만 우유부단해 보였고, 옷도 훌륭하고 품위가 있는 게 신경을 많이 쓴 것 같았다. 그러나 현문의 가주라기보다 부유한 한량 같았다. 용포를 입어도 태자 같지 않고 장도를 찼어도 선수(仙首) 같지 않았다.

섭회상이 곧 죽어도 부인하자 남망기가 검은 갈기 영견이 물어온 옷자락을 탁자 위에 올려놓았다. 섭회상은 뜯어진 자기 소매를 가리면서 처량하게 말했다.

"우연히 지나간 거예요. 정말 아무것도 몰라요."

"당신이 모른다면 제가 말해드리겠습니다. 듣다 보면 뭔지 아시겠지요."

위무선이 말했다.

섭회상은 어떻게 대응해야 할지 몰라 우물거렸다.

"청하 행로령 일대에는 '식인 고개'와 '식인 보루'가 있다는 소문이 있습니다. 그런데 진짜 피해자는 없죠. 그러니 이건 뜬소문인 겁니다. 뜬소문 때문에 일반인은 행로령 근처엔 얼씬도 안 해요. 그래서 뜬소문의 진짜 역할은 방어선인 겁니다. 게다가 겨우 제1 방어선. 제1 방어선이 있으면 제2 방어선도 있겠죠. 제2 방어선은 행로령의 주시입니다. 식인 보루 소문을 무서워하지 않는 일반인이 고개로 올라오거나 아니면 길을 잘못 들어도 걸어 다니는 죽은 사람을 보면 줄행랑을 치겠죠. 하지만 주시는 수도 적고 살상력도 낮아 정말 피해를 주지는 않아요. 제3 방어선은 그 석보 근처의 미진입니다. 1, 2 방어선이 일반인을 대상으로 했다면 이건 현문 수사용 방어막입니다. 하지만 작용 범위가 일반 수사급에 불과해 영기(靈器)나 영견, 미진을 전문적으로 깨는 수사나 함광군 같은 명사를 만나면 이 방어선도 무너지죠. 삼중 방어를 한 이유는 행로령에 있는 그 석보가 발견되지 않도록 하기 위해서이고요. 석보를 만든 사람이 누군지 이보다 분명할 수는 없죠. 이곳은 청하 섭씨 관할이니 섭가 말고 청하에 이런 삼중 관문을 만들 수 있는 사람은 없습니다. 게다가 마침 당신이 석보 근처에 증거도 남겼고요."

위무선이 계속 말했다.

"청하 섭씨가 행로령에 왜 식인 보루를 만든 겁니까? 벽 안에 있는 시체는 또 어디서 온 거고요? 석보가 집어삼키기라도 한 겁니까? 섭 종주, 오늘 이 자리에서 사실대로 말하지 않았다가 나중에 밝혀지면 현문 세가들이 다 같이 추궁하고 들 겁니다. 그때는 말하고 싶어도 들어주지도, 믿어주지도 않을 거라고요."

섭회상은 자포자기한 심정으로 입을 열었다.

"……그건 식인 보루가 아니에요. 그건……그건, 그저 저희 가문 조상의 무덤일 뿐이에요!"

"조상 무덤? 어느 가문이 관에 시체는 안 모시고 패도(佩刀)만 넣습니까?

위무선이 물었다.

"함광군, 말하기 전에 맹세 하나만 해줘요. 대대로 이어지는 두 가문의 친분과 우리 큰형이 함광군의 형과 의형제인 것을 봐서라도 제가 무슨 말을 하든, 그리고 옆에 있는 이분도, 제발 소문내지 마세요. 만약 이 이야기가 퍼지면 두 분이 증인으로 제 편에서 몇 마디만 거들어주세요. 함광군은 늘 신용을 철저히 지키셨으니 맹세하시면 제가 믿을게요."

섭회상이 울상이 되어 말했다.

"그리하겠습니다."

남망기가 말했다.

"식인 보루가 아니라면, 사람을 잡아먹은 적이 없다는 겁니까?"

위무선이 물었다.

"······있어요."

섭회상이 이를 꽉 깨물며 사실대로 말했다.

"와."

"하지만, 딱 한 번이에요! 게다가 저희 가문이 잘못한 것도 아니고 이미 수십 년이나 지났다고요! 행로령에 식인 보루가 있다는 소문은 바로 그때부터 생긴 거예요. 저는······ 저는 그저 뜬소문이 몇 배로 커지게 조금 부추긴 것뿐이에요."

섭회상이 즉시 보충 설명했다.

"자세한 내용을 듣고 싶습니다."

남망기가 공손하게 말했다.

남망기의 공손한 말에 섭회상은 협박이라도 당한 것처럼 미적대며 이야기를 시작했다.

"함광군, 우리 섭씨 가문은 다른 선문 세가와 다른 거 아시죠? 가문을 세운 선조가 백정이라 다른 가문은 다 검을 수련하는데 저희 가문은 도(刀)를 수련합니다."

이것은 누구나 다 아는 일이라 비밀이 아니었다. 청하 섭씨는 가문의 문양도 험악한 표정의 개 같기도 돼지 같기도 한 짐승의 머리 문양이었다.

"수련 방법도 다른 가문과 다르고 가문을 일으킨 선조가 백정 출신이라 피를 피할 수가 없어요. 저희 가문 역대 가주의 패도는 난폭한 기운인 여기(戾氣)와 살기가 매우 강해요. 그래서 거의 모든 가주가 주화입마해 몸이 폭발해 죽었죠. 그들의 성정이 불같은 것도 이것과 큰 관계가 있어요."

섭회상의 큰형 섭명결의 경우가 그랬다. 이 젊은 선수는 남희신,

금광요와 의형제였다. 적봉존 섭명결은 단호하고 신속했으며 위엄이 있고 정도를 알았다. 택무군 남희신은 부드럽고 온화한 옥 같았고 품성이 고결했으며, 염방존 금광요는 두루두루 원만하고 총명하며 예리했다. 세 사람은 사일지정 중 의형제를 맺었고 갖가지 미담이 전해져 이후 사람들은 그들을 삼존(三尊)이라고 불렀다. 그러나 섭명결은 최고 전성기일 때 중요한 모임에서 주화입마해 피가 터져 세상을 떠났다. 그날 모임에 참석한 사람 중 섭명결의 발작으로 다친 사람이 많았다. 한때 명망 높았던 세도가의 가주가 그렇게 생을 마감했다. 섭회상은 자신의 큰형이 떠올라 표정이 어두워졌다.

"가주가 살아 있을 때는 패도의 조급한 성질을 주인이 누를 수 있어요. 하지만 주인이 죽고 그것을 통제할 사람이 없어지면 흉기로 변해버리죠."

"거의 사도에 가깝네요."

위무선이 눈썹을 치켜세우며 말했다.

"달라요! 사도가 사도인 것은 사람의 목숨을 원해서지만, 저희 가문의 칼이 원하는 것은 사람이 아니라 원귀와 흉령, 요괴와 마귀라고요. 그들은 평생 그런 것을 죽여서 그런 것을 제공하지 않으면 스스로 농간을 부려 집안이 편안하지 않아요. 게다가 도령(刀靈)은 한 주인만 섬겨서 다른 사람이 사용할 수도 없고요. 우리 같은 후손은 칼을 녹일 수도 없어요. 우선 조상에 대한 예의가 아니고 둘째로 녹여도 해결되지 않아요."

섭회상이 다급하게 말했다.

"상전이네요."

위무선이 평가했다.

"제 말이요. 조상님들과 동고동락하고 도를 닦았던 패도이니 원래 상전이지요."

섭회상이 말했다.

"대를 이을수록 가주들의 수련 수준이 높아져 이 문제는 점점 심각해졌어요. 하지만 6대 가주에 이르러서 한 가지 방법을 고안해냈지요."

섭회상이 계속 설명했다.

"식인 보루는 누가 만든 거죠?"

위무선이 물었다.

"아닙니다, 아니에요. 관련은 있지만, 처음부터 이런 식으로 했던 건 아니에요. 그리고 6대 가주가 시작했어요. 그는 자기 아버지와 할아버지의 패도를 관 두 개에 각각 넣고 능묘를 하나 만들었어요. 능묘에 보물이 아니라 곧 시변할 시체 수백 구를 같이 묻었지요."

남망기가 미간을 약간 찌푸리자 섭회상이 화들짝 놀라 다급하게 말했다.

"함광군, 제 설명을 좀 더 들어보세요! 시체들은 저희 가문이 죽인 게 아니에요! 천신만고 끝에 각지에서 수집해 온 거라고요! 비싼 값을 주고 사 온 것도 있고요. 6대 가주께서 도령이 사령과 싸우고 싶다면 그들에게 사령을 제공해 계속 싸우게 하라고 했어요. 곧 시변할 시체를 패검과 같이 묻어 도령의 부장품으로 삼으라고요. 도령은 시체의 시변을 막고 시체는 도령의 광기를 완화시키니 서로 균형을 이루는 거죠. 이 방법으로 후손들은 평안을 얻었어요."

"그러면 석보는 왜 지었죠? 시체를 벽에 넣으려고요? 그리고 그게 사람을 먹은 적이 있다면서요?"

위무선이 물었다.

"사실 그 문제들은 같은 거예요. 그것이……, 사람을 먹었다고 할 수 있죠. 하지만 일부러 그런 건 아니에요! 저희 가문 6대 가주께서 만든 건 칼 무덤으로 그냥 흔히 볼 수 있는 무덤이었어요. 이후 몇 대의 가주도 그렇게 했고요. 그런데 50여 년 전, 무덤이 도굴꾼한테 도굴당했어요."

위무선이 "아." 하며 '정말 건드리면 안 되는 걸 건드렸군.' 하고 생각했다.

"무덤 조성은 워낙 큰일이라 아무리 신중하고 조용히 해도 소문이 나게 마련이에요. 여기저기 알아본 도굴꾼들이 행로령에 저희 가문 선조들의 묘가 있다고 확신하고 준비를 단단히 하고 왔어요. 오합지졸 가운데도 실력 있는 인사가 한둘 있었는지 방향을 잘 찾아 미진을 깼고 저희 가문의 칼 무덤을 찾았어요. 구멍을 파고 무덤에 들어갔죠. 도굴꾼들은 직업이 직업인지라 안에 있는 시체를 봐도 무서워하지 않았어요. 그들은 황금이나 보석을 열심히 찾았겠죠. 하지만 시체 옆에서 숨을 쉬어댔어요. 심지어 모두 양기가 넘치는 건장한 청년들이었죠. 그들은 안에 있는 것들이 곧 시변할 시체라는 걸 알았어야 했어요! 어떤 일이 일어났을지 짐작이 가시죠. 그 자리에서 십여 구의 시체가 흉시로 변했어요."

섭회상이 계속 말했다.

"하지만 그 도굴꾼들은 능력도 있고, 대담했는지 우르르 달라붙어 시변한 주시를 전부 때려죽였어요. 한바탕 격전이 벌어지고 온 사방에 시체 조각이 널렸지요. 그제야 그들은 이 무덤이 예사롭지 않다는 것을 깨닫고 철수할 준비를 했어요. 하지만, 철수하려는 순간 잡아먹힌 거예요! 무덤에 안치된 시체는 수를 엄격하게 통제해 도령과 균형을 딱 맞춰놓았거든요. 도굴꾼들이 시변하는 걸 그냥 놔두고 도망갔으면 도령이 시변을 억누를 수 있었을 거예요. 그런데 시체를 다 조각내놨으니 갑자기 십여 구가 모자라게 된 거죠. 균형을 유지해야 하는데, 그래서…… 그래서…… 자동으로 갇혀 죽은 거예요. 그들은 산 채로 무덤에 갇혀 자기들 때문에 생긴 결원을 자기들이 보충한 거죠……. 칼 무덤이 훼손되자 가주는 다른 방법을 생각해 냈어요. 그는 행로령에 다른 부지를 선정해 무덤이 아닌 제도당(祭刀堂)을 지어 도굴꾼이 다시 오지 못하도록 했어요. 그리고 시체를 벽 속에 넣어 세상 사람들의 이목을 피했죠. 이 제도당이 소문의 그 '식인 보루'예요. 그 도굴꾼들은 청하에서 사냥꾼으로 행세했어요. 그런데 행로령에 들어가 다시 나오지 않고 시체도 안 보이니 그들이 행로령에서 괴물에게 잡아먹혔다는 소문이 돈 거죠. 이후 석보가 완성되고 새로운 미진을 다 걸기 전에 어떤 사람이 지나가다가 석보를 봤어요. 다행히 석보에 문을 만들지 않아 안으로 들어갈 수는 없었죠. 행로령에서 내려간 그 사람은 만나는 사람마다 행로령에 이상한 하얀 보루가 있다며 틀림없이 그 안에 사람 잡아먹는 괴물이 살 거라고 말하고 다녔어요. 저희 집안은 소문이 더 커지면 행로령 일대에 사람이 접근하지 않겠지 생각하고 살을 조금 붙여서 '식인 보루'라는 말을 퍼뜨렸어요. 어쨌든 사람을 잡아먹을 수 있으니까요!"

섭회상은 소매에서 손수건과 마늘 크기의 하얀 돌을 꺼냈다. 그는 손수건으로 땀을 닦으며 하얀 돌을 건넸다.

"두 분 이것 좀 보세요."

위무선은 하얀 돌을 받아 들고 자세히 살폈다. 돌가루 사이에 하얀 뭔가가 있었다. 사람의 손가락뼈 같았다.

순간 위무선은 깨달았다.

섭회상은 땀을 다 닦고 말을 이었다.

"그…… 금 공자가…… 어떻게 벽에 구멍을 냈는지 모르겠지만, 그렇게 두꺼운 벽을 열었다면 분명 법보를 많이 지니고 있었을 겁니다. 아니, 핵심은 그게 아니라……, 제 말은 그가 뚫은 그곳이 마침 저희 가문이 행로령에 만든 최초의 제도당이라 이중으로 벽돌을 쌓고 그 안에 흙을 넣어 양기를 차단해 시체의 시변을 예방할 생각은 못 하고 시체를 직접 회반죽 속에 넣었어요. 그래서 금 공자가 구멍을 냈을 때 자기가 벽에 묻힌 백골을 부쉈다는 것을 몰랐던 거죠. 금 공자가 들어가고 얼마 뒤 석보 벽에 갇힌 것은 금 공자가 부순 그 시체를 대신한 거예요……. 제가 정기적으로 행로령을 살피러 가는데 오늘 가서 보니 이게 떨어져 있지 않겠어요. 이 돌을 줍는 순간 개가 나타나 물잖아요. 어휴……, 제도당도 저희 가문의 조상 무덤과 다를 게 없네요. 전 정말……."

섭회상은 말할수록 괴로운 모양이었다.

"일반적인 수사라면 이곳이 저희 가문 관할이라는 것을 알고 청하 일대에서 절대 야렵을 하지 않아요. 그런데 이렇게……."

이렇게 불운할 줄 누가 알았겠는가. 우선 규칙이라곤 지키지 않는 금릉이 행로령을 주시했고 나중에는 귀수가 가리키는 방향을 따라 남망기와 위무선이 왔으니. 섭회상은 말을 계속 이어나갔다.

"함광군, 그리고 이……. 저 다 말했어요. 그러니 두 분 절대 소문내지 마세요. 그렇지 않으면……."

그렇지 않아도 청하 섭씨는 지금도 거의 명맥만 겨우 유지하고 있는 상태인데, 소문이 퍼지면 섭회상은 천추의 죄인이 되어 죽어도 조상님들을 뵐 면목이 없을 것이다. 그래서 섭회상은 사람들의 웃음거리가 될지언정 열심히 수련하지 않았고 더욱이 자신의 패도를 예리하게 갈지 않은 것이었다. 수련이 경지에 오르면 성정이 포악해져 결국 큰형과 선조들처럼 미쳐 발광하다 몸이 폭발에 죽을 것이고, 죽은 다음 패도는 여전히 인간 세상에서 농간을 부려 가문이 평안하지 못할 것이니 아무것도 이루지 못하는 편이 나았다.

확실히 난제이기는 했다. 섭가는 초대 선인부터 시작해 이런 식으로 오늘날까지 살아왔다. 아무리 그래도 후손들이 선인이 개척해낸 길과 기반을 부정할 수야 있겠는가? 선문 세가는 각자 장점이 있다. 고소 남씨는 음률에 능하고 청하 섭씨는 도령이 사납고 살상력이 높다. 바로 이 때문에 각 가문이 이름을 날릴 수 있었다. 만약 조상의 가르침을 버리고 처음부터 다시 새로운 길을 찾는다면 몇 년이 걸릴지도 모르고 성공을 보장할 수도 없다. 게다가 섭회상은 섭씨 가문을 배반하고 다른 길을 찾을 수도 없었을 것이다. 그래서 쓸모없는 바보가 될 수밖에 없었다.

섭회상은 가주가 되지 않았다면 운심부지처에서처럼 평생 뱃놀이하고 그림 그리고 고기 잡고 새를 키우면서, 분명 지금보다 훨씬 자유로운 삶을 살았을 것이다. 하지만 그의 큰형은 이미 세상을 떠났고 여력도 안 되니 온 힘을 다해 가문의 무거운 짐을 지고 힘들게 나갈 수밖에 없었다.

섭회상이 신신당부하고 떠나자 위무선은 한동안 멍하니 있었다. 그러다 갑자기 남망기가 또 다가와 자기 앞에 한쪽 무릎을 꿇고 진지하게 바지통을 올리는 것을 발견하고는 다급하게 말했다.

"잠깐, 잠깐만. 또 이럴 거야?"

"우선 악저흔부터 없애고."

남망기가 말했다.

함광군은 오늘 하루 몇 번이나 이렇게 위무선 앞에서 반 무릎을 꿇었다. 상대는 무척 진지했지만 위무선은 이런 모습을 차마 볼 수 없었다.

"내가 할게."

위무선이 바지통을 확 걷자 악저흔이 종아리는 물론 무릎을 지나 허벅지까지 올라가 있었다. 위무선은 악저흔을 보고 별생각 없이 말했다.

"허벅지까지 왔네."

남망기는 고개를 돌리고 대답하지 않았다.

"남잠?"

위무선이 이상해서 물었다.

남망기가 그제야 다시 고개를 돌렸지만, 시선은 여전히 옆을 향하고 있었다. 순간, 위무선이 눈을 깜박거리며 장난을 쳐야겠다는 생각에 농담을 던지려는데 탁자 쪽에서 갑자기 와장창 깨지는 소리가 났다.

두 사람은 벌떡 일어났다. 찻주전자와 찻잔이 깨졌고 봉악 건곤대[#52]가 새하얀 자기 조각과 흐르는 찻물 위에 놓여 있었다. 주머니가 계속 요동치는 게 그 안에 있는 것이 빨리 나오려고 하는 것 같았다.

#52 봉악 건곤대(封惡乾坤袋) 악귀 등을 봉인하는 주머니.

봉악 건곤대는 손바닥 정도 크기처럼 보이지만 물건을 담아두기에 아주 유용했다. 게다가 안팎 이중으로 복잡한 주문이 수놓아져 있어 몇 겹으로 봉인됐다. 남망기는 그 팔뚝을 주머니에 봉인하고 탁자 위에 있는 찻잔으로 눌러놓았다. 귀수가 움직이자 그제야 〈안식〉을 연주해줘야 한다는 생각이 났다. 매일 저녁 짧게나마 위로를 해주지 않으면 봉악 건곤대의 힘이 아무리 강해도 귀수를 당해내지 못했다.

위무선은 손을 뻗어 허리춤에 꽂아두었던 대나무 피리를 찾았지만 없었다. 고개를 돌려 보니 남망기의 손에 들려 있었다. 남망기는 고개를 약간 숙이고 대나무 피리를 열심히 손질하더니 돌려주었다. 남망기가 손을 보자 조잡했던 대나무 피리가 훨씬 정교해졌다.

"잘 불어."

남망기가 말했다. 명실에서 위무선의 피리 소리에 의식을 잃었던 남계인이 화가 나서 깨어났다가 피를 토하고 다시 기절했던 게 떠올라 위무선은 웃겨서 자빠질 뻔했다.

'남망기가 내 연주를 그렇게 오래 견디다니 대단하군.'

이번에는 일부러 못 부는 척하지 않기로 하고 진지하게 대나무 피리를 입가로 가져갔다. 그러나, 두 마디를 불렀을 때 건곤대가 갑자기 몇 배로 커져 우뚝 서자 위무선이 '풉' 하고 웃으면서 음을 틀렸다.

"뭐야, 이 곡이 지겨워졌나. 내 피리 소리 조금 좋아졌는데도 싫단 말이야?"

마치 위무선의 말에 화답이라도 하듯이 봉악 건곤대가 위무선을 향해 맹렬하게 날아왔다. 남망기가 음률을 바꿔 한 번 튕기자 고금

의 일곱 줄이 고르고 일정하게 울리더니 산이 무너지는 듯한 소리
가 났다. 봉악 건곤대는 고금의 격노한 소리에 제자리로 돌아갔다.
위무선은 아무 일도 없었다는 듯이 계속 피리를 불었고 남망기는
손목의 힘을 빼고 이어서 〈안식〉을 연주했다. 조용하고 평온하며
느긋하게 화음을 이뤘다.

한 곡이 끝나자 건곤대는 마침내 원래 모양으로 돌아가 조용히
누워 움직이지 않았다. 위무선은 피리를 허리춤에 차고 말했다.

"요 며칠은 팔뚝이 이렇게 조바심을 내지 않았는데. 뭔가에 자극
을 받은 것 같아."

"게다가, 그건 네 몸에 있는 것이고."

남망기가 미세하게 고개를 끄덕이면서 말했다.

위무선은 고개를 숙여 자신의 몸을 내려다봤다. 오늘 그에게 더
해진 것이라곤 딱 하나밖에 없었다. 금릉의 몸에서 넘어온 악저흔.

금릉의 몸에 있던 악저흔은 행로령에 있는 석보에서 생긴 것이
다. 귀수가 이 악저흔에 강렬하게 반응한다는 것은…….

"섭가 제도당 벽 속에 팔뚝의 다른 신체가 있을 수도 있다는 건가?"

위무선이 말했다.

다음 날 새벽, 두 사람은 다시 행로령으로 향했다.

어제 현장에서 잡힌 섭회상은 내막을 다 밝힌 후 그날 밤 가문의
심복과 문하생을 소집해 침입자들이 남긴 흔적을 수습했다. 위무
선과 남망기가 도착했을 때 섭회상은 위무선이 금릉을 꺼낸 벽에
새로운 시체를 넣고 다 메운 참이었다. 하얀 벽돌이 층층이 잘 쌓
인 것을 보면서 연신 땀을 닦고 있었던 섭회상은 고개를 돌리다 두

사람을 보고 다리에서 힘이 쭉 빠졌다.

"함광군…… 그리고 이분은…….''

섭회상이 어색하게 웃으며 말했다.

"섭 종주, 벽을 쌓으셨네요?''

위무선이 손짓하며 말했다.

섭회상이 손수건을 꺼내 다시 땀을 닦았다. 하도 많이 닦아 이마
의 껍질이 벗겨질 것 같았다.

"네네네…….''

위무선은 그런 그를 매우 딱하게 여기며 겸연쩍은 듯이 말했다.

"저기, 죄송하게 됐어요. 이따가 다시 또 쌓으셔야겠네요.''

"네네……네? 잠시만요!''

섭회상이 다급하게 말했다.

하지만 말이 끝나기도 전에 칼집에서 피진이 나왔다. 섭회상은
멀쩡히 눈을 뜨고 있는 상태에서 방금 보수를 끝낸 석벽이 다시 무
너지는 것을 보았다.

언제나 부수기가 쌓기보다 쉬웠다. 위무선이 벽돌을 뜯어내는 속
도가 그들이 쌓은 속도보다 얼마나 더 빠른지 모를 지경이었다. 섭
회상은 접선#53을 틀어쥐고 벌벌 떨었다. 억울해서 눈물이 쏟아질
것 같았지만 함광군이 옆에 있어 뭐라고 할 수도 없었다. 남망기가
섭회상에게 전후 사정을 짧게 설명하자 섭회상이 즉시 하늘과 땅
에 대고 맹세했다.

"없습니다! 절대 없어요! 저희 가문 제도당에서 사용하는 시체는
사지가 완전한 것뿐이에요. 팔이 없는 남자 시체는 절대 없습니다.

#53 접선(摺扇) 접었다 폈다 하는 부채.

못 믿겠다면 저도 같이 벽돌을 치워 결백하다는 걸 증명하겠습니다. 하지만 부순 곳은 빨리 메워야지 오래 놔둘 수 없었어요. 아무리 그래도 이건 저희 가문 조상님들의 무덤이라고요……."

섭씨 가문 문하생 몇 명이 나서자 위무선은 뒤로 물러나 결과를 기다렸다. 반 시진 뒤 금릉이 묻혀 있었던 벽이 거의 다 철거됐다. 문하생들은 천으로 코와 입을 가리고, 비밀 제조법으로 만든 붉은 환약을 먹어 호흡과 기운으로 시변이 유발되는 것을 예방했다. 검은색 흙 속에서 가끔 창백한 손이나 핏대가 솟은 발, 오물로 뒤엉킨 검은 머리가 나왔다. 남자 시체는 다 파내 바닥에 죽 눕혀놓았다.

시체는 이미 백골이 된 것, 부패가 진행되고 있는 것, 매우 신선한 것 등 다양했다. 그러나 모두 사지가 멀쩡해 왼팔이 없는 남자 시신은 없었다.

섭회상이 조심스럽게 입을 열었다.

"이쪽 벽만 부수면 되지요? 더 철거해야 합니까? 그럴 필요 없겠지요?"

이것으로 충분했다. 금릉의 몸에 있던 악저흔은 색이 짙은 것으로 보아 분명 금릉과 가까운 곳에 묻혀 절대 이쪽 면의 범위를 벗어나지 않을 것이다. 위무선이 시체 옆에 쪼그리고 앉아 잠시 생각하고 있는데 남망기가 말했다.

"봉악 건곤대를 꺼낼까?"

건곤대에 봉인된 왼팔을 꺼내 스스로 식별하라고 하는 것은 좋은 방법이었다. 그러나 그 왼팔과 시신의 다른 부위가 너무 가까이 있으면 왼팔이 자극을 받아 더 위험한 상황이 생길 수 있었다. 게다가 이곳은 음기가 매우 강해 몇 배는 더 위험해서 신중해야 했다.

그래서 날이 밝은 다음에 온 것이다. 위무선은 고개를 저었다.

"이 왼팔 주인이 남자가 아니란 말이야? 그럴 리가 없지. 남자 손인지 여자 손인지는 딱 보면 아는데……. 그렇다면 팔이 세 개라도 된다는 건가?!"

위무선이 방금 자기가 한 말에 우스워하고 있는데 남망기가 다시 말했다.

"다리."

남망기의 말에 위무선은 그제야 자신이 놓친 게 있다는 것을 깨달았다. 악저흔은 다리에만 퍼졌다.

"바지 벗겨! 바지!"

위무선이 다급하게 말했다.

"왜 함광군 면전에서 그런 부끄러운 말을 해요!"

섭회상이 바짝 얼어 말했다.

"뭐가 부끄러워요. 여기 다 남자잖습니까. 시체 바지 다 벗겨야 하니 좀 도와주세요. 여자 시체는 필요 없고, 남자 시체만요!"

위무선이 말하면서 바닥에 놓인 시체의 허리띠에 손을 뻗었다. 섭회상은 어제 진실을 다 말했건만, 이젠 조상의 제도당에서 시체의 바지를 벗기라니. 그것도 남자 시체의 바지를. 지하에 가면 조상님들께 뺨을 맞아 다음 생에 환생해도 역시 얼간이가 될 게 분명하다고 생각하니 눈물이 앞을 가렸다. 다행히 남망기가 위무선을 막았다. 섭회상이 함광군에게 고맙다고 말하려는데 함광군이 "내가 하지."라고 말했다.

"당신이요? 정말 이런 일을 하겠다고요?"

위무선이 말했다. 남망기의 눈꼬리가 약간 움직이면서 뭔가 참는 듯하더니 한 번 더 말했다.

"넌 가만히 있어. 내가 하지."

섭회상은 오늘 놀란 일 중에 지금이 제일 놀라웠다.

남망기가 실제로 직접 몸을 움직여 시신들의 바지를 내린 것은 아니었다. 그가 피진의 기운으로 시신들의 옷을 가볍게 찢자 피부가 드러났다. 찢을 필요도 없이 이미 너덜너덜해진 것도 있었다. 잠시 뒤 남망기가 말했다.

"찾았군."

사람들의 눈길이 일제히 남망기가 말한 쪽으로 쏠렸다. 남망기의 하얀 장화 옆에 놓인 시신의 두 허벅지에 옅은 선이 보였다. 피부색과 비슷한 가는 실로 꼼꼼하게 바느질한 바늘땀이었다. 선 위와 선 아래 피부색이 미세하게 달랐다. 역시 이 시체의 다리와 상반신은 같은 사람의 것이 아니었다.

두 다리가 누군가에 의해 봉합된 것이었다.

섭회상은 눈만 끔벅이며 아무 말도 하지 못했다.

"섭가에서 제도에 사용하는 시체는 보통 누가 고릅니까?"

위무선이 물었다.

섭회상은 정신이 번쩍 들었다.

"보통 가주 스스로가 생전에 골라서 보관해놓습니다. 제 형은 일찍 돌아가셔서 충분하지 않아 저도 도왔고……. 오관과 사지만 멀쩡하면 남겨뒀어요. 나머지는 저도 잘 몰라요……."

이 시체를 도대체 누가 여기에 섞어 넣었을까. 섭회상에게 물어도 분명 모를 것이다. 시체 제공자는 물론 청하 섭씨 내부 인사까지, 의심스러운 대상이 너무 많았다. 사지를 전부 찾아 시신과 혼백을 맞춰야 도대체 어떻게 된 일인지 진상을 알 수 있을 것 같았다.

남자 시신에서 두 다리를 어렵게 떼 냈다. 위무선은 그것을 새로운 봉악 건곤대에 넣으며 남망기에게 말했다.

"보아하니 이 형씨는 오마분시[54]를 당했나 봅니다. 시체가 찢기기만 한 게 아니라 여기저기 버려졌으니 원한이 얼마나 크겠어요. 우리 그가 너무 잘게 찢어지지 않았길 빌자고요."

위무선과 남망기가 떠나려고 하자 섭회상은 "또 뵙겠습니다."라고 말했지만 질겁한 그의 표정은 이번 생에서는 절대 "또 뵙고 싶지 않다."고 말했다. 두 사람은 행로령에서 내려와 객잔으로 돌아왔다. 안전한 곳에 도착해서야 팔과 다리를 꺼내 자세하게 살폈다. 두 다리와 왼팔의 피부색이 같았고 가까이 놓아두니 서로 강렬한 반응을 일으켜 계속 덜덜 떠는 것이 하나로 합치고 싶지만, 중간에 몸통이 없어 어쩔 수 없어 하는 것 같았다. 그것들은 분명 같은 사람의 것이었다.

이 팔과 다리의 주인은 키가 크고, 사지가 늘씬하며 심신이 강건하고 수련이 잘된 남자라는 것 외에는 여전히 아무것도 밝혀지지 않았다. 다행히 귀수가 다음 방향을 알려주었다. 귀수가 가리키는 대로 남서쪽으로 향하던 위무선과 남망기는 약양에 도착했다.

#54 **오마분시(五馬分屍)** 고대 극형으로 죄인의 사지와 머리를 말 다섯 마리에 묶어 다른 방향으로 전진시켜 온몸을 찢어 죽이는 형벌.

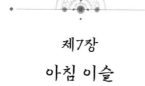

제7장
아침 이슬

제7장 아침 이슬

성안으로 들어간 두 사람은 사람들로 북적거리는 거리를 나란히 걸었다.

"악저흔은 어때?"

갑자기 남망기가 물었다.

"금릉이 이 우리 아우님이랑 너무 가까이 묻혀 있었는지 원기가 상당해. 조금 사라졌는데 다 없어지진 않았어. 시체 전체를 찾거나 적어도 머리를 찾아야 전부 없앨 수 있을 것 같지만, 괜찮아."

'우리 아우님'이란 오마분시된 형씨를 가리켰다. 누군지 아직 몰랐기 때문에 위무선이 '우리 아우님'이라고 부르자고 했다. 위무선의 말에 남망기는 아무 말도 하지 않았지만 반대도 하지 않았기 때문에 이 호칭에 암묵적으로 동의했다고 생각했다. 물론 남망기는 절대 이 호칭을 사용하지 않을 것이었다.

"조금이 얼마야."

"조금이 조금이지. 왜, 바지라도 벗어 보여줘?"

위무선이 손으로 가늠을 해 보이며 말했다.

남망기가 미간을 약간 찌푸렸다.

"가서 벗어."

남망기는 위무선이 정말 그 자리에서 바지를 벗을까 봐 걱정하는 눈치였지만 담담하게 말했다.

위무선은 하하 웃으며 몸을 돌려 뒤로 두 걸음 걸었다. 예전에 위무선은 하루빨리 벗어나려고 남망기가 싫어하는 짓만 골라 하며 일부러 미친 척하고 추태를 보였다. 하지만 이제 신분을 들켰으니 다른 사람 같았으면 지난 일이 떠올라 부끄러워 얼굴도 못 들었을 텐데 위무선은 날 때부터 얼굴이 두꺼워 아무 일도 없었던 듯 행동했다. 다시 말해, 체면을 좀 생각하는 보통 사람이라면 야밤에 침상으로 기어 올라가 이불 속으로 파고들거나 목욕통에 기어코 같이 들어가려고 한다거나 화장하고 예쁘냐고 묻는 따위의 이상한 짓은 더 못 할 것이다. 하지만 위무선은 아무것도 기억하지 못하는 듯 행동했고, 남망기는 먼저 거론하지 않았기 때문에 두 사람은 마치 아무 일도 없었던 듯이 지냈다. 그 이후 오늘 처음으로 이런 농담을 했다. 한바탕 웃은 위무선이 정색했다.

"함광군, 우리 아우님의 팔을 모가장에 던져 너희 가문 후배들을 습격하게 한 사람과 두 다리를 다른 시체에 봉합해 벽에 묻은 게 같은 사람이라고 생각해?"

위무선은 예전이나 지금이나 속으로는 남망기의 이름을 불렀지만, 요즘은 계속 호를 불러 습관이 됐다. 게다가 위무선이 이 호칭으로 부르면 일부러 점잖을 떠는 것 같고 뭔가 우스운 느낌이 들어

밖에서는 농담 반 진담 반으로 이렇게 불렀다.

"달라."

남망기가 말했다.

"우리 둘이 비슷한 생각이네. 힘들게 다리를 다른 시체에 붙여 벽에 묻었다는 것은 사지가 발견되는 걸 바라지 않았다는 말이지. 그렇다면 일부러 왼팔을 던져 고소 남씨 사람을 습격하도록 하진 않았을 거야. 분명 이목을 끌어 조사를 시작할 테니까. 하나는 애써 숨기려고 하고 하나는 사람들에게 발견되지 않을까 봐 일부러 내놓고, 그러니 분명 동일인물은 아닐 거야."

위무선이 다 말해 남망기는 할 말이 없었지만 그래도 "응." 하고 대답했다.

위무선이 몸을 돌려 걸으며 말했다.

"다리를 숨긴 사람은 청하 섭씨에게 제도당 전통이 있다는 것을 알았고, 왼팔을 던진 사람은 고소 남씨의 동향을 잘 아는 자이니, 이거 앞으로 쉽지 않겠는걸. 비밀이 점점 많아져."

"하나씩 천천히 해."

"너 날 어떻게 알아봤어?"

"알아서 생각해."

그들은 한 명이 질문하면 한 명이 대답하면서 계속 걸었다. 위무선은 계속 문답을 하다 보면 남망기가 방심해서 마지막 질문에 대답할 줄 알았는데 결과는 실패였다. 그래도 포기하지 않고 재빨리 화제를 전환했다.

"약양은 처음인걸. 전엔 내가 상황을 살폈으니 이번엔 쉴 거야. 네가 좀 알아봐. 함광군, 괜찮지?"

남망기가 몸을 돌려 걸어갔다.

"잠깐. 함광군, 어디로 가는지 물어봐도 될까?"

"이곳을 관할하는 선문 세가에."

남망기가 고개를 돌리며 대답했다.

위무선이 남망기의 검에 달린 술을 붙잡아 뒤로 끌어당겼다.

"거긴 가서 뭐 하게. 여긴 그들의 구역인데 설령 안다고 해도 잘도 얘기하겠다. 해결할 수 없거나 체면 구길까 봐 입도 뻥긋 안 할걸? 죽으면 죽었지 외부인이 개입하는 걸 원치 않을 텐데. 친애하는 함광군. 이 위 아무개가 네 체면에 먹칠하려는 건 아니지만 말이야, 넌 내가 없으면 진짜 안 되겠다. 그렇게 묻고 다니면 뭔가를 알아내는 게 더 이상하겠어."

위무선은 마음대로 지껄였지만 남망기는 오히려 부드러운 눈빛과 여전히 낮은 목소리로 "응." 하고 대답했다.

"응이 뭐야. 이것도 응이래."

위무선은 웃으며 대답했지만 속으로 '계속 응응거리다니 여전히 답답하군!' 하고 구시렁거렸다.

"그러면 어디서 물을 건데?"

"당연히 저기서지."

위무선이 한쪽을 가리켰다.

위무선이 가리킨 곳은 넓은 대로였다. 대로 양쪽에 점포를 표시하는 깃발이 나부꼈다. 선명한 붉은 깃발이 눈에 확 띄었다. 점포들은 모두 문을 활짝 열고 가게 안에서 밖까지 둥글고 검은 단지를 늘어놓고 있었다. 작은 술잔이 놓인 쟁반을 든 일꾼들이 지나가는 사람들에게 자기 집 술을 권했다.

강렬한 술 냄새가 온 거리에 가득 떠다녔다. 위무선의 발걸음이 점점 느려지다가 거리 입구에 와서는 아예 움직이지 않고 남망기를 잡아 세웠다.

"이런 곳에서 일하는 사람은 보통 젊고 영민하고 민첩하지. 게다가 날마다 많은 손님을 만나잖아? 사람이 많으면 말도 많다고, 근처에 떠도는 이상한 소문은 다 그들의 귀에 들어갈 거라고."

위무선이 사뭇 진지하게 말했다.

남망기는 "응." 하고 대답하며 반대하지는 않았지만, 얼굴에는 '너 그냥 술이 마시고 싶은 거잖아.'라고 쓰여 있었다.

위무선 그 표정을 못 본 척하고는 남망기의 검에 달린 술을 잡아당기며 눈을 반짝이면서 주점 거리로 들어갔다. 즉시 대여섯 명의 일꾼이 몰려들어 목소리를 높이며 열정적으로 말했다.

"한번 마셔보세요! 이 고장에서 유명한 하씨 가문의 술입니다!"

"공자, 이거 좀 마셔봐요. 마셔만 보세요. 돈은 필요 없습니다. 마셔보고 좋으면 저희 가게에 들러주세요."

"이 술이 향은 약해도 도수는 높답니다!"

"다 마시고도 똑바로 설 수 있으면 내 성을 갈게요!"

이 말에 위무선은 "좋아!" 하고 외치며 그 일꾼이 건네는 술잔을 받아 쭉 들이키고 방실거리며 그에게 빈 잔을 건넸다.

"성을 바꾸시겠다고?"

일꾼은 천연덕스럽게 고개를 꼿꼿이 세우고 기세 좋게 대꾸했다.

"말을 끝까지 들어야죠. 한 단지 다 마시면!"

"그럼 세 단지 내오게."

위무선의 말에 일꾼이 신나서 가게로 달려 들어갔다.

"장사라는 건 말이야, 일단 먼저 팔아주고 그다음 다른 것을 말해야 하는 거야. 그래야 입이 잘 열린다고."

위무선이 그렇게 말하자 남망기가 돈을 꺼내 계산했다.

두 사람은 가게로 들어갔다. 가게에는 손님이 쉬면서 이야기를 나눌 수 있는 나무 탁자와 나무 의자가 놓여 있었다. 안에 있던 일꾼들은 남망기의 옷차림과 분위기를 보고 깜짝 놀라며 일어나 탁자와 의자 등을 박박 닦은 후에야 자리로 안내했다. 위무선은 발아래에 두 단지를 놓고 한 단지를 받아 들고는 그 일꾼과 친근하게 몇 마디 나누고 바로 본 질문으로 들어가 이곳에 이상한 일이 없었냐고 물었다. 말이 많은 사람인 일꾼은 두 손을 비비며 물었다.

"어떤 종류의 이상한 일이요?"

"귀신 나오는 집, 황폐한 무덤, 토막 난 시체 같은……."

일꾼이 눈알을 뱅그르르 돌렸다.

"아……. 두 분은 뭐 하시는 분들입니까? 손님과 이분."

"이미 눈치챘으면서."

"그렇지요. 두 분은 분명 구름과 안개를 타고 여기저기 날아다니는 무슨 세가의 사람들이겠지요. 특히 공자님의 옆에 계신 이분 말입니다. 전 보통 사람들 중에서 이런…… 이런…… 사람은 본 적이 없습니다."

"이렇게 곱상한 사람 말이지?"

위무선이 웃으며 말했다. 그러자 일꾼이 하하 웃었다.

"그렇게 말씀하시면 이 공자님이 싫어하실 텐데요. 이상한 일이라, 있지요. 하지만 최근이 아니라 십여 년 전 일이에요. 이 길로 쭉가 성을 나가서 다시 2, 3리를 더 가면 아주 멋진 저택이 보일 겁니다. 그 집 문패가 아직 있는지 모르겠지만 그게 상씨 저택이에요.”

“그 집이 어쨌기에?”

위무선이 물었다.

“멸문 학살 사건이요!”

일꾼이 계속 말했다.

“이상한 일을 물으시니 이상한 것 중에서도 제일 이상한 것을 골라 말씀드리는 겁니다. 그 집 안에 있던 사람들이 싹 죽었어요. 게다가 듣자 하니 모두 놀라서 생죽음을 당했대요!”

이야기를 듣던 남망기가 생각에 잠기더니 뭔가를 떠올린 모양이었다. 위무선은 크게 신경 쓰지 않고 계속 물었다.

“이 일대에 수선 세가가 있지 않소?”

집 안에 있던 사람들이 놀라 생죽음을 당했다면 잔인한 여귀 흉령이 분명했다. 모든 집안이 청하 섭씨처럼 부득이한 고충이 있는 게 아니니 일반적인 수선 세가라면 자기 관할에서 이런 게 출몰하도록 놔두지 않았을 것이었다.

“있지요. 왜 없겠습니까?”

“그렇다면 그때 그들이 어떻게 대응했지?”

“대응이요?”

일꾼은 행주를 어깨에 턱 걸치면서 앉더니 한나절 동안 참았던 말을 짐짓 정중하게 쏟아냈다.

“공자님은 예전에 약양에 자리 잡은 수선 세가의 성이 뭔지 아실까 몰라? 바로 상씨입니다. 몰살당한 그 집, 바로 그 집안이었어요! 사람이 다 죽었는데 누가 대응을 하겠습니까?”

멸문을 당한 상씨 가문이 바로 이곳을 기반으로 한 수선 세가라고?!

위무선은 약양의 상씨를 들어본 적이 없었다. 아마도 명문가는 아니었을 것이다. 하지만 한 가문이 멸문했다면 깜짝 놀랄 만한 큰 일이긴 했다.

"상씨 가문이 어떻게 멸문했는데?"

위무선이 다그쳤다.

"저도 들은 거라서요, 하. 어느 날 밤 그 집 쪽에서 갑자기 문 두드리는 소리가 들려오더랍니다."

"문 두드리는 소리?"

"맞아요! 하늘이 울릴 만큼 크게요. 비명에 울부짖음에 마치 사람들이 죄다 안에 갇힌 듯했다지 뭐예요. 너무 이상하지 않아요? 문은 안에서 잠겨 있는데 나오려면 직접 열면 될 것을 문을 왜 두드립니까? 문을 두드려도 밖에 있는 사람은 방법이 없지요. 게다가 문으로 못 나오면 담을 넘으면 되지 않겠어요?"

일꾼이 신나서 계속 말했다.

"밖에 있던 사람은 계속 망설였지요. 이곳에서 상씨가 대단한 가문이라는 걸 모르는 사람이 없었거든요. 도를 닦은 수선 가문인데. 그 집 가주인 상평은 나는 검이 있어 그 위에 서서 날아다닌다니까요! 안에서 무슨 일이 났는데 그 가문이 스스로 해결 못 하면 일반 백성들이 가봐야 죽음만 자초하지 않겠어요? 그래서 사다리를 타고 올라가 보거나 담을 넘어 안을 들여다본 사람도 없었어요. 그렇게 밤이 지나자 안에서 들리던 울음소리도 점점 잦아들었어요. 다음 날, 태양이 뜨자마자 상씨 집 대문이 저절로 열렸어요. 집 전체에 주인 가족 십여 명과 하인 오십여 명이 앉거나 엎어져 쓸개즙을 토한 채로 놀라 죽어 있었어요."

"너 죽을래? 일은 안 하고 뭐 하러 케케묵은 옛날 일을 들춰?"

가게 주인이 고개를 돌리며 야단쳤다.

"다섯 단지 더."

위무선이 말했다.

남망기가 열 단지의 값을 치르자 주인은 얼굴색이 싹 바뀌더니 일꾼에게 웃으며 당부했다.

"손님 잘 모셔, 여기저기 쏘다니지 말고!"

"계속 말해보시오."

위무선이 재촉했다.

일꾼은 걱정이 없어지자 혼신의 힘을 다해 신나게 떠들었다.

"그 뒤로 밤에 상씨 저택 근처를 지나면 꼭 안에서 문 두드리는 소리가 들렸답니다! 생각해보세요. 구름과 안개를 타고 하늘을 날고 요괴를 잡는 사람들이라 요괴나 귀신을 많이 봤을 텐데 전부 놀라 죽다니 얼마나 무서운 일이에요. 밤길을 걷다 보면 귀신을 만날 거라고요. 땅에 묻었는데 여전히 관을 두드리는 소리가 난대요! 그 집 가주인 상평은 마침 출타해 집에 없어 화를 면했지만……."

"방금 온 가족이 몰살당했다고 하지 않았나?"

"급하시긴, 지금 말하려던 참이에요. 다 죽었어요. 화를 피한 것도 잠시뿐이었어요. 몇 년 뒤 그 집 주인인 상평도 죽었거든요. 이번에는 더 놀라워요. 검으로 능지처참을 당했다니까요! 능지처참이 뭔 줄은 아시죠? 제가 설명할 필요 없겠지요. 칼로 사람을 한 방 한 방 찔러 삼천육백 개로 갈라 뼈대만 남긴 거죠……."

위무선이 능지처참이 뭔지 모를 리가 없었다. 『참혹한 죽음의 천 가지 방도』라는 책을 쓴다면 그보다 잘 쓸 사람은 없었다.

"알았소. 그러면 형씨, 상씨 집안이 왜 멸문을 당했는지 아시오?"

위무선이 손을 들고 말했다.

"소문에는 같은 수진계 사람이 고의로 짜놓은 덫이었다고 하더라고요. 맞을 거예요! 아니면 멀쩡하게 살아 있던 사람 전부가, 게다가 도를 닦은 사람들이 어떻게 도망도 못 쳤겠어요? 분명 어떤 것이나 사람이 안에 가뒀을 거예요."

주점 주인은 위무선과 남망기의 비위를 맞추느라 땅콩과 말린 씨를 두 접시 내왔다. 위무선은 고개를 끄덕여 고마움을 표시하고 씨를 까먹으며 계속 물었다.

"도대체 어떤 것인지, 누가 그랬는지 밝혀지지 않았어?"

일꾼이 하하하 웃었다.

"공자님 농담이시죠? 하늘을 날아다니는 어르신들의 일을 우리같이 하루 벌어 하루 사는 사람들이 어떻게 알겠어요. 손님들은 도를 닦는 분들이니 저보다 더 잘 알 거 아니겠어요. 저는 그저 여기저기서 주워들은 대로 말씀드린 겁니다. 아마 원한을 사선 안 되는 사람에게 원한을 샀나 보죠! 어쨌든, 그때 이후 약양의 요괴와 마귀는 아무도 관리를 안 해요."

"원한을 사서는 안 되는 사람?"

위무선이 곰곰이 생각하며 말했다.

"맞아요, 맞아."

일꾼이 땅콩 두 알을 먹으며 계속 말했다.

"그런 세가 문파들은 원한이 얽히고설켜 복잡하잖아요. 제가 생각해봤는데 상씨 가문은 분명 누군가에게 찍힌 게 분명해요. 사람을 죽이고 보물을 뺏는 게 다반사잖아요. 이야기꾼들도 다들 그렇게 말하고, 전기나 소설도 내용이 다 그렇고요. 구체적으로 누가 그랬는지는 저도 잘 모르지만 아마 아주 유명한 악마와 관계가 있는 것 같아요."

위무선은 웃으며 술잔을 입가에 대고 그를 흘겨봤다.

"내가 맞춰볼까? 그 악마가 누군지 모른다고 하려고 했지?"

일꾼은 기분이 좋은 듯 대답했다.

"틀렸어요. 그건 제가 알지요. 뭐라더라, 그 노괴…… 아니, 아, 노조, 이릉노조!!"

위무선은 사레가 들어 켁켁거리며 술잔에 술을 뱉어냈다.

"뭐라고?"

또 나야?!

"그래요, 맞아요! 성은 위고 이름은 무전이에요, 위무전. 그를 거론할 때면 사람들의 말투에서 증오와 두려움이 느껴졌어요!"

일꾼은 분명하다는 듯이 말했다.

"……."

위무선은 계속 생각해봤지만 두 가지는 확실했다. 하나, 생전에 약양에 와본 적이 없다. 둘, 사람을 능지처참해 죽인 적이 없다. 위무선은 황당해 남망기 쪽으로 고개를 돌리며 해명을 바랐다. 남망기는 위무선이 이런 눈빛을 보내길 오랫동안 기다렸다는 듯이 말했다.

"가지."

위무선은 남망기가 할 말이 있다는 것을 알아차렸다. 게다가 주점에서 다른 사람을 앞에 두고 하기는 어려운 말이라는 것도 알았다.

"그럼 이만 가볼까, 계산서…… 아, 계산했지. 아우님, 내가 산

술은 일단 여기 두고, 일 마치고 다시 와서 마시겠소."

위무선이 일어나며 말했다.

"나중에 떼먹지 마시오."

위무선이 진담 반 농담 반으로 말했다.

땅콩 반 접시를 해치운 일꾼이 호들갑을 떨었다.

"그럴 리가요! 저희 가게는 절대 손님을 속이지 않습니다. 그러니 안심하고 놓고 가세요. 손님들이 돌아오실 때까지 문 열어놓겠습니다. 저기요, 두 분, 지금 상씨 저택에 가는 건가요? 와, 정말 대단해요. 저는 여기 사람인데도 안 가봤는데! 그저 멀리서 몰래 보고 왔는데. 두 분은 들어가실 건가요? 어쩔 생각이세요?"

"우리도 멀리서 슬쩍 내다보려는 것뿐이오."

위무선이 말했다.

일꾼은 성격이 활발하고 매우 유들유들해 한참 대화를 나눴다고 친한 척하며 위무선의 어깨에 팔을 걸치려고 했다.

"두 분 이런 일 힘드시죠? 돈은 많이 벌어요? 분명 많겠지요! 이렇게 근사한데. 물어볼 게 있는데요, 입문하려면 어려워요? 저도……."

일꾼이 수다스럽게 떠들다가 갑자기 입을 다물더니 남망기 쪽을 보며 간담이 서늘하다는 듯이 작은 소리로 말했다.

"공자, 옆의 저분…… 왜 절 저렇게 보시는 거죠?"

위무선이 일꾼의 시선을 따라 고개를 돌리자 남망기가 몸을 돌리며 일어나 주점 밖으로 나가고 있었다.

"아, 저 친구가 어려서부터 가정교육을 엄하게 받아서 자기 앞에서 어깨동무하는 걸 제일 싫어하거든. 조금 이상하지 않소?"

일꾼이 팔을 거두면서 소곤거렸다.

"이상합니다. 눈빛이 어째, 제가 어깨동무한 사람이 저 사람 부인이라도 되는 줄 알았다니까요……."

남망기의 청력이라면 목소리를 낮춘다고 못 듣지 않았을 텐데 이 말에 어떤 느낌이 들었을지 모를 일이었다. 위무선은 웃음이 나오는 걸 참느라 배가 아플 지경이었지만 꾹 참고 일꾼에게 말했다.

"나 한 단지 다 마셨는데."

"네?"

일꾼이 물었다.

"이렇게 서 있고."

위무선이 자신을 가리키며 말했다.

일꾼은 그제야 "다 마시고도 서 있을 수 있으면 내가 성을 간다." 라고 한 말이 생각났다.

"아아…… 아아아! 그거…… 대단해요! 제가 허튼소리를 한 게 아니라 한 단지를 다 마시고도 혀가 안 꼬부라지고 꼿꼿하게 서 있는 사람 처음 봤어요. 공자님 성이 뭐예요?"

"내 성은……."

위무선은 아까 일꾼이 말한 '위무전'이 떠올라 잠깐 뜸을 들이다 태연하게 말했다.

"남씨."

일꾼도 낯짝이 두꺼운 편이라 얼굴색 하나 변하지 않고 외쳤다.

"좋아요, 오늘부터 저는 남씨입니다!"

선홍색 주점 깃발 아래 서 있던 남망기의 뒷모습이 순간 휘청한 듯이 보였다. 위무선은 씨익 웃으며 뒷짐을 지고 걸어가 남망기의 어깨를 두드렸다.

"함광군, 계산해줘서 고마워. 내가 일꾼에게 네 성을 따르라고
했어."

두 사람은 일꾼이 알려준 방향으로 향했다. 행인이 점점 줄고 나
무가 많아졌다.

"방금 왜 계속 못 묻게 했어?"

"약양 상씨의 일이 갑자기 생각났어. 나도 들은 바가 있어 더 들
을 필요가 없었어."

"그게 뭔지 알려주기 전에 하나만 물어볼 테니 확인 좀 해줘. 그,
상씨 멸문 내가 한 거 아니지?"

게다가 십 년 전이면 위무선은 죽은 뒤였고 혼백도 편안하게 쉬
고 있었을 텐데 한 가문을 멸한 것을 기억하지 못할 리 없었다.

"아니야."

"아."

마치 생전에 사람들이 때려잡으라고 아우성치고 나쁜 일만 생기
면 위무선 때문이라고 하며 무엇이든 위무선 탓을 했었던 하수구
의 쥐보다 못했던 때로 돌아간 것 같았다. 옆집 할아버지는 손자가
밥을 안 먹어 살이 **빠진** 것도 다 이릉노조가 귀장군을 부추겨 사람
을 죽인 이야기를 듣고 놀라서 그런 것이라고 탓했다.

"네가 죽인 것은 아니지만 너랑 관계가 있긴 해."

남망기가 다시 말했다.

"무슨 관계?"

"두 가지가 있어. 첫째, 관련된 인물 중 하나가 네 어머니와 인연
이 있어."

남망기의 말에 위무선은 걸음을 멈췄다.

위무선은 이게 무슨 느낌인지, 이 순간 어떤 표정을 지어야 할지 알 수 없었다.

"……내 어머니?"

위무선은 운몽 강씨의 하인 위장택과 운유도사 장색산인의 아들이었다. 강풍면 부부는 위무선의 부모를 잘 알았지만 강풍면은 위무선에게 옛 친구 이야기를 하는 경우가 드물었고, 강풍면의 부인인 우자연은 위무선에게 좋은 말로 한 적이 없었다. 채찍으로 때리지 않고 사당에 가서 꿇어앉아 강징과 떨어지게 하는 것만도 다행이었다. 부모의 일은 다른 사람에게 들은 것이 대부분이었고, 위무선 본인은 사실 다른 사람보다 아는 게 더 적었다.

남망기도 멈추고 몸을 돌려 위무선을 쳐다봤다.

"효성진이라는 이름 들어봤어?"

남망기가 말했다.

위무선은 진지하게 기억을 떠올렸다.

"아니."

"안 들어 본 게 맞아. 효성진이 산에서 나와 유명해진 게 정확히 12년 전이니까. 지금은 아무도 거론하지 않지만."

12년 전이라면 이릉 난장강 대토벌 이후 1년 뒤라 딱 엇갈렸다.

"무슨 산, 계통은 뭔데?"

"산은 몰라. 계통은 도가(道家). 효성진은 포산산인의 제자야."

위무선은 왜 그 사람이 자기 어머니와 인연이 깊다고 했는지 알았다.

"그러면 효성진은 내 사숙(師叔)뻘이라고 할 수 있겠네."

장색산인은 포산산인의 제자였다.

포산산인은 온묘와 남안 등과 같은 시기에 출가한 수사지만 속세를 떠나 은둔했다. 같은 세대의 풍운아들은 이미 몸과 넋이 사라지고 없으나, 오직 포산산인만이 지금까지 죽지 않고 살아 있다고 전해졌다. 정말 아직 살아 있다면 수백 살은 족히 되어 수련이 상당한 경지에 올랐을 것이다. 당시 온묘를 필두로 가문은 흥했지만, 문파는 쇠락하고 혈연관계를 연결 고리로 한 세력이 우후죽순처럼 생겼다. 조금 명성이 있는 수사라면 가문을 일으켜 가문의 시조가 되었다. 그러나 이 포산산인은 은거를 선택하고 호를 안을 포(抱), 메 산(山) 포산이라고 했다. 안은 게 어떤 산인지는 아무도 몰랐다. 바로 아무도 몰라서 은거라고 하는 것이다. 은거했는데 쉽게 찾을 수 있다면 은거라고 부르지 않았을 것이다.

그는 이름을 알 수 없는 산에 은거하면서 의지할 곳 없는 아이들을 몰래 산으로 데리고 들어가 제자로 거뒀다. 그러나 그의 제자가 되려면 이번 생에는 수도에만 전념하고 절대 산에서 내려가지 않으며 속세로 돌아가지 않겠다고 맹세해야 했다. 그렇지 않으면 어떤 이유로도 다시 돌아올 수 없었다. 자기 힘으로 살아남아야 하고 번잡한 속세에서 힘들게 단련해야 하며 사문(師門)과는 인연을 끊어야 했다.

세상 사람들은 포산산인이 높은 경지에 올랐고, 그러한 규칙을 만든 것을 보면 정말 선견지명이 있었던 모양이라고 말했다. 수백 년 동안 그의 제자 중 연령도인, 장색산인, 효성진 세 명만 산을 떠났다. 세 명의 제자는 모두 끝이 좋지 않았다.

앞의 제자 두 명의 결말은 위무선도 어릴 때부터 잘 알고 있어 다시 들을 필요가 없었다. 그래서 남망기는 마지막, 위무선의 사숙에 관한 이야기를 간단하게 설명해주었다.

효성진이 산에서 내려왔을 때 그의 나이 겨우 열일곱이었다. 남망기는 그를 본 적은 없지만, 사람들을 통해 그의 풍모를 들은 적이 있었다.

당시는 사일지정이 끝난 지 몇 년 안 됐고 이릉 난장강 대토벌의 회오리가 갓 지난 시점이라 거대 세가들이 제멋대로 날뛰고 사방으로 인재를 모집했다. 세상을 구하겠다는 일념으로 산에서 나온 효성진은 자질이 뛰어나고 고수의 제자인 데다 첫 야렵에서 불진(拂塵) 하나, 장검 하나를 들고 홀로 산으로 뛰어 들어가 1등을 차지해 단번에 이름을 날렸다.

각 가문은 풍모가 맑고 수련의 경지가 높은 이 젊은 도인에게 크게 감탄해 서로 모셔가려고 했다. 그러나 효성진은 전부 완곡하게 거절하면서 어떤 세가에도 속하지 않겠다고 분명하게 말했다. 그는 뜻이 맞는 친구와 함께 전혀 새로운, 혈연관계를 따지지 않는 문파를 세우려고 했다.

효성진은 성정은 갈대처럼 부드럽지만, 마음은 반석같이 굳건한 외유내강형 인물로 세상에 물들지 않았다. 당시 사람들은 시급한 문제나 어려운 일을 당하면 제일 먼저 그를 떠올렸다. 그에게 도움을 청하면 거절하는 법이 없어 세간의 평이 아주 좋았다.

약양 상씨의 멸문 사건은 바로 그 시기에 발생했다.

약양 상씨의 가주 상평은 어느 날 집안사람 몇을 데리고 야렵에 나섰다. 보름 남짓 지났을 때 부음을 듣고 부랴부랴 집으로 돌아왔다. 슬픔과 애도의 기간이 지나고, 조사가 시작되었다. 그러나 누군가 악의적으로 상씨 가문의 보호진을 깨고 흉악한 악령을 풀었다는 것 외에는 알 수가 없었다.

원래 작은 가문의 참사라 아는 자가 적었지만, 상황이 특수했다. 사일지정이 막을 내린 지 오래였고 난장강 대토벌도 끝난 참이라 표면적으로는 형세가 겨우 안정된 것처럼 보였는데 갑자기 이런 일이 터지자 현문 백가가 들끓었다. 게다가 이릉노조 위무선이 이 세상에 다시 돌아와 복수한다는 소문도 돌았다. 소문은 증거가 없어 범인을 잡을 수도 없었다. 효성진은 당연히 좌시하지 않았다. 진상을 밝히기 위해 즉시 조사에 나섰다. 1개월 뒤 마침내 상씨 가문을 멸문시킨 범인을 찾아냈다.

범인의 이름은 설양이었다.

설양은 효성진보다 나이가 적었으니 영락없는 소년이었다. 그러나 악랄함은 나이가 적다고 덜한 것이 아니었다. 설양은 열다섯 살 때부터 기주 일대에서 악당으로 이름을 날렸다. 웃는 얼굴이었지만 수단은 악독했고 성격이 잔인해 기주 사람들은 설양의 설 자만 나와도 얼굴색이 변했다. 어린 시절 거리를 떠돌던 그는 상평의 부친과 불화를 일으켰다. 그는 수년 동안 이를 기억해 두었고, 복수와 그 밖의 자잘한 이유로 이런 참극을 저지른 것이었다.

진상을 밝힌 효성진은 세 개 성(省)을 넘나들며 여전히 유유자적하면서 패싸움을 하고 다니던 설양을 잡았다. 설양을 대중에게 공개하기 전에 마침 난릉 금씨의 선부인 금린대에서 열린 청담회에서 전모를 명확하게 밝히고 엄중한 처벌을 요구했다.

효성진이 명백한 증거를 제시했기 때문에 대다수 세가는 이의가 없었지만 딱 한 가문만 강력하게 반대했다. 바로 난릉 금씨였다.

"그런 상황에서 반대하다니 세상의 비난을 각오했겠군. 금광선이 설양을 총애했나 봐?"

"객경이었어."

"설양이 객경이었다고? 난릉 금씨면 당시에도 4대 가문에 속했는데 어째서 무뢰배를 객경으로 삼았지?"

"이게 너와 관련된 두 번째 이유야."

남망기가 위무선의 두 눈을 응시하며 천천히 말했다.

"음호부 때문에."

위무선의 심장이, 튀어나올 듯 세차게 뛰었다.

음호부, 이 세 글자는 절대 낯설지 않았다. 오히려 위무선보다 더 익숙한 사람은 없었다.

음호부는 위무선이 생전에 만들어낸 법보 가운데 가장 무시무시하고 동시에 모든 이가 가장 갖고 싶어 하는 것이었다.

호부[#55]는 동원령을 내릴 때 쓰는 것으로 음호부를 가진 자는 시체와 흉령을 모두 호령할 수 있었다.

음호부를 만들 때 위무선은 많은 생각을 하지 않았다. 자기가 원신이 되어 시체와 악령을 조종하는 것도 피곤할 때가 있기 마련이었다. 그는 예전에 요수의 뱃속에서 우연히 발견한 희귀한 철정(鐵精)으로 음호부를 주조했다.

하지만 음호부를 만들어 딱 한 번 사용하고 위무선은 심상치 않다는 것을 발견했다.

음호부의 위력이 생각했던 것보다 훨씬 강력하고 위협적이었기 때문이다. 위무선은 그냥 보조용으로 사용하려고 했는데 음호부의 위력은 만든 사람의 힘을 압도했다. 게다가 이것은 주인을 섬기지

#55 호부(虎符) 과거 중국에서 구리로 범의 모양을 본떠 만든 군대 동원의 표지로. 이 책에선 귀신을 부릴 때 사용해 음호부라고 한다.

않았다. 다시 말해 그것을 가진 자가 악인이든 선인이든, 적이든 친구이든 상관없이 지금 그것을 가진 자의 말을 따랐다.

재앙의 불씨는 이미 만들어졌다. 위무선도 음호부를 없앨 생각을 안 한 것이 아니었다. 그러나 음호부는 만들기도 어려웠지만 부수는 것 역시 어려워 막대한 힘과 시간을 쏟아야 했다. 게다가 당시 위무선은 자신의 상황이 좋지 않다는 것을 조금씩 느끼고 있었다. 조만간 사람들이 죽이려고 달려들 것이었다. 음호부는 위협하기도 좋아 지니고 있으면 아무도 함부로 자신을 건드릴 수 없으니 잠시 놔두기로 했다. 그 대신 음호부를 둘로 나눠 두 개가 합쳐질 때만 작용하도록 하고 절대 함부로 사용하지 않았다.

위무선은 총 두 번 사용했고 그때마다 핏물이 강을 이뤘다. 처음은 사일지정 중에 사용했다. 두 번째 사용한 뒤 위무선은 음호부의 절반을 확실하게 없애버리자고 결심했다. 나머지 절반을 없애기 전에 난장강 대토벌이 시작됐다. 그 뒤의 일은 위무선도 어쩔 수가 없었다.

자신이 만들어낸 것이라 몇 마디 하자면 음호부를 차지해 잘 모셔놓고 날마다 향을 피우고 절을 해도 반만 남은 음호부는 그저 고철에 불과하다고 단언할 수 있었다. 그러나 남망기가 놀라운 사실을 말해주었다. 설양이 음호부의 반쪽을 만들어낼 수 있는 것 같다는 것이었다.

설양은 나이가 어렸지만, 매우 총명했고 매우 사악한 이단아였다. 난릉 금씨는 설양이 남겨진 음호부 반쪽으로 다른 반쪽을 대충 만들어낼 수 있다는 것을 알았다. 다시 만든 복원본은 오래 사용하지 못하고 위력도 원본만 못했지만 그래도 만들기만 하면 매우 무서운 결과를 초래할 것이었다.

'난릉 금씨가 설양에게 음호부를 계속 만들게 하려면 반드시 그를 살려두어야 했겠군.'

위무선은 그제야 이해가 갔다.

설양이 상씨 가문을 몰살한 것은 어린 시절의 원한 때문만은 아닐 수도 있었다. 어쩌면 그는 상씨 가문 수십 명의 목숨으로 복원 중인 음호부의 위력을 시험한 것일 수도 있었다.

그래서 멸문 사건과 위무선이 연결됐다는 소문이 난 것이었다. 위무선은 수사들이 "위무선이 애초에 그런 것을 만들어내지 않았다면 세상이 이런 재앙을 겪지 않을 텐데!" 하면서 얼마나 이를 갈았을지 상상이 갔다.

다시 하던 이야기로 돌아오면 대략 이랬다.

난릉 금씨는 설양을 계속 감쌌지만, 효성진도 물러서지 않았다. 양측이 팽팽하게 의견을 굽히지 않는 상황에서 청담회에 참석하지 않았던 적봉존 섭명결이 이 소식에 놀라 다른 지역에 있다가 금린대로 날아왔다.

섭명결은 금광선의 후배였지만 성격이 엄격했기 때문에 절대 용인하지도 관용을 베풀지도 않았다. 그가 한바탕 호되게 야단을 치자 금광선은 체면이 말이 아니었고, 멋쩍은 모습으로 한마디도 하지 못했다. 성격이 불같았던 섭명결은 당장 도를 빼 들어 설양을 처단하려고 했다. 의형제 염방존 금광요가 나서서 원만하게 해결하려고 했지만, 섭명결이 꺼지라고 소리치며 심하게 욕을 퍼부어 결국 남희신 뒤로 숨어 찍소리도 못했다. 결국 난릉 금씨는 어쩔 수 없이 양보하는 수밖에 없었다.

설양은 효성진에게 잡혀 금린대로 끌려간 뒤에도 믿는 구석이 있어서인지 두려운 기색이 전혀 없었다. 섭명결의 도가 목에 닿아도 히죽거리며 웃었다. 설양은 끌려 내려가기 전 효성진에게 "도장(道長)님, 날 잊어선 안 될 거야. 우리 나중에 보자고."라고 친밀하게 말했다.

여기까지 들은 위무선은 "나중에 보자고."라는 말에서 효성진이 아주 비통한 대가를 치르게 될 것을 알았다.

난릉 금씨는 얼굴이 제일 두꺼운 세가임에 틀림이 없었다. 여러 가문 앞에서는 설양을 처단하겠다고 대답했지만 섭명결이 눈앞에서 사라지자 재빨리 설양을 지하 감옥으로 옮기고 평생 석방하지 않는 징역형으로 바꿔버렸다. 이 사실을 안 섭명결이 대로해 다시 압박을 가했지만 난릉 금씨는 차일피일 미루면서 설양을 내놓지 않았다. 다른 가문들은 팔짱을 끼고 방관했다. 그러나 얼마 뒤 섭명결이 주화입마해 세상을 떠나고 말았다.

어느 청하 섭씨의 역대 가주보다도 빠르게 수양을 쌓은 그는 어느 역대 가주보다도 이른 죽음을 맞이하고 말았다.

제일 까다로운 사람이 없으니 난릉 금씨는 거리낌 없이 더 나쁜 생각을 해냈다. 금광선은 설양을 감옥에서 빼내 음호부 복원 작업을 계속하도록 하고 음호부에 담긴 비밀을 밝혀낼 궁리를 했다.

하지만 그것은 떳떳한 일은 아니었다. 한 가문을 멸문시킨 흉악범을 지하 감옥에서 꺼내자면 정당한 명분이 없이는 불가능했다.

그래서, 그들은 상평에게로 눈길을 돌렸다.

협박과 회유를 거듭하고 끊임없이 훼방을 놓은 끝에 난릉 금씨는 결국 상평이 말을 번복하게 만들고야 말았다. 상평에게서 자기가 과거에 한 말은 모두 거짓이고 "상가의 멸문은 설양과 전혀 관계가 없다."라는 말을 받아냈다.

이 소식을 들은 효성진이 상평을 찾아가 물었다. 상평은 어쩔 도리가 없었다며 "그것 말고 제가 뭘 할 수 있겠습니까? 참지 않으면 남은 가족들도 살길이 없는데요. 도장님 고맙습니다만……, 이제 안 도와주셔도 됩니다. 저희를 도와주시는 게 오히려 저희를 해치는 일입니다. 저는 약양 상씨의 대가 끊어지는 것을 바라지 않습니다."라고 말했다.

이렇게 호랑이를 산으로 돌려보내 후환을 남겼다.

위무선은 아무 말도 하지 않았다.

자신이 상평이었다면 난릉 금씨가 세상을 좌우지하는 최고의 세가였다고 해도, 찬란한 미래와 영광을 약속한다고 해도, 절대 그렇게 말하지 않았을 것이다. 오히려 야음을 틈타 직접 지하 감옥으로 찾아가 설양을 다진 고기처럼 잘게 썰어버리고 그의 혼을 소환해 다시 토막 내고, 토막 내고, 또 토막 내 그가 이 세상에 태어난 것을 후회하도록 만들 것이었다.

하지만 세상 사람 모두가 위무선처럼 같이 죽자고 덤비는 성격은 아니었다. 상씨 가문에서 그래도 몇 사람이 살아남았고 상평도 아직 젊고 아내도 자식도 없으며 수선에 갓 입문한 상태였다. 운 좋게 살아남은 가족의 목숨을 담보로 위협했든 자신의 미래와 수련을 갖고 위협했든 그는 잘 따져봐야 했다.

어쨌든 위무선은 상평 본인이 아니었기 때문에 그 대신 비분강개할 수도 없고, 마음 졸이며 심신의 괴로움을 감당해줄 수는 더더욱 없었다.

설양은 풀려나자 다시 한번 보복에 나섰다. 그러나 이번에는 효성진 본인에게 하지 않았다.

효성진에게는 가족이 없고 하산한 뒤 알게 된 송람이라는 친구가 있었다. 송람도 당시 도가의 명사로 고결하고 도도해 평가가 좋았다. 두 사람 모두 각자 문파를 결성했고 혈연보다는 생각과 뜻이 맞는 것을 중요하게 여기는 절친한 친구이자 의기투합하는 상대였다. 당시 사람들은 그들을 '명월청풍 효성진, 오설능상 송자침'[#56]이라고 불렀다.

설양은 이전과 같은 수법으로 송람이 어릴 적부터 학문과 기예를 익혔던 백설관을 싹 쓸어버렸고 흉계를 써 독 가루로 송람의 두 눈을 멀게 했다.

한 번 경험이 있었기 때문에 이번에는 단서 하나 남기지 않고 깔끔하게 처리했다. 설양이 한 짓이라는 것을 누구나 다 알았지만, 알아도 무슨 수가 있겠는가? 증거가 없는데. 게다가 금광선은 전심전력으로 그를 감쌌고, 벼락같이 격노하던 적봉존도 세상을 떠났으니 아무도 그를 제어할 수가 없었다.

여기까지 들은 위무선은 조금 이상했다. 남망기는 냉정하고 남의 일에 끼어드는 것을 싫어하는 듯했지만, 자기가 아는 남망기는 옳지 않은 일과 사람을 섭회상의 큰형보다 더 싫어하면 싫어했지 덜하지 않았다. 당시 난릉 금씨가 조금이라도 거드름을 피우면 남망기는 거리낌 없이 직언을 던졌다. 그리고 지금까지도 난릉 금씨의 청담회에 참석하지 않는 등 그들과 일절 말을 섞지 않았다. 이렇게 참혹한 사건이 두 건이나 발생했으니 분명 소문이 자자했을 테고

#56 명월청풍 효성진, 오설능상 송자침 밝은 달과 깨끗한 바람 같은 효성진, 눈과 서리를 두려워하지 않는 송자침.

남망기는 절대 좌시하지 않았을 텐데 어째서 설양을 처리하지 않았을까?

물어보려고 하다가 위무선은 남망기의 몸에 있던 계편 자국이 떠올랐다.

계편으로 한 대만 맞아도 거의 죽을 지경인데 남망기가 큰 죄를 지어 그렇게 많이 맞았다면 몇 년은 갇혀 외출을 금지당했을 것이다. 아마 사건이 발생한 그 몇 년은 남망기가 처벌을 받고 있었거나 상처를 치료하던 기간이었을 것이다. 그래서 남망기도 "들은 바가 있다."라고 말했을 것이다.

위무선은 남망기의 흉터가 신경 쓰였지만 직접 물어보기도 적절치 않아서 참았다.

"그럼 효성진 도장은 나중에 어떻게 됐어?"

당연히 비참한 최후를 맞았다. 효성진은 산을 떠날 때 스승에게 다시는 돌아오지 않겠다고 맹세했다. 효성진은 맹세도 중요하지만 송람이 두 눈을 잃고 중상을 입자 맹세를 깨고 송람을 업고 포산산인의 거처로 찾아가 친구를 구해달라고 빌었다.

포산산인은 사제의 정을 생각해 효성진의 간청을 들어주었다. 효성진은 그 길로 산을 떠나 종적을 감추었다.

다시 1년이 지나고 송람이 산에서 내려왔다. 사람들은 송람이 다시 앞을 보는 것을 보고 깜짝 놀랐다. 하지만 사실 포산산인의 의술이 신의 경지에 올라 그의 눈이 회복된 것이 아니었다. 효성진이 자기 눈을 파서 자신 때문에 온갖 시련을 겪은 송람에게 주었던 것이다.

송람은 설양에게 복수하려고 했지만, 그때는 금광선이 이미 세상을 떠났고 금광요가 난릉 금씨의 가주 자리를 이어받아 선독의 자리에 오른 상태였다. 금광요는 새로운 사람의 새 기풍을 보여주기 위해 가주가 되자마자 설양을 처리하고 음호부 복원 이야기는 다시 꺼내지 않았다. 그는 명성을 되찾기 위해 다양한 조치로 소문이 퍼지는 것을 막았다. 송람은 친구를 찾아 떠났다. 처음에는 효성진의 행적을 들을 수 있었지만, 나중에는 소문도 없었다. 게다가 약양 상씨는 그렇게 유명하지 않은 작은 가문이었기 때문에 사건은 조금씩 잊혀갔다.

긴 이야기를 다 들은 위무선은 안타깝고 유감스러워 가볍게 한숨을 내쉬었다.

"자신과 상관없는 일 때문에 그런 일을 당하다니, 정말……. 효성진이 몇 년만 빨리 태어났거나 내가 몇 년만 늦게 죽었어도 그 지경이 되진 않았을 텐데. 내가 있었으면 그런 일을 그냥 보고만 있지 않았을 거야. 그런 인물과 어떻게 친구가 안 될 수 있어!"

그는 곧장 자신이 내뱉은 말에 어처구니가 없어졌다. 그리고 곧 속으로 자조했다.

'내가 관여를 한다고? 어떻게? 그때 내가 살아 있었어도 약양 상씨 멸문 사건은 조사할 필요도 없이 그냥 내가 한 게 됐을지도 모르잖아. 혹시 길에서 효성진 도장을 만나 친한 척하면서 술을 청하면 그가 불진으로 나를 쳤을지도 모르는데, 하하.'

위무선과 남망기는 상씨 저택을 지나 가까운 곳에 있는 묘지 근처에 도착했다. 위무선은 패루(牌樓)에 암적색으로 된 '상' 자를 보고 물었다.

"상평은 나중에 왜 죽었어? 누가 몇 안 남은 가족을 능지처참한 거야?"

남망기가 대답하려는 순간 푸르스름하게 깔린 어둠 속에서 쾅쾅쾅 하고 문 두드리는 소리와 매우 비슷한 소리가 들렸다. 하지만 문을 두드리는 소리는 아니었다. 온 힘을 다해 급하게, 쉬지 않고 두드렸다. 마치 어떤 물체에 가로막혀 있는 것 같은 답답한 소리였다.

순간 두 사람의 얼굴이 확 굳었다.

약양 상씨 칠십여 명이 관에 누워 안에서 관뚜껑을 두드리고 있었다. 마치 놀라 죽은 그날 밤처럼 미친 듯이 문을 두드렸지만 아무도 문을 열어주러 오지 않았다.

이게 바로 주점 일꾼이 말했던 상씨 묘지의 관 두드리는 소리였다.

하지만 그 일꾼 말이 사건은 십 년 전에 벌어져 소리가 멈춘 지 오래인데 어떻게 위무선과 남망기가 오자마자 다시 울리는 것일까?

위무선과 남망기는 약속이라도 한 듯이 숨을 멈추고 소리를 죽인 채 움직였다.

패루 기둥에 기대 서 있던 그들은 묘지 중앙의 묘비에 구멍이 뚫린 것을 보았다.

양쪽에 흙이 잔뜩 쌓인 것을 보니 방금 아주 깊게 판 것 같았다. 굴에서 가벼운 소리가 났다.

누군가 무덤을 파고 있었다.

두 사람은 숨을 죽인 채 굴 안에 들어간 사람이 나오기를 기다렸다.

반 주향이 안 되어 무덤 속에서 두 사람이 휙 튀어 올라왔다.

위무선과 남망기는 시력이 좋아 그들이 두 명인지 알아보았다. 두 사람은 하나가 다른 하나를 업어 연결된 것처럼 딱 붙어 있었고 둘 다 검은색 옷을 입어 분간하기 어려웠다.

올라온 사람은 위무선과 남망기를 등을 지고 서 있었고 팔다리가 길었다. 그가 업은 사람은 머리와 사지를 축 늘어뜨리고 있었고 생기가 없었다. 그도 그럴 만했다. 무덤에서 파낸 것이니 분명 죽은 사람일 텐데 생기가 없는 것은 당연했다.

두 사람이 이런 생각을 하고 있는데 도굴꾼이 고개를 휙 돌리더니 그들 쪽을 쳐다봤다.

그의 얼굴에 검은 연기가 짙게 드리워져 있어 얼굴을 볼 수가 없었다.

위무선은 그가 이상한 술법으로 얼굴을 가린 게 분명하다고 생각했다. 남망기는 이미 피진을 부려 묘지에서 그와 붙고 있었다. 도굴꾼은 반응이 매우 빨라 피진의 푸른색 검광이 훅 들어오자 검결을 취하며 역시 검광을 뿌렸다. 그러나 도굴꾼의 검광은 얼굴처럼 검은 연기에 싸여 어떤 색인지, 어떤 기세인지 알 수 없었다. 도굴꾼은 시체를 업고 있어 겨루는 자세가 괴이했다. 두 칼의 검광이 수차례 부딪치자 남망기는 피진을 소환해 손에 쥐었다. 남망기의 얼굴에 차가운 서리가 내려앉는 듯했다.

위무선은 남망기의 표정이 왜 갑자기 차갑게 굳었는지 알았다. 위무선 같은 제삼자도 방금 교전을 통해 도굴꾼이 남망기의 검법을 매우 잘 알고 있다는 것을 알 수 있었다.

남망기는 한마디도 하지 않고 피진을 더 깊이 찔러넣으며 산을 밀고 바다를 뒤집어엎을 기세로 몰아붙였다. 도굴꾼은 계속 후퇴했다. 죽은 자를 업고 있어 남망기의 상대가 안 돼 더 겨루었다가는 생포될 게 뻔하다는 것을 알았는지 갑자기 허리춤에서 진남색 부적을 꺼냈다.

전송부!

전송부는 순식간에 사람을 천 리 밖으로 이동시켜주었지만, 영력이 많이 소모됐다. 회복 시간이 길어 영력이 강하지 않으면 사용할 수 없었다. 그래서 전송부는 최고의 진품(珍品)이지만 사용하는 사람이 드물었다. 위무선은 도굴꾼이 도망가려고 하자 재빨리 한쪽 다리로 무릎을 꿇고 손바닥으로 땅을 두 번 내리쳤다.

장심의 기운이 층층이 흙을 뚫고 땅속 깊숙한 곳으로 쭉 내려가 두꺼운 관뚜껑을 통과해 그 안에 갇혀 있는 망자를 자극했다. 끽끽 소리와 함께 피투성이 팔 네 개가 땅에서 쑥 뻗어 나와 도굴꾼의 두 다리를 한쪽씩 붙잡았다!

도굴꾼이 이에 개의치 않고 발바닥에 영력을 모으자 네 개의 팔이 날아갔다. 위무선은 대나무 피리를 빼 들어 불었다. 날카롭고 스산한 가락이 어둠의 장막을 갈랐다. 이내 머리 두 개가 무덤을 뚫고 나오더니 도굴꾼의 다리를 향해 기어가 뱀처럼 그의 몸을 휘감으며 목과 팔을 물었다.

도굴꾼은 아랑곳하지 않으며 '잔재주'라고 말하듯이 온몸에 영력을 퍼뜨렸다. 그러나 영력을 쓴 다음에야 속았다는 것을 알아챘다.

도굴꾼이 업고 있던 시체까지 날려버린 것이다!

위무선이 미친 듯이 웃었다. 남망기는 한 손으로 축 늘어진 시체를 들고 다른 손으로 피진을 내밀어 찔러넣었다. 도굴꾼은 자기가 꺼낸 것을 이미 빼앗겼고 혼자서는 남망기를 이길 수 없으며 옆에 훼방꾼까지 있자 더 망설이지 않고 전송부를 발아래로 던졌다. 거대한 소리와 함께 파란 불꽃이 일더니 그가 하늘로 치솟아 화염 속으로 사라졌다.

위무선은 도굴꾼에게 전송부가 있으니 잡아도 기회를 틈타 도망
갈 것이라고 생각했다. 도굴꾼이 남기고 간 시체가 단서가 되기 때
문에 애석해하지 않고 남망기 쪽으로 걸어가며 말했다.

"도굴꾼이 누구를 꺼냈는지 보자고."

도굴꾼이 꺼낸 것을 보고 위무선은 조금 놀랐다. 시체 머리가 터
져 있었기 때문이다. 게다가 터진 부분에서 피와 살, 뇌수 같은 게
흘러나오는 게 아니라 약간 검게 변한 솜뭉치가 있었다.

위무선은 시체의 머리를 잡아당겨 매우 정교하게 만든 가짜 머리
를 들고 말했다.

"이게 도대체 무슨 일이야. 상씨 집안 묘지에 솜뭉치랑 천으로
만든 가짜 시체가 묻혀 있다니?"

남망기가 시체를 받아 들고 무게를 가늠해보더니 이상한 점을 발
견했다.

"다 그런 건 아니야."

위무선은 시체를 더듬어보았다. 사지는 전부 물렁물렁하고 가슴
과 복부만 딱딱했다. 옷을 벗겨보니 역시 몸통만 진짜고 나머지는
전부 가짜였다.

솜으로 만든 머리와 사지는 이 몸통을 '속이기' 위한 것으로 아직
주인의 몸에 붙어 있다고 생각하도록 만든 것이었다. 피부색과 왼
쪽 팔 절단면을 보니 그들이 찾고 있던 우리 아우님의 몸통이 분명
했다. 방금 그 도굴꾼은 바로 이것을 파내러 온 것이다.

위무선이 몸을 일으키며 말했다.

"보아하니 시체를 숨긴 사람이 우리가 이 사건을 조사하고 있다
는 것을 눈치챈 것 같네. 우리가 먼저 꺼낼까 봐 먼저 와서 몸통을

이동시키려고 했나 봐. 그런데 공교롭게도 딱 마주쳤네. 하하. 하지만." 위무선은 말투를 바꾸고 뒤 이어 말했다. "도굴꾼이 어떻게 너희 가문의 검법을 그렇게 잘 알까?"

남망기도 그 생각을 하고 있었는지 얼굴에 드리운 서리가 여전히 가시지 않았다.

"도굴꾼은 전송부를 사용할 만큼 수련이 상당했어. 얼굴과 검에도 술법을 시전했고. 얼굴에 한 건 다른 사람이 알아볼까 봐 그랬다 쳐도 이름 없는 수사라면 검까지 가릴 필요가 있었을까? 그의 검이 수진계에서 명성이 좀 있거나 아주 유명해서 사람들이 검광만 봐도 다 알 정도라 가렸다면 몰라도."

위무선이 탐색하듯 말을 이었다.

"함광군, 방금 그와 겨뤘을 때, 익숙한 느낌 안 들었어?"

예를 들어 남희신이나 남계인 같은 더 구체적인 말은 꺼내지 못했다.

"아니."

남망기가 단호하게 대답했다.

위무선은 남망기의 말을 신뢰했다. 위무선은 남망기가 사실을 감추거나 진실을 피하는 사람이 아니라고 생각했다. 남망기가 아니라면 분명 아닌 것이다. 남망기도 거짓말을 싫어해서 거짓말을 하라고 하면 자기에게 금언술을 걸어 말을 안 하는 쪽을 택할 것이었다. 그래서 위무선은 이 두 사람을 즉시 제외했다.

"그러면 더 복잡해지는데."

남망기가 몸통을 이중으로 된 건곤대에 잘 넣었다. 두 사람은 근처를 몇 바퀴 더 돈 다음 주점 거리로 돌아왔다.

그 일꾼은 자기가 한 말에 책임을 질 줄 알았다. 거리에 있는 주점 가운데 열에 아홉은 이미 문을 닫았는데 그 집 깃발만 아직 꽂혀 있고 등도 밝혀져 있었다. 일꾼은 커다란 밥그릇을 들고나와 문 앞에서 구부리고 앉아 밥을 먹다가 위무선과 남망기를 발견하고 웃으며 말했다.

"돌아오셨네요! 어때요, 우리 가게 믿을 만하지요? 두 분 뭘 좀 보셨습니까?"

위무선이 웃으며 몇 마디 상대해주었고 남망기는 낮에 앉았던 그 자리에 앉았다.

그의 발 옆 탁자에 술 단지가 가득했다.

"맞다, 우리 어디까지 이야기했지? 도굴꾼이 갑자기 튀어나와 끊겼네. 난 상평이 왜 죽었는지 아직도 모르겠어."

남망기가 수식어 없이 간결하게 이야기했다.

설양, 효성진, 송람 등이 속속 떠났다. 실종된 사람은 실종되고 죽은 사람은 죽었다. 이 일이 있고 수년 뒤 어느 날, 상평과 남은 가족이 하룻밤 사이에 전부 능지처참당했다. 게다가 상평의 두 눈도 빠져 있었다.

이번에는 흉악범이 누구인지 찾으려고 나서는 사람이 아무도 없었다. 어쨌든 당사자들은 이미 다 사라졌기 때문이다. 그러나 한 가지는 분명했다.

그들을 능지한 검이 무엇인지는 상처 부위를 토대로 밝혀졌다. 바로 효성진의 패검— '상화'였다.

위무선은 술잔을 들다가 입가에서 멈추고 이야기 전개에 깜짝 놀랐다.

"효성진의 패검으로 능지처참당했다고? 그렇다면 그가?"

"효성진은 실종됐으니 단정할 수 없어."

"살아 있는 사람을 찾을 수 없다면 혼을 소환해봤어?"

"해봤지만, 소용없었어."

소용이 없었다. 그렇다면 죽지 않았거나 이미 죽어 몸도 혼백도 다 사라졌다는 뜻이다. 각자 전문 기술이 있다고, 위무선은 이에 대해 의견을 제시했다.

"초혼은 절대적이라고 할 수 없어. 하늘의 때와 지리적 여건, 운이 딱 맞아떨어져야 해. 때로는 착오가 생길 수도 있고. 사람들은 효성진이 복수한 거라고 생각했겠지? 함광군, 너는? 너는 어떻게 생각해?"

남망기가 천천히 고개를 저었다.

"전모를 모르니 단정할 수 없어."

위무선은 남망기의 이런 태도와 원칙이 매우 마음에 들어 웃으며 한 잔 마셨다.

"너는 어떻게 생각하지?"

남망기가 물었다.

"능지처참은 그 자체만으로 '처벌'을 뜻해. 눈을 빼냈으니 자연스럽게 효성진이 떠올랐을 거야. 사람들이 효성진이 복수했다고 추측하는 것도 무리는 아니지. 하지만……."

위무선은 단어를 생각한 다음 말했다.

"내 생각엔 처음에는 효성진이 상평에게 고맙다는 말을 들으려고 개입한 건 아닐 거란 말이지. 내……."

위무선은 "내" 생각이 도대체 어떤지 미처 떠올리지 못한 참이었다. 그때 일꾼이 땅콩 두 접시를 내왔다. 덕분에 뒷말을 이을 필요가 없었다. 위무선이 눈을 들어 남망기를 보고 웃었다.

"함광군, 왜 그런 눈으로 봐? 그냥 별거 아니야. 나도 전모를 몰라 단정할 수 없어. 네 말이 맞아. 사정과 내막을 다 알기 전에는 누구도 함부로 평가할 수 없지. 난 다섯 단지만 원했는데 네가 다섯 단지를 더 사줬으니 나 혼자서는 다 못 마시겠는걸. 어때, 너도 한 잔 마실래? 여기는 운심부지처도 아니니 규율 위반도 아니잖아?"

위무선은 거절당할 준비를 하고 있었는데 남망기가 "응."이라고 대답했다.

"함광군, 너 정말 많이 변했구나. 예전에는 네 앞에서 작은 항아리 하나 마셨다고 죽일 듯이 나를 담장으로 집어 던지고 때리기까지 했으면서 이제는 방에 천자소도 감춰 두고 몰래 마시고 말이야."

위무선이 감탄을 금치 못했다.

"천자소는 한 단지도 안 건드렸어."

남망기가 옷자락을 정리하고 담담하게 말했다.

"마시지도 않을 거면 왜 숨겨놨어? 나 주려고? 좋아 좋아, 안 건드렸다면 안 건드린 거지. 믿을게. 그 얘기는 집어치우고, 마셔. 술 한 방울 입에 안 대는 고소 남씨 자제께서 몇 잔이나 드시는지 봐야겠어."

한 잔 따라주자 남망기는 망설이지도 않고 쭉 들이켰다. 위무선은 묘하게 흥분돼 남망기를 빤히 쳐다보며 그의 얼굴이 붉어질지 기다렸다. 그런데, 한참을 봐도 남망기의 얼굴색과 표정은 전혀 변화가 없고 오히려 조용히 자신을 쳐다봤다. 전혀 변화가 없었다.

위무선은 크게 실망해 다시 한 잔 권하려는데, 갑자기, 남망기가 눈살을 찡그리더니 미간을 가볍게 비볐다. 잠시 뒤 한 손으로 이마를 짚고 눈을 감았다.

……잠들었나?

……잠들었잖아!

보통 사람은 술을 마시면 먼저 취한 다음 잠을 잔다. 그런데 남망기는 취하는 단계를 건너뛰고 그냥 잠이 들어버렸다.

위무선은 남망기의 '술 취한' 단계가 보고 싶었다.

자면서도 진지하고 정직한 표정인 그의 얼굴 앞에서 손을 휘휘 젓고 귀에 손뼉을 쳤다. 반응이 없었다.

술 한 잔에 뻗은 것이다.

전혀 예상하지 못한 상황에 위무선은 다리를 치면서 잠깐 생각했다가 남망기의 오른팔을 자기의 어깨에 두르고 질질 끌고 주점을 나섰다.

위무선은 객잔으로 가서 방 두 개를 빌렸다. 남망기가 지닌 물건은 진작에 다 꿰고 있었기 때문에 남망기의 돈주머니를 꺼내 셈을 치르고 방으로 데려갔다. 남망기를 침상에 눕히고 장화를 벗기고 이불을 덮어준 다음 밖으로 나갔다.

위무선은 인적이 드문 곳에 가 허리춤에서 대나무 피리를 꺼내 불고 조용히 기다렸다.

요 며칠 위무선은 남망기와 늘 같이 다녀 혼자 있을 시간이 없었다. 그래서 온녕을 소환할 수 없었다. 예전에는 신분이 드러날까 걱정이 되기도 했지만 다른 이유도 있었다.

온녕의 손에 고소 남씨 사람들도 목숨을 잃었다. 남망기가 자신에게 잘해준다고 해도 남망기 앞에서 온녕을 소환할 수는 없었다.

어쩌면 남망기가 자신에게 잘해주어 그 앞에서 온녕을 소환할 수 없었는지도 모른다. 낯짝이 아무리 두꺼워도 그렇게까지 두껍지는 않았다.

정신을 차리자 귓가에서 살벌한 쩔그럭쩔그럭거리는 소리가 들려왔다.

고개 숙인 온녕의 그림자가 앞쪽에 있는 성벽 아래에 나타났다.

온녕은 온통 검어 주위의 어둠에 잘 녹아 있었다. 눈동자가 없는 두 눈만이 눈이 부실 정도로 하얗게 빛났다.

위무선이 뒷짐을 지고 천천히 온녕 주위를 한 바퀴 돌았다.

온녕은 움찔움찔하면서 위무선을 따라 돌려고 했다.

"서 있어."

온녕은 고분고분하게 잘 서 있었다. 수려한 얼굴이 침울해 보였다.

"손."

온녕이 오른손을 내밀었다. 위무선은 온녕의 팔을 들어 올려 그의 손목에 채워진 쇠고리와 쇠사슬을 자세히 관찰했다.

이것은 일반적인 쇠사슬이 아니었다. 온녕은 미쳐 날뛰면 강철도 진흙처럼 다룰 정도였다. 그러니 이런 것을 온녕의 몸에 쉽게 채울 수는 없었을 터다. 분명 온녕을 구속하기 위해 특별히 제작한 쇠사슬일 것이다.

뼈를 가루로 만들어 다 뿌렸다고?

반쪽짜리 음호부도 복원하려고 난리인데 귀장군에게 침을 흘리는 세가도 당연히 있었을 것이다. 아까워서 어떻게 재가 되도록 놔두겠는가?

위무선은 쓴웃음을 지으며 온녕 옆에 섰다. 잠깐 생각에 잠겼다가 온녕의 머리로 손을 뻗어 천천히 더듬어나갔다.

온녕을 남겨두고 잡아둔 자는 분명 온녕이 스스로 생각하지 못하게 만들었을 것이다. 온녕이 자기 말을 듣게 하려면 온녕의 정신을 파멸시켜야 했을 테고 그러려면 그의 머릿속에 뭔가 심어놨을 것이다. 아니나다를까 온녕의 머리 오른쪽 측면에 있는 혈 자리에서 딱딱한 것이 만져졌다. 위무선은 다른 손으로 오른쪽과 대칭되는 왼쪽을 짚었다. 역시 못대가리처럼 생긴 딱딱한 물체가 잡혔다.

위무선은 온녕의 머리 좌우 양쪽에 있는 대못 끝을 동시에 잡고 천천히 뽑아냈다.

검은색 대못은 한 뼘 정도 길이에 얇은 굵기로 온녕의 머릿속에 깊이 박혀 있었다. 대못을 빼내는 순간 온녕의 표정이 조금 흔들리고 하얀 눈에 검은색 핏발 같은 것이 퍼지는 게 최대한 통증을 참는 것처럼 보였다.

분명 죽은 사람이었지만 여전히 '고통'이라는 것을 느낄 수 있었다.

대못에 복잡한 무늬가 정교하게 새겨진 것이 분명 평범한 것은 아니었다. 만든 사람이 재주가 좋다고 할 수 있었다. 온녕이 회복하려면 많은 시간이 필요했다. 위무선은 대못을 챙기고 고개를 숙여 온녕의 팔목과 발목에 채워진 쇠사슬을 봤다. 언제까지 이런 것을 달고 쩔그럭쩔그럭 소리를 내면서 다니도록 할 수는 없으니 선검을 찾아다 끊어주어야겠다고 생각했다.

자연스럽게 남망기의 피진이 떠올랐다. 남가 사람의 검으로 온녕의 쇠사슬을 끊는다는 게 조금 부적절한 것 같았지만, 선검을 얻을 수 있는 가장 쉬운 방법이었고 온녕이 계속 이렇게 거추장스러운 것을 끌고 다니게 할 수도 없었다.

'일단 객잔에 돌아가서 남잠이 깼으면 그냥 놔두고, 아직 자고 있으면 빌려다 쓰자.'

위무선은 마음을 먹고 돌아섰다. 그런데 몸을 돌린 순간, 남망기가 뒤에 서 있었다.

온녕을 소환한 위무선은 마음이 조금 복잡해 주위를 살피고 귀를 기울이지 않았다. 그래서 남망기가 조용히 다가오려고 마음먹었다면 쉬웠을 것이다. 달빛 아래 얼음장처럼 차가운 남망기의 얼굴을 본 순간 심장이 턱 멈추는 것 같았다.

남망기가 언제 왔는지, 자신이 한 일과 한 말을 모두 보고 들었는지는 알 수 없었다. 그가 처음부터 취한 게 아니고 작정하고 자신의 뒤를 따라온 것이라면 더더욱 당혹스러웠다. 남망기 앞에서는 입을 꾹 다물고 한마디도 안 하다가 잠이 든 틈을 타 몰래 나와서 온녕을 소환한 것은 정말 민망한 일이었다.

피진을 안고 팔짱을 끼고 있는 남망기의 얼굴은 더없이 차가웠다. 위무선은 남망기가 이렇게 대놓고 불쾌한 표정을 짓는 것을 처음 봤다. 그래서 먼저 설명을 해 분위기를 누그러뜨리려고 했다.

"아이고, 함광군."

남망기는 대답하지 않았다.

위무선은 온녕 앞에서 남망기와 마주한 채 눈을 부릅뜨고 턱을 만지며 이유 없이 안절부절못했다.

마침내, 남망기가 피진을 들고 있던 손을 내리며 앞으로 두 걸음 다가왔다. 위무선은 그가 검을 들고 온녕을 향해 오는 것을 보고 온녕을 죽이려는 줄 알았다.

'큰일 났다. 남잠이 정말 취한 척하고 내가 온녕을 불러내는 것을

기다렸다가 죽으려고 한 건 아닐까. 세상에 술 한 잔에 쓰러지는 사람이 어딨어.'

"함광군, 내 말 좀 들어봐……."

'퍽' 하는 소리와 함께 남망기가 온녕을 장력으로 밀쳤다.

사실 소리만 크고 실질적인 살상력은 없었다. 온녕은 비틀거리며 몇 걸음 뒤로 물러났다가 이내 중심을 잡고 망연한 표정으로 계속 서 있었다.

온녕은 과거 미쳐 날뛸 때처럼 포악하고 쉽게 화를 내지는 않았지만, 그렇다고 그 성격이 어디 가겠는가. 대범산에서의 그날 밤, 사람들에게 포위당해 공격했을 때도 사람들의 검이 몸에 닿지도 않았는데 상대를 모두 들어서 날려버리거나 목을 잡아 들어 올렸다. 위무선이 막지 않았으면 그 자리에 있던 사람들을 모두 목 졸라 죽였을 것이다. 하지만 지금은 남망기에게 맞고서도 고개를 숙인 채 반항을 하지 않았다. 위무선은 조금 이상했지만, 한시름 놓았다. 만약 온녕이 대항해서 두 사람이 싸우기라도 한다면 중재하기가 훨씬 어려웠을 것이다.

남망기는 장력 한 대로는 분이 다 안 풀렸는지 온녕을 확 밀었고 온녕은 다시 몇 장 밖으로 밀려났다.

"저리 비켜."

남망기가 언짢은 듯이 온녕에게 말했다.

위무선은 마침내 뭔가 이상하다고 느꼈다.

남망기의 두 번의 손찌검은 말과 행동 모두 매우…… 유치했다.

온녕이 충분히 멀어지자 남망기는 마침내 만족스러운 듯 몸을 돌려 걸어와 위무선 옆에 섰다.

위무선은 남망기를 꼼꼼하게 살폈다.

남망기의 얼굴색과 표정은 전혀 이상이 없었다. 심지어 평소보다 더 진지했고 더 점잖았으며 더 흠잡을 것이 없었다. 말액도 아주 단정하게 맸고 얼굴도 붉지 않고 숨도 고르게 쉬었으며 걸음도 안정적이었다. 겉보기에는 공명정대하고 단정하며 냉정하고 자제력 강한 선문 명사 함광군이었다.

그러나 위무선은 고개를 숙였다가, 남망기가 장화를 짝짝이로 신은 것을 발견했다.

위무선은 나오기 전 남망기의 장화를 벗겨 침상 옆에 두었다. 그런데 지금 남망기는 오른발에 왼쪽 장화를, 왼발에 오른쪽 장화를 신고 있었다.

명문 세가 출신에 예의와 기품을 중요시하는 함광군은 절대 이렇게 신고 밖을 나설 사람이 아니었다.

"함광군, 이게 몇 개야?"

위무선은 손가락 두 개를 펴 보였다. 남망기는 대답하지 않고 공손하게 두 손을 뻗어 위무선의 두 손가락을 왼손으로 하나, 오른손으로 하나를 잡았다.

그러자 피진이 주인의 손에서 땅으로 떨어졌다.

"⋯⋯."

이건 절대 정상적인 남잠이 아니잖아!

"함광군, 취했어?"

"아니."

술에 취한 사람은 자기가 취했다고 인정하지 않는다. 위무선이 손가락을 빼도 남망기는 여전히 손가락을 잡은 자세를 유지하면서 빈 두 주먹을 응시했다. 위무선은 조용히 남망기를 쳐다보며 차가운 밤바람 속에서 고개를 들어 달을 바라봤다.

사람들은 보통 취한 다음에 자는데, 남망기는 자고 나서 다시 취한다니. 게다가 그는 취했어도 겉보기에는 평소랑 전혀 다르지 않아 판단하기가 어려웠다.

과거 위무선은 술친구가 많아 술 취한 사람의 기괴한 추태를 많이 봤다. 대성통곡하는 사람, 히죽거리며 바보처럼 웃는 사람, 미친 것처럼 울고불고 억지 쓰는 사람, 거리에서 뻗어 자는 사람, 죽겠다고 하는 사람, '흑흑흑 어떻게 나를 마다해.' 하는 사람 등등. 하지만 남망기처럼 떠들지도 않고 얼굴색 하나 안 변하면서 행동은 아주 기이한 사람은 처음이었다.

위무선은 입가를 씰룩거리며 웃음을 꾹 참고 땅에 떨어진 피진을 들어 등에 메고 말했다.

"좋아, 같이 돌아가자."

남망기를 이런 상태로 밖에서 돌아다니게 할 수는 없었다. 그가 또 무슨 짓을 할지는 하늘만이 알았다.

다행히 술에 취한 남망기는 말하기가 훨씬 편했다. 그는 기품 있게 고개를 끄덕이며 위무선과 발걸음을 나란히 맞추었다. 지나가는 사람이 봤으면 친구 둘이 즐겁게 이야기를 나누며 간다고 생각하면서 우아한 몸짓에 감탄했을 것이다.

뒤에서 온녕이 조용히 따라왔다. 위무선이 온녕에게 말을 걸려고 하자 남망기가 몸을 휙 돌리더니 노기충천해 다시 한 대 쳤다. 이번에 온녕은 머리를 맞았다.

온녕의 머리가 옆으로 휘청하더니 숙이고 있던 머리가 더 낮아졌다. 얼굴 근육이 경직되어 표정이 없고 하얀 두 눈에 시선도 없었지만 억울해한다는 느낌이 들었다. 위무선은 울지도 웃지도 못한 채 남망기의 팔을 잡아당겼다.

"왜 자꾸 때려!"

그러자 남망기가 깨어 있을 때는 절대 쓰지 않을 위협적인 어조로 온녕에게 말했다.

"저리 가!"

위무선은 취한 사람한테 대꾸하는 게 아니라는 것을 잘 알았기 때문에 다급하게 말했다.

"알았어, 알았다고. 네 말대로 할게, 가라면 가야지."

위무선은 이렇게 말하면서 피리를 꺼내 들었다. 그러나 위무선이 피리를 입에 갖다 대기도 전에 남망기가 휙 채갔다.

"그에게 불어주지 마."

"웬 횡포야."

"그에게 불어주지 마."

남망기가 언짢아하며 반복했다.

위무선은 남망기의 술버릇을 발견했다. 술에 취한 사람은 보통 말이 많다. 하지만 남망기는 평소 말을 많이 하지 않기 때문에 술을 많이 마시면 한 말을 계속 반복하는 것이다. 위무선은 속으로 남망기는 사술을 싫어하니 자기가 피리 소리로 온녕을 조종하는 것이 싫을 수도 있겠다고 생각해 그의 뜻대로 하기로 했다.

"알았어. 너한테만 불어줄게. 됐지?"

남망기가 만족스럽게 "응." 하고 대답하면서도 피리는 돌려주지 않았다.

할 수 없이 위무선은 휘파람을 불어 온녕에게 말했다.

"잘 숨어 있어. 사람들에게 발견되지 말고."

온녕은 따라오고 싶은 듯했지만, 지시를 받은 데다가 남망기가 더 때릴까 무서웠는지 느릿느릿 몸을 돌렸다. 쩔그럭 소리를 내면서 쇠 사슬을 질질 끌고 가는 온녕의 모습이 조금 의기소침해 보였다.

"남잠, 취했는데 어떻게 얼굴색 하나 안 변해?"

남망기는 너무 정상처럼 보였고 심지어 위무선보다 더 멀쩡했기 때문에 위무선은 정상인을 대하는 말투로 말했다. 그런데, 위무선의 말에 남망기가 갑자기 손을 뻗어 위무선의 어깨를 잡고 품으로 확 잡아당겼다.

막을 새도 없이 위무선은 남망기의 품에 안기는 꼴이 되었다.

어질어질한 사이 남망기의 목소리가 위에서 전해졌다.

"심장 소리를 들어봐."

"뭐라고?"

"얼굴로 알 수 없다면, 심장 소리를 들어."

남망기의 가슴이 그의 낮은 목소리에 따라 들썩였고 심장이 쿵 쿵, 쿵쿵 하면서 빠르고 힘차게 뛰었다. 위무선이 머리를 빼며 말했다.

"얼굴에 안 나타나면 심장 소리를 들으면 안다고?"

"응."

남망기가 고분고분하게 대답했다.

위무선은 배꼽이 빠지도록 웃었다.

남망기의 얼굴이 홍조도 안 비칠 정도로 이렇게 두꺼웠단 말인 가? 그건 또 아닌 것 같다만!

술에 취하니 아주 솔직해지는군, 게다가 말과 행동도 평소에 비하면…… 훨씬 자유분방했다.

이렇게 솔직한 남망기를 언제 또 보겠다고 예의나 차리면서 장난을 안 치면 위무선이 아니었다.

위무선은 남망기를 객잔으로 데리고 들어갔다. 방으로 들어가 우선 그를 침상에 눕히고 짝짝이로 신은 장화를 벗겼다. 혼자서는 세수를 못 할 테니 일단 남망기의 말액을 풀고 따뜻한 물에 수건을 적셔 얼굴을 가볍게 닦아주었다.

남망기는 전혀 반항하지 않고 닦아주는 대로 가만히 있었다. 수건으로 눈가를 닦을 때 눈을 가늘게 떴을 뿐, 눈 한 번 깜박이지 않고 위무선을 쳐다봤다. 위무선은 뱃속부터 장난기가 끓어올랐는데 남망기의 맑고 투명한 눈을 보자 참지 못하고 남망기의 턱을 간지럽히며 웃었다.

"뭘 봐? 잘생겼어?"

그리고는 남망기의 대답을 듣지 않고 수건을 대야에 던졌다.

"얼굴 다 닦았어. 우선 물 좀 마실래?"

기척이 없어 고개를 돌리니 남망기가 두 손으로 대야를 받쳐 들고 얼굴을 박고 있었다.

위무선은 깜짝 놀라 재빨리 대야를 뺏었다.

"누가 이 물 마시래!"

남망기가 태연하게 고개를 드니 투명한 물방울이 턱 아래로 흘러내려 앞섶을 적셨다. 그런 남망기를 본 순간, 한마디로는 다할 수 없는 수많은 생각이 위무선의 머릿속을 스쳐 갔다.

'……도대체 마신 거야 안 마신 거야? 남잠이 술 깨서 아무것도

기억하지 못해야 할 텐데. 아니면 평생 창피해 죽을 거야.'

위무선은 소매로 남망기의 턱에 묻은 물방울을 닦아주면서 그의 어깨에 손을 올리며 말했다.

"함광군, 지금 내가 말하는 대로 할 거야?"

"응."

"내가 묻는 대로 대답할래?"

"응"

위무선은 한쪽 무릎으로 침상을 누르고 씨익 웃으면서 말했다.

"좋아. 이제 물을게. 너, 네 방에 숨겨둔 천자소 몰래 마신 적 있어?"

"없어."

"토끼 좋아해?"

"좋아해."

"금기 어긴 적 있어?"

"있어."

"누군가 좋아해 본 적 있어?"

"있어."

위무선은 가벼운 질문만 했다. 이 기회에 남망기의 사생활을 캐려는 게 아니라 질문에 그가 정말 대답을 하는지 확인하려는 것뿐이었다. 위무선은 계속 물었다.

"강징 어때?"

"흥."

남망기가 미간을 찌푸렸다.

"온녕은 어때?"

"하."

남망기가 차갑게 대답했다.

위무선이 히죽거리며 자신을 가리켰다.

"이건 어때?"

"내 거야."

"……."

남망기가 위무선을 똑바로 쳐다보며 한 자씩 또박또박 말했다.

"내 거야."

위무선은 돌연 깨달았다. 그는 피진을 잡고 내리면서 생각했다.

'방금 내가 말한 '이거'를 내가 메고 있는 피진으로 생각했군.'

위무선은 침상에서 내려와 피진을 들고 방 안을 왼쪽에서 오른쪽, 동쪽에서 서쪽으로 걸어갔다. 역시 위무선이 움직이는 쪽으로 남망기의 시선이 끈질기게 따라왔다. 솔직하고 거리낌 없으며 직설적이고 적나라하기 짝이 없었다.

위무선은 불처럼 뜨거운 시선에 제대로 서 있지도 못할 지경이어서 남망기에게 피진을 내밀며 말했다.

"갖고 싶어?"

"갖고 싶어."

남망기가 답했다.

이렇게는 자신의 갈망을 다 증명할 수 없다고 생각했는지 남망기는 피진을 들고 있는 위무선의 팔을 잡고 위무선을 똑바로 쳐다보면서 가볍게 한숨을 쉬고는 힘을 주어 반복해서 말했다.

"……갖고 싶어."

위무선은 남망기가 술에 취해 제정신이 아니고 자신에게 한 말도 아니라는 것을 잘 알면서도 그의 말에 한 대 맞은 것처럼 팔과 다리에서 힘이 쭉 빠졌다.

위무선은 '남잠 이자는 정말이지…… 여인에게 이리 정직하고 열렬하게 굴기라도 했어봐. 허면 얼마나 두려운 사내가 되겠어!' 하고 생각했다.

위무선은 정신을 차리고 다시 물었다.

"너, 어떻게 나를 알아봤어? 왜 나를 돕는 거야?"

남망기가 가볍게 입을 열자 위무선은 그의 대답을 들으려 다가갔다. 그런데, 남망기가 갑자기 태도를 바꾸며 위무선을 밀어 침상에 눕혔다.

촛불이 꺼지고 피진은 다시 주인에게 버려져 바닥으로 떨어졌다.

위무선은 갑자기 떠밀려 눈에서 별이 번쩍거렸다. 그리고 남망기가 술에서 깬 줄 알고 그를 불렀다.

"남잠?!"

허리의 익숙한 부분을 한 대 맞았고 운심부지처에서의 첫날 밤처럼 온몸이 시큰거리며 저리더니 움직일 수가 없었다. 남망기는 위무선 옆에 누워 이불을 잘 덮어주고 이불자락을 세심하게 여며주었다.

"해시야. 쉬어."

남씨 가문 사람의 그 무서운 규칙이 부린 농간이었다.

위무선은 심문이 중단되자 침상 천장을 보며 말했다.

"우리 쉬면서 이야기하면 안 될까?"

"안 돼."

……됐다, 남망기를 다시 취하게 만들 기회가 있을 테니 그때 물어보면 될 것이다.

"남잠, 나 좀 풀어줘. 방 두 개 잡아서 이렇게 끼어서 잘 필요 없다고."

잠시 정적이 흐르다 남망기의 손이 이불을 더듬거리더니 천천히 위무선의 의대를 풀었다. 위무선이 깜짝 놀라 외쳤다.

"됐어! 됐다고! 이거 풀라는 게 아니야! 응! 됐어! 나 누웠어, 나 잔다!"

어둠 속에서 적막이 흘렀다.

한참 말이 없던 위무선이 다시 입을 열었다.

"어쨌든 너희 가문이 왜 금주를 하는지는 알겠네. 한 잔에 쓰러지고 술버릇도 나쁘니. 남씨 가문 사람이 술에 취해 다 너 같으면 금지해야지. 마시면 혼쭐을 내야 돼."

남망기가 눈을 감은 채 손으로 위무선의 입을 막았다.

"쉿."

위무선은 숨이 가슴과 입 사이에서 막혀 내뱉지도 삼키지도 못했다.

돌아온 이후 예전처럼 남망기에게 장난치려고 하면 결국 자신이 낭패를 보고 끝나는 것 같았다.

이건 아니잖아?! 도대체 어디서부터 잘못된 거지?!

이번에 위무선은 밤새 안 자고 뜬 눈으로 다음 날 묘시까지 버텼다. 온몸이 시큰거리고 저리는 느낌이 사라지고 사지를 움직일 수 있게 되자 이불 속에서 상의를 벗어 침상 밖으로 던졌다.

그다음 남망기의 의대를 풀어 상의를 흐트러뜨렸다. 원래는 남망기의 옷을 벗기려고 했지만 남망기의 쇄골에 있는 낙인을 보고 조금 놀라 자신도 모르게 손을 멈췄다. 남망기의 등에 남은 계편 자국도 생각나 마음이 좋지 않아 재빨리 옷을 덮었다. 이렇게 시간을 끄는 바람에 남망기가 쌀쌀한 기운을 느꼈는지 가볍게 몸을 움직이더니 눈썹을 찡그리며 천천히 눈을 떴다.

눈을 뜨자마자 남망기는 침상에서 튕겨 나가듯 굴러떨어졌다.

우아한 함광군이 깜짝 놀라 조금도 우아하지 않은 반응을 보이는 것을 탓할 수는 없었다. 술에 취한 다음 날 깨어보니 벌거벗은 남자가 옆에 누워 있고 자신은 상의가 반쯤 벗겨져 있으며 한 침상에서 한 이불을 덮고 딱 붙어 잤다는 걸 알았는데 우아할 정신이 있는 남자가 어디에 있겠는가.

위무선은 이불을 끌어당기며 가슴을 반쯤 덮고 벗은 어깨를 드러냈다.

"너······."

남망기가 말을 잇지 못했다.

"응?"

위무선이 콧소리를 내며 물었다.

"어젯밤에, 내가······."

위무선은 남망기에게 왼쪽 눈을 찡긋하며 한 손으로 턱을 괴고 의미심장한 미소를 지었다.

"어젯밤 아주 대범하시던데, 함광군."

"······."

"어젯밤 일, 하나도 기억 안 나?"

보아하니 정말 기억이 안 나는지 남망기의 얼굴이 하얗게 질렸다.

기억 못 하는 게 나았다. 그렇지 않고 어젯밤 위무선이 야밤에 몰래 나가 온녕을 소환하고, 이것저것 질문한 것을 다 기억하면 거짓말하기도 뭐하고 사실대로 말하기도 뭐했다.

장난이 안 통하고 돌로 자기 발등을 찍은 지 수차례 만에 위무선은 예전의 위엄을 되찾고 만회한 셈이었다. 여세를 몰아 계속하고 싶었지만, 다음에도 남망기에게 술을 먹이려면 그에게 안 좋은 기억을 남겨 경계하도록 해서는 안 됐다. 적당한 시기에 물러나야 한다고 판단한 위무선은 이불을 젖히고 잘 입고 있는 바지와 벗지도 않은 장화를 보여주었다.

"이 정렬한 사내 같으니라고! 함광군, 난 상의만 벗고 장난한 것뿐이야. 너의 그 순결한 몸은 여전하고, 티끌 하나 안 묻었으니 안심해!"

남망기가 그 자리에 굳어서 아무 말 못 하고 있는데 방 중앙에서 그릇 깨지는 소리가 들렸다.

그 소리는 벌써 두 번째라 낯설지가 않았다. 탁자 위에 놓아둔 건곤대가 움직여 찻주전자와 찻잔을 엎었다. 이번에는 세 개가 같이 움직여 더 사나웠다. 어젯밤 두 사람은 하나는 술에 취해 정신을 못 차렸고 하나는 장난치느라 정신이 없어 합주를 까맣게 잊었다. 위무선은 남망기가 너무 놀라 충동적으로 자기를 침상에서 찔러 죽이기라도 할까 봐 다급하게 말했다.

"중요한 일부터. 자, 일단 이것부터 처리하자고."

위무선은 옷을 걸치고 침상에서 내려와 남망기를 향해 손을 뻗었다. 원래는 남망기를 당기려고 했는데 마치 위무선이 남망기의 옷을 찢으려는 모양새가 되어버렸다. 아직 정신이 제대로 들지 않은 남망기가 뒷걸음을 치다 발밑의 뭔가에 걸려 휘청했다. 어젯밤에 떨어뜨린 피진이었다.

이때 건곤대를 묶고 있던 끈이 느슨해져 창백한 손이 반쯤 기어나왔다.

위무선은 남망기의 반쯤 열린 가슴팍을 뒤져 피리를 꺼냈다.

"함광군, 무서워할 필요 없어. 뭘 어쩌려는 게 아니라 어젯밤에 네가 뺏어간 내 피리를 찾으려고 했을 뿐이야."

말을 마친 위무선은 친절하게 남망기의 옷을 어깨까지 끌어올리고 의대를 잘 묶어주었다.

남망기는 복잡한 표정으로 위무선을 쳐다봤다. 어젯밤 술에 취한 다음 일을 기억하려고 애쓰는 듯했다. 하지만 남망기는 중요한 일을 먼저 하는 게 습관이 되어 간신히 참고 표정을 풀면서 고금을 꺼내 들었다. 건곤대 세 개에 왼팔, 두 다리, 몸통이 각각 봉인돼 있었다. 이 세 부분으로도 이미 신체 대부분을 만들 수 있게 됐다. 그들은 서로 영향을 주어 원기가 배로 커져 예전보다 더 까다로워졌다. 두 사람이 〈안식〉을 세 번이나 연주한 다음에야 움직임이 조금씩 잦아들었다.

위무선은 피리를 거두고 바닥에 널린 시체 조각들을 치우다가 갑자기 "어!" 하더니 말했다.

"우리 아우님께서 수련을 많이 했나 봐."

몸통에 입혀져 있던 수의가 풀어져 옷깃이 비스듬하게 늘어진 사이로 청년의 탄탄하고 힘 있는 몸통이 드러났다. 떡 벌어진 어깨에 잘록한 허리, 분명한 복근이 강인하지만 과장되지 않은 것이 무수한 남성이 꿈에서도 바라는 남성미가 넘치는 체격이었다. 요리조리 살펴본 위무선은 우리 아우님의 복근을 탁탁 치면서 말했다.

"함광군, 좀 봐. 그가 살아 있었다면 한 대만 쳐도 내 손목이 나갔겠어. 어떻게 수련한 걸까?"

남망기는 눈을 약간 찡그리면서 아무 말도 하지 않았다. 그러나 위무선이 다시 탁탁 치자 남망기는 무표정한 얼굴로 건곤대를 가져다 묵묵히 시체를 봉인하기 시작했다. 위무선은 잽싸게 비켜섰다. 남망기는 시체들을 봉인하고 단단하게 매듭을 지었다. 위무선은 남망기가 이상하다고 생각하지 않고 고개를 숙여 자기 몸의 체격을 보고 눈썹을 삐죽이더니 옷을 잘 여몄다. 그러자 다시 사람 꼴을 갖추었다.

위무선은 남망기가 건곤대를 치우고 나서도 할 말이 많은 듯한 눈빛으로 자신을 계속 쳐다보는 것을 보고 일부러 말했다.

"함광군, 뭘 그렇게 계속 봐? 걱정돼? 날 믿으라니까. 어젯밤 나 정말 너 어떻게 안 했어. 당연히, 너도 나를 어떻게 안 했고."

남망기가 잠시 망설이더니 결심한 듯이 말했다.

"어젯밤, 피리 뺏은 거 말고 내가…….'"

"네가? 뭘 더 했냐고? 아무 짓도 안 했다니까, 그냥 말이 좀 많았지."

남망기의 새하얀 목의 울대가 미세하게 움직였다.

"……무슨 말."

"별거 아니야. 그냥, 음, 예를 들어 네가 뭘 좋아한다고 했냐면…….'"

남망기의 눈빛이 굳었다.

"토끼를 좋아한다고 했어."

"…….'"

남망기는 눈을 감고 고개를 돌렸다.

"괜찮아! 그리 귀여운 토끼를 누가 싫어하겠어. 나도 좋아하긴 해. 먹는 걸! 하하하하하하! 함광군, 너 어젯밤 술을 그렇게 많이…

… 참, 많이 안 마셨지. 어제 취하도록 마셨으니 지금은 속이 조금 안 좋을 거야. 일단 세수하고 물 좀 마시고 쉬었다가 준비 다 하면 다시 출발하자고. 이번에는 남쪽의 편서 방향이야. 나 먼저 내려가서 아침 좀 사 올게."

위무선이 친절하게 말하며 나가려는데 남망기가 차갑게 말했다.

"잠깐."

"왜?"

위무선이 고개를 돌리며 물었다.

남망기가 한참 동안 위무선을 응시하다가 마침내 입을 열었다.

"돈은 있고."

"있어! 네가 돈을 어디에 두는지 내가 모를까 봐. 내가 아침 사 올 테니 함광군, 천천히 해, 급할 거 없어."

위무선은 웃으며 방에서 나와 문을 닫고 복도에 서서 한참 동안 배를 잡고 소리 죽여 웃었다.

남망기는 충격을 받았는지 혼자 방에 틀어박혀 한참이 지나도 나오지 않았다. 위무선은 객잔을 나와 거리를 한가롭게 돌아다니며 이것저것 먹을 것을 사서 돌아왔다. 계단에 앉아 먹으면서 실눈을 뜨고 햇볕을 쐬고 있었다. 한참 앉아 있으니 열세네 살 먹은 아이들이 거리를 뛰어다니는 것이 보였다.

제일 앞에 있는 어린 사내아이가 달리기가 가장 빨랐다. 손에 쥔 긴 실 끝에 매달린 연이 높지도 낮지도 않게 위아래로 흔들리며 날고 있었다. 그 뒤로 장난감 활을 든 사내아이들이 소리를 지르며 연을 향해 활을 쐈다.

이 놀이는 예전에 위무선도 즐겨 하던 것이다. 활쏘기는 세가 자제의 필수 덕목이지만 그들 대부분이 과녁만 맞추는 것은 재미없어했다. 야렵에서 요괴와 마귀를 맞추는 것 외에 이렇게 연을 맞추는 것도 좋아했다. 한 사람이 한 발씩, 제일 높고 멀리 연을 날리고 제일 정확하게 맞춘 사람이 승리했다. 이 놀이는 선문 각 가문의 나이 어린 자제들 사이에서 유행했다가 민간에도 전해져 일반 가정의 아이들도 즐기게 됐다. 단지 그들의 화살은 위력이 세가 자제의 화살에 훨씬 못 미쳤을 뿐이었다.

과거 위무선은 연화오에서 강씨 가문 자제들과 연 맞추기 놀이를 하면서 여러 번 1등을 차지했다. 강징은 영원히 2등이었다. 연이 너무 멀리 날아 화살이 맞지 않거나, 맞추는 날에는 위무선의 연이 훨씬 멀리 나는 식이었다.

위무선과 강징의 연은 다른 사람 것보다 훨씬 큰, 하늘을 나는 요수 모양이었다. 화려하고 과장된 색과 크게 벌린 입, 늘어진 뾰족한 꼬리가 바람에 날려 멀리서 보면 생동감이 넘치고 흉악하다기보다 천진난만하게 보였다. 강풍면이 직접 뼈대를 만들고 강염리가 그림을 그려주어서 그들은 연을 날려 겨룰 때마다 자랑스러웠다.

옛날 생각에 위무선의 입가에 잔잔한 미소가 피어올랐다. 고개를 들어 아이들이 날린 연의 모양을 보았다. 금색으로 된 커다란 원이었다.

'저건 뭐지? 전병인가? 아니면 내가 모르는 요괴인가?'

이때 바람이 불어왔다. 아이들이 날린 연은 원래 높지도 않았고 넓은 곳에서 날린 것도 아니라 바람이 한 번 불자 바닥으로 툭 떨어져 버렸다.

한 아이가 "아, 태양이 떨어졌어!" 하고 외쳤다.

위무선은 순간 아이들이 사일지정을 모방한 놀이를 하고 있다는 것을 알아차렸다.

당시는 기산 온씨 가문이 한창 잘나가 세도를 부리던 때였다. 약양은 기산과 멀지 않으니 이곳 사람들은 피해를 많이 입었을 것이다. 기산 온씨가 잘 가두지 않은 요수 때문에 동네가 쑥대밭이 되거나 그 가문의 수사들에게 괴롭힘을 당했다. 사일지정 이후 각 가문이 연합해 온씨를 멸망시켜 기산 온씨는 백 년 가업이 한순간에 무너졌다. 기산 일대의 많은 지역이 온씨의 멸문을 축하하는 행사를 벌였고, 이것이 전통으로 자리 잡기도 했다. 이 놀이도 그중 하나일 것이다.

아이들이 연 쫓는 것을 멈추고 모여서 심각하게 토론하기 시작했다.

"어떻게 하지. 태양을 쏘지도 않았는데 스스로 떨어졌으니 누가 대장을 해?"

한 아이가 손을 들었다.

"당연히 나지! 나 금광요가 온가의 악당을 죽였다고!"

위무선은 객잔 앞 계단에 앉아 흥미진진하게 지켜봤다.

요즘 가장 잘나가는 선독 염방존 금광요가 당연히 이 놀이에서 제일 인기 있는 역할일 것이었다. 염방존은 출신은 입에 올리기 좀 그랬지만 바로 그 때문에 사람들은 그가 높은 자리까지 오른 것에 탄복했다. 그는 사일지정 중 몇 년 동안 기산 온씨의 집에 첩자로 들어가 기산 온씨 사람들을 감쪽같이 속여 비밀을 다 말하도록 했다. 사일지정 이후에는 백방으로 노력해 사람들을 자기편으로 끌어모았고 갖가지 방법을 다 동원해 결국 선독의 자리에 올라 명실상부한 백가의 일인자가 되었다. 이런 인생은 전기적이라고 할 만했다. 위무선이라도 금광요 역할을 해보고 싶을 것 같았다. 이 아이가 대장이 되는 것이 마땅했다.

"나는 섭명결, 내가 승리한 횟수가 제일 많고, 항복시킨 포로도 제일 많으니 내가 대장이지!"

다른 아이가 항의했다.

"하지만 내가 선독이잖아."

'금광요'가 말했다.

"선독이 뭐라고. 넌 내 셋째 동생이잖아. 나를 보고도 아직 꼬리 내리고 도망치지 않았어?"

'섭명결'이 주먹을 흔들며 말했다.

'금광요'는 역할에 걸맞게 어깨를 움츠리며 뛰었다.

"너는 단명했잖아."

"금자헌, 넌 나보다 더 일찍 죽었잖아!"

다른 아이가 그렇게 말하자 '섭명결'이 화를 냈다.

아이들이 그 역할을 선택한 것은 역할의 인물을 동경하고 좋아했기 때문일 것이다.

"단명이 뭐 어때서? 내가 3등이라고!"

'금자헌'이 인정하지 않았다.

"3등은 생긴 게 3등이라는 말이잖아!"

이때 한 아이가 뛰는 것도 서 있는 것도 지쳤는지 계단 옆으로 슬쩍 오더니 위무선과 같은 열에 앉아 손을 내저으며 중재자처럼 말했다.

"됐어, 됐어. 싸우지 마. 나는 이릉노조야, 내가 제일 대단하다고. 보아하니 내가 그냥 대장을 해줘야겠네."

"……."

위무선은 어이가 없었다.

위무선이 고개를 숙여 아이를 보니, 아이는 허리춤에 가는 막대기를 차고 있었다. 아마도 피리 진정인 듯했다.

아이들만은 선악을 따지지 않고 단순하게 무력치만 따지기 때문에 이릉노조를 하겠다고 나선 것이었다.

"아니야, 나는 삼독성수, 내가 제일 대단해."

다른 아이가 말했다.

그러자 '이릉노조'가 이해한다는 말투로 "강징, 네가 어떻게 나와 비교가 되니. 너 그때 나한테 져놓고 어떻게 자기가 제일 대단하다고 할 수가 있어. 안 부끄럽냐."라고 말했다.

"흥, 내가 너보다 못하다고? 너 어떻게 죽었는지 기억해?"

'강징'이 말했다.

위무선의 입가에 흐르던 잔잔한 미소가 순간 싹 사라졌다.

맹독이 묻은 침에 찔린 것처럼 온몸이 찌릿하며 아픔이 밀려왔다.

위무선 옆에 앉아 있던 '이릉노조'가 손뼉을 치며 말했다.

"날 봐! 왼손엔 진정, 오른손엔 음호부, 게다가 귀장군까지. 내가 천하무적이다! 하하하……."

아이는 왼손엔 막대기를 오른손엔 돌멩이를 들고 미친 듯이 웃다가 말했다.

"온녕은? 이리 나와!"

아이들 사이에서 한 아이가 손을 들더니 작은 소리로 말했다.

"저 여기에 있어요…… 그…… 저는…… 사일지정 때 전 안 죽었어요……."

위무선은 이야기를 중단시켜야겠다고 생각했다.

"선수님들, 뭐 하나 물어봐도 되겠습니까?"

이 놀이를 할 때 어른이 끼어든 적이 없었고 게다가 야단을 치는 게 아니라 이렇게 정중하게 물어온 적은 없었던지라, '이릉노조'가 경계의 눈빛으로 위무선을 쳐다봤다.

"뭐가 궁금해요?"

"고소 남씨 사람은 왜 없지?"

위무선이 물었다.

"있어요."

"어디?"

'이릉노조'가 여태까지 한마디도 안 한 아이를 가리켰다.

"바로 쟤요."

그 아이는 용모가 수려했다. 딱 봐도 준수하고 깨끗하며 윤이 나는 이마에 하얀 띠를 매 말액을 대신했다.

"쟤는 누구야?"

'이릉노조'가 싫다는 듯이 입을 삐죽거리며 말했다.

"남망기!"

……좋아. 이 아이들은 핵심을 잘 파악했다. 남망기를 하려면 입을 꾹 다물고 말하지 말아야 했다.

순식간에 위무선의 입꼬리가 다시 올라갔다.

독이 묻은 침이 빠져 어느 구석으로 던져졌는지 모르겠지만 찌르는 듯한 통증도 싹 사라졌다. 위무선은 "이상도 하지. 이렇게 답답한 녀석이 어떻게 나를 늘 이렇게 즐겁게 할까?" 하고 혼잣말을 했다.

남망기가 내려왔을 때 위무선은 아이들 한 무리와 같이 계단에 앉아 찐빵을 나눠 먹고 있었다. 위무선은 찐빵을 먹으며 앞줄에서 서로 등을 기대고 앉은 아이들에게 설명을 해주고 있었다.

"……지금 너희 앞에 천만 온씨 수사들이 있어. 다들 무장을 하고 물 샐 틈 없이 너희를 포위하고 있지. 눈빛을 더 날카롭게, 맞아 바로 그렇게. 좋아. 남망기 잘 들어, 지금 너는 평소의 네가 아니라 온몸이 피로 범벅돼 있어! 살기는 더 강하게! 눈빛은 더 사납게! 위무선, 너는 그의 옆에 조금 더 붙어. 피리 돌릴 줄 알아? 돌려봐, 한 손으로. 세련되게, 세련된 게 뭔 줄 알아? 이리 줘봐, 내가 알려 줄게."

'위무선'이 어 하며 들고 있던 작고 가는 막대기를 위무선에게 주었다. 위무선이 매우 능숙하게 '진정'을 두 손가락 사이에서 가볍게 돌리자 아이들이 우르르 몰려들어 그를 감싸고 연신 감탄했다.

"……."

남망기가 조용히 다가가자 위무선이 엉덩이에 묻은 먼지를 탁탁 털어내며 아이들에게 작별인사를 했다. 겨우 일어나 길을 따라 걸으며 내내 웃는 게 이상한 독에 중독된 것 같았다.

"……."

"하하하. 함광군, 미안해. 너 주려고 산 아침밥 애들한테 다 나눠 줬어. 조금 있다가 다시 사자."

"응."

"어때, 방금 저 아이들 귀엽지 않아? 이마에 끈을 두른 애가 누구 흉내를 냈게? 하하하…….”

“……어젯밤 내가 도대체 무슨 짓을 했지?”

한참 동안 아무 말도 하지 않던 남망기가 마침내 입을 열었다.

분명히 무슨 일이 있었을 것이다. 그렇지 않으면 위무선이 지금까지 웃을 리가 없었다.

“아니, 아니, 아니야. 너 아무 짓도 안 했어. 그냥 내가 시시한 놈이라 그래. 하하하……. 좋아, 크흠, 함광군, 우리 일 얘기하자.”

위무선이 연신 손을 내저으며 말했다.

“말해.”

“상씨 묘지의 관 두드리는 소리는 이미 십 년 전에 조용해졌는데 갑자기 다시 들렸다는 건 분명 우연이 아니야. 어떤 유발 요인이 있었을 거야.”

위무선이 진지하게 말했다.

“그게 뭐라고 생각하는데.”

“좋은 질문이야. 나는 그 요인이 몸통을 꺼낸 거라고 생각해.”

“응.”

남망기의 집중하는 표정을 보니 위무선은 어젯밤 술에 취해 그가 진지하게 두 손가락을 쥐던 모습이 떠올라 간신히 웃음을 참으며 말했다.

“시체를 분리한 것은 단순한 복수나 분풀이가 아니라 악독한 진압 법문일 거야. 시체를 분리한 자는 일부러 이상한 일이 일어나는 곳을 선택해 시체를 두었어.”

“독에는 독, 상호 견제로 균형을 유지한다.”

“맞아. 그래서 어제 그 도굴꾼이 몸통을 꺼내 원령을 누를 게 사라지자 관 두드리는 소리가 다시 난거지. 청하 섭씨의 제도당의 도령이 벽 속 시체를 누르는 방법과 같은 이치야. 어쩌면 섭가의 제도당에서 배운 게 아닐까. 보아하니 이자는 청하 섭씨, 고소 남씨와 잘 아는 사이인 것 같아. 평범한 인물은 아닐 거야."

"그런 사람은, 많지 않아."

"응. 조금씩 수면으로 올라오고 있어. 게다가, 상대가 시체를 이동시키기 시작했다는 건 그 또는 그들이 조급해졌다는 뜻이야. 앞으로 분명 무슨 일을 또 할 거야. 우리가 찾으러 가지 않더라도 그들이 우리를 찾으러 올 거야. 찾다 보면 조만간 더 많은 단서가 나타나겠지. 어쨌든 우리 아우님의 손이 우리에게 방향을 알려줄 테니까. 하지만 우리 좀 더 빨리 움직여야 할 것 같아. 이제 오른팔과 머리만 남았으니 그들보다 빨라야 해."

두 사람은 남서쪽을 향해 갔다. 이번에 왼팔이 이끈 곳은 안개가 자욱한 촉동이었다.

그곳은 현지인도 무서워서 피하는 귀성(鬼城)이었다.

제8장

초목

제8장 초목

1

촉동 일대는 강과 골짜기가 많고 높은 산이 병풍처럼 둘러싸여 지세가 험하고 바람이 약했다. 그래서 1년 내내 안개가 자욱했다.

두 사람은 왼손이 가리키는 방향을 향해 가다가 작은 마을을 지나게 됐다.

울타리가 둘러쳐진 초가집에 암탉과 병아리가 마당 안팎을 다니며 먹이를 쪼아먹고 있었고, 지붕 위에서는 화려한 깃털을 뽐내는 수탉이 한 발로 서서 닭 볏을 흔들며 경계하듯 사방팔방을 둘러보고 있었다. 다행히 개를 키우는 집은 없는 것 같았다. 보아하니 이 마을 사람들은 1년 내내 고기를 잘 먹지 못해 개에게 먹일 남은 뼈는 더더욱 없는 모양이었다.

마을 앞에는 세 방향으로 나뉘는 갈림길이 있었다. 두 방향은 길이 매끈하고 발자국도 많은 것으로 보아 사람들이 많이 다니는 것 같고, 나머지 한 방향은 잡초가 길까지 덮여 있을 정도로 무성하게 자랐고 입구에 네모난 석비가 비스듬하게 서 있었다. 석비는 오랜 세월 비바람을 맞아 위에서 아래까지 균열이 가 있었고 틈 사이로 풀이 자라고 있었다.

석비에 새겨진 두 글자는 이 길이 통하는 곳의 지명 같았다. 아래 글자는 겨우겨우 '성(城)' 자라는 것을 알아보겠는데 위에 글자는 획이 많고 복잡한 데다 균열이 지나가 돌들이 부서져 있어 알아보기 어려웠다. 위무선은 허리를 숙여 잡초를 뜯고 한참 들여다봐도 무슨 글자인지 알아볼 수가 없었다.

왼팔이 가리킨 방향이 하필 이 길이었다.

"마을 사람에게 물어보는 게 낫겠지?"

위무선이 말했다.

남망기가 고개를 끄덕였다. 위무선은 남망기가 가서 물어볼 것이라는 기대는 전혀 하지 않아 만면에 미소를 지으면서 닭에게 먹이를 뿌려주고 있는 농가의 여인들이 있는 곳으로 다가갔다.

젊은 여성과 나이 든 여성은 낯선 젊은 남자가 다가오자 경계하더니 먹이가 담긴 키를 버리고 집으로 들어갈 기세였다. 위무선이 웃으며 몇 마디 건네자 여자들은 그제야 진정하며 수줍은 듯이 대답했다.

위무선이 석비를 가리키며 묻자 그녀들은 동시에 얼굴색이 싹 변하더니 한참을 망설인 다음에야 쭈뼛쭈뼛 이야기를 시작했다. 그리고 석비 옆에 서 있는 남망기는 쳐다보지도 못했다. 위무선은 한참 동안 한쪽 입꼬리를 올리고 진지하게 들었다. 위무선이 화제를 전환했는지 그녀들의 표정이 조금씩 밝아지면서 위무선을 향해 어색하게 미소를 짓기도 했다.

남망기는 멀리서 위무선 쪽을 바라보며 한참을 기다렸지만, 위무선은 돌아올 기미가 보이지 않았다. 남망기는 천천히 고개를 숙여 발 옆에 있는 작은 돌을 발로 툭툭 걷어찼다.

무고한 돌멩이는 그렇게 한참 동안 걷어차였다. 고개를 드니 위무선이 품에서 뭔가를 꺼내 말을 제일 많이 해준 여자에게 건네는 것이 보였다.

멍하니 서서 기다리던 남망기는 더 참을 수가 없어 위무선 쪽으로 가려는데 위무선이 뒷짐을 지며 유유히 걸어왔다.

그는 남망기 옆으로 걸어와 말했다.

"함광군, 너 꼭 가봐야겠다. 저 집에 토끼를 키운대!"

남망기는 위무선의 놀림에 아무 반응도 하지 않고 냉담한 척하며 말했다.

"뭘 물어봤어."

"이 길은 의성(義城)으로 향한대. 석비의 첫 번째 글자는 '의(義)'자였어."

"의협(義俠)의 의?"

"맞기도 하고 틀리기도 해."

"어째서."

"글자는 그게 확실히 맞는데 뜻은 틀려. 의협의 의가 아니라 의장#57의 '의' 자야."

그들은 무성한 잡초를 밟으며 갈림길로 들어섰고 석비에서 점점

#57 의장(義莊) 관을 놓아두는 장소.

멀어졌다.

"여인들 말이 옛날부터 의성 사람들은 열에 예닐곱이 단명했대. 수명이 짧거나 횡사를 한 사람이 많아 성안에 시체를 놓아두는 의장이 아주 많았나 봐. 게다가 그쪽 특산품인 관과 지전(紙錢) 같은 장례용품은 튼튼하고 솜씨가 야무져서 이런 이름이 붙었대."

길에는 풀과 잡석 외에 잘 보이지 않는 도랑도 있었다. 남망기는 위무선의 발밑에 계속 신경을 썼다. 위무선은 걸어가며 말을 이었다.

"이곳 사람들은 의성에 가는 일이 드물고 의성에 사는 사람들도 물건을 배달할 때 말고는 나오는 일이 거의 없대. 요 몇 년은 사람을 거의 못 봤고. 이 길은 벌써 몇 년 동안 사람이 안 다녔다더니 정말 길이 험하네."

"그리고."

"뭘 그리고?"

"그들에게 뭘 줬지?"

"아. 그거? 연지."

위무선은 청하에서 행로령에 관해 이야기해주었던 그 강호의 낭중에게 산 연지를 계속 갖고 다녔다.

"사람에게 뭘 물어봤으면 사례를 해야지. 은자를 주려고 했는데 놀라서 안 받더라고. 연지의 향을 좋아하는 걸 보니 이런 걸 안 써봤나 봐. 그래서 줬지."

잠시 뒤 위무선이 입을 열었다.

"함광군, 너 왜 그런 표정으로 보는 거야. 그 연지는 그렇게 좋은 것도 아니었어. 지금의 나는 꽃이나 장신구를 들고 하루 종일 여자 꽁무니나 따라다니던 예전의 내가 아니라고. 정말 다른 건 줄 게 없었어. 그래도 없는 것보단 낫잖아."

무슨 불쾌한 기억이 떠오른 것처럼 남망기가 눈썹을 찡그리더니 천천히 고개를 돌렸다.

걷기 힘든 길을 따라 앞으로 걸어가니 잡초가 점점 줄고 길도 조금씩 넓어졌다. 그러나 안개는 점점 짙어졌다.

왼팔이 손가락을 접어 주먹을 쥐자 길 끝에 부서진 성문이 나타났다.

성벽 위 각루는 기와가 떨어지고 칠이 벗겨졌으며 한쪽이 부서져 흉물스러웠다. 성벽에는 낙서가 가득했다. 성문의 붉은색은 거의 하얀색으로 색이 바랬고 문에 박힌 못은 검게 녹이 슬었으며 성문 문짝은 빗장을 채우지 않고 조금 벌어져 있는 게 방금 누군가 열고 들어간 것 같았다.

들어가지도 않았는데 요괴가 들끓는 괴상한 곳일 것 같은 느낌이 들었다.

계속 주위를 둘러보면서 온 위무선은 성문 앞에 도착하자 평가를 내렸다.

"풍수가 정말 안 좋군."

"산수가 열악해."

남망기가 천천히 고개를 끄덕이며 말했다.

의성은 사면이 높은 산과 절벽으로 둘러싸이고 산체가 앞으로 쏠려 압박하는 형세로 언제든지 무너져내릴 것 같았다. 컴컴하고 거대한 산과 암석에 둘러싸이고 음산한 안개에 덮여 있어 요괴보다 더 요괴 같았다. 성문 앞에 서 있기만 해도 가슴이 답답하고 숨이 막혀 위압감이 상당했다.

자고로 '빼어난 곳에서 뛰어난 인물이 난다.'라는 말이 있듯이, 반대말도 있었다. 어떤 지역은 지세와 위치 때문에 풍수가 나빠 불운이 감돌아 그곳에 사는 사람은 단명하고 요절하거나 일이 순조롭지 않았다. 조상 대대로 그런 곳에서 뿌리내리고 살았다면 불운이 뼛속까지 파고들었을 것이다. 이상한 일이 자주 발생하고 시변, 여귀, 회혼 등 사건도 다른 곳보다 몇 배는 많을 것이다. 의성이 바로 그런 곳이었다.

이런 곳은 대부분 외져 선문 세가의 손길이 닿지 않았다. 물론 관리할 생각도 없었다. 번거롭기 때문이었다. 이런 곳은 수행연보다 더 골치 아팠다. 수행연은 쫓아낼 수나 있지만, 풍수는 바꾸기 어렵기 때문이다. 울면서 하소연하는 사람이 없으면 가문들은 적당히 눈감고 모른 척했다.

고향을 떠나는 것이 가장 좋은 방법이지만 대대로 뿌리를 내리고 살았다면 떠나기가 쉽지는 않을 것이다. 고향 사람 열 명 중 예닐곱은 단명했다고 해도 자기는 예외인 서너 명이 될 수도 있으니 참고 사는 것이었다.

두 사람은 성문 앞에 서서 서로 쳐다봤다.

'끼익' 비뚤어진 채로 겨우 닫혀 있던 성문이 무게를 못 견디겠다는 듯 천천히 열렸다.

지나가는 수레나 말은 없고 흉시가 습격해 오지도 않았다. 그저 온통 하얀색이었다.

성 밖보다 안개가 몇 배는 짙어 앞으로 쭉 뻗은 길만 겨우 보였다. 길 양옆으로 집들이 늘어서 있고, 길에는 사람 그림자도 없었다.

두 사람은 자연스럽게 서로에게 몇 걸음 다가가 바짝 붙어서 성으로 들어갔다.

낮이었지만 성안은 적막했다. 사람 소리는커녕 닭 우는 소리, 개 짖는 소리도 전혀 들리지 않아 기괴한 느낌마저 들었다.

하지만 왼팔이 가리킨 장소이니 이상하지 않은 게 더 이상했다.

길을 따라 걸으며 성으로 깊이 들어가면 갈수록 안개는 더 짙어졌고 요사한 기운이 사방에서 뿜어져 나오는 듯했다. 처음에는 억지로 보면 열 걸음 밖 정도는 보였는데 나중에는 다섯 걸음 밖의 윤곽도 식별할 수 없다가 더 나중에는 손을 뻗으면 손가락도 보이지 않았다. 위무선과 남망기는 점점 더 서로에게 가까이 붙어 걸었다. 어깨를 나란히 해야 겨우 서로의 얼굴이 보였다. 위무선은 '짙은 안개를 틈타 누군가 우리 사이에 몰래 끼어들어 두 사람이 세 사람이 되어도 모르겠다.'라는 생각이 자연스럽게 들었다.

이때 위무선의 발끝에 뭔가 걸려 고개를 숙였다. 하지만 안개 때문에 무슨 물건인지 알아볼 수가 없었다. 위무선은 남망기의 손을 잡아당겨 남망기가 혼자 가지 않게 한 다음 몸을 숙여 실눈을 뜨고 자세히 쳐다봤다. 화가 나 눈을 동그랗게 뜬 머리가 안개를 뚫고 위무선의 시야에 들어왔다.

남자의 얼굴로 짙은 눈썹에 큰 눈, 뺨은 이상하리만치 툭 튀어나오고 연지가 발라져 있었다.

위무선이 방금 이 머리를 찼을 때 하마터면 머리가 날아갈 뻔한 것으로 이 머리의 무게를 가늠할 수 있었다. 이것은 분명 진짜 사람의 머리가 아니었다. 들어서 꽉 쥐니 남자의 뺨이 움푹 꺼지고 연지도 지워졌다.

종이로 만든 인형의 머리였다.

이 종이 인형 머리는 사람을 똑같이 모방해 화장은 과장됐지만, 이 목구비는 정교했다. 의성의 특산품이 장례용품이라더니 종이 인형 공예도 훌륭했다. 민간에서는 종이 인형이 진짜 사람을 대신한다는 믿음이 있었다. 종이 인형을 태워주면 죽은 사람이 지옥에서 칼산을 오르고 기름 가마에 들어가는 고통을 대신해준다고 믿었다. 계집종은 저승에서 죽은 자의 수발을 들었다. 물론 이런 것은 그저 산 자의 자기 위로에 불과했다. 이 종이 인형 머리는 '음력사'가 분명했다.

'음력사'는 말 그대로 싸움꾼으로 저승에 가서 망자가 악귀나 교활한 판관에게 괴롭힘을 당하지 않도록 싸워주고, 후손이 망자를 위해 태워준 지전을 귀신들에게 빼앗기지 않도록 보호해주는 역할을 한다. 이 종이 인형에게는 건장한 종이 몸이 있었을 텐데 누가 잡아 빼 길에 버렸는지 모를 일이었다.

종이 인형의 상투는 매우 검었고 한 올 한 올 윤기가 흘렀다. 손으로 만져보니 두피에 단단히 붙어 있는 것이 정말 머리에서 자란 것 같았다. 위무선이 생각에 잠기며 말했다.

"솜씨가 정말 좋은 걸, 진짜 사람 머리칼을 갖다 붙인 건가?"

갑자기, 가늘고 마른 검은 그림자가 위무선을 빠르게 스치고 지나갔다.

그림자는 매우 이상했다. 위무선의 옆을 싹 스치며 뛰어가 순식간에 짙은 안개 속으로 사라져버렸다. 피진이 칼집에서 나와 그 그림자를 쫓아갔다가 신속하게 돌아와 칼집으로 들어갔다.

방금 위무선의 곁을 스치고 지나간 것은 너무 빨랐다. 인간이 낼 수 있는 속도가 절대 아니었다.

"조심해. 경계하고."

남망기가 말했다.

좀 전에는 스치고 지나갔지만, 다음에는 무슨 짓을 할지 알 수 없었다.

"방금 들었어?"

위무선이 몸을 일으키며 물었다.

"발소리, 간대[#58] 소리."

남망기가 대답했다.

방금 짧은 순간 다급한 발소리 외에 그들은 다른 이상한 소리도 들었다. '다다다' 아주 낭랑하게, 간대가 땅을 빠르게 두드리는 소리 같았다. 왜 그런 소리가 났는지 알 수 없었다.

바로 그때 전방의 안개 속에서 발소리가 또 들려왔다.

이번 발소리는 가볍고, 느리고, 많고, 가지각색이었다. 마치 여러 명이 이쪽을 향해 신중하게 걸어오는 것 같았지만 한마디도 하지 않았다. 위무선은 손바닥을 뒤집어 연음부 한 장을 전방을 향해 가볍게 던졌다. 앞에 원기가 충천한 게 있으면 불이 붙어 불빛이 일정 범위를 비출 것이었다.

앞에서도 이쪽의 누군가가 뭔가를 던진 것을 알아챘는지 즉시 반격을 해 왔다.

여러 가지 색의 검 빛이 살기등등하게 몰려오자 피진이 칼집에서 나와 위무선 앞에서 휙휙 저으니 상대의 검이 격퇴되어 돌아갔다. 저쪽이 어수선해지면서 허둥대는 기척이 들렸다. 웅성대는 소리에 남망기가 즉시 피진을 회수했다.

"금릉? 사추?"

#58 간대 대나무 장대

위무선이 물었다.

위무선이 제대로 들었는지 안개 너머에서 금릉의 목소리가 들려왔다.

"뭐야, 또 너야?"

"그건 내가 하고 싶은 말인데!"

위무선이 말했다.

"모 공자도 계십니까? 그렇다면 함광군도 오셨겠네요?"

남사추는 최대한 억제하고 있었지만, 목소리에 기쁨이 가득했다.

남망기가 왔을지도 모른다는 소리에 금릉은 다시 금언술에 걸린 것처럼 입을 다물었다. 남망기에게 잘못 걸려 혼날까 봐 걱정하는 것 같았다.

"분명 오셨겠지! 방금 그건 피진이었죠! 피진 맞죠?!"

남경의도 외쳤다.

"응, 오셨어. 지금 내 옆에 계셔. 다들 어서 이리로 와."

위무선이 말했다.

소년들은 맞은편에 있는 사람이 적이 아니라 아군이라는 것을 알고는 너무 기쁘고 안심이 되어 우르르 몰려들었다. 금릉과 남가의 소년들을 제외한 다른 가문의 복식을 입은 소년 일고여덟 명은 망설이는 기색이 다 사라지지 않았다. 그들도 분명 신분이 낮지 않은 선문 세가의 자제일 것이다.

"너희 어떻게 여기에 다 모여 있어? 처음부터 그렇게 사납게 굴다니, 이쪽에 함광군이 있었기 망정이지 일반인이었으면 어쩔 뻔했어?"

위무선이 말했다.

"여긴 일반인이라곤 전혀 없어. 이 성엔 사람이 전혀 없다고!"

금릉이 반박했다.

"백주대낮인데도 요사스러운 안개가 자욱하고 문을 연 가게도 하나도 없습니다."

남사추가 고개를 끄덕이며 말했다.

"일단 그건 급한 일이 아니고. 너희는 어째서 같이 있는 거야? 무리를 결성해 야렵 나왔단 소리는 하지 말고."

금릉은 매사 못마땅하고 만나면 싸우려 드는 제멋대로인 성격인 데다, 예전 남가의 자제들과 마찰이 있었는데 어떻게 같이 야렵을 나왔겠는가. 물으면 반드시 대답하는 남사추가 설명에 나섰다.

"설명하려면 깁니다. 저희는 원래……."

바로 그때 안개 속에서 '켁켁켁', '다다다' 하며 간대를 바닥에 두드리는 이상한 소리가 귀를 찔렀다.

소년들이 깜짝 놀라 얼굴색이 변했다.

"또 왔다!"

간대를 두드리는 소리는 들렸다 멈췄다 가까웠다 멀어져 방향을 알 수 없었고, 도대체 뭐가 이렇게 갑작스럽고 기괴한 소리를 내는지 더더욱 판단할 수 없었다.

"모두 이리 와서 꽉 붙어. 움직이지 마. 검도 뽑지 말고."

위무선이 말했다.

안개 속에서 소년들이 뒤죽박죽 검을 뽑았다가는 적이 아니라 오히려 자기편을 찌를 수도 있었다. 얼마 뒤, 소리가 뚝 멈췄다. 적막이 흐르자 한 세가 자제가 작은 소리로 말했다.

"또 저거야……. 도대체 언제까지 우릴 따라다닐 셈이야!"

"계속 따라왔어?"

위무선이 물었다.

"성에 들어온 뒤 안개가 너무 짙어 흩어질까 봐 한데 모여 있었는데 갑자기 이 소리가 들렸습니다. 그때는 이렇게 빠르지 않고 한 번 또 한 번 느리게 울렸어요. 그리고 앞쪽의 하얀 안개 속에서 왜소한 그림자가 천천히 걸어갔어요. 쫓아가면 사라지고요. 그 뒤로 이 소리가 계속 저희를 따라왔습니다."

남사추가 말했다.

"얼마나 작았어?"

"마르고 작았습니다."

남사추가 자기 가슴 부근에 손을 대며 이쯤이라고 설명했다.

"너희 들어온 지 얼마나 됐어?"

"반 주향은 다돼 갑니다."

남사추가 말했다.

"반 주향?"

"함광군, 우리 들어온 지 얼마나 됐지?"

"한 주향 정도."

남망기의 목소리가 흐릿한 안개 너머에서 들려왔다.

"이것 봐, 우리가 들어온 시간이 너희보다 긴데 어떻게 너희가 우리 앞에 있지? 어떻게 되돌아와 우리랑 만날 수가 있어."

"되돌아오지 않았는데? 우린 계속 이 길을 따라 앞으로 걸었다고."

금릉이 참다 참다 끼어들었다.

모두 앞을 향해 걸었다면 누군가 이 길을 계속 돌게 만드는 미진으로 만들었단 말인가?

"어검해서 위로 올라가 살펴봤어?"

"해봤습니다. 느낌에는 한참 올라간 것 같은데 실제로는 그렇게 높이 올라가지 못했어요. 게다가 희미한 검은 그림자가 공중에서 이리저리 다녔고요. 뭔지 모르겠지만 대응하지 못할까 걱정돼 그냥 내려왔습니다."

남사추가 말했다.

남사추의 말에 침묵이 내려앉았다. 촉동 일대는 원래 안개가 많아 소년들은 성안의 안개에 별로 신경 쓰지 않는데 지금 보니 자연적으로 형성된 게 아니라 십중팔구 요괴가 일으킨 게 틀림없었다.

"안개에 독은 없겠지?!"

남경의가 놀라 말했다.

"여기에 오래 있었는데 아직 살아 있는 거 보면 독은 없을 거야."

위무선이 말했다.

"진작 알았으면 선자를 데려오는 건데. 이게 다 너희들이 데려온 빌어먹을 당나귀 때문이야."

금릉이 말했다.

위무선은 개 이름을 듣자 등에서 소름이 돋았다.

"우린 네 개를 탓하지 않았잖아! 개가 먼저 물어서 풋사과가 뒷발질하다가 맞아놓고 누굴 탓해? 어쨌든 지금 두 마리 다 못 움직이잖아."

남경의가 말했다.

"뭐라고?! 내 풋사과가 개한테 물렸다고?!"

"그 당나귀를 내 영견과 비교해? 선자는 내 작은아버지가 주신 거라고. 만약 선자에게 무슨 일 생기면 당나귀 만 마리로도 보상이 안 돼!"

금릉이 말했다.

"너 염방존 들먹이며 위협하지 마. 내 풋사과는 함광군이 준 거라고. 그런데 어떻게 풋사과를 끌고 야렵에 올 수가 있어? 게다가 다치게 하고?!"

위무선이 입에서 나오는 대로 막 지껄였다.

"거짓말!"

남가 자제들이 이구동성으로 외쳤다. 그들은 함광군의 안목과 성향으로는 그런 탈것을 줄 리가 절대 없다고 생각했다. 남망기가 반박하지 않았지만 그래도 절대 믿을 수 없었다.

"음……, 죄송합니다, 모 공자. 그 풋사……당나귀가 운심부지처에서 날마다 소란스럽게 해서 선배들의 항의가 이만저만이 아니었어요. 이번 야렵에 꼭 데려가라고 명령하셔서…….'"

남사추가 말했다.

"그 당나귀 난 보자마자 싫던데 게다가 이름이 풋사과라니, 바보같아!"

금릉도 당나귀를 남망기가 준 것이라고 믿지 않았다.

남경의는 만에 하나 정말 함광군이 준 것이라면 낭패였기 때문에 다급하게 변호에 나섰다.

"풋사과가 어때서? 사과를 좋아해 풋사과라고 한 건데, 얼마나 소박해. 이 이름이 네가 기르는 그 풍뚱한 개 이름보다 훨씬 낫고만!"

"선자가 어디가 풍뚱해?! 선자보다 더 건장하고 듬직한 영견이 있으면 나와보라고 해!"

금릉이 맞받아쳤다.

순간 쥐 죽은 듯이 조용해졌다.

"아직 사람 있지?"

한참 뒤 위무선이 말했다.

근처에서 '으읍', '우으'거리며 긍정을 표했다.

"소란스러워."

남망기가 차갑게 말했다.

……갑자기 모두에게 금언술이 걸렸다. 위무선은 자기 입술을 만지며 다행이라고 생각했다.

바로 그때 앞쪽의 하얀 안개 속에서 발소리가 들려왔다.

발소리는 한 걸음 걷고 잠시 쉬고 매우 무거웠다. 바로 이어 정면, 우측 앞쪽, 옆쪽, 뒤쪽에서 같은 소리가 들려왔다. 안개가 너무 짙어 그림자는 안 보였지만 썩은 냄새와 비리고 퀴퀴한 냄새는 맡을 수 있었다.

주시 몇 구에 하나하나 신경 쓸 위무선이 아니었다. 그는 가볍게 휘파람을 불며 끝 음을 높게 빼 돌아가라고 꾸짖었다. 안개 너머 주시들이 휘파람 소리를 듣더니 멈칫했다.

하지만, 잠시 후 그들이 사납게 덮쳐 왔다.

책망의 명령이 작용하지 않고 오히려 그들을 자극할 줄은 위무선도 전혀 예상하지 못했다. 위무선은 '퇴각'과 '자극'의 명령을 절대 혼돈할 사람이 아니었다.

하지만 생각할 시간이 없었다. 안개 속에서 비틀거리는 그림자 일고여덟 개가 나타났다. 안개 농도를 봤을 때 그들의 그림자가 보인다는 것은 이미 아주 가까이에 있다는 것을 뜻했다.

피진의 얼음장같이 차가운 푸른빛이 안개를 뚫고 소년들을 감쌌다. 피진이 공중에서 예리하게 원을 그리자 주시 몇 구의 허리가 잘려나갔다. 그다음 피진은 다시 칼집으로 돌아왔다. 위무선이 한

숨을 내쉬자 남망기가 낮은 목소리로 물었다.

"무슨 일이야."

위무선도 이유를 생각하고 있었다.

'어째서 휘파람 명령이 안 통하지? 걸음이 느리고 부패한 냄새가 나면 높은 단계의 흉시는 아닌데. 그런 거라면 내가 손뼉만 쳐도 놀라 도망가는데 말이야. 만약 내 휘파람 명령이 갑자기 효력을 잃었다면? 그것도 불가능하지, 영력으로 한 것도 아니잖아. 한 번도 이런 적이 없었는데…….'

돌연 한 가지 일이 떠올라 위무선은 등에서 땀이 났다.

아니다. '이런 일이 한 번도 없었던' 것이 아니었다. 사실 그런 적이 있었고 한 번도 아니었다. 분명 위무선이 부릴 수 없는 흉시와 악령도 있었다.

그것은 바로— 음호부의 통제 아래 있는 흉시와 악령이었다.

남망기가 금언을 풀자 남사추도 말을 할 수 있게 되었다.

"함광군, 위험한 상황인가요? 성에서 즉시 나가야 합니까?"

"하지만 안개가 너무 짙고 길도 안 통하고 날아갈 수도 없고……."

"주시가 또 오는 것 같아요!"

한 세가 자제가 외쳤다.

"어디? 난 발소리 못 들었는데?"

"이상한 숨소리를 들은 거 같아……."

말한 소년은 자기 말이 얼마나 우스운지 깨닫고 부끄러워하며 입을 다물었다.

"정말 졌다, 졌어. 숨소리라니. 주시는 죽은 자인데 어떻게 숨소리를 내."

다른 소년이 말했다.

하지만 말이 채 끝나기도 전에 건장한 그림자가 부딪쳐 왔다. 피진이 다시 한번 칼집에서 나오자 그 그림자의 머리와 몸이 분리되면서 '콰르르' 하는 이상한 소리를 냈다. 가까이 있던 세가 자제 몇이 놀라 소리를 질렀다. 위무선은 그들이 다쳤을까 걱정되어 다급하게 물었다.

"왜 그래?"

"주시의 몸에서 뭔가 뿜어져 나왔어요. 무슨 가루 같아요. 쓰고 달고, 비려요!"

남경의가 말했다.

매우 재수 없는 일이었다. 남경의는 말을 하려고 입을 열었다가 주시가 쏟아낸 가루가 입으로 들어가 몸가짐이고 뭐고 계속 퉤퉤거렸다. 주시의 몸에서 뿜어져 나온 것은 우습게 볼 것이 아니었다. 가루가 공기 중에 남아 있어 경솔하게 다가갔다가 흡입해 폐로 들어가면 입으로 먹은 것보다 훨씬 치료가 까다로웠다.

"거기서 멀리 떨어져! 넌 빨리 이리 와, 내가 좀 보게!"

위무선이 말했다.

"어. 하지만 안 보여요. 지금 어디 있는데요?"

남경의가 말했다.

손을 뻗으면 손가락도 안 보이는 상태라 걷기도 힘들었다. 위무선은 피진이 나올 때마다 검 빛이 안개를 뚫는다는 것을 생각하고는 고개를 돌려 옆에 있는 남망기에게 말했다.

"함광군, 검 좀 빼서 쟤 쪽 좀 비춰봐."

남망기는 위무선 바로 옆에 서 있는데 대답을 하지도 움직이지도 않았다.

갑자기, 일곱 걸음 떨어진 곳에서 차가운 푸른색의 맑고 투명한 빛이 빛났다.

……남망기가 저기에?

그러면 지금 왼쪽에 말없이 계속 서 있던 사람은 누구지?!

갑자기 위무선의 눈앞이 까맣게 되더니 검은 얼굴이 훅 들어왔다. 눈앞이 까맣게 된 이유는 얼굴에 진한 검은 연기가 드리워져 있었기 때문이었다.

연기로 앞을 가린 자가 위무선의 허리춤에 달린 봉악 건곤대로 손을 뻗었다. 그러자 건곤대가 갑자기 부풀어 오르더니 매듭이 끊기면서 강력한 원기를 지닌 세 개의 악령이 하나로 얽혀 그의 얼굴을 덮쳤다!

"봉악 건곤대 훔치려고? 눈은 장식으로 달았어, 내 쇄령낭 가져다 뭐에 쓰게?"

위무선이 웃으며 말했다.

지난번 약양 상씨 무덤에서 도굴꾼이 파낸 몸통을 빼앗아 도굴꾼을 실의에 빠뜨린 이후로 위무선과 남망기는 계속 경계를 유지했다. 도굴꾼은 분명 포기하지 않고 기회를 노렸다가 빼앗으려 할 것이었다. 역시나 그들이 의성에 들어오자 도굴꾼은 안개와 사람이 많아 혼잡한 틈을 타서 몰래 숨어들었다. 이번에는 확실히 순조로웠을 테지만 위무선이 일찌감치 왼팔을 담은 봉악 건곤대와 쇄령낭을 바꿔치기해 놓았다.

쨍 하는 소리와 함께 상대가 뒤로 훌쩍 뛰어 칼집에서 검을 뽑자 악령들의 원한이 가득한 외침이 들려오는 것이 그의 검에 베여 사방으로 흩어진 것 같았다. 위무선은 '수련의 경지가 높은 사람이군.'이라고 생각하면서 남망기에게 소리쳤다.

"함광군, 무덤 판 놈이 왔어!"

알려줄 필요도 없이 남망기는 소리만으로 이변이 발생한 것을 알고 말 대신 맹렬한 기세로 날아오는 피진으로 대답했다.

이번에는 상황이 여의치 않았다. 도굴꾼의 검에 검은 연기가 덮여 검광이 흘러나오지 않아 안개 속에 숨었기 때문이다. 반면 남망기의 피진 검광은 숨기려야 숨길 수가 없었다. 남망기는 빛 속에 적은 어둠 속에 있었고 상대는 경지도 낮지 않았으며 고소 남씨의 검법도 잘 알고 있었다. 게다가 똑같이 안개 속에서 앞이 보이지 않는다면 걱정할 필요가 없지만 남망기는 자기편을 오인해 상처를 입히지 않도록 해야 했기 때문에 훨씬 불리했다. 검날이 몇 번 부딪치는 소리를 들은 위무선은 심장이 오그라들어 외쳤다.

"남잠? 다쳤어?!"

먼 곳에서 가볍게 "헉!" 하는 소리가 들리는 것이 급소를 찔린 것 같았다. 하지만 남망기의 소리가 아닌 것은 확실했다.

"그럴 리가."

남망기가 말했다.

"그러게!"

위무선이 웃으며 대답했다.

상대는 냉소를 날리며 검을 세워 다시 싸울 태세를 취했다. 피진의 빛과 선검이 부딪치는 소리가 점점 멀어졌다. 위무선은 남망기가 잘못해 그들을 다치게 할까 봐 일부러 도굴꾼을 멀리 데리고 가서 상대하려는 것임을 알았다. 남은 일은 자연히 자신의 몫이었다.

"가루 마신 사람, 어때?"

위무선이 몸을 돌리며 말했다.

"서질 못해요!"

남사추가 말했다.

"중앙으로 모여서, 인원 보고해."

다행히 주시를 해결하고 도굴꾼을 떼어내니 다른 것이 몰려와서 훼방을 놓지는 않았다. 간대 두드리는 소리도 들리지 않았다. 세가 자제들은 한곳에 모여 인원수를 셌다. 하나도 빠짐없이 다 있었다. 위무선은 남경의를 받아 그의 이마를 짚었다. 열이 조금 있었다. 주시가 뿜어낸 가루를 마신 다른 소년들도 마찬가지였다. 위무선은 남경의의 눈꺼풀을 뒤집으며 말했다.

"혀 내밀어 봐, 아―."

"아―."

남경의가 혀를 내밀었다.

"음, 축하해. 시독(尸毒)이 올랐네."

"이게 무슨 축하할 일이야?!"

금릉이 쏘아붙였다.

"이것도 다 인생 경험이지. 늙어서 얘깃거리도 생기고."

보통 시변자에게 물리거나 상처에 시변자의 나쁜 피가 감염되었을 경우 시독에 중독된다. 수선자는 주시가 다가와 무는 경우가 거의 없어 주시 독을 해독하는 단약을 늘 몸에 지니고 다니는 사람도 없었다.

"모 공자, 잘못되는 거 아니죠?"

남사추가 걱정스러운 듯이 물었다.

"지금까진 괜찮은데 혈액 안으로 들어가 전신으로 퍼져 심장으로 들어가면 큰일이지."

위무선이 대답했다.

"어…… 어떻게 됩니까?"

"시체 상태가 어땠는지에 따라 달라. 조금 괜찮은 거였으면 썩어서 냄새가 날 테고, 조금 심한 거였으면 강시로 변해 콩콩 뛰어다니겠지."

위무선과 남사추의 대화에 중독된 세가 자제들이 놀라 일제히 숨을 들이마셨다.

"치료하고 싶어?"

모두 힘차게 고개를 끄덕였다.

"치료하고 싶으면 말 잘 들어. 지금부터 내가 하는 말 잘 들어야 해. 모두, 다."

위무선이 말했다.

소년들 중에는 위무선을 모르는 사람도 많았지만, 그가 함광군과 동년배처럼 허물없이 대하고 직접 이름을 부르며, 게다가 지금 자신들은 요사스러운 안개가 자욱하고 괴기스러운 의성에 있었고 중독되어 열이 나니 불안해서 본능적으로 의지할 사람을 찾았는데, 위무선의 말투에는 걱정이라곤 하나도 없고 알 수 없는 자신감이 묻어나 자기도 모르게 위무선에게 끌려가 대답했다.

"네!"

"무조건 내가 시키는 대로 다 해야 돼. 반항은 금물이야. 알았어?"

위무선은 욕심이 한도 끝도 없었다.

"알겠습니다!"

"모두 일어나. 중독되지 않은 사람이 중독된 사람을 업어. 어깨 동무해서 부축하거나 들고 가야 하면 머리와 심장이 위로 향하도록 하고."

위무선이 손뼉을 치며 말했다.

"걸을 수 있는데 왜 들려가야 하지?"

"오라버니, 네가 펄쩍펄쩍 뛰면 피가 아주 빨리 돌겠지, 그러면 심장으로 들어가는 속도도 빨라지지 않겠어? 그러니 움직임을 최소로 해야. 안 움직이는 게 제일 좋고."

남경의의 말에 위무선이 대답했다.

소년 몇이 즉시 판자처럼 뻣뻣하게 서자 동료들이 그들을 들어 올렸다.

"방금 그 독 가루를 내뿜은 주시 정말 숨을 쉬었다고."

소년이 웅얼거렸다.

"말했잖아. 숨을 쉬는 건 산 사람이라고."

그를 든 소년이 숨을 가쁘게 몰아쉬며 불만을 터뜨렸다.

"모 공자, 준비 다 했습니다. 어디로 갈까요?"

남사추가 말했다.

제일 착하고 제일 말 잘 듣고 제일 걱정을 더는 게 남사추였다.

"당분간 성 밖으로 못 나갈 테니 가서 문을 두드려야지."

위무선이 말했다.

"무슨 문을 두드려?"

금릉이 물었다.

위무선이 잠시 생각하더니 대답했다.

"집 말고 문 달린 게 또 뭐가 있어?"

"우리더러 여기 있는 집에 들어가라고? 밖에도 위험한데 집 안에 뭐가 숨어서 우리를 엿보고 있을 줄 누가 알아."

금릉의 말에 소년들은 정말 수많은 눈이 짙은 안개와 집에 숨어서 자신들의 일거수일투족을 주시하고 말을 듣고 있는 것 같아 등골이 오싹했다.

"맞아, 밖이 더 위험한지 집 안이 더 위험한지 모르지. 하지만 밖이 이런데 안이 나빠 봐야 얼마나 더 나쁘겠어. 가자, 더 지체해선 안 돼. 해독해야지."

소년들은 위무선의 말을 따르는 수밖에 없었다. 위무선의 당부대로 모두 앞 사람의 칼집을 잡아 안개 속에서 흩어지는 걸 막았다. 줄지어 가면서 집마다 쾅쾅 문을 두드렸다. 금릉이 한참을 힘껏 두드렸지만, 반응이 있는 집이 없었다.

"이 집에 사람이 없는 것 같으니 들어가지."

"누가 아무도 없는 집에 들어가라고 했어? 계속 두드려. 사람이 있는 집에 들어가야 해."

위무선의 목소리가 멀리서 들려왔다.

"사람이 있는 집을 찾는 거야?"

금릉이 말했다.

"응. 잘 두드려. 방금 너무 세게 두드렸어. 예의 없이."

위무선의 말에 화가 난 금릉은 나무문을 걷어차려고 했으나 씩씩대며 땅에 발만 구르고 말았다.

거리 옆에 있는 집들은 문이 모두 굳게 잠겨 있었고 아무리 두드려도 꿈쩍도 하지 않았다. 금릉은 점점 초조해지고 기운도 많이 빠졌다. 반면 평온한 상태를 유지한 남사추는 열세 번째 가게의 문을 두드리며 수차례 반복한 말을 다시 읊었다.

"계십니까? 누구 안 계세요?"

별안간 문짝이 움직이고 가늘고 검은 틈이 벌어졌다.

문 안쪽은 어두워 문틈 뒤에 뭐가 있는지 보이지 않았고 문을 연 사람도 말이 없었다. 가까이 있던 소년들이 저도 모르게 뒤로 한 발 물러났다.

"주인이십니까?"

남사추가 마음을 가라앉히고 물었다.

한참 뒤 늙고 괴상한 목소리가 문틈으로 흘러나왔다.

"네."

위무선이 다가와 남사추의 어깨를 툭툭 치며 뒤로 물러나게 했다.

"주인장, 우리가 이곳에 처음 왔는데요. 안개가 너무 짙어 방향을 잃었습니다. 오래 걸어 피곤한데 좀 쉬어갈 수 있겠습니까?"

위무선이 묻자 기괴한 목소리가 대답했다.

"이곳은 쉬는 곳이 아니오."

"하지만 다른 가게에는 사람이 없어서요. 주인장 정말 안 되겠습니까? 사례는 충분히 하겠습니다."

위무선은 이상한 점이 전혀 없다는 듯이 평소처럼 말했다.

"어디서 돈이 나서 사례를 충분히 해? 미리 말하는데 나 너한테 절대 돈 안 빌려줘."

금릉이 참지 못하고 말했다.

"봐, 이게 뭔지."

위무선이 돈주머니를 금릉 앞에 대고 흔들며 말했다.

"간이 너무 큰 거 아닙니까! 그건 함광군 거잖아요!"

남경의가 깜짝 놀라 말했다.

말다툼하고 있는데 문틈이 조용히 조금 열렸다. 안에 뭐가 있는지는 잘 보이지 않았지만 문 뒤에 은발의 표정 없는 노부인이 서 있는 것은 보였다.

노부인은 허리와 등이 굽어 늙어 보였지만 주름과 검버섯은 많지 않아 아주머니라고 해도 될 것 같았다. 그녀는 문을 열고 몸을 한쪽으로 비켜 그들이 들어오도록 했다.

"정말 들어가도 된다는 거야?"

금릉이 너무 의아해 작은 소리로 말했다.

"당연하지. 내가 한쪽 발로 문틈을 막고 있어서 문을 닫고 싶어도 못 닫았거든. 계속 안 들여 보내주면 아예 문을 걷어찼을 거야."

위무선이 말했다.

"……."

금릉은 말문이 막혔다.

이곳 의성은 기괴하고 으스스해 이곳에 사는 사람도 절대 보통 사람이 아닐 것 같았다. 노부인의 수상쩍은 행동에 세가 자제들은 속으로 찜찜했지만 어쩔 수 없었다. 들어가고 싶지 않아도 안팎으로 길이 없었고 중독된 이후 뻣뻣하게 서서 움직이지도 못하는 동료가 있어서 안으로 들어가는 수밖에 없었다. 노부인은 냉담한 태도로 한쪽에 서 있다가 그들이 다 들어오자 즉시 문을 닫았다. 집 안은 바로 다시 캄캄해졌다.

"주인장께선 왜 등불을 안 켜고 계십니까?"

위무선이 물었다.

"등은 탁자 위에 있으니 알아서 켜시오."

노부인이 대답했다.

마침 남사추가 탁자 옆에 있어 천천히 더듬어 오래 묵은 등잔을 찾아냈다. 남사추가 화부(火符)를 꺼내 '후' 불어 불을 붙인 다음 심지에 갖다 댔다. 무의식적으로 눈을 들어 본 순간 발끝에서 머리 꼭대기까지 냉기가 덮쳐 와 머리 가죽이 혹 하고 저릿했다.

이 가게의 당옥[#59]에 발 디딜 틈 없이 빽빽하게 사람들로 꽉 차 있었다. 두 눈을 둥그렇게 뜨고 눈도 깜박거리지 않은 채 그들을 노려보고 있었다.

남사추는 손에 힘이 쭉 빠졌다. 들고 있던 등잔을 땅에 떨어뜨리려는 순간, 위무선이 등잔을 재빨리 받아 들고 남사추의 손에서 타고 있는 화부에 갖다 대 불을 붙인 뒤 탁자 위에 놓았다.

"이것들 전부 주인장께서 직접 만드신 겁니까? 솜씨가 대단하십니다."

그제야 소년들은 온 집안에 서 있는 게 진짜 사람이 아니라 종이 인형이라는 것을 깨달았다.

종이 인형들은 얼굴과 몸이 진짜 사람만큼 컸고 매우 정교했으며 남자와 여자, 아이도 있었다. 남자는 모두 '음력사'로 건장하고 노기충천한 모습이었다. 여자는 모두 예쁘게 생긴 미녀였다. 머리를 양쪽으로 말아 올리거나 구름처럼 높이 틀어 올리고 품이 넓은 종이옷을 입었어도 자태가 아름다웠다. 종이옷은 진짜 비단 두루마기보다 문양이 더 정교하고 아름다웠다. 색을 입힌 것은 울긋불긋하고 강렬했고, 아직 색을 입히지 않은 것은 하얀색이었다. 종이 인형 얼굴의 두 뺨에 붉은색 연지를 찍어 산 사람 얼굴에 드러나는

#59 당옥(堂屋) 거실.

혈색을 표현했지만, 눈동자는 아직 그리지 못한 것처럼 눈구멍이 전부 흰색이어서 붉은 뺨과 대비를 이뤄 더 음산해 보였다.

당옥 안 다른 탁자에 크기가 다른 초가 있었다. 위무선이 초에 하나하나 불을 붙이자 노란 불빛이 집안의 반 정도를 비추었다. 종이 인형 외에도 좌우 양쪽에 큰 화환이 놓여 있었고 구석에 종이 금원보[#60], 지전, 보탑이 작은 산을 이루고 있었다.

금릉은 검을 3분의 1 정도 뽑았다가 장례용품 가게라는 것을 알고 조용히 한숨을 돌리며 검을 집어넣었다. 선문 세가에서는 수사가 세상을 떠나도 민간에서처럼 이렇게 부산하고 으스스한 겉치레는 하지 않기 때문에 볼 기회가 적었다. 처음 봤을 때의 놀라움이 지나자 호기심이 일었다. 소름이 돋긴 했지만 야렵할 때 나타나는 일반적인 요수보다 훨씬 자극적이었다.

안개가 아무리 짙어도 집 안까지 들어오진 못했다. 의성에 들어온 뒤로 그들은 처음으로 앞 사람의 얼굴이 잘 보여 훨씬 안도감이 들었다. 위무선은 소년들이 긴장을 푸는 모습을 보고 다시 노부인에게 물었다.

"주방을 좀 써도 되겠습니까?"

노부인은 빛을 싫어하는 듯 등잔불을 매섭게 노려보며 말했다.

"주방은 뒤에 있으니 알아서 쓰시오."

말이 끝나자 노부인은 역귀라도 피하듯 다른 방으로 들어가 버렸다. 문 닫는 소리가 어찌나 큰지 화들짝 놀랄 지경이었다.

"이상한 할멈이야. 정말 괴팍하네! 너……."

금릉이 말했다.

#60 **금원보(金元寶)** 과거 중국에서 통용되던 말발굽 모양의 돈.

"됐어, 그만해. 누구, 나 도와줄 사람?"

위무선이 말했다.

"제가 할게요."

남사추가 재빨리 말했다.

"그럼 난 어떻게 해?"

남경의가 꼿꼿하게 선 채로 말했다.

"계속 서 있어. 움직이지 말라면 움직이지 않는 거야."

위무선이 말했다.

남사추는 위무선을 따라 뒤쪽에 있는 주방으로 갔다. 주방으로 들어가자 악취가 훅 덮쳐 왔다. 평생 이런 이상한 냄새를 맡아 본 적이 없었던 남사추는 눈앞이 아찔했지만 밖으로 뛰쳐나가고 싶은 마음을 꾹 참았다. 뒤따라온 금릉은 문 안으로 한 발 들여놓자마자 밖으로 튀어 나가 미친 듯이 손을 내저으며 말했다.

"이게 무슨 냄새야?! 해독할 생각은 안 하고 도대체 여기서 뭐 하는 거야?!"

"어? 너 마침 잘 왔다. 내가 너 부르려는 거 어떻게 알았어? 이리 와서 좀 도와."

"도와주러 온 거 아니야! 으윽! 누가 사람 죽이고 묻는 걸 잊기라도 한 거야?!"

"금 아씨, 올 거야, 말 거야? 들어와 돕든지 아니면 가서 딴 사람 불러와."

"누구더러 아씨래. 너 말 좀 조심해서 해!"

금릉이 버럭 화를 냈다.

금릉은 코를 잡고 들어갈까 말까 고민하다가 말했다.

"네가 대체 무슨 수작을 부리는지 한번 봐야겠어."

그러면서 화가 잔뜩 난 듯이 옷을 들어 올리고 들어왔다. 위무선이 쾅 하고 바닥에 놓인 상자를 열자 악취의 출처가 모습을 드러냈다. 상자 안에 돼지 다리 하나와 닭 한 마리가 들어 있었다. 붉은색 고기는 초록색으로 변했고 하얀 작은 구더기가 웅크리고 있었다.

금릉이 다시 밖으로 튀어 나갔다. 위무선은 상자를 들어 금릉에게 건네며 말했다.

"갖다 버려. 아무 데나 버려. 우리가 냄새를 안 맡을 수 있으면 돼."

금릉은 토할 것 같았지만 위무선의 말대로 갖다 버리고 손수건을 꺼내 손가락을 박박 문지른 다음 손수건도 버렸다. 주방으로 돌아오자 위무선과 남사추가 뒷마당에 있는 우물에서 물을 길어다 부엌을 청소하고 있었다.

"지금 뭐 하는 거야?"

금릉이 물었다.

"보시는 대로 부뚜막 닦고 있습니다."

남사추가 열심히 닦으며 말했다.

"부뚜막 닦아서 뭐 하게. 음식 만들 것도 아닌데."

금릉이 말했다.

"누가 아니래? 바로 음식 만들려는 거야. 너도 이리 와서 위에 있는 거미줄 좀 치워."

위무선이 너무 당당하고 당연한 듯이 말해 금릉은 자기도 모르게 들어가 빗자루를 들고 시키는 대로 했다. 그러나 곧 이상함을 깨닫고 위무선의 머리 쪽으로 빗자루를 내던지려던 순간, 그가 다른 상자를 여는 모습이 눈에 들어왔다.

금릉은 지레 겁을 먹고 즉시 뛰쳐나갔지만, 다행히 이번에는 악취가 코를 찌르지는 않았다.

세 사람이 빠르게 움직이자 얼마 뒤 주방이 깨끗하게 탈바꿈했다. 사람 손길이 더해지자 오랫동안 버려졌던 흉가 같지 않았다. 구석에 있던 장작을 부뚜막 아래에 넣고 화부로 불을 붙인 다음 깨끗이 씻은 솥을 걸어 달궈서 물을 끓였다. 위무선은 두 번째 상자에서 찹쌀을 꺼내 잘 씻은 다음 솥에 넣었다.

"죽 끓이게?"

금릉이 물었다.

"응."

위무선의 대답에 금릉이 행주를 내던졌다.

"네 꼴 좀 봐, 일 좀 했다고 바로 화내고. 사추를 좀 봐라, 일을 제일 많이 했는데 불평 한마디 안 하잖아. 죽이 뭐가 어때서?"

"죽이 뭐가 좋아? 싱겁고 맛대가리 없지! 아니다……, 내가 화낸 게 죽 때문인 줄 알아?!"

"어쨌든 너 줄 거 아니야."

"무슨 소리야? 내가 이렇게 오랫동안 일했는데 내 몫도 없어?!"

금릉은 더 화가 났다.

"모 공자, 죽이 해독 작용을 합니까?"

남사추가 위무선을 향해 물었다.

"응. 하지만 주시의 독을 해독하는 건 죽이 아니라 찹쌀이야. 민간요법이지. 보통 물린 상처에 찹쌀을 발라. 앞으로 혹시 이런 상황이 닥치면 한번 해봐. 많이 아프긴 하지만 즉시 효과가 나타나니까. 그런데 이번에는 물린 게 아니라 주시의 독 가루를 흡입한 거라 죽을 만들어 먹는 거지."

위무선이 웃으며 말했다.

"아, 그래서 꼭 사람이 있는 집으로 들어가야 한다고 한 거군요. 사람이 살아야 부엌이 있고 부엌에 찹쌀이 있을 테니."

남사추가 문득 깨달았다는 듯이 말했다.

"이 찹쌀이 얼마나 오래됐는지, 먹을 수 있는 건지 누가 알아? 게다가 이 부엌은 최소 1년은 사용하지 않은 거 같은데. 온통 먼지에 고기도 썩고. 저 할멈은 1년 동안 아무것도 안 먹고 살았다는 거야? 오곡을 끊는 벽곡(辟穀) 수련을 할 리도 없는데 어떻게 아직도 살아 있지?"

금릉이 말했다.

"어쩌면 이 집에 계속 사람이 안 살았고 그녀는 이곳 주인이 아닐 수도 있지. 아니면 그녀는 안 먹어도 됐는지도 모르고."

위무선이 말했다.

"먹을 필요가 없으면 그건 죽은 사람입니다. 하지만 저 노인은 분명히 숨을 쉬었어요."

남사추가 작은 소리로 말했다.

위무선은 잡다한 용기에 든 것을 손에 잡히는 대로 솥에 넣고 주걱으로 휘휘 저으며 말했다.

"맞다. 너희 어떻게 같이 의성에 오게 되었는지 다 말하지 않았잖아? 이렇게 우연히 우리랑 딱 마주치기가 쉽지 않은데?"

두 소년의 얼굴빛이 어두워졌다.

"나랑 남가 사람들, 그리고 다른 가문 사람 몇이 같은 것을 쫓아 여기까지 왔어. 나는 청하에서 쫓아왔고."

금릉이 말했다.

"저희는 랑야에서 쫓아왔습니다."

남사추가 말했다.

"뭘?"

위무선이 물었다.

"모릅니다. 얼굴을 드러내지 않아 우리도 도대체 어떤 것인지, 사람인지…… 아니면 조직인지도 아직 몰라요."

남사추가 고개를 저으며 말했다.

지난 며칠 동안 금릉은 외숙을 속여 따돌리고 위무선을 놓아주었기 때문에 이번에는 정말 외숙이 자기 다리를 부러뜨릴까 봐 걱정했다. 그래서 몰래 도망쳐 강징의 화가 풀릴 때까지 며칠 기다렸다가 나타나기로 했다. 자전은 강징의 심복에게 돌려주고 도망쳤다. 금릉은 청하의 작은 성을 벗어나 다음 야렵 장소를 찾아 나섰다. 객잔에 머물면서 밤에 방에서 주문을 외우고 있는데 금릉 옆에 엎드려 있던 선자가 갑자기 문밖을 향해 짖었다. 깊은 밤이라 영견이 짖는 것을 저지했더니 문 두드리는 소리가 들렸다.

선자는 짖지는 못하고 으르렁거리며 발톱으로 미친 듯이 바닥을 긁었다. 금릉은 경계하며 누군지 물었지만 아무 소리도 들리지 않아 그냥 내버려 두었다. 반 시진 후에 다시 문 두드리는 소리가 났다.

금릉은 선자를 데리고 창문을 넘어 객잔을 빙 돌아 아래에서 위층에 있는 자기 방으로 올라갔다. 뒤에서 방문자를 불시에 습격해 도대체 누가 야밤에 농간을 부리는지 보려고 했다. 하지만 허탕이었다. 조용히 지켜봤지만 방문 앞에는 아무도 없었다.

금릉은 선자에게 방문을 지키게 하고 습격에 대비하려고 밤새 잠도 안 잤다. 그러나 그날 밤에는 아무 일도 일어나지 않았다. 문밖에서 물방울이 똑똑 떨어지는 것 같은 이상한 소리만 들렸다.

다음 날 새벽, 문밖에서 비명이 들렸다. 금릉이 문을 박차고 나가다 한 발이 질퍽한 피를 밟자 문 위에서 어떤 물체가 떨어졌다. 다행히 재빨리 몸을 뒤로 빼 맞지 않았다.

그것은 검은 고양이였다!

누군가 금릉의 방문 위에 죽은 고양이를 달아놓은 것이었다. 밤새 들렸던 이상한 물방울 소리는 바로 고양이의 피가 흐르는 소리였다.

"객잔을 바꿔도 마찬가지였어. 그래서 죽은 고양이가 나타났다는 곳을 찾아다녔지. 누군가의 농간이 분명했으니까."

금릉이 말했다.

"너희들도?"

위무선이 남사추를 가리키며 말했다.

"맞습니다. 며칠 전 랑야에서 야렵을 했어요. 어느 날 밤 저녁을 먹는데 국에서 껍질이 안 벗겨진 고양이 머리가 나왔습니다……. 원래는 저희를 겨냥한 것인 줄 몰랐습니다. 그날 객잔을 바꿔 쉬고 있는데 그 방 이불에서 죽은 고양이가 발견됐어요. 며칠 동안 계속 그랬어요. 저희는 약양까지 쫓아갔고요, 거기서 금 공자를 만나 이야기를 나눠보니 저희가 같은 것을 쫓고 있더군요. 그래서 같이 행동하기로 했습니다. 오늘 이 일대에 도착해 석비 앞에 있는 마을에서 한 사냥꾼에게 물어보니 의성을 알려줬습니다."

남사추가 고개를 끄덕이며 말했다.

'사냥꾼이라고?'

위무선이 속으로 생각했다.

소년들이 석비 앞에 있는 마을을 지난 시간은 분명 그들보다 늦었을 것이다. 하지만 자신들은 사냥꾼은 못 봤고 닭에게 모이를 주던 수줍음 많은 농가의 여자들만 보았다. 남자들은 물건을 운반하러 가서 한참 뒤에나 돌아온다고 했다.

위무선은 생각할수록 심상치가 않아 표정이 굳어졌다.

그간의 이야기를 들으니 상대는 고양이를 죽여 밖에 내다 버린 것 외에는 다른 짓은 하지 않았다. 소름 돋는 이야기지만, 실질적인 피해를 주지는 않았고 그들의 호기심만 자극했다.

그리고, 소년들이 만난 곳은 약양이었고 위무선과 남망기도 마침 약양에서 남하해 촉동으로 왔다. 보아하니 누군가 일부러 사리에 어두운 소년들과 두 사람을 한곳에 모이게 한 것 같았다.

경험이 적어 상황 판단을 잘 못하는 소년들을 위험한 미지의 지점으로 모이게 하고 살기등등한 흉시와 맞서게 한다. 이건 모가장의 일과 똑같지 않은가?

하지만 그래도 이것은 복잡한 일이 아니었다. 현재 위무선의 마음에 걸리는 것은…… 음호부가 지금 당장 의성 안에 있을지도 모른다는 점이었다.

이 가능성은 위무선 자신도 받아들이고 싶지 않지만 그게 가장 합리적인 설명이었다. 반쪽짜리 음호부도 복원해내는 사람이 있었을 정도다. 물론 설양이 처리됐다고는 하지만 설양이 복원한 음호부가 또 다른 누군가의 손에 들어갔을지 누가 알겠는가?

바로 그때 남사추가 바닥에 쪼그리고 앉아 장작을 넣고 고개를 들며 말했다.

"모 선배, 찹쌀죽이 다 된 거 같습니다."

위무선이 정신을 차리고 휘젓던 주걱질을 멈추고 남사추가 방금 씻어 놓은 그릇에 가득 담아 맛보며 말했다.

"좋아. 가지고 나가서 중독된 사람들에게 한 그릇씩 먹여."

그러나, 남경의가 겨우 한 입 먹고는 내뿜었다.

"이게 뭡니까, 독약이에요?!"

"독약은 무슨, 해독제라니까! 찹쌀죽."

위무선이 말했다.

"찹쌀이 왜 해독을 하는지는 몰라도, 이렇게 매운 찹쌀죽은 처음 먹어요!"

남경의의 말에 다른 소년들도 고개를 끄덕였다. 모두 눈물이 글썽한 모습에 위무선은 턱을 쓰다듬었다. 위무선은 운몽에서 자라 매운 것을 잘 먹었다. 운몽 사람들은 매운 것을 즐기는데 위무선은 더 매운 것을 좋아해 그가 손을 대기만 하면 강징조차 맵다고 소리치며 집어 던질 정도였다. 하지만 위무선은 솥에 한 주걱 또 한 주걱 재료를 더하는 것을 멈추지 못했다. 조금 전에도 멈추지 못한 듯했다. 남사추가 호기심에 한 입 먹어보더니 얼굴이 새빨개져 입을 틀어막고 기침을 참았다. 남사추는 두 눈이 다 빨개져 생각했다.

'이 맛은…… 분명 끔찍하지만 어디서 먹어본 것도 같은데…….'

"약은 3분의 1이 독이라잖아. 매우면 몸에서 땀이 나서 더 빨리 회복된다고."

위무선이 태연하게 말했다.

소년들은 '아……' 하며 불만을 표하면서도 얼굴을 구기며 죽을 다 먹었다. 순식간에 얼굴이 벌게져 땀을 뻘뻘 흘리며 괴로워하면서 사는 게 죽는 것보다 못하다고 생각했다.

"그 정도야? 함광군도 고소 사람인데 매운 거 잘 먹던데, 너희는 어째 이 모양이야?"

위무선이 물었다.

"아닙니다, 선배. 함광군은 담백한 음식을 좋아하세요. 여태껏 매운 걸 한 번도 안 드셨어요……."

남사추가 입을 막으며 말했다.

"그래?"

위무선이 놀라 말했다.

하지만 위무선의 기억은 달랐다. 전생에 위무선은 운몽 강씨를 배반하고 나와 이릉에서 남망기를 한 번 만난 적이 있었다. 그때 위무선은 사람들에게 온갖 비난을 받고 있었지만 죽이자고 덤비는 정도는 아니어서 얼굴에 철판을 깔고 남망기와 식사를 하며 이야기를 나눴다. 남망기가 산초가 들어간 매운 음식만 시켰기 때문에 위무선은 여태까지 남망기와 입맛이 비슷하다고 생각했다.

지금 생각해보니 그 음식들을 남망기가 먹었는지는 잘 모르겠다. 밥 먹기 전에 위무선은 자기가 낸다고 했지만 먹고 난 다음에는 잊어버려 남망기가 계산을 했으니 그런 자세한 부분은 자연스럽게 잊었다.

왜 그런지 모르겠지만, 갑자기 위무선은 매우 남망기가 보고 싶어졌다.

"……선배, 모 선배!"

"응?"

남사추의 부름에 위무선은 그제야 정신을 차렸다.

"노부인의 방문이…… 열렸습니다."

남사추가 작은 소리로 말했다.

2

어디서 바람이 불었는지 작은 방 방문에 틈이 벌어져 열렸다 닫혔다 했다. 방 안은 매우 컴컴했고 탁자 앞에 앉아 있는 그림자가 어렴풋하게 보였다. 위무선은 소년들에게 움직이지 말라고 하면서 방으로 들어갔다.

방 안으로 등잔과 촛불 빛이 들어왔다. 노부인은 사람이 들어온 것을 느끼지 못했는지 움직이지 않았다. 무릎 위에 천을 팽팽하게 끼운 수틀이 있는 게 수를 놓을 모양이었다. 두 손을 뻣뻣하게 모아 쥐고 있는 모습이 바늘에 실을 꿰려는 것 같았다.

"등도 안 켜고 바늘에 실을 꿰시려고요? 제가 하지요."

위무선이 탁자 옆에 앉으며 말했다.

그는 실과 바늘을 받아 들고 단번에 꿰어 노부인에게 건넸다. 그리고 아무 일도 없었다는 듯이 방에서 나와 방문을 닫았다.

"모두 들어가지 마."

위무선이 말했다.

"들어가 보니 어때, 마귀할멈 도대체 살았어, 죽었어?"

금릉이 물었다.

"마귀할멈이라니, 예의 없이. 저 노부인은 활시야."

소년들이 어리둥절해 서로의 얼굴을 쳐다봤다.

"활시가 뭡니까?"

남사추가 물었다.

"머리부터 발끝까지 시체의 특징이 있지만, 살아 있는 사람을 활시라고 하지."

"네 말은 그녀가 산 사람이라는 거야?"

금릉이 깜짝 놀랐다.

"너희들 방금 방 안 들여다봤어?"

"봤어요."

"뭘 봤지? 그녀가 뭘 하고 있었지?"

"바늘에 실을 꿰고 있었지요."

"잘 꿨나?"

"……아니요."

"맞아, 못 꿨지. 죽은 사람은 근육이 경직돼서 바늘에 실을 꿰는 것같이 복잡한 동작을 할 수 없어. 그녀의 얼굴에 있는 것은 검버섯이 아니라 시반이야. 게다가 그녀는 밥을 먹지 않지만 숨은 쉬지, 살아 있는 거야."

"하…… 하지만 저 노인은 나이가 많으니, 노인은 눈이 나빠 실을 못 꿰잖아요."

남사추가 말했다.

"그래서 내가 도와준 거야. 하지만 너희들 뭐 다른 거 주의 깊게 본 거 없어? 대문을 열고 들어와서 지금까지 그녀는 한 번도 눈을 깜박이지 않았어."

소년들은 연신 눈을 깜박거렸다.

"살아 있는 사람은 눈이 건조해지는 걸 막기 위해서 눈을 깜박이지만 죽은 사람은 그럴 필요가 없지. 그리고 내가 실과 바늘을 가져갈 때 그녀가 나를 어떻게 봤는지 알아차린 사람?"

"눈을 돌리지 않고…… 머리를 돌렸어!"

금릉이 말했다.

"바로 그거야. 사람은 보통 다른 방향을 볼 때 눈도 같이 움직이잖아. 그런데 죽은 사람은 그렇게 못해. 그들은 눈을 움직이는 것처럼 미세한 동작을 할 수 없어서 고개와 목을 돌리는 거야."

"필기해야 하는 거 아니야?"

남경의가 멍하니 말했다.

"좋은 습관이야. 하지만 야렵할 때 필기할 시간이 어딨어. 그냥 마음에 새겨."

"주시도 충분히 사악한데 활시 같은 게 왜 생긴 거야!"

금릉이 이를 악물며 말했다.

"활시는 자연적으로 만들어지긴 어려워. 보통 누군가 그렇게 만든 거지. 이 경우도 그렇고."

"만들어진 거라고요?! 왜요?!"

"죽은 사람은 단점이 많아. 근육이 경직되고 행동이 느리지. 하지만 장점도 많아. 통증을 느끼지 못하고 생각을 못 하고 통제하기가 쉽거든. 어떤 사람은 죽은 자의 단점을 개선해 완벽한 꼭두각시를 만들어낼 수 있다고 생각했어. 활시는 그래서 생긴 거야."

위무선의 설명에 소년들은 말은 하지 않았지만, 얼굴에 '그자는 분명 위! 무! 선! 일 거야.'라고 크게 쓰여 있었다.

위무선은 속으로 '난 그런 거 만들어본 적이 없다고!'라고 씁쓸하게 외쳤다.

물론 위무선이 할 법한 일로 보이기는 하지만!

"크흠, 그래. 위무선이 시작은 했지. 하지만 그는 온녕을 성공적으로 만들어냈어. 바로 귀장군 말이야. 사실 늘 묻고 싶었는데 누가 그런 별명을 지은 거야? 그렇게 멍청한 이름으로. 아무튼, 귀장군을 흉내 내려고 했지만 그러지 못하고 사도로 빠진 무리가 산 사람에게 눈을 돌려 활시라는 걸 만들어냈지. 일종의 실패한 모방물이랄까."

위무선이 총정리를 했다.

위무선의 이름을 들은 금릉의 표정이 싸늘해졌다.

"위영 자체가 사도인데."

금릉이 멸시하는 듯 말했다.

"그래, 그렇다면 활시를 만든 자는 사도 중에서도 사도지."

위무선이 말했다.

"모 선배, 그럼 이제 우리 어떻게 해야 합니까?"

남사추가 물었다.

"활시 중에는 자기가 이미 죽은 줄 모르는 것도 있어. 우리가 본 저 노부인도 상황을 모르는 듯하니 일단 저대로 놔두는 게 좋을 것 같아."

위무선이 말했다.

바로 그때, 갑자기 간대 두드리는 소리가 울렸다.

소리는 창문 쪽에서 들려왔다. 창문은 검은색 목판으로 한줄 한줄 봉해져 있었다. 당옥에 있던 세가 자제들의 얼굴이 하얗게 질렸다. 그들은 이 성에 들어온 뒤로 이 소리 때문에 성가셨던 터라 들자마자 얼굴이 딱딱하게 굳었다. 위무선이 소리 내지 말라고 손짓하자 소년들은 숨을 죽이고 위무선이 창가로 다가가 목판 사이로 밖을 내다보는 것을 지켜봤다.

목판 틈 밖은 온통 하얀색이었다. 위무선은 집 밖의 안개가 너무 짙은 줄 알았다. 그러나 갑자기 이 하얀색이 빠르게 뒤로 후퇴하는 것이 아닌가.

위무선은 창문 틈을 매섭게 쏘아보는 흉흉한 흰 눈동자를 바라봤다. 방금 위무선이 본 하얀색은 안개가 아니라 눈동자가 없는 눈이었다.

금릉과 소년들은 심장이 쿵쿵 뛰었다. 위무선이 밖을 훔쳐보다가 무슨 일을 당해 눈을 감싸며 넘어질까 봐 걱정스러웠다.

위무선의 "아." 하는 소리에 소년들은 심장이 튀어나오고 털이 곤두서는 것 같았다.

"왜 그래요!"

"쉿, 조용. 내가 지금 보고 있잖아."

위무선이 아주 작은 소리로 말했다.

"도대체 뭘 봤는데? 문밖에 뭐가 있어?"

금릉이 위무선보다 더 작은 소리로 물었다.

위무선은 시선을 돌리지 않고 계속 정면을 쳐다보며 말했다.

"응응…… 응…… 대단해, 아주 대단해."

위무선의 옆얼굴은 즐거움이 가득했고 마음에서 저절로 감탄이 우러나오는 것 같아 세가 자제들은 긴장보다 호기심이 커졌다.

"……모 선배, 뭐가 대단하다는 겁니까?"

남사추가 결국 물었다.

"와! 정말 대단한데. 목소리들 낮춰. 놀라 도망가면 어떻게 해. 나도 아직 충분히 못 봤다니까."

"비켜! 내가 볼 거야."

금릉이 말했다.

"나도!"

"정말 볼 거야?"

위무선이 물었다.

"응!"

위무선은 싫다는 듯이 느릿느릿 비켜섰다. 금릉이 제일 먼저 나서서 목판 틈에 눈을 대고 밖을 쳐다봤다.

때는 이미 밤이었다. 공기가 서늘해지고 안개도 많이 사라져 몇 장 밖 거리까지 흐릿하게 보였다. 금릉은 아무리 봐도 그 '정말 대단한' 것이 보이지 않아 조금 실망하면서 '방금 내가 말해서 놀라 도망이라도 갔나?' 하고 생각했다.

시시하다고 생각하는 찰나 작고 마른 그림자가 판자 앞으로 갑자기 나타났다.

준비할 새도 없이 그것의 전체 모습을 정면으로 본 금릉은 머리 가죽이 다 폭발해버리는 것 같았다. 금릉은 소리를 지를 뻔했지만, 뭔가가 가슴을 턱 막아 간신히 참았다. 금릉은 잔뜩 경직돼 허리를 굽힌 자세를 유지하고 머리에 쥐가 나는 느낌이 사라지는 것을 기다리다가 자기도 모르게 위무선을 쳐다봤다. 이 밉살스러운 인간은 창문 한쪽에 서서 입꼬리를 올린 채 자신을 향해 눈썹을 치켜세우고 묘한 웃음을 지었다.

"아주 대단하지?"

금릉이 위무선을 매섭게 째려봤다. 위무선이 일부러 장난치는 것인 줄 알아채고 이를 악물며 말했다.

"그러네……."

금릉은 몸을 펴고 아무렇지도 않은 척하며 말했다.

"별것 아니네, 그럭저럭 봐 줄 정도야!"

이렇게 말한 다음 한쪽으로 비켜섰다. 두 사람의 농간에 남은 소년들은 호기심이 극에 달했다. 남사추가 못 참고 창문 앞에 섰다. 그러나 눈을 갖다 대고 창밖의 것을 본 남사추는 아주 솔직하게 "악." 하고 외치며 펄쩍 뛰면서 뒤로 물러났다. 남사추는 놀라 어쩔 줄 모르겠는 표정으로 갈팡질팡하면서 위무선을 찾았다.

"모 선배! 밖에 그…… 그……."

"그게 있지? 말하지 마, 말하면 재미가 없잖아. 모두 와서 봐."

위무선이 태연하게 말했다.

소년들은 남사추가 놀란 모습을 보고 선뜻 나서지 못했다. 재미있는 게 아니라 깜짝 놀랄 만한 게 있는 것 같아 하나둘 손을 내저었다.

"안 볼래요, 안 봐!"

"이런 때도 사람을 속여먹다니, 넌 정말 무슨 생각을 하는지 모르겠다!"

금릉이 내뱉듯 말했다.

"너도 같이 속였잖아? 네 외숙 말투는 배우지 마. 사추, 방금 본 게 무서웠어?"

위무선이 물었다.

"네."

남사추가 고개를 끄덕이며 솔직하게 말했다.

"무서운 게 맞지. 이건 너희 수행에 아주 좋은 기회다. 귀신이 왜 무서울까? 사람이 놀라면 마음에 상처가 생겨 원신이 흔들리지. 이때 양기를 빼앗기기가 제일 쉬워. 그래서 귀신은 담이 센 사람을 제일 두려워해. 대담한 사람은 귀신을 무서워하지 않으니 어쩔 방법이 없거든. 그래서 세가 자제인 여러분의 첫 번째 임무는 바로 담력을 키우는 거야!"

남경의는 자기가 움직일 수 없어 보지 않은 게 다행이라고 생각하면서 "담력은 타고나는 건데 날 때부터 담력이 작은 사람은 어떻게 해?" 하고 중얼거렸다.

"너는 날 때부터 검을 타고 날아다닐 수 있었어? 다 열심히 수련해서 그렇게 된 거잖아. 같은 이치로, 놀라고 놀라다 보면 습관이 돼. 뒷간은 냄새가 고약하지? 구역질 나지? 하지만 뒷간에서 한 달만 생활하면 거기서 밥도 먹을 수 있을걸?"

"아니! 믿을 수 없어!"

위무선의 말에 소년들은 오싹해서 이구동성으로 외쳤다.

"그냥 예를 든 거야. 좋아, 인정하지. 나도 뒷간에서 살아본 적이 없어서 정말 밥을 먹을 수 있는지는 몰라. 하지만 문밖에 있는 것은 꼭 한 번 봐야 해. 그냥 보기만 하는 게 아니라 자세하게, 주의 깊게 봐야 해. 최단 시간에 사소한 부분까지 파악하고 그것이 숨기고 있는 약점을 찾아내는 거지. 위기의 순간에서도 침착하게 반격의 기회를 노리는 거야. 좋아, 이렇게 많이 말했으니 다들 알아들었겠지? 보통 사람은 내 가르침을 들을 기회가 없으니 귀하게 생각하라고. 뒤로 빼지 말고 줄 서서 한 명씩 보도록."

"……정말 봐야 해요?"

"당연하지. 농담도 장난도 아니라고. 경의부터 시작하자. 금릉과 사추는 봤으니."

"네? 전 됐어요. 중독된 사람은 움직이지 말라고 당신이 그랬잖아요."

남경의가 말했다.

"혀 내밀어 봐. 아—."

"아—."

남경의가 혀를 내밀었다.

"축하해, 다 해독됐어. 용감하게 첫발을 내딛는 거야, 자!"

"이렇게 빨리 해독됐다고요?! 나 속이는 거죠?!"

항의도 소용없자 남경의는 어쩔 수 없이 창가로 가서 창밖 한 번 보고 위무선을 한 번 보고, 창밖 한 번 보고 또 위무선을 한 번 봤다.

"뭐가 무서워. 내가 여기 있는데. 갑자기 판자를 뚫고 나와 네 눈알을 파먹을 일은 없다고."

위무선이 목판을 두드리며 말했다.

"다 봤어요!"

남경의가 후다닥 떼면서 말했다.

이어서 한 명씩 봤다. 소년들은 보면서 다들 쌕쌕거리며 거친 숨을 내쉬었다. 소년들이 다 보자 위무선이 말했다.

"다 봤지? 다들 뭘 봤는지 자세하게 말해봐. 내가 정리할게."

"흰 눈동자. 여자. 작고 말랐고 생김새는 그냥 그래. 간대를 들고 있었어."

금릉이 재빨리 말했다.

"여자아이의 키는 대략 제 가슴 정도고 옷은 남루하고 그다지 깨끗하지 않은 게 거리를 떠도는 걸인 같은 모습이었어요. 간대는 맹인용 지팡이인 것 같았고 흰 눈동자는 죽은 다음에 생긴 게 아니라 태어날 때부터 그런 것 같아요."

남사추가 말했다.

"금릉은 많이 봤지만 사추가 더 자세히 봤네."

위무선의 평가에 금릉이 입을 삐죽거렸다.

"이 소녀는 열대여섯 살 정도 되어 보였고 갸름한 얼굴에 청순하면서도 활력이 있어요. 긴 머리에 나무 비녀를 꽂았고 비녀 끝에는 작은 여우 얼굴이 조각돼 있었어요. 마르고 작고 체형은 날씬해요. 깨끗하지는 않지만 그렇다고 더럽지도 않아 사람들이 싫어할 정도는 아니에요. 단정하게 정돈하면 분명 귀여운 미인일 거예요."

한 소년이 말했다.

다 들은 위무선은 이 자제의 앞날이 밝겠다고 생각하면서 칭찬을 아끼지 않았다.

"좋아, 좋아. 자세하게 관찰했고 관점도 독특해. 이 친구는 앞으로 틀림없이 다정다감한 사내가 될 거야."

소년은 붉어진 얼굴을 손으로 가리고 벽을 향해 돌아서 친구들의 놀림을 피했다.

"간대 두드리는 소리는 그녀가 걸을 때 나는 거 같아요. 만약 생전에 이미 앞이 안 보였다면 죽어서 귀신이 됐어도 안 보일 테니 지팡이에 의지해야 할 거예요."

다른 소년이 말했다.

"틀렸어. 너희 맹인 못 봤어? 눈이 불편하니까 걸을 때나 행동할 때 어디 부딪칠까 늘 천천히 움직이잖아. 그런데 문밖의 저 망령은 행동이 민첩했어. 나는 저렇게 날쌘 맹인은 처음 봤다고."

또 다른 소년이 말했다.

"음, 거기까지 생각하다니 아주 좋아. 의문스러운 게 있으면 그게 어떤 것이든 흘려보내지 말고 분석해야 해. 그럼 우리 이제 그녀를 안으로 모셔서 의문점의 답을 들어볼까."

말이 끝나기가 무섭게 위무선이 목판을 떼어냈다. 집 안의 소년들은 물론 창밖에 있던 망령까지 위무선의 갑작스러운 행동에 깜짝 놀라 경계하며 간대를 들었다.

위무선은 우선 망령에게 인사하면서 물었다.

"낭자, 계속 우리를 따라왔는데 무슨 일이지요?"

소녀는 눈을 크게 떴다. 그녀가 산 사람이었다면 매우 사랑스러웠을 것이다. 그러나 그녀에게는 눈동자가 없었고 눈에서 피눈물이 흐르고 있어 더 무섭게 보였다. 뒤에 있던 소년 중 누군가가 숨을 훅 들이쉬었다.

"뭐가 무서워? 앞으로는 얼굴 구멍 일곱 개에서 전부 피가 흐르는 걸 자주 볼 텐데, 두 개에서 흐르는 것도 힘들어? 그래서 경험을 많이 쌓으라는 거야."

위무선이 말했다.

소녀는 앞서 계속 초조하게 그들의 창 앞에서 맴돌며 간대로 두드리고 발을 동동 구르며 눈을 부라리고 팔을 흔들었는데 이번에는 갑자기 동작을 바꾸었다. 연신 손짓을 하는 게 그들에게 무슨 말을 하려는 것 같았다.

"이상하네, 말할 줄 모르나?"

금릉이 말했다.

이 말에 소녀의 망령이 동작을 멈추더니 그들을 향해 입을 벌렸다.

새빨간 피가 아무것도 없는 입에서 뿜어져 나왔다. 그녀의 혀는 뿌리까지 잘린 상태였다.

세가 자제들은 소름이 쫙 끼쳤지만, 약속이나 한 듯 동정심이 일었다.

"그래서 말을 못 했구나. 게다가 맹인이라니, 불쌍해라."

"저 동작은 수화야? 누구 아는 사람?"

위무선이 말했다.

아는 사람이 없었다. 소녀는 급한지 계속 발을 동동 구르며 간대로 땅에 뭔가를 쓰고 그림을 그렸다. 하지만 그녀는 학자 가문 출신은 아닌 게 분명해 글을 모르는지 글을 쓰지는 못하고 뒤죽박죽으로 사람을 잔뜩 그려 도무지 무슨 말을 하고 싶은 것인지 알 수가 없었다.

바로 그때 거리 저쪽에서 급하게 뛰어오는 소리와 사람의 거친 숨소리가 들려왔다.

소녀의 망령이 순식간에 사라졌다. 그녀는 분명 다시 올 것이기 때문에 위무선은 걱정 없이 재빨리 목판을 다시 꽂고 틈 사이로 밖을 지켜봤다. 다른 세가 자제들도 창밖 상황이 궁금해 창 앞으로 모여들어 창문 맨 위에서부터 아래까지 머리통이 빽빽하게 늘어섰다.

방금까지는 안개가 조금 옅었는데 지금은 다시 짙어졌다. 궁지에 몰린 듯한 그림자가 하얀 안개 속에서 튀어나와 이리로 뛰어오고 있었다.

검은 옷을 입은 그는 상처를 입었는지 비틀거리며 뛰어왔다. 허리에 찬 검은 검은색 천으로 가리고 있었다.

"안개로 얼굴을 가렸던 사람인가?"

남경의가 소리를 죽이며 말했다.

"아닐걸. 몸놀림이 전혀 달라."

남사추가 작은 소리로 말했다.

그의 뒤로 주시 떼가 몰려오고 있었다. 행동이 매우 빨라 금방이라도 따라잡힐 것 같았다. 그는 검을 빼 대응했다. 맑고 투명한 검광이 안개를 갈랐다.

위무선은 속으로 '좋은 검이군!'이라고 찬사를 보냈다.

그러나 검을 휘두르자 다시 익숙한 '콰르르', '콰르르' 하는 괴상한 소리가 났다. 사지가 잘린 주시들이 검붉은 가루를 뿜어냈다. 그는 주시에게 포위되어 숨을 곳이 없자 그 자리에 서서 주시들이 내뿜은 독 가루를 얼굴에 다 맞았다.

"모 선배, 저 사람, 우리가……."

남사추가 놀라 나지막하게 말했다.

바로 그때 새로운 주시가 달려들어 그를 포위하더니 포위망을 점점 좁혀들었다. 그가 다시 검을 뽑아 휘두르자 독 가루가 더 많이 뿜어져 나왔고 그는 더 많이 마셨는지 제대로 서 있지도 못하는 상태인 듯했다.

"저 사람을 구해야겠어."

위무선이 말했다.

"어떻게 구해? 지금은 못 나가. 온통 독 가루인데, 나갔다간 중독된다고."

금릉이 말했다.

위무선이 잠시 생각하더니 창을 떠나 당옥으로 갔다. 소년들의 눈길이 위무선을 따라갔다. 가지각색으로 생긴 종이 인형들만이 두 화환 사이에 조용히 서 있었다. 위무선은 그것들 앞으로 천천히 걸어가더니 여자 종이 인형 한 쌍 앞에서 멈췄다.

종이 인형은 생김새가 다 다른데 이 둘은 일부러 쌍둥이 자매를 만든 것처럼 화장, 의상, 생김새가 같은 틀에서 찍어 낸 듯이 똑같았다. 둥근 눈과 눈썹이 웃는 얼굴이었다. 그녀들이 깔깔대며 웃는 소리가 들리는 듯했다. 양쪽으로 머리를 말아 올리고 붉은 구슬로 된 귀걸이를 달았으며 팔목에는 금팔찌를 차고 발에는 꽃신을 신고 있는 게 부잣집 시녀 같았다.

"이 둘로 하지."

위무선은 한 소년의 칼집에서 패검을 뽑아 자신의 엄지손가락을 살짝 베어 상처를 내더니 그녀들의 두 눈에 눈알을 찍어 넣었다.

그리고 뒤로 한발 물러서 미소를 지으며 말했다.

"고운 눈 수줍게 감기고 단홍빛 입술 미소로 벌어지나니. 선악을 불문하고 두 눈동자로 그대들을 불러오리라."

어디선가 스산한 바람이 불더니 집 전체를 가득 메웠다. 소년들은 저도 모르게 패검을 꽉 쥐었다.

갑자기 쌍둥이 자매 종이 인형이 몸을 파르르 떨었다.

그다음 정말 "깔깔깔" 하는 웃음소리가 그녀들의 붉은 입술에서 흘러나왔다!

점정소장술[61]!

무슨 재미있는 일을 보고 들은 것처럼 종이 인형 자매는 신나게

#61 점정소장술(點睛김將術) 눈에 점을 찍어 소환하는 술법.

웃으며 산 사람의 피로 찍은 눈동자를 뱅그르르 돌렸다. 그 모습이 지극히 요염하면서 동시에 지극히 음산했다. 위무선은 그녀들 앞에서 가벼운 목례로 예를 표했다.

위무선이 예를 표하자 종이 인형 자매도 몸을 숙여 더 크게 예를 표했다.

위무선이 문밖을 가리키며 말했다.

"산 사람을 데리고 오거라. 그 외에는 하나도 남겨두지 말고."

종이 인형 자매가 날카로운 소리로 오만하게 웃자 어디선가 스산한 바람이 불어와 대문을 거칠게 열어젖혔다!

종이 인형 자매가 나란히 나가 주시들이 포위한 곳으로 향했다. 분명 종이로 만든 가짜 인간인데 살상력이 대단했다. 정교하게 만든 꽃신을 신은 그녀들이 소맷자락을 한 번 휘날리자 주시의 팔이 날아갔고 다시 휘두르자 머리가 날아갔다. 종이 소매가 마치 예리한 칼날로 변한 것 같았다. 종이 인형 자매의 요염한 웃음소리가 거리에 울려 퍼져 가슴이 울렁거리고 등골이 오싹했다.

얼마 뒤 열대여섯 구의 주시가 종이 인형 자매에 의해 갈가리 찢겨 온 거리에 시체 조각이 나뒹굴었다. 대승을 거둔 종이 인형 자매는 명령에 따라 기운이 다 빠진 도망자를 데리고 들어왔다. 그리고 다시 밖으로 나가자 대문이 자동으로 닫혔다. 그녀들은 집 앞에 놓여 있는 수사자 상처럼 왼쪽과 오른쪽에 각각 조용히 서 있었다.

집 안에 있던 세가 자제들은 넋이 나가 아무 말도 하지 못했다.

그들은 책이나 선배들의 이야기를 통해 사도에 관한 이야기를 들었다. 그때는 '어차피 사도인데 왜 배우려는 사람이 많을까? 이릉노조를 흉내 내는 사람이 왜 그렇게 많을까?' 하고 생각했다. 하지만 직접 보니 사도에는 사람을 잡아끄는 신기한 면이 있었다. 게다가 이것은 그저 빙산의 일각인 '점정소장술'에 불과했다. 그래서 대다수 소년은 정신을 차린 뒤에도 배척하는 기색은커녕 흥분한 표정을 감추지 못했다. 그들은 견문이 크게 넓어졌고 돌아가 사형과 사매들에게 들려줄 새로운 이야깃거리가 생겼다고 생각했다. 금릉의 표정만 매우 좋지 않았다.

남사추가 위무선에게 달려가 도와주려고 하자 위무선이 말했다.

"가까이 오지 마. 시독 가루가 묻을 수 있어. 피부에 묻어도 중독될 수 있으니까."

종이 인형에게 들려 들어온 사람은 힘이 하나도 없고 반 기절 상태였다. 이제 정신이 조금 들었는지 기침을 몇 번 하면서도 시독 가루가 다른 사람에게 날릴까 봐 입을 막았다.

"그대는 누구지?"

그가 위무선에게 작은 소리로 물었다.

그 목소리에서는 피곤함이 묻어났다. 그가 이렇게 물은 것은 안에 있는 사람을 몰라서가 아니라 앞이 안 보여서였다.

그는 눈에 흰색 붕대를 두껍게 감고 있는 맹인이었다.

게다가 잘생긴 맹인이었다. 오뚝한 콧날, 얇은 입술에 붉은빛이 감돌아 준수하다고 할 수 있었다. 외모로 보아 소년과 청년 사이의 젊은이인 것 같아 안타까운 마음이 절로 들었다. 위무선은 속으로 '요즘 왜 이렇게 맹인을 자주 만나지? 들은 것 본 것 산 것 죽은 것 다양하게.'라고 생각했다.

"이봐, 이자의 신분도 모르는데 적인지 친구인지 어떻게 알고 성급하게 구해 온 거야? 만약 악인이면 뱀을 들인 거잖아?"

갑자기 금릉이 말했다.

맞는 말이지만, 사람을 앞에다 두고 이렇게 직설적으로 말하니 조금 당황스러웠다. 하지만 맹인은 화를 내기는커녕 밖으로 쫓겨나도 괜찮다는 듯이 미소를 지었다. 그러자 작은 덧니가 드러났다.

"공자 말이 맞네. 난 나가는 편이 나아."

금릉은 상대의 예상 밖 반응에 오히려 어떻게 말해야 할지 몰라 그냥 "흥." 하고 말았다. 남사추가 재빨리 상황을 수습했다.

"하지만 이분은 악인이 아닐 수도 있잖아. 어찌 됐든 위험에 처한 사람을 보고 구하지 않는 건 우리 집 가규에 어긋나는 일이야."

"좋아. 너희는 좋은 사람 해. 누가 죽어도 내 탓하지 마."

금릉이 고집스럽게 말했다.

"너 정말……."

남경의가 말하다가 멈췄다.

맹인이 탁자 옆에 기대어 둔 패검을 봤기 때문이다. 검을 감쌌던 검은 천이 반쯤 벗겨져 검신이 보였다.

그 검은 단조 공예가 매우 훌륭했다. 청동색 칼집에 투조로 서리꽃 문양이 새겨져 있었다. 투조로 새겨진 문양을 통해 검신이 별처럼 보였고 서리꽃 모양의 광채를 뿌리는 것이 맑고 깨끗하면서 찬란한 아름다움을 발산했다.

남경의는 눈을 크게 뜨고 뭔가 말하려고 했다. 위무선은 남경의가 무엇을 말하려는지는 몰랐지만, 맹인이 검은 천으로 검을 가린 것은 사람들에게 보이고 싶지 않기 때문이리라 생각하고 상대가 경계하지 않도록 본능적으로 손을 뻗어 남경의의 입을 막았다. 동시에 집게손가락을 입술에 대고 '쉬.' 하면서 놀란 기색이 역력한 소년들에게 소리 내지 말라고 일렀다.

금릉이 입 모양으로 위무선에게 두 자를 말하고 먼지가 가득 쌓인 탁자에 두 글자를 썼다.

'상화.'

……상화검?

"효성진의 상화검?"

위무선이 소리 없이 입만 벙긋거렸다.

금릉과 소년들이 일제히 고개를 끄덕였다.

소년들은 효성진을 직접 본 적은 없지만, 천하의 명검인 '상화'는 책에서 많이 봤다. '상화'는 강력한 영력은 물론 외향도 아름다워 여러 판본의 선검도록과 명검도감에 실렸고 누구나 한 번 보면 잊지 못했다. 위무선은 '패검이 상화이고 본인도 맹인이라면…….' 하고 생각했다.

한 소년이 똑같은 생각을 했는지 그의 눈에 감긴 붕대를 잡아 풀어 눈이 있는지 확인하려고 했다. 하지만 소년의 손이 붕대에 닿자마자 상대는 극심한 통증이 몰려오는지 화들짝 놀라며 몸을 약간 뒤로 뺐다. 다른 사람이 눈을 만지는 것을 두려워하는 듯했다.

"죄송합니다, 죄송합니다……. 일부러 그런 게 아닙니다."

소년은 자기가 실례했다는 것을 깨닫고 급히 손을 거두며 말했다.

그는 검은색 얇은 장갑을 낀 왼손을 들어 눈을 막으려고 했지만, 손을 대지는 못했다. 살짝만 닿아도 참을 수 없을 만큼 강한 통증이 밀려오는지 이마에 벌써 땀이 맺혀 있었다.

"괜찮네……."

그는 목소리까지 약간 떨면서 간신히 말했다.

상황으로 보아 이 맹인은 약양 상씨 사건 이후 실종된 효성진이 맞는 것 같았다.

효성진은 자기 신분이 이미 노출된 것도 모르고 통증을 참아가며 자신의 상화를 더듬더듬 찾아 집었다. 위무선은 재빨리 흘러내린 검은 천을 올려주었다. 그는 상화를 잡고 고개를 끄덕이며 말했다.

"구해줘서 고맙네. 이만 먼저 가보겠네."

"일단 가만히 계세요. 중독됐으니."

위무선이 말했다.

"심각한가?"

효성진이 물었다.

"심각합니다."

위무선이 대답했다.

"심각한데 남아서 뭐 하겠나? 약도 없는데 아직 시변하지는 않았으니 주시 몇 구 더 죽이는 게 낫네."

생사를 초월한 듯한 효성진의 모습에 소년들은 가슴에서 뜨거운 피가 끓어올랐다.

"누가 약이 없대요? 여기 계세요! 저 사람이 치료해줄 거예요!"

남경의가 못 참고 외쳤다.

"나? 미안한데, 네가 말한 게 나야?"

위무선은 진실을 말하기가 민망했다. 효성진은 주시의 독 가루를 너무 많이 마셔 얼굴이 검붉게 변할 정도로 심한 상태라 찹쌀죽으로는 통하지 않는 단계였다.

"이 성에서 주시를 많이 죽였네. 그들은 계속 나를 따라왔으니 조금 있으면 새로운 것들이 또 몰려올 테지. 내가 여기에 있으면 그대들도 조만간 주시 떼에게 파묻힐 걸세."

효성진이 말했다.

"귀하는 의성이 왜 이렇게 변했는지 아십니까?"

위무선이 물었다.

"모르네. 나는 그저 떠도는 몸이라……. 이곳에 도착한 다음 이곳에서 이상한 일이 일어나고 있다는 소릴 듣고 성에 들어와 야렵을 했네. 활시와 주시가 많고 능력도 강하던데 그대들은 아직 못 봤겠지. 어떤 것은 행동이 민첩해 당해낼 수가 없네. 또 어떤 것은 베면 몸에서 독 가루를 뿜어 그것이 묻으면 중독이 되기도 하지. 하지만 베지 않으면 물리고, 물리면 결과는 마찬가지로 중독이네. 정말 어려운 문제일세. 그대들의 목소리를 들으니 이 안에 공자님들이 많은 것 같네만? 어서 이곳을 떠나길 권하겠네."

효성진이 고개를 저으며 말했다.

말이 끝나자마자 대문 밖에서 종이 인형 자매의 깔깔거리는 음침한 웃음소리가 들려왔다. 이번에는 아주 날카로운 소리였다. 남경의가 달려가 문틈으로 보더니 몸을 휙 돌려 문틈을 막고는 눈을 동그랗게 뜨고 더듬거렸다.

"아……주 아주, 많아!"

"주시가? 얼마나 많다는 거야?"

위무선이 물었다.

"몰라요! 거리 전체에 있어요. 수백 개는 돼요! 게다가 점점 많아져요! 저 두 인형으로는 어림도 없을 것 같아요!"

남경의가 말했다.

문을 지키는 종이 인형 한 쌍으로 막아낼 수 없다면 거리에 가득

찬 주시가 이 가게로 몰려올 것이다. 베면, 주시의 독 가루에 중독 될 테고 있는 힘껏 베면 독소가 빠르게 퍼질 것이다. 그렇다고 안 베면, 물려 죽을 것이다. 효성진이 검을 들고 문밖으로 나가려고 했다. 아마도 남은 힘을 다해 막아보려는 듯했다. 그러나 뺨이 자홍색으로 변하더니 바닥에 푹 쓰러졌다.

"안심하고 그냥 앉아계세요. 금방 해결될 겁니다."

위무선이 남경의의 칼에 오른손 검지를 베자 핏방울이 맺혔다.

"또 점정소장술 하게요? 종이 인형 눈에 점 두 개를 다 찍다간 피가 남아나지 않겠어요. 제가 나눠드릴까요?"

남경의가 말했다.

"저도 나눠드릴 수 있어요……."

다른 소년들도 소매를 걷어붙이고 나섰다.

"그럴 필요 없어. 누구 빈 부적 가진 사람 있어?"

위무선이 어처구니없는 표정을 지으며 말했다.

이 세가 자제들은 아직 나이가 어려 그때그때 그려 사용할 만큼 숙달된 경지에 이르지 못했기 때문에 모두 다 그려진 부적을 지니고 다녔다.

"없습니다."

남사추가 고개를 저으며 말했다.

"그려진 거라도 괜찮아."

위무선이 개의치 않는다는 듯 말했다.

남사추가 건곤대에서 노란 부적을 꺼내 건넸다. 위무선은 한 장을 받아 들고 쓱 보더니 오른손 검지와 중지에 끼우고는 주사(朱砂)로 그려진 글자 위에다 자신의 피로 위에서 아래까지 일필휘지로 글을 덧그려 넣었다. 그렇게, 검붉은 피와 선홍색 주사가 합쳐져 새로운 부적이 만들어졌다. 손목을 젖히자 노란색 부적과 붉은색 글자가 공중에서 저절로 불타올랐다. 위무선은 왼손을 뻗어 다 타고 유유히 떨어지는 부적의 재를 받아 다섯 손가락을 오므렸다. 고개를 약간 숙이고 손을 펼치면서 손바닥에 있던 검은색 재를 가볍게 불면서 나지막하게 말했다.

"불씨가 한없이 들판을 불태우나, 봄바람 불어오면 다시금 소생하리."

부적의 재가 종이 인형의 얼굴을 향해 날아갔다.

제일 앞에 서 있던 음력사가 갑자기 발 옆에 놓인 감도^{#62}를 들어 어깨에 걸쳤다.

음력사 옆에 머리를 높게 틀어 올리고 화려한 의상을 입은 미인이 오른손을 천천히 들어 올려 가늘고 긴 손가락을 요리조리 보는 모습이 마치 게으른 귀부인이 주변은 아랑곳하지 않고 새빨갛게 칠한 자신의 긴 손톱을 보는 듯했다. 미인의 옆에는 심부름하는 사내아이와 계집아이가 서 있었다. 사내아이가 장난스럽게 계집아이의 땋은 머리를 잡아당기자 계집아이가 사내아이에게 혀를 날름 내밀었다. 그러자 아홉 뼘은 될 만큼 긴 혀가 작은 입에서 쑥 나와 사내아이의 가슴에 커다란 구멍을 내고 돌아왔다. 독하고 잔인했다. 사내아이가 입을 벌려 하얀 이를 드러내더니 그녀의 팔을 물었다. 두 종이 인형 아이는 자기들끼리 먼저 싸움을 시작했다.

20, 30개의 종이 인형이 하나둘 움직이기 시작했다. 마치 근육과 뼈를 움직이는 것처럼 휘청거리면서 서로의 귀에 입을 대고 소

#62 감도(砍刀) 날이 넓고 긴 칼.

곤거리자 바스락, 바스락거리는 소리가 사방에 울려 퍼졌다. 산 사람은 아니지만 산 사람보다 더 산 사람 같았다.

"숨 참아."

위무선은 몸을 돌려 대문 방향으로 길을 터주면서 몸을 약간 앞으로 숙여 인사하는 것 같은 자세를 취했다.

나무문이 다시 맹렬하게 열리자 주시 독 가루의 비리고 달콤하고 부패한 냄새가 훅 들어와 소년들은 즉시 소매를 들어 입을 막았다. 음력사가 크게 소리 지르면서 앞장서 나가자 남은 종이 인형들도 우르르 빠져나갔다.

제일 마지막 종이 인형이 나가자 문이 다시 닫혔다.

"시독 가루 마신 사람 없지?"

위무선이 물었다.

소년들이 하나둘 없다고 말했다. 위무선은 효성진을 부축해 눕힐 자리를 찾았지만 마땅치가 않아 차갑고 먼지가 가득한 바닥에 앉히는 수밖에 없었다. 효성진은 자신의 상화를 꽉 쥔 채로 반혼수 상태에서 깨어나지 못했다. 그리고 몇 번 기침하더니 힘없는 목소리로 말했다.

"방금 그것은…… 점정소장?"

"조금 할 줄 압니다."

"음…… 주시를 없애는 데는 확실히 좋은 방법이지."

효성진이 생각하더니 미소를 지었다.

잠시 뒤 효성진이 다시 말했다.

"하지만, 그 길을 수련하면, 수하의 여귀 흉령에게 도리어 해를 입기도 한다네. 그 길의 창시자인 이릉노조 위무선도 불행을 면치 못했지. 개인적으로 귀하에게는 앞으로 더 조심하라고 말해주고 싶네. 어쩔 수 없더라도 조금만 사용하고 평소에 다른 것을 더 많이 수련……."

'충고 감사합니다.'

위무선이 속으로 한숨을 쉬며 말했다.

이름난 수사는 대부분 자신의 노선을 분명히 밝히고 경계를 구분해 어떤 사람과는 같은 하늘을 이고 살지 않겠다고 천명한다. 하지만 이 젊은 사숙은 자기가 거의 죽게 생긴 상황에서도 조심하라고 부드럽게 타이르는 것을 보니 성격이 매우 온화하고 선량하며 마음이 약한 사람인 듯했다. 효성진의 눈에 감긴 두꺼운 붕대를 보고 그가 겪은 일들을 생각하니 위무선은 탄식이 나오는 것을 참을 수가 없었다.

일반적으로 세상 경험이 적은 소년들이나 사도를 혐오하고 배척하기보다 신기해한다. 계속 못마땅한 표정인 금릉을 제외하고 다른 소년들은 문틈 앞에 옹기종기 모여 밖의 상황을 관전했다.

"이런……, 저 여자 인형 손톱 너무 무섭다. 한 번 잡히면 다섯 개의 도랑이 생기네."

"저 소녀는 혀가 왜 저렇게 길고 딱딱하지? 목매달아 죽은 귀신인가?"

"남자 인형 힘 정말 세다! 한 번에 주시를 저렇게 많이 들어 땅에다 내던지네! 봐, 봐, 봐! 내동댕이쳤어! 넘어져 찢어졌다!"

효성진의 온화한 말에 끌려 위무선은 탁자 위에 놓인 마지막 찹쌀죽을 효성진에게 건넸다.

"중독이 너무 심해서 소용이 있을까 모르겠어요. 조금 완화될 수도 있고 아예 효과가 없을 수도 있어요. 게다가 아주 맛이 없습니다. 한번 드셔보시겠습니까? 살고 싶지 않다면 됐고요."

"당연히 살고 싶네. 살 수 있으면 최대한 살아야지."

효성진이 두 손으로 그릇을 건네받으며 말했다.

그러나 효성진은 한 입 먹고는 입을 꾹 오므려 뱉을 뻔한 것을 막았다. 한참 뒤에야 그가 점잖고 예의 바르게 말했다.

"고맙습니다."

위무선이 고개를 돌리며 말했다.

"봤지? 봤지? 저분이 뭐라고 하는지? 나약하고 간사한 너희들은 내가 끓인 죽을 먹고도 원망만 해대고 말이야."

"그게 네가 만든 거야? 마지막에 솥에 이상한 거 넣은 거 말고 네가 한 게 뭐가 있어?"

금릉이 말했다.

"방금 생각해봤네만, 매일 이것을 먹어야 한다면 차라리 죽음을 택하겠네."

효성진이 말했다.

금릉이 조금도 망설이지 않고 크게 웃었다. 남사추조차 참지 못하고 "풉." 하고 웃었다. 위무선이 말없이 그들을 쳐다보자 남사추가 다급하게 정색했다. 이때 남경의가 즐겁게 말했다.

"좋았어, 다 죽였다. 우리가 이겼다!"

효성진이 급하게 그릇을 내려놓으며 말했다.

"우선 문을 열지 마시게. 조심하게, 또 올 걸세……."

"그릇 내려놓지 말고 다 드세요."

위무선은 말을 끝내고 문으로 다가가 문틈으로 밖을 내다봤다.

비인간적인 싸움이 끝난 거리에서 옅은 안개와 자홍색 가루가 자욱하게 피어올랐다. 주시의 독 가루가 서서히 걷히자 종이 인형들이 어슬렁거리며 거리를 순시하면서 온통 시체뿐인 곳에서 움직이는 게 있으면 뭉그러질 정도로 잔인하게 밟아버리는 것이 보였다.

그 외에는 아무 소리도 들리지 않았다. 잠깐은 새로운 주시가 오지 않았다.

위무선이 한숨 돌리려는 순간 머리 위에서 아주 가벼운 움직임 소리가 들렸다.

알아차리기 어려울 정도로 정말 작은 소리였다. 누군가 기와 위를 나는 듯이 지나갔지만, 몸놀림이 이상할 정도로 가볍고 특이해 발소리가 거의 들리지 않았다. 오감이 매우 예민한 위무선은 기와가 미세하게 부딪치는 소리를 포착했고 앞이 보이지 않는 효성진이 이런 낌새를 놓칠 리가 없었다.

"위쪽!"

효성진이 경고했다.

"비켜!"

위무선이 소리쳤다.

말이 끝나기가 무섭게 당옥 위 지붕이 부서지며 큰 구멍이 나면서 기와 파편과 먼지, 나뭇잎이 비처럼 쏟아졌다. 다행히 소년들은 민첩하게 흩어져 깔린 사람은 없었다. 검은색 그림자가 지붕을 뚫고 내려왔다.

그는 검은 도복을 입고 키가 크며 허리가 곧아 서 있는 모습이 마치 푸른 송백 같았다. 등에 불진을 꽂고 손에는 장검을 들고 잘생긴 얼굴을 약간 쳐들고 있어 도도한 인상을 풍겼다.

하지만, 그의 두 눈은 눈동자가 없는 생기 없는 하얀색이었다.

흉시! 소년들이 그가 흉시라는 것을 인식한 순간, 흉시가 검을 세우고 달려들었다.

그는 제일 가까이 있던 금릉을 찔렀다. 금릉이 검으로 막았지만 검을 통해 전달되는 힘이 매우 강력해 팔이 마비될 지경이었다. 금릉의 패검 '세화'가 영력이 비범하지 않았다면 진작에 부러지고 목숨을 잃었을 것이다. 검은 옷 흉시는 한 번으로 안 되자 다시 검을 휘둘렀다. 이어지는 동작이 물 흐르는 듯 막힘없이 자연스러웠고 원한이 뼈에 사무치는 듯이 잔인했다. 이번에는 금릉의 팔을 곧장 겨냥했다. 상황이 급박해지자 효성진이 검을 뽑아 금릉 대신 막아섰다. 그러나 독이 솟아올랐는지 결국 쓰러져 움직이지 못했다.

"도대체 죽은 거야 산 거야? 난 한 번도 이렇게……."

남경의가 아연실색해 소리쳤다.

이렇게 민첩하고 검법이 훌륭한 흉시는 본 적이 없어!

남경의는 뒷말을 잇지 못했다. 자기가 본 것이 생각났기 때문이다.

귀장군도 이랬다!

도인 흉시를 노려보던 위무선은 생각을 바꿔 허리춤에서 대나무 피리를 꺼내 거칠고 스산한, 귀를 찌르는 긴 가락을 불었다. 피리 소리에 그 자리에 있던 소년들이 귀를 틀어막았다. 도인은 또한 몸을 휘청하면서 검을 쥔 손을 떨었지만 그래도 검을 들고 공격했다.

통제할 수 없었다. 이 흉시는 주인이 있었다!

위무선은 벼락같이 순식간에 치고 들어온 검을 피하면서 태연하게 다른 가락을 불었다. 잠시 뒤 밖에서 순찰하던 종이 인형이 지붕으로 뛰어올라 그 구멍으로 뛰어 내려왔다. 이상한 낌새를 알아챈

도인 흉시가 오른손에 쥔 검을 휙휙 두 번 휘두르자 종이 인형 두 개가 머리부터 발끝까지 두 쪽으로 갈라져 네 개가 되었다. 왼손에 빼 든 불진에 달린 천만 가닥의 부드러운 하얀 실은 강편#63과 독침처럼 한 번 휘두르면 종이 인형의 머리가 박살이 나고 사지가 절단됐다. 잘못해서 사람이 맞으면 구멍이 숭숭 뚫려 피가 새 나올 듯했다. 위무선은 바쁘고 정신없는 와중에도 소년들에게 당부했다.

"오지 말고 구석에서 잘 기다리고 있어!"

말을 마치고 계속 피리를 불었다. 피리 소리는 때론 경박하고 날 쌨다가 때론 화를 내는 것처럼 우렁찼다. 도인은 양손을 다 사용하고 잔인함이 극에 달했지만, 종이 인형이 계속 달려들어 공격하자 이쪽, 저쪽 공격하고 앞뒤로 방어하느라 힘이 드는 듯했다. 그 순간 갑자기 위에서 음력사 하나가 그 도인의 위로 떨어지면서 그의 어깨를 밟아 바닥으로 눌렀다.

바로 이어서 음력사 세 개가 지붕 구멍에서 뛰어내려 하나씩 그의 몸을 내리쳤다.

전설에 따르면 음력사는 힘이 무한하다. 그래서 음력사를 만들 때는 음력사 몸에 뭔가를 집어넣어 무게를 늘린다. 그리고 거기에 소환된 넋이 몸에 들어오면 훨씬 무거워져서 하나만 내리쳐도 태산이 누르는 것 같았다. 그런 음력사가 단번에 넷이나 내리쳤는데도 내장을 토해내지 않다니, 그것만으로도 이미 대단하다 해야 할 터였다. 도인 흉시는 네 명의 음력사에게 꽉 붙들려 꼼짝도 하지 못했다.

위무선이 다가가 그를 살폈다. 그의 옷 등 부분이 터진 것을 발견

#63 강편(鋼鞭) 고대 병기 중 하나로 마디가 있는 쇠막대기.

하고 자세히 보니 왼쪽 견갑골 근처에 가늘고 좁은 상처가 있었다.

"뒤집어."

위무선의 말에 네 명의 음력사가 얼굴이 하늘을 향하게 도인의 몸을 뒤집어 관찰하기 편하게 해주었다. 위무선은 칼에 베인 손가락을 음력사의 입술에 하나씩 문질러 상을 내렸다. 음력사들은 선홍색 종이 혀를 내밀어 입술에 묻은 피를 천천히 음미하며 핥았다. 위무선은 고개를 숙여 계속 살폈다. 도인의 왼쪽 가슴, 심장과 가까운 곳에 등에 난 것과 같은 가늘고 좁은 상처가 있었다. 아마도 누군가에게 단칼에 심장을 관통당해 죽은 듯했다.

흉시가 발버둥질하면서 낮은 소리로 포효하자 입에서 검은 피가 흘러나왔다. 위무선은 그의 뺨을 꽉 잡고 입을 벌리게 해 안을 들여다봤다. 그의 혀는 뿌리까지 뽑혀 있었다.

맹인, 뽑힌 혀. 맹인, 뽑힌 혀.

어째서 이런 특징이 이렇게 자주 나타나는 거지?

한참 관찰한 위무선은 이 흉시도 온녕처럼 머리에 대못이 박혀 통제당하는 것 같아 손을 뻗어 그의 관자놀이 근처를 더듬었다. 정말 두 개의 금속 물체가 만져졌다.

이런 못은 높은 단계의 흉시를 통제할 때 쓰는 것으로, 그들의 인지 능력과 자의식을 상실시켰다. 위무선은 이 흉시의 신분과 인간성을 아직 몰라 함부로 못을 뽑지 않고 먼저 심문을 해봐야겠다고 생각했다. 하지만 흉시는 혀가 뽑혀서 정신이 또렷하다고 해도 말을 할 수 없었다. 위무선은 남가 자제들에게 물었다.

"누구 문령 수련한 사람 있어?"

"저요. 제가 수련했습니다."

남사추가 손을 들며 말했다.

"고금 가져왔어?"

"가져왔습니다."

남사추가 대답하면서 건곤대에서 군더더기 없이 매끈하고 반짝이는 고금을 꺼냈다.

"수준이 어느 정도야? 실전에서 해봤어? 불러온 혼백이 거짓말은 안 하겠지?"

위무선은 남사추의 고금이 새것처럼 보여 물었다.

"함광군도 사추의 금어를 괜찮다고 하셨다고요."

남경의가 끼어들었다.

남망기가 "괜찮다."라고 했으면 분명 괜찮을 것이다. 과장도 폄하도 하지 않았을 테니 위무선은 마음을 놓았다.

"함광군께서 여러 가지를 수련하기보다 몇 가지라도 정교하게 하라고 하셨습니다. 불러온 혼백이 대답하지 않는 것을 선택할 수는 있지만, 거짓말은 못 합니다. 그가 대답하기로 했다면 반드시 진실이에요."

남사추가 말했다.

"그럼 시작해봐."

남사추는 도인의 머리 앞에 고금을 놓고 바닥에 앉아 옷자락을 잘 편 다음 두 개 음을 시험해보더니 고개를 끄덕였다.

"첫 번째 질문, 누구냐고 물어봐."

위무선이 말했다.

남사추는 생각을 가다듬고 주문을 외운 다음에야 한 마디를 튕겼다.

한참 뒤 고금의 현이 진동하며 단단한 것이 터지듯 두 개 음을 튕겨냈다.

남사추가 눈을 커다랗게 떴다.

"뭐래?"

남경의가 재촉했다.

"송람!"

남사추가 말했다.

……효성진의 절친한 친우, 송람?!

소년들은 약속이나 한 듯이 일제히 기절해 쓰러져 있는 효성진을 쳐다봤다.

"온 게 송람인 걸 그가 아는지 모르겠네요…….."

남사추가 작은 소리로 말했다.

"모르겠지. 그는 앞을 못 보고, 송람은 말을 못 하는데, 게다가 자의식이 없는 흉시로 변했으니……. 모르는 게 좋아."

금릉도 목소리를 낮추며 말했다.

"두 번째 질문, 누가 죽였느냐고 물어봐."

위무선이 말했다.

남사추가 진지하게 고금을 튕겼다.

이번에는 침묵의 시간이 아까보다 세 배는 길었다.

그들 모두 송람의 혼백이 대답하길 원하지 않는다고 생각할 때쯤 고금의 현이 부르르 떨리며 침통하게 세 번 울렸다.

"말도 안 돼!"

남사추가 툭 내뱉듯이 말했다.

"그가 뭐래?"

위무선이 물었다.

"그가…… 효성진이래요."

남사추가 믿을 수 없다는 듯이 말했다.

송람을 죽인 자가 효성진이라고?!

이제 겨우 두 문제 물어봤는데, 대답이 갈수록 상상을 초월할 줄은 아무도 예상하지 못했다.

"네가 잘 못 물어본 거겠지!"

금릉이 의심스럽다는 듯이 말했다.

"'당신은 누구입니까?', '누가 당신을 죽였습니까?' 이 두 질문은 '문령'에서 제일 간단하고 제일 자주 묻는 문제라 '문령'을 수련할 때 제일 처음 배우는 것입니다. 그래서 천만 번은 더 연습했어요. 조금 전에도 계속 확인했기 때문에 절대 틀릴 리가 없습니다."

남사추가 말했다.

"네가 '문령'을 틀리게 연주했거나 잘못 해석했겠지."

금릉이 말했다.

"연주가 틀릴 가능성은 없고 해석이 틀릴 리는 더더욱 없습니다. '효성진' 세 글자와 이런 이름은 불러낸 혼백이 자주 대답하는 글자가 아니에요. 만약 그가 다른 이름을 대답했는데 제가 해석을 틀렸다고 해도 공교롭게 이 이름으로 틀릴 리는 없습니다."

남사추가 고개를 저으며 말했다.

"……송람은 실종된 효성진을 찾아 나섰고, 효성진은 그를 죽였고……. 그는 왜 자기의 절친한 친우를 죽였을까? 그럴 사람 같지는 않은데."

남경의가 중얼거렸다.

"일단 이 문제는 접어두고. 사추, 세 번째 질문. 누구에게 조종당하고 있는지 물어봐."

위무선이 말했다.

남사추는 엄숙하고 굳은 표정으로 숨조차 크게 쉬지 못하고 세 번째 질문을 했다. 소년들이 고금의 현을 뚫어지게 쳐다보며 송람의 대답을 기다렸다.

남사추가 한 자 한 자 해석했다.

"너, 희, 뒤, 에, 있, 는, 자."

모두가 일제히 고개를 휙 돌렸다. 기절해 바닥에 쓰러진 효성진이 어느새 일어나 앉아 있었다. 그는 한 손으로 턱을 괴고 그들을 향해 미소 지으며 검은색 장갑을 낀 왼손을 들어 손가락을 튕겼다.

—전4권 · 다음 권에 계속—

마도조사 1

1판 1쇄 발행 2019년 7월 30일
1판 21쇄 발행 2024년 1월 15일
지은이 묵향동후 **옮긴이** 이현아 **펴낸이** 최원영
편집장 김승신 **편집** 원서은 **교정 · 교열** 고고
본문조판 양우연 **마케팅** 김민원
펴낸곳 (주)디앤씨미디어 **출판등록** 2002년 4월 25일 제20-260호
주소 서울시 구로구 디지털로 26길 111 제이앤케이디지털타워 503호
전화번호 02.333.2513 **팩스** 02.333.2514

ISBN 979-11-278-5144-6 04820
ISBN 979-11-278-5143-9 (세트)

정가 14,000원